Der Kuss des Greifen

SHARON MORGAN

Der Kuss des Greifen

Götterdämmerung

Impressum:
1. Auflage April 2014
Copyright Februar 2012 Sharon Morgan
SharonMorgan@email.de
Lektorat und Korrektorat: Anti-Fehlerteufel, Pforzheim
Copyright Coverphoto Berchtesgaden – Fotolia com
Copyright Vektorgrafik Frontcover: Zdanchuk Svetlana
– Fotolia.com
Copyright Vektorgrafik Backcover: Kundra –
Fotolia.com
Font: Diogenes by Apostrophic Lab

Printed by CreateSpace

Drachenjagd

Delphoi im Jahre 277 vor Christus

Trete dem Tode stets lächelnd entgegen!

Die Worte des alten Spartaners Leonidas waren kein Trost für Lysandra, die auszog, um einen Drachen zu töten – oder, was wahrscheinlicher war, von diesem getötet zu werden. Blicke voll Mitleid spürte sie auf sich, als sie durch die gepflasterten Straßen Delphoís ging – dem Tod entgegen.

Menschen tuschelten und starrten unverhohlen zu ihr herüber.

Ein alter Mann schüttelte den haarlosen Kopf. »Der Junge muss dem Irrsinn verfallen sein.«

»Ist das nicht Lysandros, der Ziehsohn der Nerea? Weiß sie davon?«, fragte eine verschleierte Frau hinter vorgehaltener Hand.

Eine andere beugte sich zu dieser vor. »Noch dazu ohne Rüstung. Der kann nur des Wahnsinns sein.«

»Ihm wird keine passen, so dünn, wie er ist. Außerdem hat sie all den anderen vor ihm auch nichts genutzt ...«

»Was für ein hübscher Bursche. So jung und bald schon tot. Ein Jammer!« Eine ältere Frau niederer Herkunft mit fadenscheinigem hellbeigen Gewand schüttelte ungläubig den Kopf.

Ein junger Mann lachte sie aus. »Ach, redet keinen Unsinn! Jeder weiß, dass Lysandros so furchtsam ist, dass er vor seinem eigenen Schatten flieht. Der geht nie und nimmer zur Drachenhöhle hinauf. Dies ist ein einziger Betrug!«

Lysandra versuchte die Worte der Leute zu ignorieren. Es waren allesamt Einheimische, denn vor den Fremden versuchte man, die Bedrohung durch das wiederauferstandene Ungeheuer Python geheim zu halten.

Lysandra, die seit frühester Kindheit als Junge verkleidet worden war, wollte endlich die Tat eines Mannes vollbringen, wenn sie schon niemals eine Frau sein könnte. Sie schritt vorbei an den Menschen, die auf den von Oliven- und Pinienbäumen gesäumten Steinbänken saßen. Flammen schlugen aus Feuerschalen empor und entließen feine Gespinste aus Rauch in die Höhe des Firmaments, von dem die Nachmittagssonne gleißend zu ihr herunterstrahlte.

Da sie schwitzte, teilte Lysandra mit einer Hand ihr schulterlanges dunkelbraunes Lockenhaar im Nacken. Sie durchschritt das dem zweigipfligen Berge Parnassós zugewandte Tor in der Stadtmauer von Delphoí. Steinig und gefährlich wanden sich die Straßen von Hellas durch eine nicht weniger gefährliche und unwirtliche Gegend voller karger Felsen, verdorrtem Gestrüpp und tödlichen Schluchten. Vereinzelt wuchsen Lorbeer-, Erdbeer- und jene Olivenbäume, welche das beste Öl des ganzen Landes lieferten.

Der Buchstabe Lambda befand sich auf dem Schild, den Lysandra vom alten Leonidas hatte. So trat sie paradoxerweise mit dem Schildzeichen der unbeliebten Spartaner gegen das Böse an, das Delphoís Untergang verhieß.

Allein die Verzweiflung trieb sie voran – weniger die Aussicht auf den Lohn von einhundertvierzig delphoïschen Drachmen. Sie tat es für sich selbst, wollte endlich den Hänseleien ihres Ziehbruders Damasos entkommen und den Schmähreden der anderen Männer, die sie für einen Schwächling hielten.

Lysandra trug einen Xyston, eine etwa elf attische Fuß messende Stoßlanze, wie sie auch von Fußsoldaten verwendet wurde. Sie war in etwa doppelt so lang wie Lysandra groß. Sie hoffte, damit den Panzer des Drachen durchbrechen zu können, um sein schwarzes Herz zu durchbohren. Dies, so sagten die Orakeldiener von Delphoï, sei die einzige Stelle, wo das Untier verletzbar sei. Des Weiteren trug Lysandra neben ihrem Bogen, den gewöhnlichen Pfeilen, den Brandpfeilen und ihrem Dolch einen Kopis, ein weiteres Erbstück des Spartaners Leonidas. Dabei handelte es sich um ein Kurzschwert mit vorne breiter werdender, asymmetrischer Klinge.

In der Corycischen Höhle hauste der Drache. Während sie den steinigen, gefährlichen Pfad hinaufkletterte und dem Untier immer näher kam, konnte sie nicht verhindern, dass Furcht sie befiel. Es gelang ihr, das Zittern ihrer Glieder zu unterdrücken, doch ihr Herz raste unvermindert weiter.

Einst huldigte man in der Corycischen Grotte den Musen und dem großen Gott Pan. Die Thyriaden, delphoïsche Frauen im Gefolge des Dionysos, feierten alle zwei Jahre Orgien auf dem Berge. Das Fest stand in diesem Jahr noch bevor, doch solange der Drache dort hauste, konnte es natürlich nicht stattfinden. Lange würden die Delphoïer den Drachen nicht mehr geheim halten können.

Lysandra brauchte etwa zweieinhalb Stunden für den

Aufstieg. In der Nähe der Höhle bemühte sie sich, so leise wie möglich zu sein, denn das Ungeheuer sollte sie möglichst spät entdecken. Sie bezweifelte ohnehin, dass es ihr gelingen würde, es zu überraschen. Gewiss besaß es ein dem der Menschen weitaus überlegenes Gehör, ganz zu schweigen vom Geruchssinn.

Nur durch eine List oder ihre Schnelligkeit würde sie es besiegen können. Lysandra lauschte, vernahm jedoch nichts als das Sausen des Windes, der über die steilen, zerklüfteten Felsen strich. Die Geckos und Smaragdeidechsen, deren Wege sie kreuzte, bewegten sich beinahe lautlos zwischen den kargen Gräsern und Flechten.

Lysandra bezweifelte, dass es sich bei dem Ungeheuer um die legendäre Schlange Python handelte, die wiederauferstanden sei. Warum sollte sie gerade jetzt zurückkehren nach so langer Zeit? Konnte man Apollon nicht vertrauen, sein Werk vollendet zu haben und stattdessen den Python versehentlich am Leben gelassen zu haben? Nein, denn würde es sich um dieselbe Kreatur handeln, so hätte sie Delphoí bereits viel früher heimgesucht oder zumindest hätte es Anzeichen ihrer Existenz gegeben. Wie sollte Lysandra außerdem eine Kreatur töten können, die so alt war wie die Zeit und unbesiegbar selbst für den Gott Apollon?

Ihr Mund war trocken. Ihre Zunge fühlte sich pelzig an. Der sichere Tod stand ihr bevor, doch zumindest wollte sie einmal ihren Mut beweisen oder lieber sterben. Sie war sich des Lebens in Feigheit überdrüssig und der Hänseleien, die am Tag zuvor eskaliert waren. Ihr Ziehbruder Damasos und seine Freunde hatten sie derart verspottet, dass sie heute noch außer sich war. Keinen Tag länger wollte sie dem Hohn der jungen Männer ausgesetzt sein. Lieber verbrannte sie im Feuer des Drachen.

Ein Stein löste sich unter Lysandras Sohlen und rollte den Berg hinab. Ihre Hände, mit denen sie die Stoßlanze umklammerte, waren feucht. Der Eingang der Grotte geriet in Sichtweite. Sie konnte ein gutes Stück hineinsehen, doch den Drachen erblickte sie nicht. Womöglich verbarg er sich tiefer in der Höhle.

Plötzlich durchdrang ein Fauchen die Luft. Lysandra erschrak, überwand jedoch sogleich die Starre und duckte sich weg, gerade rechtzeitig, bevor die riesigen Klauen der Kreatur sie zerfetzen konnten. So einfach wollte sie es dem Drachen nicht machen, sie zu töten. Der Luftzug gewaltiger Schwingen riss ihr an Haar und Gewand.

Lysandra sprang hinter einen Felsen und lugte vorsichtig über den Rand. Die überlebenden Krieger hatten sich definitiv geirrt: Dies war nicht Python. Von jenem Drachen, der einer geflügelten Schlange ähnelte, konnte keine Rede sein. Dieses Wesen besaß den Leib einer gigantischen Katze, eines Löwen, wie sie durch die Erzählungen der Älteren wusste, und den Kopf sowie die Flügel eines Adlers. Es handelte sich eindeutig um einen Greif!

Seine Schwingen verfinsterten den Himmel, als er erneut angriff. Durch irgendetwas irritiert hielt er mitten in der Luft inne, legte den Kopf schräg und musterte sie heimtückisch aus seinen starren, kalten Raubvogelaugen.

Lysandra nutzte seinen kurzen Moment des Zögerns – was auch immer diesen verursacht haben mochte – und warf die Lanze in Richtung seines Herzens. Keine Schuppen hinderten sie daran, er besaß nur golden schimmerndes Fell. Blut quoll heraus, wo ihn die Lanze getroffen hatte, jedoch nicht allzu tief eingedrungen war. Sein Schrei durchdrang die Luft und erschütterte alles. Klang er gar entfernt menschlich? Sie musste sich irren.

Lysandra fluchte. Sie hatte ihn nicht richtig getroffen. Vermutlich war die Lanze an einer Rippe abgeprallt. Die Bestie würde überleben – sie aber nicht.

Lysandra fluchte erneut, als der Greif vom Himmel herabstürzte – genau auf sie zu! Sie hastete zur Seite, doch es war zu spät. Lysandra fiel der Länge nach hin. Schmerz erfüllte ihren Rücken und ihre Beine, wo die Kreatur auf ihr landete. Ein Hieb dieser dolchartigen Klauen würde genügen, um ihr Leben auszulöschen. Der felsige Boden, in den sie gedrückt wurde, war das Letzte, was sie sah, bevor ihr Bewusstsein schwand.

Schmerz durchdrang Celtillos' Leib. Ein Schrei entrang sich seiner Kehle und hallte über den Berg. Er stürzte hinab, genau auf die Angreiferin. Celtillos versuchte auszuweichen, doch es war zu spät. Sie fiel der Länge nach hin, hatte aber das Glück, dass er nicht mit seinem vollen Gewicht auf ihr landete. Offenbar war sie bewusstlos. Er hatte sie nicht töten, sondern so erschrecken wollen, dass sie davonlief, wie die meisten vor ihr es getan hatten.

Celtillos umfasste mit einer seiner Vorderklauen die Lanze und zog sie sich mit einem Ruck aus seinem Leib.

Glücklicherweise war die Lanze nicht tief eingedrungen, sondern von einer Rippe abgeprallt. Doch hatte sie sich in Fell und Haut verfangen und hinterließ eine blutende Wunde. Hätte er sich nicht ablenken lassen von der Tatsache, dass die Hellenen ein halbes Kind in den Kampf gegen ihn schickten, wäre es der Angreiferin nicht gelungen, ihn zu überraschen. Eine derartige Schwäche durfte er sich nicht mehr erlauben. Die Menschen waren jetzt seine Feinde, das durfte er nicht vergessen. Dies galt bedauerlicherweise auch für sein eigenes Volk, wie er aus schmerzvoller Erfahrung wusste, denn es hatte ihn verstoßen. Niemand duldete eine Kreatur wie ihn.

Seine Schwester Sirona rannte auf ihn zu. Cel schluckte. Sie war alles, was ihm noch geblieben war, seine einzige Verbindung zu seinem menschlichen Leben und doch würde er sie nicht lange haben. Die Lebenserwartung einer Katze war äußerst gering im Vergleich zu der eines Menschen, besonders, wenn sie so ein leuchtend weißes Fell besaß wie Sirona. Einige Menschen hatten es darauf abgesehen. Er musste schnellstens einen Weg finden, diesen Fluch von ihr und sich zu nehmen.

Sirona sah ihn besorgt an. »Du bist verletzt.«

»Es ist nicht so schlimm, wie es aussieht.« Cels Stimme klang selbst in seinen eigenen Ohren verzerrt, was an seinem Schnabel lag. Auf Menschen wirkte sie Furcht einflößend, wie er wusste.

Sirona legte ihr weißes Katzenhaupt leicht schräg. »Ist sie tot?«

Cel schüttelte den Kopf. Er sah nirgendwo den Geist der Hellenin, offenbar befand er sich noch in ihrem Leib.

Vorsichtig drehte er die als Krieger verkleidete Frau mit einer Vorderklaue um. Trotz des Schmutzes in ihrem Gesicht war sie sehr hübsch. Ihr gewelltes dunkelbraunes Haar fiel ihr offen bis auf die Schultern. Die großen, dunklen, von einem Bogen schwarzer Wimpern gesäumten Augen waren nun geschlossen. Ihre Haut war, wie die der meisten Hellenen, dunkler als seine. Die weiblichen Formen hatte sie geschickt unter dem dicken Stoff der Kleidung verborgen.

Ihre Verkleidung war gut. Ohne den feinen Geruchssinn des Greifen hätte er ihr Geschlecht nicht so einfach erraten. Für eine Hellenin war sie groß, dennoch wirkte sie zerbrechlich. Sie musste noch sehr jung sein.

Waren die Bewohner von Delphoí schon so verzweifelt, dass sie Frauen schickten, die zudem halbe Kinder waren?

»Ich glaube, sie lebt noch. Ich bin leider teilweise auf sie gefallen.«

Sirona fauchte. »Das geschieht ihr recht. Soll sie doch sterben. Sie hat dich verletzt und wollte dich töten. Ich hole blutstillende Kräuter für dich.« Sirona huschte in die Grotte, wo sie in einer der hinteren Kammern die Heilkräuter lagerte. Bald darauf kam sie mit einigen davon im Maul zurück. Sie beugte sich über seine Wunde, ließ Salbei und Wiesenknopf darauf fallen und drückte sie mit einer zuvor sauber geleckten Pfote fest.

Sirona betrachtete die Bewusstlose. »Sie dürfte nur ein paar Prellungen haben und eine Platzwunde am Kopf. Was machen wir mit ihr? Stürzen wir sie von einem der Abhänge hinunter? Soll es wie ein Unfall aussehen oder willst du sie zuvor verbrennen, um die Menschen abzuschrecken?«

Celtillos schüttelte sein Adlerhaupt. »Nein, versuchen wir, mit ihr zu reden. Sie ist eine von ihnen. Vielleicht kann sie uns helfen.«

Sirona sträubte ihr weißes Fell. »Uns helfen? Das glaubst du wohl selber nicht? Sie wollte dich töten! *Töten!*«

»Aber wir brauchen die Hilfe eines Hellenen, da es sich um den Zauber von einem der ihren handelt. Du wirst sterben, das weißt du.«

Sie nickte. »In ein paar Jahren, doch sterben muss jeder. Wer weiß, ob mir nicht ohnehin nur ein kurzes Leben vorherbestimmt war? Außerdem gibt es keine Gewissheit, dass die Hellenen recht haben mit ihrer Vorstellung der Unterwelt und nicht unser Volk. Dann hätte ich nichts zu befürchten.«

»Doch wozu bräuchte man dann dieses Leben?«

»Ich weiß es nicht. Das hat sich zuvor auch keiner gefragt. Die Hauptsache war, unsere Leute stürzten sich mit Todesverachtung in die Schlachten.«

Celtillos und seine jüngere Schwester Sirona gehörten den Boiern an, einem der Stämme, die vor etwa zwei Jahren Makedonien erobert hatten und später über Thessalien nach Hellas gekommen und in Delphoí eingefallen waren. Dies war eine dunkle Zeit gewesen in Celtillos' und Sironas Leben, denn dabei starben ihr Vater und ihr älterer Bruder. Ihre Menschlichkeit verloren sie nur wenige Tage später. Sie blieben hinter ihrem Volk zurück, um ihren Vater und den Bruder zu bestatten. In dieser Zeit lernte Celtillos die Zauberin Creusa kennen, wies ihre Annäherungsversuche jedoch zurück, woraufhin sie aus gekränkter Eitelkeit den Zauber wob, der ihre Leben zerstörte.

»Wir sollten sie wirklich vom Hang werfen, Cel«, sagte Sirona. »Denn hättest du das damals mit dem anderen hellenischen Weib getan, hätten wir jetzt keinen solchen Ärger.«

»Sie sieht nicht aus wie eine böse Zauberin, sondern eher wie ein Knabe.«

Sirona knurrte leise. »Was weiß ich, warum sie unbedingt in der Verkleidung eines Knaben sterben will. Außerdem sah man dieser Creusa die Bösartigkeit auch nicht an. Sie war sogar recht schön.«

Die eifersüchtige Creusa, die Cel in unerwiderter Liebe zugetan gewesen war, hatte Sirona für seine Geliebte gehalten. Sie belegte daraufhin beide mit einem Fluch, der Cel vom Sonnenaufgang bis zur Dämmerung in die Gestalt eines Greifen und Sirona für immer in die einer weißen Katze bannte.

Cels und Sironas Vertrauen in die Hellenen war dies nicht gerade zuträglich gewesen, was auf Gegenseitigkeit beruhte. Vor zwei Jahren hatte ein Volk der Keltoi – wie diese von den Hellenen genannt wurden – den makedonischen König Ptolemaios Keraunos getötet, was nach dem Dahinscheiden dessen Nachfolgers, des Strategos Sosthenes, in die Anarchie geführt hatte, die unverändert anhielt. Die Bewohner von Hellas, das derzeit zu Makedonien gehörte, hatten keinen Grund, die Keltoi zu mögen.

Die Bewusstlose stöhnte leise.

»Wir werden sie nicht töten«, sagte Cel. »Ich will wissen, was die Hellenen vorhaben und warum sie ein Mädchen schicken.« Natürlich konnte er Sirona schlecht sagen, dass er die Fremde interessant fand. Ihr Mut war eines Boiers würdig.

»Sie schicken Mädchen, weil sie selbst zu feige sind.« Sirona schnaubte.

Die Bewusstlose seufzte. Sie würde bald erwachen.

Cel blickte in die untergehende Sonne. »Wir müssen sie nicht töten. Gewiss hat sie selbst einiges zu verbergen, sonst würde sie sich nicht als Mann ausgeben. Vielleicht können wir die Frau für unsere Pläne benutzen.«

Sirona hob angewidert die Nase. »Du glaubst wirklich, eine Hellenin würde uns helfen? Hast du dir beim Sturz den Kopf verletzt?«

Der Magier

Als Lysandra erwachte, lag sie auf einem Lager aus Fellen. Zuerst wagte sie es nicht, sich zu bewegen, da sie sich beobachtet fühlte. Sie öffnete ihre Augen einen winzigen Spaltbreit. Jemand saß neben ihr, doch durch die Wimpern konnte sie nur Umrisse erkennen.

»Ich weiß, dass du wach bist«, erklang eine melodiöse Männerstimme.

Lysandra öffnete die Augen und erblickte einen attraktiven Mann mit einem schmalen Gesicht und langem silberblonden Haar, das ihm offen über die Brust reichte. Er war größer als die meisten hellenischen Männer, die sie kannte. Ein seltsames Kleidungsstück bedeckte seinen Unterleib und seine Beine einzeln, während seine muskulöse Brust nackt blieb bis auf einen Verband. Das Faszinierendste waren jedoch seine Augen, die von einem strahlenden Graublau waren. Doch auch seine vollen Lippen waren nicht zu verachten.

Schnell wandte Lysandra ihren Blick ab. Um sie herum sah sie Geröll, Felsen und Hügel. Sie lag in einer großen Höhle, die einzig von einer Fackel erleuchtet wurde. An ihrem Arm fand sie eine Schürfwunde und eine Beule an ihrem Kopf. Sie erinnerte sich an ihren Sturz. Es war ein Wunder, dass sie noch lebte.

»Wo ist der Greif?«, fragte sie.

»Weg.«

»Ist er geflohen? Oder tot?«

»Letzteres will ich nicht hoffen.«

»Wie bitte?« Lysandra starrte den überaus attraktiven, doch leider wahnsinnigen Mann an. »Ihr hofft, dass er nicht tot ist? Das Untier bedroht Delphoí!«

Er hob die Achseln. »Auch Untiere brauchen Nahrung. Was macht es schon aus, wenn er sich hier und da eine Ziege nimmt?«

»Die Menschen fürchten ihn. Er hat schon einige Krieger getötet und Ihr versucht, seine Taten zu rechtfertigen? Wer seid Ihr überhaupt? Ihr seht aus wie ein Barbar, außer dass Ihr keinen dieser langen Oberlippenbärte tragt.«

Er hob spöttisch eine Augenbraue. »Das mag ursäch-lich daran liegen, dass ich ein Barbar bin, der sich den Bart wegrasiert hat.«

Lysandra erschrak. »Dann seid Ihr einer der Keltoí! Ihr seid zurückgekehrt! Von einem wie Euch ist kein Verständnis zu erhoffen.«

»Von einem wie mir? Wir sind nicht hier, um Delphoí zu unterwerfen.«

»Was habt Ihr dann vor? Reicht es nicht, dass Eure Leute unseren König getötet, Delphoí geplündert und das Land in die Anarchie gestürzt haben?«

»Euer König wurde unter Bolgios getötet, wir jedoch fielen unter dem Heerführer Brennos in Makedonien ein.«

»Ihr kennt Euch erstaunlich gut aus.«

»Ich kann es mir nicht leisten, meine Ohren nicht überall zu haben.«

»Wie das? Ich habe Euch nie in der Stadt gesehen? Wo lebt Ihr? Doch nicht etwa hier auf dem Berg?«, fragte sie.

»Ihr seid mir eindeutig zu neugierig.«

Welch ein merkwürdiger Mann. Zumindest bedrohte er sie im Moment nicht, auch wenn sie wachsam sein musste. Doch seine Nähe irritierte sie. Ständig musste sie auf die engen Beinkleider, die einiges erahnen ließen, und seine nackte Brust starren und sich vorstellen, wie es wohl wäre, ihre Hände durch sein silbern schimmerndes Haupthaar gleiten zu lassen. Sie konnte ihm wohl kaum vorwerfen, nur halb bekleidet zu sein, wenn die Delphoïschen Spiele völlig nackt begangen wurden. Doch warum hatte sie sich nie für die unbekleideten Männer von Hellas interessiert, während dieser Barbar ungemein anziehend auf sie wirkte? Offenbar hatte sie sich bei ihrem Sturz den Kopf etwas zu fest angeschlagen.

»Hat der Greif Euch auch verletzt?« Lysandra deutete auf den Verband an seiner Brust. Hatte der Keltoi sie gar vor dem Untier gerettet? Das wäre die Erklärung dafür, dass sie noch lebte. Dann war sie allerdings sehr undankbar.

»Ist nur ein Kratzer.«

»Habt Ihr mich vor der Kreatur gerettet?«

»So ähnlich.«

Lysandra erhob sich. »Dann danke ich Euch. Ich schulde Euch mein Leben.«

Erst jetzt bemerkte sie die weiße Katze, die um seine Beine herumstrich. Sie beugte sich hinab, um sie zu streicheln, doch das Tier wich ihr aus. Ihre Finger streiften stattdessen das Bein des Keltoi und sie spürte seine harten Muskeln und seine Wärme. Lysandra wurde sich überdeutlich seiner Nähe bewusst, die sie verunsicherte. Dies gefiel ihr ganz und gar nicht.

»Sie ist scheu, nicht wahr?«, fragte sie.

Er schüttelte den Kopf. »Nein, sie lässt sich nur nicht von jedem anfassen.«

»Sie ist ein schönes Tier.« Das war nicht gelogen. Das Tier bewegte sich mit einer Anmut, die ihresgleichen suchte. Die Intelligenz in ihren grünen Augen wirkte fast menschlich.

»Sie ist in der Tat eines der schönsten Wesen, die ich je gesehen habe. Mein Name ist Celtillos, manche nennen mich Cel. Was treibst du hier und wie ist dein Name?«

Es war ihr, als wollte er von der Katze ablenken. Er verwirrte sie wirklich vollends. Zudem duzte er sie.

»Ich wollte den Drachen töten. Oder sollte ich lieber sagen: den Greifen? Mein Name ist Lysandros, nach dem spartanischen Feldherrn.«

Er ließ seinen Blick über sie gleiten. »Warum schicken die Hellenen halbe Kinder aus, um einen Drachen zu töten?«

Zorn breitete sich in Lysandra aus. Zu oft war sie wegen ihrer für einen Mann schmächtigen Gestalt gehänselt worden. »Ich weiß, dass ich jünger aussehe, als ich bin. Aber ich bin erwachsen und außerdem Haushaltsvorstand!« Leider. Sie hätte einiges darum gegeben, dies nicht zu sein, daher auch ihre heftige Reaktion. Viel lieber wäre sie sie selbst, eine Frau, ganz besonders jetzt, da sie ihm gegenüberstand … Doch wollte sie ihn nicht attraktiv finden, denn er gehörte zu jenen Völkern, die Delphoí angegriffen und geplündert hatten.

Cel hob beschwichtigend die Hände. »Schon gut. Warum wolltest du den Greifen töten?«

Sie stemmte die Hände in die Hüften. »Merkst du nicht, wie du mit mir sprichst? Nur weil ich so jung und schmächtig bin, nimmt mich keiner ernst. Ich muss mich gegen die anderen Männer behaupten. Du weißt vermutlich gar nicht, wie es mir ergeht, so groß und muskulös, wie du bist.«

»Ich weiß durchaus, wie gehässig Knaben oder Männer sein können, wenn sie jemanden als unterlegen einstufen.«

»Ich hatte bisher nie die Gelegenheit, mich zu beweisen. Nicht wegen meiner Widersacher, sondern für mich selbst. Meine Ziehmutter will mich von jeglicher Gefahr fernhalten. Das macht es mir nicht leichter.«

»Gewiss handelt sie aus Sorge.«

»Meine Ziehmutter hat mich in ihrem Sinne erzogen, sodass ich sie vor der Vormacht eines herrischen und gemeinen Mannes bewahre.«

»Du verabscheust Männer?«

Lysandra sah ihn überrascht an. Ahnte er etwas? Sie schüttelte den Kopf. »Natürlich nicht.« Lysandra sprach mit tieferer Stimme weiter. »Schließlich bin ich selbst einer.«

Cel strich sich eine silberblonde Strähne aus dem Gesicht. »Vor der Vormacht eines herrischen und gemeinen Mannes? Haben eure Frauen denn nicht dieselben Rechte wie eure Männer?«, fragte er.

Von Unglauben erfüllt starrte sie ihn an. »Dieselben Rechte? Wohl kaum. Frauen dürfen nicht mal die Haustür öffnen, sich nicht sehen lassen, wenn männlicher Besuch kommt, und schon gar nicht mit einem Mann sprechen, sonst gelten sie als unzüchtig und werden geächtet und verstoßen.«

Er starrte sie vollkommen perplex an. »Nicht mal die Haustür dürfen sie öffnen?«

»Sagte ich doch. Ich weiß nicht mal, wie meine eigene Ziehschwester aussieht, weil sie ständig im Frauentrakt versteckt gehalten wird.« Lysandra wurde ungeduldig.

Er schüttelte sichtlich ungläubig das Haupt. »Das verstehe ich nicht. Bei meinem Volk ist das anders. Alle

Aufgaben sowie Rechte und Pflichten werden geteilt. Eine Frau hat genauso viel zu sagen wie ein Mann.«

»Du meinst das ernst?«

»Natürlich. Es ist die Wahrheit!«

Lysandra wusste nichts darauf zu erwidern. Alles deutete darauf hin, dass die sogenannten primitiven Barbaren, auf die stets hinabgeschaut wurde, zumindest in dieser Hinsicht fortschrittlicher waren als ihr eigenes Volk! Die hellenischen Männer würden dies natürlich anders sehen, vermutlich wieder als Beweis der Barbarei der Keltoi, doch für sie klangen seine Worte wie eine Verheißung. Dieser Mann war für sie trotz oder gerade wegen seiner Herkunft die personifizierte Versuchung.

Dennoch hatte sie viele Gründe, die Keltoi zu fürchten und zu hassen, nicht zuletzt seit Leonidas' Tod. Keineswegs konnte man ihnen trauen.

»Wo ist das Ungeheuer jetzt?«, fragte sie.

»Es ist weg. Das ist alles, was du im Moment zu wissen brauchst.«

Der Mann liebte also Geheimnisse. Sie hob eine Augenbraue. »Also besteht keine Gefahr, dass ich sein Abendessen werde? Wie bedauerlich. So komme ich doch noch um meinen Heldentod.«

Cel lachte, was ihn noch anziehender wirken ließ. »Es tut mir leid, dich enttäuschen zu müssen, doch er wird dir nichts tun, solange du ihn in Ruhe lässt«, sagte er.

»Aber ich muss ihn töten, sonst ist meine Ehre zerstört.« Bald wäre ihr Versagen das Stadtgespräch – monatelang, dafür würde ihre Ziehmutter sorgen, unter dem Vorwand, es gut mit ihr zu meinen und ihr solche Narreteien für die Zukunft auszutreiben. Alle würden sie auslachen, von den hämischen Sprüchen ihres jüngeren Ziehbruders Damasos ganz zu schweigen.

»Könnte es denn nicht genügen, wenn der Greif davongejagt würde, oder musst du ihnen unbedingt seinen Kopf bringen?«, fragte Cel.

Worauf wollte er hinaus? Lysandra entsann sich des Textes, mit dem der Lohn für das Drachentöten ausgeschrieben worden war. Da die Ausschreibung nicht öffentlich war, erfuhr sie erst durch einige Krieger, die noch ihren Ziehgroßvater Leonidas gekannt hatten, davon. Offenbar wollte die Regierung die Anwesenheit des Ungeheuers möglichst geheim halten – was in der letzten Zeit zunehmend schwieriger geworden war. Immer mehr Leute glaubten, einen Drachen auf dem Parnassós erblickt zu haben. Offensichtlich hatten sich diese nicht nahe genug herangetraut, um erkennen zu können, dass es sich um ein ganz anderes Wesen handelte. Wenn sie jedoch den Kopf eines Greifen brachte, war es daher fragwürdig, ob sie den Lohn erhalten würde.

»Es würde reichen, wenn er verschwindet«, sagte Lysandra.

»Wenn du mir bei meiner Aufgabe hilfst, werde ich dafür sorgen, dass er hier nie wieder gesichtet wird.«

»Wie willst du das erreichen?«, fragte sie. »Und wobei soll ich dir helfen?«

»Du musst mir helfen, mich von einem …«« Die weiße Katze sprang ihn plötzlich an und unterbrach damit seinen Redefluss. Beinahe schuldbewusst blickte er das Tier an, als er es zu Boden gleiten ließ. »Nun, du kennst dich im Land der Hellenen besser aus als ich. Man misstraut den Fremden. Ich möchte unter anderem euer bekanntes Orakel befragen.«

»Das Orakel? Das hat eine sehr lange Warteliste. Momentan soll sie besonders voll sein, habe ich gehört. Barb… äh Metöken und andere Fremde werden nicht gerade bevorzugt.« Das war untertrieben ausgedrückt. Barbaren kamen als Allerletzte dran.

»Wie lange muss ich warten?«

»Viele Monate, womöglich mehr als ein Jahr.«

»So viel Zeit habe ich nicht.«

»Nun, dann wirst du dich an einen anderen *mántis*, einen Seher, wenden müssen. Es gibt ja nicht nur die Pythia.«

»Wo gibt es einen in Delphoí?«

Lysandra grübelte. Es gab einige Seher in Delphoí, doch bisher hatte sie sich nicht für sie interessiert. »Aiolos von Heraklion. Meine Mutter sagt, er sei ein Spinner, doch offenbar ist er ein sehr erfolgreicher.« Tatsächlich gingen viele Leute zu ihm, seit er vor zwei Jahren nach Delphoí gekommen war.

»Wir suchen ihn jetzt auf.«

Lysandra schluckte. »Jetzt? Aber es ist schon dunkel. Da kann man doch nicht mehr jemanden besuchen, zumindest nicht ohne Einladung.«

»Du wirst schon sehen, dass ich das kann. Komm mit mir. Einem Einheimischen wird er eher vertrauen.«

»Wie willst du den Drachen, oder besser gesagt Greifen, denn von hier fortschaffen?«

»Du glaubst mir nicht?«

»Du bist einer von den Barbaren.«

Er sah sie aus zu Schlitzen verengten Augen an. »Ach, das hätte ich fast vergessen. Dann wirst du wohl auf den Lohn und die Ehre verzichten müssen.« Er wandte sich um.

»Warte, Celtillos!«

Er sah sie an.

»Lass es uns versuchen. Wenn der Greif hernach noch da sein sollte, dürfte mir das nicht entgehen«, sagte sie.

Lysandra glaubte ihm nicht, dass er den Greif beseitigen würde können. Andererseits sagte man den Keltoi sagenhafte Fähigkeiten im Kampfe nach. Diese hatten ihnen allerdings beim Angriff auf Delphoí auch nichts genutzt. Außerdem verdankte sie diesem Barbaren ihr Leben und stand deshalb in seiner Schuld.

»Komm jetzt«, sagte Cel. »Es gibt kaum etwas im Leben, was knapper ist als die Zeit und einem schneller durch die Finger rinnt.«

Lysandra ging mit ihm. Obwohl er ein Barbar war und ganz offensichtlich ein paar seltsame Ansichten vertrat, fand sie seine Gegenwart angenehm. Womöglich lag dies daran, dass sie sich ihm gegenüber nicht verstellen musste, wie sonst gegenüber Männern. Niemand aus Delphoí durfte ihren Schwindel herausfinden. Cel hatte mit den Leuten hier keinerlei Kontakt und würde sie daher gewiss nicht verraten, selbst wenn er ihr Geheimnis erraten sollte.

Sie verließen die Höhle. Lysandra lief an seiner Seite den steinigen Pfad hinab, gefolgt von der weißen Katze. Es war bereits Nacht, doch der Mond schien hell, sodass sie genügend sah.

»Soll ich dich nicht lieber tragen, Sirona?«, fragte Cel.

Lysandra quollen vor Fassungslosigkeit beinahe die Augen aus dem Kopf, als sie sah, dass die Katze den Kopf schüttelte. Das hier war mehr als nur ein bisschen merkwürdig.

»Was willst du vom Seher?«, fragte sie.

»Informationen.«

»Aha, sehr aufschlussreich.«

»Ist etwas Persönliches.«

Sie stellte keine weiteren Fragen, schließlich hatte sie selbst genug zu verbergen. Lysandra war froh, dass sie niemandem auf den Straßen begegneten, der sie kannte, besonders nicht Nikodemos, Linos oder Gennadios, die den Lohn für die Drachentötung verwalteten. Wie sollte sie ihnen erklären, warum sie sich mit einem Keltoi herumtrieb, einem Feind ihres Volkes, anstatt das Ungeheuer zu jagen? Von ihrem seltsamen Handel konnte sie ihnen wohl kaum erzählen. Es würde nur darauf hinauslaufen, dass man annahm, sie wäre gar nicht bei der Höhle gewesen, sondern hätte alles nur vorgetäuscht. Doch noch konnte sie behaupten, das Untier nicht angetroffen zu haben. Ein paar Tage Spielraum ließen sich herausschlagen. Mehr allerdings auch nicht.

Sie erreichten eine düstere Gasse. An ihrem Rand wuchsen Zypressen, deren würzig-holziger Duft zu ihnen herüberwehte. Kühler Wind zog an Lysandras Gewand, als sie an Cels Seite zu Aiolos' Haus lief. Es war, soweit sie erkennen konnte, unbeleuchtet. Vermutlich war er bereits zu Bett gegangen. Lysandra klopfte an die Tür. Ein Fenster im Obergeschoss wurde geöffnet.

Aiolos' dunkler Haarschopf erschien »Wer ist da?«

»Lysandros, der Sohn der Nerea.«

»Und Euer Begleiter? Er ist nicht von hier?«

»Nein, er ist ein Fremder, der Euren Rat benötigt.« Wenn sie ihm verriet, dass er ein Keltoi war, riskierte sie, dass Aiolos sie nicht hereinließ oder gar sein Nachtgeschirr über sie beide ausleerte.

»Mein Rat ist aber nicht ganz billig.«

Lysandra grinste. Offenbar war sein Geschäftssinn stärker ausgeprägt als eventuelle Fremdenfeindlichkeit.

»Kommt herunter. Wir haben nicht viel Zeit«, sagte Cel. Sie fragte sich, wie er hellenisch hatte lernen können, wenn er doch ihr Volk mied.

»Denkt Ihr, die habe ich?«, fragte Aiolos.

»Darum solltet Ihr kommen.« Eine unterschwellige

Warnung lag in Cels Worten, die Aiolos offenbar nicht entgangen war, denn kurz nachdem er das Fenster geschlossen hatte, erklangen Schritte im Haus. Die Tür wurde geöffnet und Aiolos trat heraus. Er war nicht nur vollständig angekleidet, sondern trug auch einen Umhang, als habe er ohnehin vorgehabt, das Haus zu verlassen. Seine Augen und sein Haar waren dunkel, der Bart wirkte frisch gestutzt. Aus dunklen, glitzernden Augen sah er sie an.

»Ich hoffe, Ihr habt Geld, Gold oder Bronzebarren bei Euch, Keltoi.«

»Bereden wir alles im Haus«, sagte Cel.

Aiolos nickte. Cel fasste Lysandra am Unterarm und betrat mit ihr zusammen hinter Aiolos das Haus. Cel hielt Sirona die Tür auf, die nach ihnen hineinhuschte.

Aiolos bot ihnen Stühle an. Er selbst ließ sich an der anderen Seite des Tisches nieder. Cel setzte sich direkt neben die Tür, Lysandra neben ihn. Erst dann ließ er ihren Arm los. Die weiße Katze legte sich auf eine Bank unter dem Fenster hinter Aiolos.

»Also, wie kann ich Euch helfen? Wollt Ihr einen Blick in die Zukunft werfen oder mit den Toten sprechen?«, fragte Aiolos.

Cel schüttelte den Kopf. »Nein, es geht um einen Fluch, den wir brechen möchten.«

»Ein Fluch – nun, so etwas kommt häufiger vor, als man denkt.« Aiolos verschränkte die Finger. »Wisst Ihr, um welche Art von Fluch es sich handelt? Einen, der Unglück, Krankheiten oder gar den Tod bringt?«

»Nein, er verändert die Gestalt der Verfluchten. Einer von ihnen verwandelt sich tagsüber in ein Tier.«

Lysandra starrte Cel an. War er von Sinnen?

»In was für ein Tier? Einen Wolf? Ist er ein Lykantroph?« Aiolos erschauerte sichtlich.

»Nein, ein Greif.«

Lysandra starrte Cel völlig entgeistert an. Er wollte doch nicht etwa behaupten, er sei das Ungeheuer? Jetzt wusste sie auch, warum er sich neben die Tür gesetzt hatte: um zu verhindern, dass sie floh.

Unauffällig sah sie sich nach einem Fenster um, doch es befand sich hinter Aiolos. Dieser schien, im Gegensatz zu ihr, der haarsträubenden Geschichte Glauben zu schenken. War sie hier von lauter Irren umgeben?

»Ein Greif. Ihr meint doch nicht etwa das Ungeheuer vom Parnassós?«

»Könnt Ihr mir nun helfen oder nicht?«

»Wer ist der Urheber des Fluchs oder Zaubers?«

»Eine Hellenin namens Creusa. Sie ist groß, schön und hat langes schwarzes Haar. Bis vor einem Jahr wohnte sie in Delphoí.«

»Ich bin bereits seit zwei Jahren hier, doch diese Frau ist mir unbekannt. Dies scheint kein gewöhnlicher Fluch oder Zauber zu sein. Ich weiß, welche Arten von Zauber am häufigsten verwendet werden. Diese Frau war eine Hellenin, sagtet Ihr? Dann gibt es eine Möglichkeit: Wir müssen auf den hiesigen Friedhof.«

Lysandra sah zuerst Aiolos, dann Cel an. »Auf den Friedhof?«

Die weiße Katze sträubte ihr Fell.

»Wozu soll das gut sein?«, fragte Cel, der ebenfalls nicht besonders angetan von dieser Idee zu sein schien.

Aiolos erhob sich. »Es ist wahrscheinlich, dass die Zauberin ihre Kraft aus einem magischen Gegenstand bezogen hat, einem Ring vielleicht, den sie in einem Grab hinterlegt hat. Die Toten, bevorzugt jung und gewaltsam gestorben, bringen die Zauber und Flüche über die Anrufungen in die Unterwelt, von wo aus sich

diese manifestieren können. Ich weiß, auf welche Gräber ich zu achten habe. Vielleicht finden wir darin auch
ein von der Zauberin hinterlegtes Bleitäfelchen, durch
das wir den Wortlaut des Zaubers und womöglich ihren
Namen herausfinden können. Am besten machen wir
uns sofort auf.« Aiolos ging zu einer seiner Truhen, um
ihr zwei Spaten und einen Beutel zu entnehmen.

Lysandra starrte ihn entsetzt an. »Er will Gräber öffnen. Wenn man uns dabei erwischt, wirft man uns in
den Kerker wegen Grabschänderei.«

Cel warf ihr einen stechenden Blick zu. »Ich dachte,
du wolltest dich beweisen? Jetzt hast du die Gelegenheit
dazu. Was Sironas und meine Situation betrifft, werde
ich mich durch solche Zweifel nicht daran hindern lassen, jede Möglichkeit zu nutzen. Außerdem habe ich
nicht vor, mich erwischen zu lassen. Wenn du also das
Geld und die Ehre für die Beseitigung des Greifen haben willst, kommst du besser mit.«

Damit hatte er natürlich recht, dennoch beschlich sie
ein ungutes Gefühl bei der Sache. Lysandra folgte ihnen
hinaus in die Nacht. Die weiße Katze blieb hinter ihr
wie eine Wächterin.

Grabesruhe

Celtillos hasste es, sich auf Friedhöfe zu begeben. Wie viel es ihn kostete, dort zu sein, konnten weder die Hellenin noch Aiolos nachvollziehen. Es kam einem Fluch gleich, Geister sehen zu können. Dies war eine unerwünschte Gabe, die ihn seit frühester Kindheit begleitete.

Um Sirona zu retten, würde er den Friedhof dennoch betreten. Celtillos umfasste die Stiele der beiden Spaten fester. Er hoffte nur, dass Aiolos kein Betrüger war und er sich dies hier nicht unnötig antat, sonst würde er den Seher eigenhändig in eines der Gräber versenken.

Der von Zypressen umgebene Friedhof lag außerhalb der Stadt. Es war hier merklich dunkler als auf der Straße. Nebel zog auf und wogte in langen Schlieren um die Gräber. Aiolos' Öllampe spendete nur spärliches Licht. Zudem flackerte die Flamme im Wind, der drohte, sie jederzeit zu verlöschen. Gelegentlich durchbrach der Mond die Wolkenbänke, welche den Himmel bedeckten, sodass Celtillos etwas mehr erkennen konnte.

Mauern säumten die Familiengräber. Auf den Stelen waren bewaffnete Krieger und Frauen mit Spindeln abgebildet – stets in der Blüte ihrer Jugend, denn Alter und Siechtum waren den Hellenen verpönt. Dennoch raffte der Tod sie alle gleichermaßen hinweg: Alte wie Junge, Weiber ebenso wie Männer und Kinder.

Es gab sie an jeder größeren Begräbnisstätte: die erdgebundenen Geister der Verstorbenen, die das irdische Dasein nicht loslassen konnten. Sie nahmen Cel wahr, doch meist war es zwecklos, mit ihnen zu reden, da sie im Augenblick ihres Todes gefangen blieben. Wie diese Frau, die im weißen Gewand blutend durch die Reihen der Gräber ging. Sie war durchscheinend und fast so jung wie Sirona und doch gestorben im Kindbett, denn flehentlich rief sie nach ihrem verlorenen Säugling – dabei war sie selbst die Verlorene.

Das Blut rann von ihren Beinen hinab und verdunkelte die Erde. Doch nicht für lange. Das Blut verschwand, es versickerte nicht im Boden, sondern löste sich einfach auf. Konnten die anderen das und die Tote denn nicht sehen?

Offenbar nicht, denn Aiolos lief geradewegs durch sie hindurch. Welch ein Seher er doch war! Andererseits konnte er froh sein, von dieser zweifelhaften Gabe verschont zu werden. Den Anblick des Geistes der toten Frau, die für alle Ewigkeit ihr Kind suchte, das vermutlich auch schon lange tot war, empfand Cel als verstörend. Er wandte daher seinen Blick ab.

Aiolos hielt seine Lampe über ein Grab, auf dem die Überreste von Opfergaben lagen: inzwischen verdorrte Früchte, verschimmeltes Brot, versickerter Wein, Milch, Nüsse, Salz und Kuchen, von welchen die Tiere den größten Teil mitgenommen hatten.

Cel betrachtete seine Begleiterin von der Seite. Er entschied, sie für sich Lysandra zu nennen. Das Wissen um ihr Geschlecht behielt er vorerst für sich. Er war gespannt, wie lange sie diese Maskerade aufrecht zu erhalten gedachte. Womöglich war es zu ihrem Schutz gedacht, wenn die Hellenen ihre Frauen wirklich einsperrten, wie sie es ihm erzählt hatte.

Aiolos reichte Lysandra seine Lampe. »Ich brauche die Hände frei. Die Lampe spendet ohnehin nur mickriges Licht. Ich benötige sie hauptsächlich, wenn es ein Täfelchen mit Zaubersprüchen zu lesen gibt. Seht zu, dass das Feuer darin nicht erlischt.«

Seinen Worten gemäß lief Lysandra langsamer und schützte die Flamme mit einer Hand vor dem Wind. Aiolos lief ihnen voran zwischen den Gräbern hindurch. Nebel umwogte die steinernen Stelen. Beinahe lautlos waren seine Schritte. Aiolos' Umhang verschmolz mit der Nacht. Er wirkte höchst konzentriert, lenkte seine Schritte mal hierhin und mal dorthin. Es war düster und schattig, da der Mond sich wieder hinter einer Wolkenbank verbarg. Celtillos konnte seine eigene Hand kaum vor Augen sehen.

»Hast du schon eine Spur?«, fragte Lysandra, die ein Stück hinter ihnen lief. Sirona konnte er trotz ihres hellen Felles nirgendwo entdecken.

»Seid still, ich muss mich sammeln«, sagte Aiolos. »Gleich werde ich fündig. Gleich. Ich spüre es.«

Celtillos vernahm Schritte, danach ein Knirschen und Knacksen, einen Schlag und schließlich einen gedämpften Schrei. Sein Herz schlug schneller, als er die Stelle suchte, wo Aiolos verschwunden war.

»Was ist geschehen?«, fragte Lysandra hinter ihm.

Aiolos sagte etwas, doch Cel verstand ihn nicht. Seine Stimme hörte sich seltsam dumpf an.

Sie eilten in die Richtung, aus der sie seine Worte vernommen hatten, und kamen zu einem Loch im Boden.

»Ich habs gefunden!«, erklang Aiolos' Stimme aus dem Grab. »Ich verstehe das nicht. Entweder haben die eine Holzkiste verwendet oder die Ziegel des Sarkophags sind zu feucht gewesen. Auf jeden Fall hat das Grab nachgegeben, als ich draufgefallen bin.«

Oder es hatte bereits jemand anders nach dem Grab gesucht und einen Teil des Sarkophags zerstört. Vermutlich war dies die Zauberin gewesen. Glücklicherweise lag Aiolos nicht allzu tief. Cel beugte sich hinab und reichte ihm die Hand, die dieser ergriff, um sich daran hochzuziehen.

Aiolos klopfte die Friedhofserde, Regenwürmer und Käfer von seinem Gewand. Er nahm von Cel einen der Spaten entgegen. Gemeinsam begannen sie zu graben. Bald hatten sie den Sarkophag weitgehend von der Erde befreit. Der Deckel war, wie erwartet, in Stücke gesprungen. Aiolos ließ sich von Lysandra die Öllampe geben, um hineinzuleuchten. Von einem jung und erst kürzlich Verstorbenen konnte keine Rede sein, auch sah Celtillos dessen Geist nicht.

Aiolos beugte sich über die verdorrte Leiche und nahm ihr etwas aus den Händen, wobei die Finger des Toten zerbrachen. Cel hoffte, dass dieser Wahnsinn bald vorbei war und er endlich den Zauber würde lösen können, der seine Schwester viel zu früh ins Grab bringen sollte.

Aiolos hielt eine kleine Wachsfigur, die, wenn man nach den überdeutlich ausgeprägten Geschlechtsmerkmalen ging, einen Mann darstellte, ins Flackerlicht der Öllampe. Die Figur war an mehreren Stellen mit Nadeln durchbohrt.

»Eine Statuette«, sagte Aiolos. »Die Zauberin scheint einen Bindungszauber versucht zu haben.« Aiolos blickte Cel fragend an.

»Was ist ein Bindungszauber?«

»Er dient dazu, einen Menschen dem eigenen Willen

zu unterwerfen, sodass er unfähig zu eigenem Handeln wird. Ich vermute in diesem einen Liebeszauber. Es ist Euer Name in die Statuette eingraviert. Außerdem ist eine Strähne hellen Haares darum gebunden, vermutlich das Eure.«

Cel starrte die Statuette an. »Wie ist Creusa an mein Haar gekommen? Wenigstens hat der Zauber nicht gewirkt. Durch einen Liebeszauber an dieses Weib gebunden zu sein, wäre schlimmer als der Tod.«

»Es verwundert mich, dass der Zauber nicht gewirkt hat«, sagte Aiolos, »denn dies sieht nach dem Werk von jemandem aus, der sich wirklich auskennt. Sie muss so erzürnt gewesen sein, dass sie gleich einen neuen Zauber wob, der offenbar diesmal Wirkung zeigte. Womöglich war sie beim ersten so emotional involviert gewesen, dass sie einen Fehler, welcher Art auch immer, beging.« Aiolos nahm achselzuckend ein Wachstäfelchen aus dem Grab und hielt es ins Licht. »Darauf steht der Zauberspruch: In die Gestalt des Greifen nach Aufgang der Sonne bis zu ihrem Untergang banne ich Celtillos, und seine Liebste, Sirona, soll eine Katze sein bis ans Ende ihrer Tage.«

»Genau dies ist der Zauber, der mich bindet!«, sagte Cel.

»Eure Liebste?«

»Creusa wollte mich, doch ich sie nicht. In ihrer Eifersucht hielt sie meine Schwester für meine Geliebte.« Als Cel ihren Irrglauben korrigiert hatte, war es zu spät gewesen. Der Schaden war angerichtet.

Aiolos wirkte höchst angespannt. Die Utensilien in den Händen haltend, starrte er entrückt in die Flamme.

Nach einer Weile schüttelte er den Kopf. »Ich verstehe es nicht. Es ist, als würde ich an eine Wand stoßen, wenn ich versuche, dem Ursprung des Zaubers zu folgen. Es ist ohnehin ein Wunder, dass es der Zauberin gelungen war, ihn mit einem derart lange Verstorbenen durchzuführen. Sie muss wirklich sehr gut darin sein.«

»So alt erscheint mir die Grabstele nicht«, sagte Lysandra. »Sie ist noch kaum verwittert. Da sehen viele der anderen schlimmer aus.«

Aiolos hielt seine Öllampe vor die Stele. »Bei Artemis' Hintern! Sie hat recht. Dieser Mann verstarb erst vor über einem Jahr, doch war bereits jetzt nicht mehr von ihm übrig als ein Gerippe, das noch dazu porös war. Normalerweise braucht es bei der Trockenheit hier etwa fünf Jahre, um in einen solchen Zustand zu gelangen.«

»Ja, und? Was bedeutet das?«, fragte Cel.

Aiolos verstaute die Utensilien in seinem Beutel. »Hier stimmt etwas nicht! Ganz und gar nicht.«

»Und was genau stimmt nicht?«, fragte Cel.

Aiolos hob die Achseln. »Das wüsste ich auch gerne.«

Cel wagte es nicht zu fragen, woher Aiolos sein Wissen über die Verwesungsstadien hatte. Offenbar ging er häufiger der Grabräuberei nach.

Plötzlich erklangen Schritte.

»Verdammt!« Aiolos dämpfte seine Stimme. »Wenn sie uns finden, sind wir dran wegen Grabschänderei. Das kann ich mir nicht erlauben. Das ist höchst geschäftsschädigend. Schnell, verschwinden wir durch das hintere Tor!«

»Wer ist da?«, erklang eine Männerstimme. »Macht Euch kenntlich, wer auch immer Ihr seid!«

»Passiert das hier öfters, dass einer die Gräber öffnet?«, fragte Lysandra leise.

»Ja. Schwatzt nicht, verschwindet einfach nur.«

Aiolos' Stimme klang gehetzt.

»Ich sehe aber nichts«, sagte Lysandra und stolperte prompt. Gerade rechtzeitig umfing Cel sie und presste sie an seine Brust. Sie fühlte sich so zart an in seinen Armen und roch dezent nach Seifenkraut und sich selbst, einem sehr femininen Duft. Auch spürte er ihre Brüste an seinem Leib und die zarte Rundung ihrer Hüfte.

»Hast du dich verletzt?«, fragte er besorgt.

»Mir ist nichts geschehen.«

Seine Hand umfing die ihre. Etwas huschte in entgegengesetzter Richtung an ihnen vorbei. Sie hasteten weiter, denn man durfte sie nicht erwischen.

»Es war nur eine Katze«, vernahmen sie dieselbe Männerstimme wie vorhin. Cel fluchte lautlos. Sirona würde doch nichts Unüberlegtes tun?

»Sicher?«, fragte ein anderer Mann den ersten. »Ich dachte, ich hätte Schritte vernommen.«

»Das liegt an diesem Ort. Wenn man zu lange hier arbeitet, glaubt man sogar, die Toten flüstern zu hören.«

Das kannte Celtillos allzu gut. Er wünschte, er könnte die Toten nicht reden hören. Meist handelte es sich um verstörende Monologe. Viele der Toten dachten, sie würden noch leben und waren irritiert, dass die meisten Menschen sie nicht wahrnahmen. Viele waren im Augenblick ihres Todes gefangen und verspürten die Angst und Pein unvermindert weiter.

Cel vermutete, dass es sich bei den beiden Männern um Gärtner oder Steinmetze handelte. Doch was taten diese zu solch später Stunde noch hier? Möglicherweise hatten sie etwas vergessen oder es handelte sich um eine dringende Arbeit.

Endlich erreichten sie das hintere Tor. Sie warteten kurz, bevor sie aus dem Gebüsch stürmten, doch niemand schien sich in der unmittelbaren Nähe zu befinden. Cel ging als Erster durchs hintere Tor, um zu sehen, ob sich jemand auf der Straße befand. Er winkte seinen Begleitern zu, woraufhin diese ihm folgten, doch hinter der Mauer blieb er stehen.

»Wartet auf meine Katze. Sie müsste gleich hier sein. Sie werden sie ja hoffentlich nicht gefangen haben.«

»Warum sollten sie das tun?«, fragte Lysandra.

»Esst ihr Hellenen denn keine Katzen?«, fragte Cel.

Lysandra starrte ihn entsetzt an. »Wie kommst du auf so was? Ich dachte, ihr Barbaren tut das!«

»Genauso wenig wie wir Hunde opfern.«

Lysandra schwieg und Celtillos ließ es ebenfalls dabei bewenden. Er hielt sich lange genug in der Gegend um Delphoí auf, um zu wissen, dass einige Hellenen tatsächlich nach der Geburt eines Kindes den Göttern Hunde opferten, um sich von den dadurch verursachten Verunreinigungen zu befreien. Das ganze Haus galt nach einer Geburt oder einem Todesfall als unrein. Die hellenischen Sitten würde er wohl nie verstehen.

Cel atmete auf, als endlich Sirona erschien.

»Intelligentes Tier.« Aiolos betrachtete die Katze anerkennend. »Ich hoffe, Ihr könnt mich entlohnen für diese gefährliche Arbeit.«

Cel schüttelte den Kopf. »Du bekommst deinen Lohn auf Erfolgsbasis und bisher hast du unser Problem noch nicht lösen können.«

»Bezahlt jetzt oder ich mache nicht weiter.«

»Nereas Bekannte Briseis hat auch erst im Nachhinein für deine Dienste bezahlt«, sagte Lysandra.

Aiolos sah sie aus zu Schlitzen verengten Augen an. »Das war eine Ausnahme.«

»Woher soll ich wissen, ob Ihr den Zauber wirklich

lösen könnt?«, fragte Cel.

»Natürlich kann ich das. Ich habs mir überlegt: Ihr könnt mir anstatt des Goldes auch Eure Katze geben. Als Anzahlung.«

Sirona machte einen Satz von Aiolos weg.

Cel schüttelte den Kopf. »Auf keinen Fall!«

»Wie Ihr wollt. Dann machen wir eben nicht weiter.«

»Gebt mir die Utensilien!«, sagte Cel.

Aiolos sah sich hektisch um und erbleichte plötzlich. »Bei Aletheia, folgt mir schnell.« Er packte Lysandra am Arm und zog sie mit sich in eine düstere Nebengasse.

Cel folgte ihnen. »Lass ihn los!«

Aiolos gebot ihnen mit einer Geste zu schweigen. Schweiß rann über seine Stirn. Er presste sich dicht gegen die mit Weinranken bewachsene Wand. Männer liefen durch die andere Gasse unweit von ihnen, ohne sie zu entdecken.

Als sie außer Hörweite waren, sah Cel Aiolos scharf an. »Wer waren die? Ist das nur mein Eindruck oder befanden die sich auf der Suche nach dir?« Die Aufregung ließ ihn in die vertrauliche Anrede verfallen.

»Äh. Durchaus möglich.« Aiolos grinste. »Ich glaube, ich gehe jetzt lieber nach Hause.« Er eilte mit wehendem Gewand davon.

»Und was ist mit dem Zauber?«, fragte Cel.

»Darum kümmere ich mich morgen – vorausgesetzt, ich erhalte die Bezahlung.«

»Das werden wir morgen besprechen«, sagte Cel.

»Ich könnte auch etwas Schlaf gebrauchen. Gute Nacht!«, sagte Lysandra. »Du bist wirklich der Greif?«

»Gewiss bin ich das.«

»Aiolos scheint das tatsächlich zu glauben, doch mir kannst du so was nicht erzählen.«

»Du hast den Greifen doch gesehen. Komme

morgen eine halbe Stunde vor Sonnenaufgang zur Corycischen Grotte.«

»Wenn ich lebensmüde bin.«

»Lebensüberdruss ist eine Tugend, wenn man mit mir zusammenarbeiten will. Aber ich zähle mehr auf deine Neugierde.«

Als Lysandra in den frühen Morgenstunden im Dunkeln zur Corycischen Grotte lief, erblickte sie zuerst die weiße Katze. Vom Greif sah sie keine Spur, doch sie würde ihn suchen, ihn und Cel. Sicherheitshalber war sie in voller Bewaffnung erschienen. Die Stunde der Wahrheit rückte näher.

Die weiße Katze miaute und schien auf etwas zu warten.

»Was willst du von mir?« Lysandra betrachtete das Tier. Während ihre Müdigkeit schwand, erinnerte sie sich an die Gespräche der vergangenen Nacht. Cels Worten nach handelte es sich bei diesem Tier um seine Schwester Sirona. Dies war natürlich unglaubwürdig, doch konnte es durchaus sein, dass Cel dem Tier einige Dinge beigebracht hatte. Gerade Katzen waren ihr schon immer recht intelligent vorgekommen. Wollte die Katze sie zu Cel führen? Es konnte nicht schaden, ihr zu folgen.

Die Katze lief in einer Geschwindigkeit weiter, in der Lysandra ihr ohne Schwierigkeiten folgen konnte. Sie führte sie ein Stück den Berg hinauf. Dort oben, auf einer spärlich von Farnen bedeckten Anhöhe, kniete Cel, umgeben von den letzten Schatten der sterbenden Nacht. Sein Haar fiel ihm wie ein silberner Wasserfall über die Schultern.

Offenbar bemerkte er ihr Herannahen, denn er hob das Antlitz, um sie anzusehen. Schmerz lag in seinem

Blick.

»Du kommst gerade noch rechtzeitig. Es ist gleich soweit«, sagte er mit leicht verzerrter Stimme.

Der Augenblick war gekommen, in dem sie die Wahrheit erfahren würde. Es war ohnehin seltsam, dass der Greif nicht mehr aufgetaucht war. Entweder entsprach das, was Cel gesagt hatte − so unglaublich es auch klang − der Wahrheit oder das Ungeheuer hatte sich einen neuen Ort gesucht, wenn es nicht gar irgendwo in der Nähe lauerte. Lysandra wusste ohnehin nicht mehr, was sie glauben sollte. Einige Schritte von Cel entfernt blieb sie stehen.

Gebannt sah sie den Mann an, der sich schwankend erhob. Mit bebenden Händen streifte er sein Obergewand ab und warf es zu Boden. Lysandra starrte auf seine muskulöse Brust und die breiten Schultern, über die sein silbern schimmerndes Haar hing.

Er beugte sich hinab, um seine Lederschuhe auszuziehen. Die bunten keltoischen Beinkleider schob er sich über die Hüften hinab und entstieg ihnen. Nun stand er in seiner nackten männlichen Pracht vor ihr.

Seine Haut schimmerte golden im Zwielicht. Selbst die Kampfesnarben auf seinem muskulösen Bauch und dem Brustkorb empfand sie nicht als hässlich. Zudem war er größer als ihre hellenischen Landsleute – in jeder Hinsicht. Er war ein nackter, heidnischer Gott.

Lysandra hatte als Zuschauer bei den Pythischen Spielen schon einige Männer entblößt gesehen, doch hatte sie niemals zuvor diese Hitze verspürt, die sich nun in ihrem Leib ausbreitete. Es war, als würde ihr Innerstes schmelzen. Sie bemerkte ein Kribbeln und Ziehen an Körperstellen, die ihr zuvor nicht so bewusst gewesen waren. Ausgerechnet er, ein Feind ihres Volkes, hatte diese Wirkung auf sie!

Celtillos lächelte, doch war sein Antlitz verzerrt vor Schmerz, beschienen vom Dämmerlicht des herannahenden Sonnenaufgangs. »Gleich ist es soweit«, sagte er. »Ich spüre es.«

Dieser Wahnsinnige glaubte tatsächlich, ein Greif zu sein. Dennoch konnte und wollte sie den Blick nicht von ihm abwenden, denn er gefiel ihr – ob er verrückt war oder nicht – ausnehmend gut. Der feine Schwung seiner Lippen lud zum Küssen ein. Das Faszinierendste waren jedoch diese rauchblauen Augen, die sie in ihren Bann zogen.

Plötzlich ging ein Beben durch seinen Leib. Entsetzt starrte Lysandra auf seinen Oberkörper. Unter seiner güldenen Haut schien etwas zu sein, das herauswollte.

Die Beben, die seinen Leib durchzogen, verwandelten sich in Krämpfe, die ihn schüttelten. Nicht länger konnte er sich auf den Beinen halten und sackte nieder auf alle viere.

Sein Gesicht war schmerzverzerrt. In Höhe seiner Schulterblätter drängte etwas unter der Haut nach außen. Ein erster Federflaum spross zugleich in seinem Nacken. Die Haut an seinem Rücken dehnte sich stark. Sie würde doch nicht etwa reißen?

Besorgt wollte sie näherkommen, doch er stieß einen Laut aus, der nur entfernt menschlich klang und eher dem Schrei eines Raubvogels ähnelte. Auch aus seinem Gesicht schien etwas nach außen zu drängen. Sein Kinn hatte sich bereits verformt!

Federn und golden schimmerndes Fell sprossen aus Cels Haut. Seine Fingernägel wuchsen in die Länge zu Krallen. Aus seinem Steiß spross ein Schwanz. Gefiederte Beulen erhoben sich aus den Schulterblättern und wuchsen stetig, bis gewaltige Schwingen über ihm emporragten.

Selbst seine Augenfarbe wurde dunkler, schwarz in der Mitte und gelblich die Pupille, bis er sie mit den Augen eines Adlers anblickte. Gleichzeitig wuchs ihm ein Schnabel aus dem Gesicht, das sich vollkommen verformte. Sie konnte die Schmerzen nur erahnen, die er erleiden musste bei jedem Sonnenauf- und –untergang.

Doch auch ein anderer Gedanke kam ihr: Dachte er jetzt noch wie ein Mensch oder beherrschte ihn das Tier? Würde er sich auf sie stürzen?

Andererseits galten Greife nicht unbedingt als aggressiv. Das Wesen vor ihr besaß jedoch einen schlechten Ruf in Delphoí. Würde es sie töten? Schließlich hatte sie ihn angegriffen und verwundet. Die Wunde, die sie ihm zugefügt hatte, war zwar erstaunlich gut verheilt, doch konnte sie diese noch erkennen, da das Fell noch nicht vollständig nachgewachsen war.

»Wenn du ihm nichts tust, wird er auch dir nichts tun«, vernahm sie eine heiser klingende Frauenstimme.

Sie wandte sich um, doch stand dort nur die weiße Katze. Verwundert starrte Lysandra sie an und glaubte, menschliche Intelligenz in ihren Augen zu erkennen.

»Weißt du jetzt, was du wissen musst, um uns zu helfen?«

Die Katze sprach tatsächlich mit ihr! Dann musste es wahr sein!

Lysandra nickte und wandte ihren Blick wieder dem Greifen zu. Auch in seinen Augen erkannte sie menschliche Intelligenz. Warum war ihr dies zuvor nicht aufgefallen?

»Es tut mir leid«, sagte sie. »Es tut mir so unendlich leid, dass ich dich verletzt habe, Cel. Hätte ich es nur gewusst! Oh, bei Athena und Apollon.«

Lysandra meinte ihre Worte aufrichtig. Bedauern

und Entsetzen darüber, dass sie ihn beinahe getötet hätte, wäre die Lanze nicht an den Rippen abgeprallt, pressten ihr die Kehle zusammen. Sie hätte sein Herz durchbohren können. Nach Abfallen des Zaubers wäre ein nackter, ihr auf ewig fremder Mann vor ihr gelegen.

Niemals hätte er sie in seinen Armen gehalten und an diese breite Brust gedrückt wie in der Nacht zuvor. Sie wäre es gewesen, an deren Händen sein Blut klebte!

Wäre sie nicht in der offensichtlichen Absicht, den Drachen zu töten, mit Waffen überladen zur Corycischen Grotte gelaufen, hätte er sie vermutlich niemals angegriffen.

»Du kannst es wieder gutmachen«, sagte der Greif, als kenne er ihre Gedanken. »Hilf mir, den Fluch hellenischer Zauberei zu brechen, der uns das menschliche Dasein nimmt. Gib Sirona und mir unsere Leben zurück!« Der Greif breitete seine gewaltigen Schwingen aus und erhob sich in die Lüfte.

In diesem Moment ging die Sonne vollends auf. Der ganze Berg erstrahlte im Licht des frühen Morgens, das von des Greifen Fell und Gefieder in verschiedenen Kupfer- und Goldtönen zurückgeworfen wurde. Es erschien ihr, als stünde das Wesen in Flammen oder war aus dem Feuer selbst geformt. Er war ein schönes Tier – faszinierend und gefährlich, so wie der Mann, der sich in dieser Gestalt verbarg.

»Ich werde tun, was in meiner Macht steht«, sagte sie und meinte es auch so. Das Schicksal Sironas ähnelte ihrem eigenen: Niemals konnte sie sein, wer sie war. Celtillos erging es nicht besser.

»Dann halte dich heute um Mitternacht bereit. Ich werde zu deinem Haus kommen.« Der Greif segelte davon, umrahmt von einer Aureole aus Licht.

Die Pythia

Mitten in der Nacht erklang ein Klopfen an der Tür von Nereas Haus. Lysandra, die Cel als nächtlichen Besucher vermutete, ging rasch zur Tür, damit ihre Ziehmutter nicht erwachte. Glücklicherweise schliefen sie und Damasos schon seit einigen Stunden. Ihre jüngere Ziehschwester Hermióne vermutlich auch.

Lysandra öffnete die Tür. Zu ihrer Überraschung stand Aiolos dort, im dunklen Gewand und mit einer Holzschachtel in der Hand. Der Hauch eines schweren Parfums wehte ihr entgegen, als er an ihr vorbei ins Haus trat und seinen Blick über die Einrichtung gleiten ließ: die einfachen Regale, den Tisch und die ihn umgebenden Hocker.

»Was führt dich zu mir?«, fragte sie.

»Celtillos. Er wollte dir selbst Bescheid geben, aber offenbar ist er noch nicht da.« Suchend sah Aiolos sich im Raum um.

»Leise. Ich möchte nicht, dass meine Mutter und mein Bruder aufwachen.« Lysandra ließ die Haustür angelehnt, da sie jeden Moment mit Cels Eintreffen rechnete. Dennoch war sie überrascht, als er lautlos eintrat.

Sie starrte den blonden Mann an, der von Mondlicht umhüllt vor ihr stand. Er war unglaublich attraktiv! Er trug diesmal eine Palla über einem langärmligen Obergewand, das in der Farbe nur etwas blasser war als dunkle Beeren, und beigen keltoischen Beinkleidern. Mit der Palla bedeckte er auch sein helles Haar.

»Du müsstest dein Haar etwas kürzen, dunkler färben und auch deine Kleidung anpassen, wenn du nicht auffallen willst«, sagte Aiolos.

Als würde das viel nutzen …

Cel schüttelte den Kopf. »Mein Haar abschneiden werde ich gewiss nicht. Auch habe ich schon blonde Hellenen gesehen, selten zwar, doch es gibt sie. Ihre Götter haben fast alle blondes Haar. Kleider wie ein Weib werde ich gewiss nicht tragen, da laufe ich lieber nackt herum.«

Lysandra grinste. Das wäre sicher amüsant. Sie war froh über die Entscheidung, sein Haar weder zu färben noch abzuschneiden.

»Wollt Ihr sofort losgehen?«, fragte Aiolos.

Lysandra sah ihn erstaunt an. »Was habt ihr beide überhaupt vor?«

Cel schlich ungeduldig im Raum auf und ab. »Ich war vorhin bei Aiolos, doch er konnte die Zauber-Utensilien auch durch einen weiteren Versuch nicht auswerten.« Er wandte sich Aiolos zu. »Also, wo wohnt diese Pythia?«

Aiolos zupfte an einer seiner schwarzen Locken. »Es gibt zwei und eine weitere als Stellvertreterin.«

»Umso besser. Dann gehen wir zu der, die am wenigsten weit weg wohnt.«

»So einfach ist das nicht. Zum Wahrsagen müssen wir sie in das Apollon-Heiligtum bringen und das wird bewacht. Doch ihr habt Glück, wir müssen nicht durch das gesamte Heiligtum, da sich der Apollon-Tempel gleich linksseitig des Eingangs befindet.«

»Woher weißt du das?«, fragte Lysandra. »Warst du

etwa schon dort?«

»Ich habe ein paar hellenische Pilger gefragt, die im Heiligtum waren. Der Tempel überragt die Außenmauern sogar ein Stück. Wenn du auf einen der Olivenbäume kletterst, siehst du mehr von ihm. Er ist gleich links des Eingangs gelegen.«

»Reden bringt uns nicht weiter. Führe uns zur Pythia«, sagte Cel.

Sie folgten Aiolos zu Kores Haus. Vor der Tür an der Schmalseite des Gebäudes blieb er stehen. »Wie kommen wir an den Dienern vorbei?«

»Gar nicht. Weißt du, in welchem Raum sie schläft?«, fragte Cel.

»Ich war noch nie im Haus, ich vermute jedoch, dass die Frauengemächer im Obergeschoss sind. Es wohnen noch ihre Schwiegertochter und ihr Sohn hier. Wahrscheinlich hat Kore einen der hintersten Räume. Du willst doch nicht etwa …«

»Wie sieht sie aus?«, fragte Cel.

Aiolos kraulte seinen Bart. »Recht beleibt. Um die fünfzig. Schwarzes Haar mit silberweißen Strähnen.«

Cel lief zum Haus.

»Das gefällt mir alles nicht.« Lysandra trat von einem Bein aufs andere.

»Ich mache es auch nicht zum Vergnügen.« Cel kletterte an der Fassade hoch.

»Und wenn man uns hier erwischt?«, fragte Aiolos.

»Es wäre hilfreich, Aiolos, wenn du leiser sein könntest.« Lysandra verlor so langsam die Geduld mit ihm. Auch sie war nervös, doch nutzte das Jammern nichts. Cel war inzwischen durch eines der Fenster ins Haus geklettert und aus ihrem Blickfeld verschwunden. Insgeheim hoffte sie, dass er nicht erwischt werden würde, dieser Leichtsinnige. Wer wusste, ob diese Aktion überhaupt Erfolg versprach. Dennoch würde sie in seiner Lage ähnlich handeln. Ihr fiel auch nichts Besseres ein. Eines musste sie ihm zugestehen: Er war ein guter Kletterer und wusste sich nahezu geräuschlos fortzubewegen. Ihr Volk konnte einiges von den Keltoi lernen.

Die weiße Katze kam aus einem der Gebüsche und miaute leise. Lysandra hatte gar nicht bemerkt, dass sie weg gewesen war.

»Willst du mir etwas sagen?«, fragte Lysandra.

»Cel ist jetzt auf der anderen Seite des Hauses, schnell!«, sagte Sirona mit rauer Stimme.

Sie liefen um die Häuserecke. Tatsächlich winkte ihnen Cel von einem der Fenster aus zu. Zusammengeknotete Bettwaren hingen bis zum Boden hinab. Da der Garten von einer Mauer umgeben war, würde sie keiner sehen. Wollte Cel die Pythia dazu bringen, hieran herunterzuklettern?

Cel zog etwas hinter sich her. Nein, nicht etwas, sondern jemanden: Kore!

Lysandra kniff die Augen zusammen, um im schwachen Mondlicht besser sehen zu können. Er hatte sich die äußerst beleibte Frau über die Schulter geworfen und versuchte mit ihr den provisorischen Strang hinabzuklettern. Wenn das nur gut ging!

Lysandra starrte angestrengt in die Höhe. Als Cel etwa zur Hälfte hinabgeklettert war, riss die Bettware entzwei und beide fielen hinab in den Garten. Glücklicherweise dämpfte etwas ihren Aufprall. Aiolos und Lysandra eilten schnell zu ihnen. Die Frau lag über Cels Rücken, der mit der Vorderseite auf einem Komposthaufen gelandet war.

Lysandra beugte sich über sie. »Cel? Bist du verletzt?«

»Weiß nicht. Rollt sie von mir herunter.« Sein Atem

ging stoßweise, doch zumindest lebte er noch.

Lysandra und Aiolos zerrten mit vereinten Kräften die Frau von ihm herunter, die in der Tat recht gut beieinander war. Zwar versuchte Kore allein aufzustehen, doch fiel es ihr sichtlich schwer, da ihre Hände gefesselt waren. Zudem war sie geknebelt. So zog Aiolos sie hoch. Kore trug ein Himation über dem wie ein ärmelloses Trägerkleid drapierten Chiton. Ein Stück des Himations bedeckte ihr polanges Haar. Offenbar hatte sie keine Zeit gehabt, es hochzustecken.

Kaum stand Kore, versuchte sie auch schon, ihnen zu entkommen.

Lysandra hielt sie am Unterarm fest. »Hiergeblieben!«

Cel erhob sich ächzend und klopfte Kompost und Regenwürmer von seiner Kleidung. »Ich fühle mich, als wäre eine Herde Kühe über mich drüber gelaufen.« Er streckte sich. »Scheint nichts gebrochen zu sein. Jetzt nichts wie weg von hier, bevor jemand Verdacht schöpft. Und Ihr, Pythia, wagt es nur nicht zu fliehen.« Cel zog Kore mit sich, die missmutig dreinblickte.

Aiolos lief voran, gefolgt von den anderen. »Was machen wir mit den Wächtern des Heiligtums?«

»Ich habe schlagkräftige Argumente, denen sie sich nicht widersetzen können«, sagte Cel.

»Das kann ich mir vorstellen«, sagte Aiolos, der, wie Lysandra auffiel, die am wenigsten benutzten Wege wählte. Hin und wieder mussten sie stehenbleiben, weil ihnen jemand entgegenkam. Dank der Dunkelheit erreichten sie bald unbehelligt die Straße, an welcher der Eingang des Apollon-Heiligtums lag.

Cel überließ Kore Lysandra. Offenbar hatte die Pythia Angst vor dem Keltoi, denn sie unternahm keinen weiteren Fluchtversuch. Cel lief zu den beiden

Wächtern, die in gelangweilter Pose auf Baumstümpfen saßen. Dies musste eine sehr eintönige Aufgabe sein.

Sie starrten Cel an.

»Barbaren werden hier nicht eingelassen«, sagte einer der Wächter, als Cel direkt vor ihnen stand.

»Ihr habt einen Regenwurm im Haar«, sagte der zweite.

Ehe sie sich versahen, hatte Cel sie beide bewusstlosgeschlagen.

Er schüttelte den Kopf. »Die halten nichts aus«, sagte er. »Hätten wir uns unter Brennos nicht gegenseitig die Köpfe eingeschlagen, würde Delphoí jetzt uns gehören.« Cel winkte Lysandra und Kore zu, doch die Pythia weigerte sich weiterzugehen. Cel eilte zu ihnen, um die Seherin über seine Schulter zu werfen.

Lysandra hoffte, dass die Anstrengungen und Gefahren, die sie auf sich nahmen, lohnenswert sein würden.

»Ich bleibe hier beim Tor, für den Fall, dass die Wächter erwachen oder jemand vorbeikommt. Nehmt das Kästchen mit den Zauber-Utensilien mit, falls die Pythia es brauchen sollte.« Aiolos überreichte es Cel und stellte sich in den Schatten neben dem Tor. Neben ihm befand sich die weiße Katze.

»Du kommst mit, Sirona. Es kann sein, dass ich dich brauche«, sagte Cel.

Lysandra folgte Cel, Kore und Sirona an den Säulen am Eingang des Tempels vorbei ins Innere. Dort fand sie eine Öllampe, die sie entzündete.

Cel ließ die Pythia hinunter. »Ich rate Euch, nicht zu schreien.«

Als sie nickte, entfernte er ihren Knebel sowie die Fesseln.

»Es gibt eine Warteliste, in die Ihr Euch eintragen

müsst!«, sagte Kore empört.

»Das weiß ich, doch habe ich nicht die Zeit, um monate- oder gar jahrelang zu warten, weil die Hellenen immer den Barbaren vorgezogen werden. Jetzt kommt mit und zeigt mir das Innerste.«

Kore schüttelte den Kopf. »So geht das nicht. Ich benötige Kultpersonal und zwei Orakelverkünder. Außerdem müssen zuerst die Reinigungsriten erfolgen und das Voropfer. Wir brauchen Opfertiere und …«

»Das ist ein Notfall. Ich werde später ein Opfer für die Götter erbringen. Die werden das sicher verstehen.«

Lysandra betrachtete die Pythia. Kore musste fast sechzig sein. »Irgendwie hatte ich mir Euch anders vorgestellt, als Jungfrau des Apollon«, sagte Lysandra.

Kore räusperte sich. »Seit man eine von uns ge-schändet hat, nimmt man nur noch Frauen über fünfzig für dieses Amt. Außerdem ist da noch die Weisheit des Alters.«

Cel grinste. »Auf die ich zähle. Also lasst uns jetzt endlich hineingehen oder ich zerre Euch hinein. Ihr könnt es Euch aussuchen.«

»Nachdem Ihr mich als Kuh bezeichnet habt, bildet Ihr Euch ein, ich würde Euch helfen?«

»Ich sagte nur, ich würde mich fühlen, als wären Kühe über mich drüber getrampelt, nicht, dass Ihr eine Kuh seid. Solltet Ihr dies dennoch auf Euch beziehen, so entschuldige ich mich. Diese Worte tun mir leid. Sie sind mir herausgerutscht, nachdem Ihr auf mich ge-fallen seid und mir beinahe sämtliche Rippen gebrochen habt.«

»Ihr seht aber relativ unversehrt aus, bis auf den Regenwurm im Haar. Das alles hätte sich vermeiden lassen, aber Ihr musstet mich ja unbedingt aus meinem Haus entführen. Wenn jemand davon erfährt, ist mein

Ruf ruiniert. Womöglich darf ich nicht mehr als Pythia arbeiten. Einzig mein fortgeschrittenes Alter kann mich jetzt noch schützen.«

»Das verstehe ich nicht. Warum sollte Euer Ruf ruiniert sein?« Er zupfte sich den winzigen Wurm aus dem Haar und warf ihn neben den Weg ins Gebüsch.

»Jede Frau, die sich aus dem Haus traut und damit den Blicken der Männer ausliefert, steht im Ansehen so hoch wie eine Hure.«

»Das sehe ich nicht so. Bei meinem Volk ist das anders.«

Kore blickte ihn erstaunt an. »Wie interessant. Nun, jetzt muss ich zuerst die rituellen Waschungen durchführen und von der heiligen Quelle trinken.«

»Dann tut das, aber ich bleibe dabei.«

Die Pythia lächelte nervös. »Nun, vielleicht geht es auch ohne die rituellen Waschungen. Aber das Ganze könnte meinem Ruf enorm schaden, sollte jemand davon erfahren.«

Cel seufzte. »Dann beeilt Euch, damit wir Euch zurückbringen können. Je kürzer Ihr hier seid, desto geringer ist die Gefahr, erwischt zu werden.«

Die Pythia trank von der heiligen Quelle, die in der Mitte des Tempels entsprang.

»Nur Ihr sollt mit ins Heiligtum kommen«, sagte Kore, als sie sich wieder erhob. »Zu viele Menschen lenken mich nur ab.«

»Die Katze bleibt bei mir, denn sie ist auch vom Zauber betroffen. Lysandros, wartest du bitte bei Aiolos?«, fragte Cel.

Lysandra bemerkte, wie Kore sie interessiert von oben bis unten musterte. Unter ihrem stechenden Blick fühlte sie sich ertappt. Beinahe erschien es ihr, als würde die Pythia hinter ihre Maskerade schauen.

Lysandra nickte Cel zu und ging hinaus zu Aiolos. Zu gerne hätte sie gewusst, was die Pythia über den Zauber zu sagen hatte.

Cel folgte Kore und Sirona ins Innerste des Heiligtums. Er war aufgeregt, denn er hoffte, kurz vor der Aufhebung des Zaubers zu stehen. Kühle, staubige Luft schlug ihnen entgegen. Ein Dreistuhl stand dort in einer Grube, zu der einige Stufen hinabführten. Kore stieg hinunter und ließ sich auf dem Dreistuhl nieder, der bedrohlich unter ihrem Gewicht schwankte. Sie verschränkte die Arme vor der Brust. »So, was wollt Ihr wissen?« Auf ihrem Gesicht war deutlich ihr Missmut zu erkennen.

»Wie werden meine Schwester und ich den Fluch wieder los, der uns in Tiergestalten bannt?«

Kores Blick fiel auf Sirona, in deren Augen sich menschliche Intelligenz abzeichnete.

Sofern die Pythia sich über die Katze oder Cel wunderte, so gelang es ihr, dies zu verbergen.

»Ist sie immer eine Katze?« Sogar ihre Stimme verriet nichts, außer dem Missmut, den sie offenbar darüber empfand, entführt worden zu sein.

Cel nickte. »Ja, und ich selbst bin vom Sonnenauf- bis -untergang ein Greif. Daher konnte ich auch nicht zu den normalen Besuchszeiten des Orakels kommen.«

»Interessant«, sagte die Pythia.

»Ist das alles, was Ihr zu sagen habt?«

»Nun seid doch nicht so ungeduldig.«

»Ich habe dieses Kästchen mit Utensilien, die für den Zauber verwendet wurden.« Cel überreichte es ihr.

Kore öffnete es und entnahm ihm die Gegenstände. Ein Lächeln umspielte ihre Lippen, als sie die mit hellem Haar umwickelte Statuette ins flackernde Lampenlicht hielt.

»Das dürfte interessant werden. Ich muss jetzt in mich gehen und auf eine Eingebung warten.«

Kore wiegte sich leicht hin und her, wobei ihr polanges, von weißen Strähnen durchzogenes schwarzes Haar um sie herum wehte. Ihr Blick wurde unfokussiert. Sie wirkte entrückt.

Nach einigen Minuten stimmte sie einen seltsamen Singsang an. Sollte dies gar bereits der Orakeltext sein, dem man Unverständlichkeit nachsagte?

Cel trat näher zur Pythia. »Sprecht deutlicher, damit ich Euch verstehen kann.«

Kore sah ihn abfällig an. »Es ist kein Fluch, sondern ein Zauber, der auf Euch liegt.«

»Ich empfinde es aber als einen Fluch, tagsüber in die Gestalt eines Greifen gebannt zu sein und für Sirona ist es noch schlimmer: Sie altert in der Geschwindigkeit des Tieres, in dessen Leib sie gezwungen wurde. Bevor sie die Blüte ihrer Menschenjahre erreichen könnte, wird sie schon lange dahingewelkt sein.«

»Wohl wahr. Doch wenn Ihr vom Zauber erlöst seid, so wird es auch Eure Schwester sein. Ich selbst kann Euch leider nicht helfen, denn er scheint von einem wahren Meister gewoben zu sein. Ich bin eine Seherin, keine Aufheberin von Zaubern. Wer ist sie, die diesen Zauber über Euch gebracht hat?«

»Ihr Name ist Creusa. Sie ist Hellenin. Bis vor etwas über einem Jahr lebte sie in Delphoí.«

»Diese Creusa kenne ich nicht, obwohl ich von den meisten Sehern hier weiß, auch von Eurem Begleiter Aiolos.«

»Ihr werdet ihn doch nicht etwa verraten? Ich habe ihn gezwungen, hier dabei zu sein. Er ist ebenso unschuldig wie Ihr.«

»Solange Ihr mich zurückbringt und keinem Menschen von dem Aufenthalt hier erzählt, wird auch nichts über meine Lippen kommen. Wie ich sehe, seid Ihr verzweifelt in Eurer Notlage. Seid Ihr sicher, dass diese Creusa, falls dies überhaupt ihr richtiger Name ist, aus Delphoí stammt oder überhaupt ein Mensch ist?«

»Das weiß ich eben nicht. Niemand hier kennt ihren Namen. Dieses Weib ist vor einem Jahr spurlos verschwunden. Ein Geist war sie auf jeden Fall nicht.« Das wüsste er, denn diese Wesen besaßen wenig Substanz.

Kore selbst wirkte verwirrt. »So etwas habe ich noch nie gehabt. Auch diese seltsamen Visionen noch nicht.« Sie schüttelte ungläubig den Kopf.

»Sprecht, Frau, was habt Ihr gesehen?« Ungeduld lag in Cels Stimme.

»Das Tor im Westen.«

Cel starrte sie an. »Was ist damit gemeint?«

»Ihr müsst es durchqueren.«

»Drückt Euch deutlicher aus.«

»Ich drücke mich bereits weitaus deutlicher aus als üblich.« Kore sah ihn streng an. »Fahrt über das Meer bis zum Tor des Westens, überquert die Flüsse und die Felder der weißen und violetten Blumen. Ihr braucht sie, die sich ausgibt für einen Mann, denn sie vermag dieses Tor zu öffnen. Nur in jenem Reich findet Ihr Eure verlorenen Jahre wieder.«

»Nur sie?«

»Es gibt ein paar andere, doch wenige. Sie zu finden, dürfte zu lange dauern für Euch. Außerdem müsste es jemand sein, dem Ihr einigermaßen Vertrauen schenken könnt.«

»Wie werden wir den Zauber lösen können?«

»Das Gesuchte befindet sich im Palast des Westens. Mehr weiß auch ich leider nicht. An der schwarzen

Schwelle endet meine Sicht.« Kore stieg vom Dreifuß herab und erklomm die Stufen. »Jetzt bringt mich nach Hause.«

»Das sind sehr verschwommene Aussagen«, sagte Sirona.

Kore lachte. »Sie sind die klarsten, die ich jemals geäußert habe. Normalerweise muss man eine dramatische Darstellung für die Leute bieten, die erwarten das und ich will sie ja nicht enttäuschen. Seid also nicht undankbar und bringt mich zurück, bevor ein Unglück geschieht.«

Sie verließen das Heiligtum. Am Tor erwarteten Aiolos und Lysandra sie.

Cel fragte Lysandra, was die Hellenen unter dem Tor des Westens verstanden.

»Tor des Westens? Ist dort nicht der Eingang ins Totenreich? Odysseus ist doch übers Meer gefahren, um dorthin zu gelangen.«

»Wer ist Odysseus?«

»Ein Mann aus einer der Sagen, die bei den Pythischen Spielen vorgetragen werden«, sagte Lysandra.

»Totenreich? Dieser Odysseus ist ins Reich der Nantosuellta gereist, unserer Göttin des Todes, der Fruchtbarkeit, der Erde und des Feuers?«, fragte Cel.

Kore schüttelte den Kopf. »Hier auf hellenischem Boden zählen nur unsere Mythen.«

»Was soll der Tod mit dem Zauber zu tun haben, der auf Sirona und mir liegt?«

Kore hob die Schultern. »Woher soll ich das wissen? Ich konnte nur sehen, dass die Lösung Eures Problems im Haus des Hades liegt. Dieser Ort ist mit allen Zaubern, die jemals gewoben wurden, verbunden. Es ist möglich, dass sich in diesem Haus einige Zauberutensilien befinden. Ihr werdet keinen Seher finden, der weiter sieht als ich. Würdet Ihr mich jetzt bitte zurück-bringen?«

»Wo finden wir das Tor zur Unterwelt?«, fragte Cel.

»Segelt immer gen Westen, und wenn Ihr an die Säulen des Gottes gelangt, kämpft gegen die Ströme Poseidons.«

»Sie meint die Meeresströmung«, sagte Lysandra.

Cel nickte. »So etwas Ähnliches habe ich mir schon gedacht.«

»Doch was meint sie mit den Säulen des Gottes?«

Lysandra hob die Achseln. »Keine Ahnung. Vielleicht die des Herakles. Er ist ein Heil- und Orakelgott und unser Nationalheld.«

»Ich habe es Euch wirklich leicht gemacht. Erzählt das bloß niemandem. Wir müssen schließlich unseren geheimnisvollen Ruf wahren. Jetzt bringt mich zurück – ohne einen Skandal und ohne, dass jemand davon erfährt! Sonst bekommt Ihr Ärger«, sagte Kore und zog sich den Zipfel ihres Himations tiefer ins Gesicht.

Sie hielten sich im Schatten, während sie die Straßen entlangliefen.

»He, du da. Stehen bleiben, Lysandros!«, sagte ein Mann. Lysandra erkannte ihn an der Stimme, noch bevor er mit seinem Begleiter Linos nähertrat. Sie gehörten zu jenen, die die Belohnung für die Tötung des Drachen verwalteten.

Kore zuckte kaum merklich zusammen und verbarg sich hinter Aiolos. Glücklicherweise war Cels silberblondes Haar vom Stoff seines Himations hinreichend verdeckt.

Lysandra wandte sich an ihre Begleiter. »Geht ohne mich weiter.« Sie wollte nicht, dass Kore erkannt wurde.

Cel sah sie an. »Bist du dir sicher?«

»Ja. Das regele ich schon. Ich möchte nicht, dass sie

euch sehen, denn sie sind gefährlich für Drachen und fremde Barbaren.« Das entsprach durchaus der Wahrheit.

Cel verabschiedete sich knapp und ließ sie ziehen.

Lysandra lief zu Nikodemos und Linos hinüber. Zu ihrer Erleichterung starrten die beiden nur sie an und schenkten Cel und der Pythia, die sich noch immer hinter Aiolos verbarg, keine Beachtung.

»Wir haben dich gesucht, Lysandros! Warum hast du dich nicht bei uns gemeldet? Wir dachten schon, du wärst tot oder geflohen, wie die anderen Feiglinge.« Der Vorwurf lag nicht nur in Nikodemos' Stimme, sondern auch in seinem Blick.

»Ich hatte viel zu tun.«

»Ist der Drache nun erledigt?« Er strich sich mit den Fingern durch das kurz geschorene, krause Haupthaar.

»So gut wie.« Lysandra zwang sich zu einem Lächeln.

Nikodemos sah sie misstrauisch an. »Was heißt das?«

»Er ist verletzt und wütend. Daher hat er sich verkrochen, doch ich werde ihn aufstöbern, bevor er noch weiteren Schaden verursachen kann. In ein paar Tagen wird es keinen Drachen mehr hier geben.« Das kam der Wahrheit am nächsten. Sie musste verhindern, dass in den kommenden Tagen oder Nächten jemand zur Corycischen Grotte lief und womöglich auf Cel in seiner menschlichen Gestalt stieß. Die Anwesenheit des Keltoi würde nur Fragen aufwerfen, die Lysandra weder beantworten konnte noch wollte.

»Dir ist doch klar, dass dieses Biest nicht nur von hier verschwinden, sondern tot sein muss, sonst kehrt es womöglich zurück oder richtet woanders Unheil an.«

»Es wird kein Unheil mehr anrichten. Hat es denn Menschen getötet?«

»Bisher zwei, sofern die nicht geflohen sind, denn

Leichen haben wir keine gefunden. Die können allerdings auch verbrannt oder gefressen worden sein. Meistens vergreift sich das Ungeheuer jedoch an Ziegen und Schafen.«

Nikodemos' Blick glitt über sie. »Du siehst mir allerdings bis auf ein paar Schrammen heil aus. Das wundert mich. Immerhin haben wir unsere besten Männer hinaufgeschickt und du bist nur eine halbe Portion.«

Lysandra wusste, dass er ihr nicht glaubte. Von Anfang an hatte er sie für einen Angeber gehalten, einen unreifen Jungen, der Angst vor seinem eigenen Schatten hatte. Diesen Ruf verdankte sie Nerea und Damasos, die beide seit Jahren daran arbeiteten. Lysandra hätte sich, wenn es nach Nerea ginge, von allen Gefahren fernhalten sollen, um deren Pläne mit ihr nicht zu durchkreuzen.

»Ich gleiche durch List und Schnelligkeit aus, was andere mir an Kraft voraushaben«, sagte Lysandra. Dass sie gut im Schwertkampf und mit Pfeil und Bogen war, würden sie ihr ohnehin nicht abnehmen. Nicht die Wahrheit wollten die Menschen glauben, sondern ihren eigenen Vorstellungen.

Nikodemos trat einen Schritt auf sie zu. »Solltest du uns zum Narren halten, Lysandros, so warne ich dich: Du bekommst den Drachentöterlohn erst, wenn einen Monat lang niemand mehr den Drachen gesehen hat. Wir werden jemanden hinaufschicken, um den Wahrheitsgehalt deiner Worte zu prüfen.«

»Falls Ihr jemanden findet, der freiwillig hinaufgeht«, sagte Linos spöttisch zu Nikodemos und kraulte seinen kurzen Bart.

Nikodemos fuhr zu ihm herum. »Es wird jemand freiwillig hinaufgehen, dafür werde ich sorgen!«

Linos räusperte sich. »Wir können ja eine Ziege

hinaufschicken mit einem Erkennungszeichen, sagen wir einem rot gefärbten Strick. Sollte sie zurückkehren, so ist nichts zu befürchten.«

»Warum traut Ihr mir nicht zu, den Drachen zu erlegen?«

Nikodemos sah sie von oben herab an. »Sieh dich doch an, so dürr, wie du bist. Wie ein Krieger siehst du nicht aus, sondern wie ein Milchknabe und so behandelt dich deine Mutter auch. Weder machst du bei den Spielen noch bei anderen Wettkämpfen mit. Nicht mal wenn wir baden bist du dabei. Offenbar hast du sogar Angst vor dem Wasser.« Er lachte.

Das saß! Nerea hatte Lysandra alles untersagt, womit sie halbwegs den ständigen Hänseleien wegen ihres schmalen Wuchses entkommen hätte können. In Hellas gehörte die Leibesertüchtigung zu den Tugenden eines Mannes. Entsprechend muskulös waren die meisten. Nur sie nicht. Daran hatte auch ihr heimliches Training kaum etwas geändert. Früher hatte sie sich für missgestaltet gehalten, da sie anders aussah als die Männer, doch heute wusste sie, dass ihre Ziehmutter sie ihr ganzes Leben lang belogen hatte. Lysandra hielt sich jahrelang für einen Knaben.

»Du weißt, dass du in Schwierigkeiten gerätst, solltest du uns belogen haben«, sagte Nikodemos. »Wahrscheinlich warst du nicht mal oben auf dem Berg.« Die Männer machten kehrt und gingen davon. Noch einige Minuten lang hallte in Lysandras Ohren Nikodemos' höhnisches Gelächter nach.

Es war dennoch besser, sie dachten so gering von ihr, als dass sie die Wahrheit wussten.

Lysandra musste Cel warnen, dass sie wahrscheinlich jemanden zur Corycischen Grotte hinaufschicken würden.

Er und die anderen waren natürlich schon weitergezogen, da sie vermeiden mussten, zusammen mit Kore
aufgegriffen zu werden. Für die Pythia konnte dies immerhin den Verlust ihres Amtes bedeuten. Aufgrund
ihres Alters würden sie Kore zumindest nicht mehr
einer Hure gleichstellen – wie sie es zweifelsohne mit
Lysandra täten, käme jemals ihr wahres Geschlecht in
Erfahrung. An einer derart Geächteten würde ein ehr-
barer Mann niemals Interesse zeigen – es sei denn, er
suchte eine Prostituierte. All ihre Hoffnungen auf einen
Partner und eine eigene Familie waren gestorben, bevor
sie überhaupt aufkeimen hatten können. Wie schon
häufig zuvor fragte sie sich, ob sie Nerea lieben sollte,
weil sie sie aufgezogen hatte, oder hassen, weil sie ihr
das Leben nahm.

Lysandra eilte zu Kores Haus, doch fand sie keine
Spur von Cel. In einem der hinteren Räume flackerte
ein Licht. Offenbar war Kore bereits wieder zurück.

Lysandra verspürte bleierne Müdigkeit. Die Nacht
war zu weit vorangeschritten, um noch zur Corycischen
Grotte zu laufen und vor Tagesanbruch zurückzukehren. Betrübt ging sie nach Hause.

Der Fluch

»Was treibt er mit diesen beiden Männern?«, fragte Damasos am nächsten Morgen seine Mutter Nerea. Er war Lysandras fünf Jahre jüngerer Ziehbruder, der gerade mal siebzehn Sommer zählte, sie aber dennoch um einen Kopf überragte. Sein Blick war hasserfüllt auf sie gerichtet, als sie erkannte, wie schnell Gerüchte sich verbreiteten. Man hatte sie mit Aiolos und Cel in der Stadt gesehen. Gewiss hatte Nikodemos sie an ihre Familie verraten.

»Mit einem Betrüger und einem Barbaren!« Damasos' Stimme war voller Abscheu. Auch er trug sein Haar schulterlang, doch war es eine Nuance heller als das ihre. »Wusste ich es doch, dass es mit Lysandros ein schlimmes Ende nehmen würde.« Damasos' Lippen bildeten über dem Kinnbart einen dünnen Strich, so verkniffen waren sie. »Er hat doch kein besonderes Verhältnis mit einem der beiden?«

Damasos spielte auf das Lehrer-Schüler-Verhältnis an, das nicht selten zwischen sehr jungen und älteren Männern praktiziert wurde – gleichgeschlechtlicher Liebe inklusive. Sobald der Jüngling erwachsen war, wurde die Beziehung fortan auf platonisch-freundschaftlicher Basis weiterbetrieben.

Nerea erbleichte. »Dafür ist er doch zu alt«, sagte ihre Ziehmutter schnell. Sie war Lysandras Tante, die sie nach dem Tod ihrer Mutter, Nereas jüngerer Schwester Phoebe, zu sich genommen hatte.

Damasos grinste hämisch. »Er sieht trotz seiner zweiundzwanzig Sommer noch immer aus wie ein Milchknabe. Kein Wunder, dass seine Eltern so früh starben. Gewiss waren sie ebenso schwächlich.«

»Damasos«, sagte Nerea mit einer Warnung in der Stimme, »Lysandros kann nichts für seine dürre Statur. Nicht jeder kann so muskulös sein wie du. Dafür hat Lysandros ein hübsches Gesicht.«

Lysandra wusste allzu gut, warum Nerea sie verteidigte. Sie wollte verhindern, dass die Wahrheit herauskam, die von Jahr zu Jahr offensichtlicher wurde. Nicht die Spur eines Bartes wuchs Lysandra, die sich hin und wieder mit etwas Asche den Anschein eines Bartschattens gab. Danach vermied sie jedoch, dass man ihr allzu nahe kam, sodass der Schwindel nicht aufflog. Mit lockeren Gewändern, die selbst im Sommer aus dicken Stoffen bestanden, verbarg sie ihre femininen Formen.

»Ein weibisches Gesicht hat er ohne einen Flaum! Er war doch schon immer dein Lieblingssohn. Doch denke daran, dass ich dein leiblicher Sohn bin! Macht doch, was ihr wollt!« Damasos nahm seinen Becher und trank einen tiefen Zug verdünnten Weines. Ein Teil davon rann in seinen Bart. Dann erhob er sich und baute sich zu seiner vollen Größe auf. Von oben herab starrte er sie an. Doch als sie sich dadurch nicht einschüchtern ließ, warf er wortlos mit einer hochmütigen Geste sein gewelltes Haar zurück und stolzierte aus dem Raum, ohne Lysandra eines weiteren Blickes zu würdigen.

Als er weg war, kam Nerea zu ihr. Ihre Ziehmutter war – im Gegensatz zu ihrem leiblichen Sohn – von kleiner, korpulenter Gestalt. Die Statur musste Damaos also von seinem Vater geerbt haben, den Lysandra nie kennengelernt hatte, was sie nicht bedauerte. Bisher hatte sie aus verschiedenen Quellen nur Schlechtes über ihn gehört.

Nerea stampfte wütend mit dem Fuß auf den Boden. »Das wirst du nie wieder tun, hörst du? Du wirst dich weder mit Magiern noch mit Barbaren herumtreiben. Mit gar keinen Männern! Und denke ja nicht, mir sei das Gerücht nicht zu Ohren gekommen, dass du den Drachen hättest töten wollen. Das glaubt dir doch ohnehin niemand, so feige, wie du bist. Ich weiß, dass du nicht dort oben warst, aber ich möchte auch nicht, dass du weiterhin solche Lügen verbreitest, die meiner Familie schaden können.«

»Deiner Familie? Dann ist es gar nicht meine?«

»Du weißt, dass es auch deine ist. Du selbst hast keine mehr. Sind ja alle tot. Also musst du dich an unsere Gebote halten und die heißen: Bringe dich nicht in Gefahr und tu, was ich dir sage!«

»Warum sollte ich immer nur tun, was du mir vorschreibst?«, fragte Lysandra.

»Weil ich älter bin und besser weiß, was gut für dich ist oder nicht.«

Lysandra seufzte. »Was gut für mich ist? Du meinst, was deinem eigenen Vorteil dient? Mir die Zukunft zu nehmen und jede Hoffnung auf einen Mann, der mich liebt, und eine eigene Familie zu zerstören, um dir selbst die Abhängigkeit von einem Mann zu ersparen.«

Nerea erblasste. Sie öffnete den Mund und starrte sie an. Doch bald fing sie sich wieder. »Genau so ist es. Tust du nicht, was ich dir sage, fliegt alles auf. Natürlich wird es einen Skandal geben. Und rate mal, wer von uns den größeren Preis dafür zahlen wird? Ich hätte dich auch aussetzen können damals, wie es so vielen Mädchen ergeht. Die werden in die Prostitution verkauft. Du solltest mir dankbar sein, denn ohne mich würdest du vielleicht nicht mehr leben!«

»Warum hast du mich dann nicht ausgesetzt?«

Tränen, die so falsch waren, wie sie echt aussahen, rannen über Nereas Wangen. »Weil ich es deiner Mutter Phoebe am Totenbett versprochen habe! Und das ist der Dank dafür! Ich habe Phoebe geliebt. Darum habe ich das alles für dich getan. Denke nur an die Freiheiten, die du hast, obwohl sie uns Frauen verboten sind. Niemals musst du, wie ich damals nach der Heirat mit Damasos' Vater, unter der Grausamkeit eines Mannes leiden. Er hat mich geschlagen und sich mehr als drei Huren neben mir gehalten. Häufig hat er nach ihnen gerochen, als er zu mir ins Bett kam. Willst du das?«

»Es sind nicht alle so.«

»Aber viele. Du kannst es dir nicht aussuchen. Selbst wenn du eine glückliche Ehe führst, kann dein Vormund sie auflösen, wenn er einen besseren Heiratskandidaten für dich findet, der ihm mehr Geld oder Einfluss einbringt.«

»Das geht nicht ohne Weiteres.«

»Ich habe es erlebt bei meiner Freundin …«

Es kratzte an der Tür. Lysandra erhob sich, um sie zu öffnen. Sie erblickte die weiße Katze, ging zu ihr hinaus und schloss die Tür hinter sich, denn sie wollte nicht, dass Nerea etwas von ihrem Gespräch mitbekam.

»Du musst zum Berg kommen. Es ist dringend«, sagte Sirona leise, die aufgeregt wirkte. Lysandra ging mit ihr. Was sollte sie noch erschüttern? Außerdem kam es ihr gelegen, von Nerea wegzugehen. Heute hatte sie ihre Geduld auf eine schwierige Probe gestellt. Wenn nur ihr ständiges schlechtes Gewissen gegenüber

Nerea nicht wäre, da diese sie vor einer noch dunkleren Zukunft bewahrt hatte. Gleichzeitig war ihr bewusst, dass sie von ihr manipuliert wurde. Warum musste alles so schwierig sein?

»Es kann sein, dass sie jemanden zu euch hinaufschicken, da sie mir nicht glauben, gegen den Drachen angetreten zu sein«, sagte Lysandra, während sie den Berg erklommen.

»Danke für die Warnung. Wir werden vorsichtig sein.«

Celtillos ging in seiner Greifengestalt vor der Corycischen Grotte hin und her. Kores letzte Worte, bevor er sie verlassen hatte, gefielen ihm ganz und gar nicht. Er brauchte Lysandra, da sie zu den wenigen Menschen gehörte, die eine besondere Gabe besaßen. Noch jemanden zu finden, der wie sie in der Lage wäre, ein Tor des Totenreichs zu öffnen und zugleich Hellene war, würde sich als schwierig und äußerst zeitraubend erweisen. Zudem wusste er nicht, woran er so jemanden erkennen sollte. Jedes Mal die Pythia in Anspruch zu nehmen, wäre zu umständlich, gefährlich und langwierig.

Lysandra schien sich ihrer Gabe überhaupt nicht bewusst zu sein. Wie auch? Er hatte eine starke Seherin wie die Pythia gebraucht, um diese festzustellen. Wie konnte er Lysandra etwas begreiflich machen, das er selbst nicht vollends verstand?

Was war, wenn sie es ablehnte, ihnen zu helfen? Daran mochte er allein um Sironas Willen nicht denken. Er hatte seine Schwester zu ihr geschickt, um sie zu ihm hinaufzubringen. Ob Lysandra zu ihm kommen würde?

In seiner Greifengestalt schraken nicht nur Frauen vor ihm zurück, sondern auch gestandene Krieger. Doch Lysandra war anders als die anderen hellenischen

Frauen, die sonst seinen Weg kreuzten, so wenige es bisher auch gewesen waren. Er bewunderte Lysandra für ihren Mut und begann, eine Art von Respekt für sie zu entwickeln.

Endlich vernahm er ihre Schritte. Er atmete auf und begrüßte Lysandra, die hinter Sirona den Berg herauf kam. Selbst in seinen eigenen Ohren klang seine Greifen-Stimme nur entfernt menschlich. Die Hellenin wich dennoch nicht zurück. Sie begrüßte ihn, wie sie es vermutlich mit jedem anderen Menschen getan hätte – nur war er kein gewöhnlicher Mensch, war es nie gewesen. Eine Tatsache, die er lange vor seinem Volk hatte verbergen können, bis zu jenem schicksalhaften Tag …

Seit seiner Umwandlung hatte er keine Frau gesehen, die nicht vor ihm geflohen wäre. Nachts, wenn er wieder ein Mann war, ging kaum noch eine von ihnen auf die Straße. Die hellenischen Frauen schienen, wie Lysandra es gesagt hatte, fast gar nicht das Haus zu verlassen, außer jene, die so arm waren, dass sie einer Erwerbstätigkeit nachgehen mussten. Alle anderen waren Huren oder Hetären, die kostspieligeren Unterhalterinnen und Flötenspielerinnen.

Cel war ohnehin selten in die Stadt gegangen. Da er einer der besiegten Feinde war, sahen die Hellenen in ihm keine größere Bedrohung als in anderen Fremden, doch eine gewisse Abneigung war immer unterschwellig spürbar.

»Warum lässt du mich rufen?«, fragte Lysandra.

»Als ich Kore zurückbrachte, sagte sie mir, ich bräuchte jemanden von eurem Volk, der befähigt sei, das Tor zur hellenischen Unterwelt zu öffnen. Sie sagte, du wärst so jemand.«

»Aha, die Totenreiche sind also getrennt. Wie interessant. Was ist mit Aiolos? Kann er es nicht öffnen?«

»Den haben wir schon gefragt. Er ist nur ein halber Hellene. Zudem hat er nicht diese besondere Gabe«, sagte Cel.

Lysandra sah ihn erstaunt an. »Nur ein halber?«

»Nun, seinen eigenen Worten zufolge hat seine Mutter sich früher am Hafen von Heraklion um die körperlichen Bedürfnisse einsamer phönizischer Seeleute gekümmert. Einer davon ist sein Vater.«

Lysandra grinste. »Das kann ich mir vorstellen.«

»Ganz Delphoí ist voller Hellenen. Warum willst du ausgerechnet mich?«

»Weil du diese besondere Gabe besitzt, wir nicht noch mehr Leute einweihen wollen und du mir vertrauenswürdig erscheinst. Außerdem willst du den Lohn für die Beseitigung des Drachen haben. Oder zumindest die Ehre.«

»Merkwürdig, denn von dieser Gabe habe ich noch nichts bemerkt. Im Gegenteil, ich scheine der unbegabteste Bewohner von ganz Delphoí zu sein«, sagte sie betrübt. »Der Ruhm und das Geld sind mir gleichgültig. Ich wollte nur meinen Ruf als Feigling und Schwächling loswerden. Jetzt behaupten sie, ich hätte mich nicht mal auf den Berg getraut.«

»Wer sagt das?«

»Nikodemos und meine Familie. Morgen sagt es bestimmt die ganze Stadt.«

Cel ließ seinen Blick über sie gleiten. »Gar nicht freundlich von ihnen. Wenn man eine solche Familie hat, braucht man keine Feinde mehr. Was hast du also noch zu verlieren? Wir segeln gen Westen und betreten das Totenreich, um Sirona und mich in normale Menschen zurückzuverwandeln.« Sofern man jemanden, der die Geister der Verstorbenen sah, als normalen Menschen bezeichnen konnte.

Lysandra runzelte die Stirn. »Wie wollen wir gen Westen segeln? Wir haben doch nicht mal ein Schiff! Ich finde das Ganze nicht richtig durchdacht.«

»Sirona und ich machen uns ständig Gedanken darüber. Wir werden schon eine Lösung finden.«

Ihre Lage war so verzweifelt, dass er jede Möglichkeit ergreifen würde. Irgendeinen Weg würde er schon finden.

»Dann stehlen wir eben eines!«, sagte Sirona.

»Und rudern für einhundert Mann?«, fragte Lysandra kopfschüttelnd. »Und mit einem winzigen Fischerboot kommt ihr nicht weit.«

»Dann werden wir uns eben eine Überfahrt auf einem großen Schiff besorgen. Das wird ja nicht unmöglich sein«, sagte Cel.

»Natürlich. Wenn ihr zur Ablenkung ein paar seltsame bunte Gewänder tragt, fällt es gewiss niemandem auf, dass ihr ein Greif und eine Katze seid.«

»Warum können wir nicht einfach fliegen?«, fragte Sirona.

»Du warst noch nie mit mir dort oben, Kleines, sonst wüsstest du, wie kalt es ist. Hinzu kommt der Flugwind. Bevor wir ein paar Hügel überflogen haben, seid ihr alle erfroren. Du vielleicht nicht, Sirona, wegen deines Fells, doch wir brauchen Lysandros.«

»Dann reisen wir eben übers Land«, sagte Sirona.

Cel schüttelte den Kopf. »Das, was sie hier als Straßen bezeichnen, sind halsbrecherische, steinige Strecken, wo an jeder Ecke und hinter jedem Hügel Halsabschneider und Diebe lauern.«

Die Katze sträubte ihr Fell. »Klingt nicht besonders verlockend.«

Lysandra betrachtete das weiße Tier. »Es fahren

doch ständig Schiffe von Kirra aus weg. Wenn wir etwas Geld oder andere Tauschwaren auftreiben können, nehmen sie uns vielleicht mit.« Oder wenn sie sich als Ruderer anheuern ließen. Doch wer würde jemanden nehmen, der so dürr war wie Lysandra? Oder eine Katze und einen Greifen?

Sirona schüttelte sich. »Wir müssen so weit in den Westen wie möglich. Ich sehe uns schon die gesamte Strecke lang rudern oder besser gesagt euch, denn mit meinen Pfoten geht das schlecht.«

»Diskutiere ich jetzt wirklich mit einer Katze und einem Greifen, wie man am besten ins Totenreich gelangt?«

Cel schüttelte den Kopf. »Wir diskutieren nicht, wir stellen Fakten fest, und diese besagen, dass du mit uns kommen wirst.«

»Und wenn ich das nicht will?«

»Willst du, dass Sirona viel zu jung stirbt? Außerdem denk an dich selbst: Welche Zukunft erwartet dich hier?«

Lysandra wirkte plötzlich nachdenklich. Schatten legten sich über ihr Gesicht. »Ich habe nichts zu verlieren als mein Leben, doch aus dem Totenreich kehrt man für gewöhnlich nicht wieder zurück.«

»Wir werden es, denn wenn wir es nicht wagen, ist Sirona trotz ihrer Jugend in wenigen Jahren tot. Ich bitte dich inständig, mit uns zu kommen und uns zu helfen«, sagte Cel.

Als er die Betroffenheit in Lysandras Blick erkannte, beschlichen ihn Gewissensbisse. Konnte er Lysandras Leben riskieren für das seiner Schwester? Doch durfte er Sirona ihr Leben verweigern, indem er sie nicht von dem Zauber befreite, den sie durch seine Schuld auferlegt bekam?

Es erschien ihm gleichgültig, was er tat, es war immer falsch.

Eine Weggabelung

Lysandra wurde sich der Unausweichlichkeit ihrer Entscheidung bewusst, während sie grübelnd den Berg hinunterlief.

Wenn sie jedoch ehrlich zu sich selbst war, so freute sie sich über Cels Hartnäckigkeit. Einerseits hatte sie derartige Schuldgefühle hinsichtlich der Reise verspürt, dass sie sich regelrecht gewünscht hatte, er würde sie umstimmen, andererseits lastete die Verantwortung für Nerea auf ihr. Wer wusste, ob Lysandra ohne sie überlebt hätte. Sie stand in ihrer Schuld.

Andererseits hatte Nerea ihr – wenn auch aus einer Notlage heraus – die Zukunft genommen, zusammen mit ihrer Identität als Frau. Sie hatte Lysandra von vorneherein als Jungen ausgegeben, da der Spartaner Leonidas, den alle fälschlicherweise für Nereas Verwandten und somit Haushaltsvorstand hielten, alt gewesen war und sie mit seinem Ableben rechnen musste. Sobald sie, Lysandra, volljährig war, sollte sie die Führung der Familie übernehmen, anstelle von Nereas bösem Schwager oder Damasos, der seinem herrischen Vater von Tag zu Tag ähnlicher wurde. Auch rechnete Nerea wohl damit, dass Lysandra ihr nicht nur mehr Freiheiten lassen, sondern auch tun würde, was diese von ihr verlangte. Genau so war es geschehen.

Doch was war mit Lysandras Freiheit und Leben?

Nerea wollte nicht, dass Lysandra große Taten vollbrachte, aus Angst, ihr würde etwas zustoßen, was ihre Pläne in Gefahr bringen könnte. Doch fürchtete Nerea sich tatsächlich um Lysandra oder nur um ihre eigene Freiheit?

Sie wollte das Beste im Menschen sehen, doch konnte sie dies nicht länger verdrängen. Mit jedem Jahr, das verging, verspürte Lysandra die Sehnsucht nach der Liebe eines Mannes in zunehmendem Maße. Sie wünschte sich Kinder, doch würde sie niemals welche bekommen. Im Winter würde sie dreiundzwanzig Jahre alt werden.

Die anderen Frauen waren in diesem Alter bereits viele Jahre lang verheiratet und hatten zahlreiche Kinder oder waren gar im Kindbett gestorben. Zugleich machte sie sich keine Illusionen über die Ehe. Den Ehemann wählte allein das Familienoberhaupt aus. Sie als Frau hatte so gut wie nichts zu sagen. Dennoch war dies einem Leben in Einsamkeit, das nicht wirklich das ihre war, womöglich vorzuziehen.

Als Jungfrau würde sie ins Grab gehen. War es das, was sie wirklich wollte? Aber schuldete sie dieses Leben nicht Nerea, da diese es rettete?

Nerea würde eines Tages sterben und sie wäre allein. Ihre bis dahin verheirateten Ziehgeschwister hätten ihre eigenen Familien und gewiss wenig Interesse an ihr. Sie wäre der seltsame, alte Onkel, der einsam in einer Hütte am Waldrand hauste und irgendwann mit sich selbst und den Wänden sprach.

So gesehen war sie froh, dass Cel sie zu dieser Reise überredet hatte. Lysandra freute sich bereits darauf, etwas anderes zu sehen und zu erleben. Sie würde aus Delphoí herauskommen, doch nicht aus ihrem Gefängnis, der falschen Identität und der Männerkleidung, die ihr dennoch so viele Freiheiten gaben. Cels Worte klangen wie eine verbotene Verlockung: Die Keltoi, obgleich sie Barbaren waren, gewährten ihren Frauen die gleichen Rechte wie den Männern! Lysandra hatte Blut geleckt und konnte von diesem Gedanken nicht mehr lassen. Fand sie in der Ferne, im Zinnland – sofern sie aus dem Totenreich zurückkehrte – die ersehnte Freiheit und Liebe? Durfte sie diese finden, ohne Schuld auf sich zu laden?

Der Keltoi hatte sie verdorben und unerreichbare Wünsche in ihr geweckt, dieser unwiderstehliche und doch für sie verbotene Mann. Würde er sie wirklich anders behandeln als ein hellenischer Mann oder waren dies nur leere Worte und ihr eigenes Wunschdenken? Handelte es sich wieder nur um Manipulation, wie auch Nerea sie einsetzte, um von ihr das zu bekommen, was sie wollte?

Andererseits konnte sie Cel helfen, seine Tage wieder in der Gestalt eines Mannes zu erblicken. Wie schwer musste es für ihn sein, in die Form dieser Kreatur gebannt zu sein? Oder erst für Sirona? Doch wie konnte sie ihnen helfen? Sie hatte keine Ahnung, wie sie ihre besondere Fähigkeit einsetzen konnte. Es musste einen Grund haben, warum gerade sie diese Gabe besaß. Gewiss war das Zusammentreffen zwischen Cel und ihr schicksalhaft.

Jedoch bot ihr diese Reise die Möglichkeit, sich selbst zu beweisen, auch wenn niemand aus Delphoí davon erfahren sollte. Sie musste es tun, für sich selbst, und damit sie sich auch in Zukunft im Spiegel in die Augen sehen konnte, ohne einen Feigling darin zu erblicken.

Als Lysandra die Küche von Nereas Haus betrat, schlug ihr der Duft frisch gebackenen Brotes entgegen.

Nerea stand am Ofen, um es herauszuholen. Sie schrubbte die Arbeitsfläche und beseitigte Teigspuren aus einer Schüssel.

Lysandra war froh, dass Nerea sie nicht mit Fragen löcherte. Unglücklicherweise währte die Ruhe nicht lange, denn kaum, dass sie sich an den Tisch setzte, klopfte es bereits an der Tür. War es gar der Vermieter oder schlimmer noch Nikodemos? Beide konnte sie jetzt überhaupt nicht gebrauchen. Hatte man denn hier niemals seine Ruhe?

Wieder erklang ein Klopfen von der Tür, diesmal dringlicher.

Lysandra erhob sich. »Gehe du in die Frauengemächer«, sagte sie zu Nerea. Sie begab sich zur Tür und öffnete sie. Zu ihrer Überraschung stand Aiolos davor.

Er drängte sich an ihr vorbei. Gehetzt blickte er sich im Raum um. Als er nur Nerea erblickte, die sich rasch einen Schleier über das Haar zog, erschien er zuerst irritiert, atmete dann aber erleichtert auf. »Kann ich ein paar Tage bei Euch unterkommen, Lysandros?«

»Der kommt mir nicht ins Haus!«, sagte Nerea.

Warum, bei Jupiter, war Nerea nicht in die Frauengemächer gegangen? Sie selbst sprach doch ständig davon, dass Frauen nicht anwesend sein durften, wenn Männer zu Besuch waren? Offenbar traute sie Lysandra selbst in ihrer Verkleidung nicht, mit einem Mann allein in einem Raum zu sein, ohne sich unanständig zu benehmen.

Lysandra konnte nicht so unhöflich sein, Aiolos der Tür zu verweisen.

Sie starrte Nerea an. »Aber, Mutter, lass uns erst anhören, was er zu sagen hat.« Dann wandte sie sich an Aiolos. »Was ist geschehen?« Lysandra schloss die Tür, damit niemand ihr Gespräch belauschen konnte.

»Nichts.«

»Nichts?«, fragte ihre Ziehmutter. »Ha! Wers glaubt! Es werden ihn wieder ein paar Leute verfolgen aufgrund seiner Betrügereien und dunklen Zauberei.«

Aiolos sah Nerea von oben herab an. »Was auch immer man mir anzuhängen versucht: Ich habe niemals Schadenzauber bewirkt!«

»Und was ist mit dem Ausschlag der Witwe Euphoria?«

»Der verschwindet wieder, sobald sie das Richtige tut.«

Nerea stemmte die Hände in die Hüfte. »Und was ist das Richtige?«

»Das weiß Euphoria selbst am besten.«

Nerea wandte sich an Lysandra. »Da! Hab ichs nicht gesagt? Der ist nicht seriös.«

»Ich muss Euch leider enttäuschen, Aiolos. Ich kann Euch nicht helfen, denn ich muss verreisen«, sagte Lysandra.

»Verreisen?«, fragten Nerea und Aiolos wie aus einem Mund und starrten Lysandra an.

Nerea trat näher zu ihr heran. »Du kannst mich nicht hier allein lassen. Nicht jetzt.«

»Ich muss diese Reise antreten.« Auf dieser Reise konnte sie sich endlich beweisen und zeigen, dass mehr in ihr steckte als ein Jüngling, der zwar offiziell das Familienoberhaupt war, doch niemals wirklich tun konnte, was er wollte. Zudem würde sie Cel und Sirona damit helfen. Danach war immer noch Zeit genug, ihr Leben hier zu fristen. Womöglich würden ihr die Erinnerungen an die Erlebnisse auf der Reise über die ihr bevorstehenden langen Jahre der Einsamkeit hinweghelfen.

Nerea atmete hektisch. Rote Flecken zeigten sich auf ihrem Gesicht. »Du hast dein Leben und unsere Zukunft aufs Spiel gesetzt? Wie konntest du das nur tun?«

»Sorgst du dich um mein Leben oder um deine Freiheit? Du hast nur noch ein paar Jahre, doch was ist mit mir?«, fragte Lysandra.

Nereas Kinnlade klappte nach unten. »Ich habe dir das Leben gerettet. Ist das nun der Dank dafür?«

Lysandra senkte den Blick. »Denkst du, ich wünsche mir ein Leben, in dem ich niemals ich selbst sein kann, ein Leben in Einsamkeit und ohne die Liebe?«

»Die Liebe? Du willst heiraten? Habe ich dir nicht oft genug erzählt, wie mein Mann mich geschlagen hat? Anfangs war ich traurig darüber, dass er zu anderen Frauen ging, doch später erwies es sich als eine Gnade. Wenn er sich anderen zuwandte, ließ er mich wenigstens in Ruhe. Ist es das, was du willst? Unterjochung und Schmerz, geschweige denn diese endlosen Demütigungen?«

Lysandra schluckte. »Nicht alle Männer sind so.«

Nerea lachte, doch es klang freudlos. »Du wirst dich meiner Worte noch erinnern, wenn du ebenso leidest, wie ich es getan habe. Niemals, niemals begib dich unter die Herrschaft eines Mannes! Das ist ein großer Fehler!«

»Und was ist mit Leonidas? Er hat dich niemals unterjocht War er denn kein Mann?«

»Er war nicht mein Mann, sondern hat sich als mein vermisster Onkel ausgegeben, der einst in die Ferne gezogen war. Außerdem war Leonidas alt und einsam. Er hatte keine Familie und seine wenigen Verwandten in Sparta hatten kein Interesse an ihm.«

»Doch warum war er so einsam? Weißt du, was er

wenige Wochen vor seinem Tod zu mir gesagt hat? Leonidas hat zutiefst bereut, niemals eine Frau und Kinder gehabt zu haben. Während seines späteren Lebens hat er darunter gelitten. Nur deshalb gab er sich als dein Verwandter aus, um dein Schutzherr zu werden und endlich eine Familie zu haben, zu der er gehörte.«

»Das soll Leonidas gesagt haben? Das glaube ich dir nicht! Das hört sich nach dem Wunschtraum einer Frau an, doch nicht nach dem alten Spartaner. Er war immer stark und brauchte niemanden. Warum willst du unbedingt bedürftig und abhängig sein?«

»Die Liebe hat nichts mit Bedürftig- und Abhängigkeit zu tun.«

»Woher willst du das wissen? Wozu diese Reise? Wie lange soll sie dauern? Und wohin soll sie gehen?«

»Weit in den Westen, ins Zinnland, nach Belerion.«

»Belerion? Da bist du fast ein Jahr lang unterwegs und brauchst einen weiteren Sommer für die Rückkehr. Falls du die Reise überhaupt überlebst. Es gibt tausend Gefahren, die dir auflauern könnten. Bleibe hier. Wir finden schon eine Lösung für dich.«

Lysandra schüttelte den Kopf. »Welche Lösung denn?«

»Du kannst nach meinem Tod Delphoí immer noch verlassen.«

»Wenn ich zu alt bin, um eine Familie zu gründen. Ich bin es jetzt schon fast.«

»Zu alt wohl nicht unbedingt. Doch niemand wird dich – unabhängig von deinem Alter – wollen, nachdem du jahrelang in Männergewändern umhergezogen bist. Doch denke daran, dass nur diese Freiheit die ungebührlichen Wünsche in dir geweckt hat. Womöglich haben die Männer recht, dass sie uns in den Frauengemächern verstecken und nicht aus dem Haus lassen.«

»Du widersprichst dir selbst«, sagte Lysandra.

»Und du hast nicht genügend Charakterstärke, um der Versuchung zu widerstehen. Hinter deiner Reise steht doch die Sehnsucht nach einem Mann! Mir kannst du doch nichts weismachen. Ist es nun Aiolos oder dieser Barbar? Keiner von ihnen ist ein angemessener Ehemann. Sie werden dich nur benutzen, solange du die Beine für sie breitmachst und dich danach gegen die nächste, jüngere Hure austauschen.«

»Ich hätte vielleicht Phoibos haben können.«

»Du irrst dich«, sagte Nerea. »Er sah dich vielleicht als Freund an, da er dich für einen Jüngling hielt, doch hätte er die Wahrheit gewusst, so wäre er dir ferngeblieben.«

Lysandra spürte, wie ihr die Jahre davonliefen. Auch dachte sie immer wieder – wenn auch bei Weitem nicht mehr so häufig wie früher – an Phoibos, dem Mann, dem einst ihr Herz gehört hatte. Er war einige Jahre älter als sie und sah sie immer noch als guten Freund an. Niemals durfte er erfahren, warum sie sich damals von ihm distanziert hatte. Sie konnte nicht ertragen, ihren langjährigen Freund in eine andere Frau verliebt zu sehen.

Jetzt war er verheiratet. Viele Tränen hatte es sie damals gekostet in den Nächten auf ihrem einsamen Lager. Nie wieder wollte sie Derartiges erleben, doch zu sterben, ohne jemals die Liebe – eine erwiderte Liebe – erlebt zu haben, war eine erschreckende Vorstellung.

Lysandra nickte. »Du sagst es. Ich habe nichts mehr zu verlieren. Daher werde ich die Reise unternehmen, ob es dir gefällt oder nicht.«

Nerea starrte sie an, als wäre sie irre. »Das kannst du nicht tun.«

»Du wirst sehen, dass ich es kann. Ich werde einmal in meinem Leben etwas für mich selbst tun, auch wenn ich es nicht dürfte. Ich werde verfügen, dass sie das Geld für die Beseitigung des Drachen in einem Monat an dich auszahlen, sofern ich überhaupt etwas dafür bekomme.«

»Du warst nicht dort oben auf dem Berg. Lügst du jetzt oder versuchst du, mich zu manipulieren?«

»Jahrelang hast du mir deinen Willen aufgezwungen, auch wenn ich mich ihm freiwillig gebeugt habe aufgrund der Schuld, die ich dir gegenüber trage. Lass mich auf diese Reise gehen. Daran hindern kannst du mich ohnehin nicht.«

Aiolos räusperte sich, wohl um auf seine Anwesenheit aufmerksam zu machen. Lysandra erschrak, denn sie hatte in ihrer Rage gar nicht mehr an ihn gedacht.

»Ihr werdet doch nichts von dem verraten, was Ihr hier gehört habt?«, fragte Lysandra.

Aiolos schüttelte den Kopf. »Ich habe gar nicht richtig zugehört. Die Sache ist mir unangenehm und ich werde schweigen wie die Toten. Doch wenn Ihr verreisen wollt und noch drei Tage warten könnt, dann besteht die Möglichkeit, mit einem alten Bekannten von mir zu fahren. Ich wollte ohnehin dort an Bord gehen. Die Voraussetzung dafür ist, dass Ihr mir bis dahin bei Euch Unterschlupf gewährt und kein Wort nach außen dringt, dass ich hier bin. Dann werde auch ich kein Wort über das hier Gehörte verlauten lassen.«

»Das ist ausgeschlossen!« Nerea deutete auf ihn. »Wer weiß, welch düsteres Werk er begangen hat, dass er aus Delphoí fliehen muss!«

»Nein, warte, Mutter. Lass uns erst anhören, was er zu sagen hat. Wohin fährt Euer Bekannter?«, fragte sie.

Aiolos grinste. »Nach Karthago. Wohin denn sonst? Karthago ist der Handelsstützpunkt meines Volkes schlechthin. Wenn Ihr mich drei Tage lang hier versteckt, dann nehme ich Euch alle mit. Mein Freund wird Euch helfen, wenn Ihr mir helft.«

»Er ist also einer der phönizischen Händler. Wird er auch Cel und Sirona mitnehmen? Das wird nicht ganz einfach werden«, sagte Lysandra.

»Wir überlegen uns was«, sagte Aiolos. »Voraussichtlich werdet Ihr an Deck schlafen und ein paar Essensvorräte mitnehmen.« Er beugte sich zu Lysandra vor. »Und macht Euch keine Sorgen«, sagte er leiser, sodass Nerea ihn nicht verstand. »Alles, was ich hier gehört habe, wird diese vier Wände nicht verlassen. Zumindest nicht von meiner Seite aus. Unter uns gesagt, Lysandros: Ihr tut gut daran, hier herauszukommen.«

Lysandra wandte sich an ihre Ziehmutter. »Du, Nerea, verlässt das Haus während dieser drei Tage nicht. Weder verrätst du mein Vorhaben noch Aiolos. Dies verfüge ich in meiner Position als Haushaltsvorstand!«

Nerea starrte sie an, als hätte sie sie geschlagen. Sie tat Lysandra leid, doch sie musste es tun. In der Ferne – wenn es dort wirklich Menschen gab, die wie Celtillos dachten – würde sie womöglich als freie Frau leben können. Vielleicht würde auch die Liebe auf sie warten. Diesmal musste sie sie nicht verleugnen. Dies noch einmal zu tun, wäre zu viel für sie.

»Gut, du willst unbedingt auf diese Reise gehen«, sagte Nerea, »doch dann nimmst du Damasos mit. Ihm schadet es nicht, andere Länder kennenzulernen.«

»Aber du sagtest doch, die Reise wäre zu gefährlich!«

»Ruhm und Ehre soll er erlangen und Schätze aus dem Zinnland mitbringen! So eine lange Reise formt den Charakter!«

Lysandra vermutete eher, dass sie Damasos loshaben wollte. Es stand zu befürchten, dass er Nerea ebenso schlecht wie sein Vater behandelte, wenn er statt Lysandra der Herr des Hauses werden sollte. Die ersten deutlichen Anzeichen konnte sie bereits erkennen.

»Außerdem schwörst du, hierher zurückzukehren, um deine Pflicht mir gegenüber zu erfüllen. Ansonsten verraten wir Aiolos. Du wirst in diesen drei Tagen nicht verhindern können, dass einer von uns, Damasos oder ich, das Haus verlässt!« Hass lag in Nereas Blick.

»Dann nehme ich Damasos eben mit.« Lysandra blickte Aiolos an. »Ist das möglich?«

Er nickte, wirkte aber keineswegs begeistert. »Wenn es denn sein muss.«

»Schwöre es«, sagte Nerea eindringlich. »Schwöre bei Apollon, Leto und Artemis, dass du zu mir zurückkehrst, oder ich verrate Aiolos – und dich. Denn dann hätte ich nichts mehr zu verlieren. Keiner von euch wird mehr die Stadt verlassen können. Ihr könnt mich auch nicht gefangen halten, wenn ich es nicht will. Damasos wird es verhindern. Er begibt sich viel in Gesellschaft und hat fast täglich Verabredungen, die er stets einhält. Man würde das Haus durchsuchen lassen. Dein Leben wäre ruiniert, Lysandra, wirklich ruiniert. Dann wirst du dir deine jetzige Lage zurückwünschen.« Nerea wirkte aufgebracht wie nie zuvor, doch tödlich entschlossen zugleich. Wenn Lysandra es nicht besser wüsste, so könnte sie glauben, sie hätte furchtbare Angst.

»Also gut«, sagte Lysandra. »Ich schwöre bei Apollon, Leto und Artemis, dass ich zu dir zurückkehre.« Sie wusste, dass sie damit einen schwerwiegenden, unumkehrbaren Fehler beging. Sie hoffte, als sie Nereas schlangenähnlichem Blick begegnete, dass sie sich in der Wahl des geringeren Übels nicht irrte.

Lysandra lief hoch zur Corycischen Grotte des Parnassós, um die Neuigkeit zu verkünden. Sie hatte bereits ein Ziehen in den Beinen vom vielen Laufen. Berg rauf, Berg runter. Sie konnte schon bald keine Berge mehr sehen. Doch wenigstens bekam sie dadurch eine stärkere Beinmuskulatur. Womöglich diente diese ihrer Verkleidung als Mann. Zumindest war es heute noch nicht so heiß und es wehte ein lauer Wind vom Meer zu ihr herüber, was sie als angenehm empfand mit den dicken Gewändern, die sie stets trug.

Lysandra sah den Greifen auf einem Hügel oberhalb der Grotte sitzen. Er war ein majestätisches Tier, wunderschön und geheimnisvoll. Nur der Mann, der sich in dieser Form verbarg, war noch faszinierender. Sie begrüßte ihn und berichtete ihm die Neuigkeiten, denen er interessiert mit seitlich geneigtem Kopf zuhörte. Seine Raubvogelaugen glitzerten.

»Ich werde nicht mit an Bord gehen, wenn das Schiff ablegt, sondern nachts zu euch kommen, denn tagsüber, in der Gestalt des Greifen, dürfte dies die Seeleute nur unnötigerweise verschrecken«, sagte Cel.

»Und wenn du uns nicht findest?«, fragte Lysandra.

»Ich werde mich von Aiolos und dem Schiffsführer über die Handelsrouten informieren lassen. Ich finde euch, seid euch dessen sicher. Wo auch immer unsere Reise hingeht, ich bin entschlossen, diesen Weg zu gehen und nicht zurückzublicken.«

Er wollte Delphoí also für immer verlassen. Ihre Wege würden sich nach diesem Abenteuer unwiderruflich trennen. Der Gedanke daran erfüllte sie mit Traurigkeit.

Celtillos maß sie mit einem eigentümlichen Blick. »Nimm bitte auch meinen Speer, das Schwert und den Schild«, sagte er, »und die Kleidung, die du daneben in der Corycischen Grotte findest. Ich möchte nicht überall nackt und unbewaffnet sein müssen. Außerdem sind zwei Kleider für Sirona dabei.«

Kühle Luft schlug Lysandra entgegen, als sie die Grotte betrat. Ihre Augen mussten sich erst an das Halbdunkel hier gewöhnen. Tatsächlich lagen Cels Waffen dort und ein Bündel mit keltoischen Männer- und Frauenkleidern. Sie nahm alles an sich und verließ die Höhle wieder.

»Ich danke dir«, sagte Cel mit dieser rauen Stimme, die sie eigentümlich berührte. »Wir sehen uns spätestens in der Nacht nach der Abfahrt.«

Lysandra nickte. »Pass auf dich auf. Es könnte sein, dass sie weitere Drachentöter aus Delphoí den Berg hinaufschicken.«

»Das habe ich mir bereits gedacht. Sirona und ich sind stets umsichtig. Sie schleicht sich häufig in die Stadt, um von den Plänen der Menschen zu erfahren.«

»Das könnte gefährlich für sie sein. Mit ihrem weißen Fell fällt sie auf.«

Cel seufzte. »Das habe ich ihr auch schon gesagt, doch du weißt ja, wie eigenwillig Frauen sein können. Sie will unbedingt ihren Beitrag zu unserem Schutz und unseren Zielen leisten.«

»Ich kann sie durchaus verstehen.« Und wie sie das konnte. Sirona und sie schienen einige Gemeinsamkeiten zu haben. Sie hoffte nur, dass ihr Plan aufgehen würde. Eine lange und gefährliche Reise stand ihnen bevor. Allein daran zu denken, konnte ihr schlaflose Nächte bereiten, daher vermied sie dies und konzentrierte sich lieber auf die Aufgaben, die vor ihr lagen.

Auch eine solche Reise begann mit einem Schritt und einem weiteren, gefolgt von unzähligen anderen. Einzeln betrachtet waren sie bei Weitem nicht mehr so einschüchternd, sondern machbar.

Lysandra verabschiedete sich, da sie noch einige Dinge zu packen hatte. Zudem wollte sie Nerea und Damasos nicht allzu lange allein lassen, da sie immer noch befürchtete, einer von ihnen würde etwas ausplaudern. Man konnte nie wissen, was in deren Köpfen vorging. Vorsicht war angebracht.

Als Lysandra den Berg hinunterlief, wusste sie, dass sie nicht nur mit Cel reisen würde, um ihrer eigenen aussichtslosen Zukunft zu entkommen. Sie wollte die Traurigkeit aus seinen Augen nehmen und ihn lachen sehen. Lysandra wollte, dass er und Sirona frei waren vom tückischen Zauber.

Insgeheim hoffte sie, das Universum hätte aufgrund dieser guten Tat ein Einsehen mit ihr und würde jemanden schicken, der auch von ihr die Last nähme, etwas sein zu müssen, was sie nicht war.

»Seht, der Milchbube Lysandros verlässt Delphoí zusammen mit seinem versoffenen Bruder Damasos und dem üblen Schwarzmagier Aiolos!«, rief Nikodemos, der am Hafen von Kirra aufgebracht hin- und herlief. »Ein Betrüger gesellt sich zum anderen. Offenbar ist Lysandros ebenso wenig ein Drachentöter wie dieser Hurensohn aus Heraklion ein Magier! Sonst würde er nicht so überstürzt die Stadt verlassen.«

Lysandra ignorierte Nikodemos und ließ stattdessen ihren Blick schweifen. Ein derart weites Sichtfeld hatte sie, die in ihrem Leben nie aus Delphoí herausgekommen war, selten gekannt, außer wenn sie den Parnassós erklommen hatte.

Doch von hier aus bot sich ihr ein ganz anderer Ausblick. Kirra war der einzige seeseitige Zugang zur heiligen Stadt Delphoí. Die Stadt besaß gewaltige Mauern und prachtvolle Statuen und zahlreiche Tempel, von denen einer sogar den Göttern Apollon, Artemis und Leto gleichzeitig geweiht war.

Aufgrund der klaren Sichtverhältnisse konnte Lysandra die zerklüftete Küste und die rauen Berge der Peloponnēssos auf der gegenüberliegenden Seite des Korinthiakós Kólpos, des Golfes von Korinth, erkennen. Lysandra hatte den Erzählungen der Alten genügend Gehör geschenkt, um zu wissen, dass dort drüben ein besonderer, harter Menschenschlag lebte.

Das Handelsschiff legte ab. Lysandra genoss den Wind in ihrem Haar und den salzigen Duft des Meeres. Es fühlte sich nach Freiheit an und nach Abenteuern, etwas, das sie während ihres bisherigen Lebens hatte entbehren müssen.

Offenbar war Aiolos bei den Phöniziern bekannt und geschätzt, denn es hatte ihm keinerlei Schwierigkeiten bereitet, sämtlichen Personen inklusive der weißen Katze eine Mitreise zu beschaffen – und das, obwohl diesmal überraschenderweise nicht sein langjähriger Freund Itthobaal, sondern dessen zweitältester Sohn Hiram das Kommando über das Handelsschiff innehatte. Genau genommen war es sogar dessen erste längere Fahrt. Soweit Lysandra in Erfahrung bringen konnte, war er nicht als Erbe des Handelsimperiums vorgesehen. Doch da sein älterer Bruder auf einer anderen Route unterwegs war, musste Hiram die Fahrt nach Delphoí auf sich nehmen.

Das phönizische Handelsschiff besaß hohe Steven und den Kopf eines Pferdes als Galionsfigur. Es barg gewiss mehr als hundert Mann. Zumindest erschien es

Lysandra sehr groß und die Anzahl der Ruderer und Matrosen überraschte sie anfangs. Doch Erstere erklärten sich aus der langen Reise, wo der Zeitverlust durch ungünstige Winde und Strömungen mit dem Rudern ausgeglichen werden konnte. Soweit sie gehört hatte, war die Strecke nach Belerion in dieser Hinsicht nicht so einfach zu befahren. Hauptsächlich verließen sich die phönizischen Handelsschiffe jedoch auf ihre Segel.

Das Schiff besaß einen runderen, geräumigeren Rumpf als die Kriegsschiffe und ein großes, eckiges Rahsegel. Welche Handelsgüter geladen waren, wusste sie nicht.

»Wenn das nur gut geht«, sagte Damasos, der Lysandra wütend anstarrte. »Das habe ich nur dir zu verdanken. Wie konntest du Nerea nur sagen, dass du weg willst? Wärst du halt einfach abgehauen, ohne mich da reinzuziehen.«

»Das konnte ich nicht, nach alldem, was sie für mich getan hat.«

Damasos schnaubte. »Bist du dir dessen sicher?«

»Es tut mir leid, dir diese Unannehmlichkeiten zu bereiten. Das wollte ich wirklich nicht. Ich konnte ja nicht ahnen, was sie vorhat.«

»Gewiss konntest du das nicht.« Seine Worte klangen höhnisch. »Du bist ihr Lieblingssohn. Sie will nur nicht, dass dir was zustößt, wenn du allein in die Ferne ziehst. Ich bin wieder der Hornochse, der deinen dürren Arsch retten soll.«

»Du musst dich irren, denn ihr Lieblingssohn bin ich gewiss nicht. Meinetwegen brauchst du nicht mitzukommen. Sag doch einfach, du hättest das Schiff verpasst.«

»Sodass sie mir monatelang damit in den Ohren liegt? So ungern ich das auch zugeben möchte: Du bist das geringere Übel.« Damasos starrte sie abfällig an und wandte dann seinen düsteren Blick dem Meer zu.

Cel war natürlich nicht bei ihnen, da er erst in der Nacht zu ihnen stoßen konnte. Seine Schwester jedoch bewegte sich über das Schiff und zog aufgrund ihres weißen Felles einige Blicke auf sich. Lysandra fragte sich, wie sie als Mensch ausgesehen hatte. Ob sie Cel ähnlich gewesen war? Aufgrund des hellen Felles vermutete sie, dass sie als Frau hellblondes Haar besaß.

Nikodemos und der Hafen von Kirra mit all den umherlaufenden Menschen, den angelegten Schiffen und den vielen Häusern und Tempeln wurden kleiner und immer kleiner und verschwammen schließlich zur Unkenntlichkeit am Horizont.

Die von den Phöniziern als Handelsstützpunkt gegründete Stadt Ziz, die zum Machtbereich Karthagos gehörte, war das erste Ziel der Reise, wie Aiolos ihr mitgeteilt hatte. Ziz lag auf einer großen Insel, die man entweder umrundete oder auf dem kürzeren Weg durch eine Meerenge erreichen konnte.

Hiram war hochgewachsen und schlank. Sein lockiges Haar trug er schulterlang, den Vollbart kurz gestutzt. Einer seiner Männer, ein Älterer mit ergrauendem langen Bart, redete heftig auf ihn ein.

Hiram schüttelte den Kopf. »Aber der Weg durch die Meerenge ist weitaus kürzer, Belshazzar. Was sollte daran gefährlich sein?«

»Itthobaal hat diesen Weg niemals benutzt. Das war schon immer so.« Belshazzars Stimme war auffallend tief.

»Warum nicht?«

Belshazzar hob die Achseln. »Weiß nicht. Vielleicht wegen der Strömungen.«

»Aber der Weg durch die Meerenge dürfte deutlich

kürzer sein, als wenn wir Sizilien umsegeln.«

»Wie gesagt, ich weiß nicht, warum er den Umweg seit Jahren auf sich nimmt. Ich habe seine Entscheidung niemals hinterfragt. Er wird schon seinen Grund dafür haben. Vermutlich ist der Weg gefährlich. Vielleicht gibt es dort Klippen, Sandbänke und gefährliche Strömungen.«

Hiram schüttelte den Kopf. »Unwahrscheinlich. Ich hab mir die Seekarte genau angesehen. So eine Tieflage hat unser Schiff außerdem nicht. Ich glaube kaum, dass mit Sandbänken und Klippen zu rechnen ist, außerdem werden wir uns in der Meerenge mittig halten.«

»Aber wir haben das schon immer umschifft.«

»Nur weil man etwas schon immer so gemacht hat, heißt das nicht, dass es auch für die Zukunft der beste Weg ist. Wir fahren durch die Meerenge!«, sagte Hiram.

Belshazzar nickte ergeben. »Wenn Ihr meint. Gut, dann soll es so sein.«

Aufbruch

»Mir ist schlecht«, sagte Aiolos nach einer Weile. Tatsächlich war er ganz blass im Gesicht.

»Sieh auf die Wellen hinaus, das hilft«, sagte Belshazzar, doch Aiolos wurde bleicher und immer bleicher.

»Mir ist so kalt.« Er schlug die Arme um seine Schultern und lehnte sich halb gegen die Reling.

»Pass auf, dass du nicht hinausfällst.« Belshazzar grinste. »Es sind schon einige über Bord gegangen, weil sie sich zu weit hinausgelehnt haben.« Er fuhr sich über das kurze, lockige, grau melierte Haar.

Hiram trat zu ihnen. Er wirkte verärgert. »Jag ihm keine Furcht ein. Mach lieber, dass du an deinen Platz kommst.«

Der Seemann sah ihn einen Moment verwundert an, kurz schien es, als wollte er etwas sagen, doch schließlich ging er davon.

»Du wirst deine Seekrankheit sicher bald überstanden haben«, sagte Hiram zu Aiolos.

Dieser nickte. »Wie lange brauchen wir bis Karthago?«

»Das kommt auf den Wind an und wie lange wir uns in Ziz aufhalten.«

Lysandra sah Hiram an. »Wie navigiert Ihr bei schlechter Sicht oder in der Nacht auf dem Meer, wenn ihr nicht anlegen könnt, auf der Reise nach Belerion etwa?«

Hiram legte die Stirn in Falten. »Nun, das weiß mein Navigator Hamilkar besser als ich. Ich versuche dennoch, es dir zu erklären.« Er deutete nach oben. »Die Sterne werden über den Himmel gezogen. Die Erde hat zwei Achsen, begrenzt von Polen, welche eingefasst sind von zwei Bärinnen, die gemeinsam, jeweils den Kopf an der Hüfte der anderen, rollen, und daher auch Wagen genannt werden. Eine der Bärinnen nennen die Hellenen Kynosura, was so viel bedeutet wie ›Hundeschwanz‹, und die andere Helike, ›Kringel‹. Wir segeln auf dem Weg, den Kynosura uns weist, da sie klar und leicht auszumachen ist. Sie erscheint bereits zu Anfang der Nacht groß am Himmel. Andere wiederum, wie die Achaier und die Sidonier, vertrauen der Helike. Wenn die Nacht hereinbricht, zeige ich dir die Bärinnen.«

Lysandra war aufgefallen, dass Hiram sie duzte, was sie seltsamerweise nicht störte. Sie wusste auch nicht, woran es lag, doch sie fand ihn von Anfang an vertrauenerweckend und freundlich.

Hiram wandte seinen Blick auf eine Stelle hinter Lysandra. »Gehört die Katze dir?«

Lysandra nickte, denn sie konnte ihm ja kaum von Cels Existenz berichten. Noch nicht. Sie konnte sich nicht vorstellen, dieses Geheimnis für die Dauer der gesamten Reise vor ihm wahren zu können. Dennoch wollte sie dies so lange wie möglich tun, zumal sie nicht wusste, wie Hiram und die Mannschaft darauf reagieren würden. Vermutlich würden sie sie aus Furcht vom Schiff jagen.

Hiram lächelte, sodass seine Zähne weiß blitzten im gebräunten, leicht kantigen Gesicht. »Ein wunderschönes Tier. Würdest du es mir verkaufen?«

Lysandra bemerkte Sironas Blick, mit dem diese ihr die schlimmsten Strafen versprach, sollte sie Derartiges auch nur in Betracht ziehen.

»Es ist unverkäuflich.«

»Woher hast du es? Mit solch edlen Katzen würde sich ein Geschäft machen lassen.«

Sirona starrte beleidigt zu ihnen herüber.

»Ein Mann hat sie in meine Obhut gegeben.«

»Ist sie eine gute Jägerin?«

Lysandra nickte. Sirona sträubte ihr Fell. Gewiss war ihr der Gedanke, Mäuse zu fressen, zuwider.

»Ich habe sie noch nicht lange, doch ich denke schon, dass sie eine gute Jägerin ist.«

»Der Mann muss dir sehr vertrauen«, sagte Hiram.

»Ja, das tut er.«

Notgedrungen, dachte sie. Die Katze war aber auch am verletzlichsten von ihnen allen und am auffälligsten. Warum musste sie weiß sein?

Hiram betrachtete die Katze. »Ich habe fast den Eindruck, die Katze würde jedes Wort verstehen, das ich sage.«

Lysandra nickte. »Sie ist sehr klug.«

»Vielleicht finde ich doch noch einen Weg, sie dir abzukaufen. Wie wäre es mit fünfundzwanzig Stater, einer halben Mine? Das ist ein hoher Betrag für eine Katze. Die Tiere bekommt man an jeder Straßenecke kostenlos hinterhergeworfen.«

»Ihr Phönizier werft mit Katzen?«

»Nein, würde ich nie tun. Aber fünfundzwanzig Stater sind ein Haufen Geld für so ein kleines Tier, das nichts anderes kann, als Mäuse zu fangen. Ich werde erstmal überprüfen, was ich überhaupt bekäme.« Als Hiram versuchte, Sirona zu berühren, pinkelte ihn diese an und rannte sogleich davon.

Hiram fluchte.

Lysandra unterdrückte ein Lächeln. »Du hättest sie nicht beleidigen sollen.« Eine Dame war Sirona gewiss nicht. Andererseits würde Lysandra sich an ihrer Stelle auch nicht von jedem anfassen lassen. Allerdings würde sie dies nicht so drastisch zeigen wie diese keltoische Frau.

»Mistvieh. Dabei wollte ich sie nur streicheln«, sagte Hiram, der sich den Arm abtrocknete. »Ich habe es mir anders überlegt. Du kannst sie doch behalten. Das Vieh ist ja nicht mal stubenrein.«

Als Lysandra erwachte, wusste sie im ersten Moment nicht, wo sie sich befand. Schlagartig kehrten die Erinnerungen an die Ereignisse des vergangenen Tages zurück. Sie befand sich an Deck des phönizischen Handelsschiffs namens *Tanith*. Aiolos schlief unweit von ihnen auf dem Deck, während ihr Ziehbruder Damasos sich ein entlegenes Eck ausgesucht hatte, um möglichst weit von ihr entfernt zu sein.

»Ist da jemand?«, fragte sie, da sie die Anwesenheit von jemandem spürte.

»Lysandros?« Cels Stimme erklang leise. »Habe ich dich geweckt? Das wollte ich nicht.«

Angestrengt starrte Lysandra in die Dunkelheit. Sie erkannte seine Umrisse, sah das Mondlicht auf nackter Haut und erstarrte. Völlig entblößt stand er vor ihr, wie damals, als er sie Zeuge seiner Verwandlung hatte werden lassen. Das Ausmaß seines Vertrauens war ihr erst später bewusst geworden. Diesmal konnte sie nicht alles erkennen, doch das Wissen um seine Nacktheit sandte heiße Schauer durch ihren Leib.

»Lysandros«, sagte er erneut mit dieser rauen Stimme und trat zu ihr. Sie reichte ihm die Decke, die sie für ihn zusätzlich mit an Bord genommen hatte.

Cel wickelte sich darin ein und legte sich neben sie. »Ich hoffe, du kannst gleich wieder einschlafen.«

»Hiram hat mir die Sterne gezeigt«, sagte sie und deutete in den Himmel. »Dies sind die beiden Bärinnen, die über den Himmel rollen. Die eine hat den Kopf an der Hüfte der anderen. Leider sind mir ihre Namen entfallen.«

»Die Boier waren hauptsächlich ein Volk des Landes und nicht der See. Daher kann ich sie dir leider nicht nennen.«

»Die Hellenen sind beides«, sagte Lysandra. »Waren? Warum sprichst du von deinem Volk in der Vergangenheitsform?«

»Weil es die Boier als Volk vermutlich nicht mehr gibt.« Traurigkeit lag in seiner Stimme. Er senkte den Kopf.

Lysandra verspürte wider Willen Mitgefühl in sich aufsteigen. »Wären die Barbaren eben nicht in Delphoí eingefallen.«

Sie spürte seinen Blick auf sich. »Weißt du, was es bedeutet, aus der Heimat vertrieben worden zu sein und den Ort, an dem man geboren wurde und an der Hand seiner Mutter die ersten Schritte ins Leben tat, für immer hinter sich lassen zu müssen?« Er sah sie eindringlich an.

Lysandra schluckte. »Ist das geschehen?«

Cel nickte. »Ich wurde weit von hier entfernt geboren. Vor einigen Jahren fielen feindliche Stämme dort ein. Meine Mutter, die sich zu diesem Zeitpunkt bei den Nachbarn aufgehalten hatte, wurde getötet, während mein Vater, mein Bruder und ich uns auf der Jagd befanden. Mein Vater hat es sich niemals verziehen, nicht bei ihr gewesen zu sein, um sie zu beschützen. An jenem Tag starben auch sein Herz und seine Seele. Sirona war im Wald Beeren pflücken gewesen, was ihr wohl das Leben gerettet hat, denn es wurde fast das ganze Dorf niedergemetzelt. Als die anderen weiterzogen, weil der Feind übermächtig wurde, gingen wir mit ihnen. Wir sind Heimatlose und haben auch die anderen unseres Volkes endgültig verloren. Jetzt habe ich nur noch Sirona, meine kleine Schwester. Ich bin schuld an der schrecklichen Lage, in der sie sich befindet. Wenn ich sie nicht retten kann, dann war alles umsonst.«

Lysandra kämpfte gegen das aufsteigende Mitgefühl an. Stets machte sie sich bewusst, dass die Barbaren viele Delphoíer getötet und auch nicht vor dem Mord an Frauen, Kindern und Alten zurückgeschreckt waren.

»Vor drei Jahren erreichten wir Illyrien«, sagte Cel. »Wir zerschlugen das makedonische Heer, bevor wir über Thessalien in Hellas einfielen.«

Lysandra nickte. »Thessalien, das Pferdezuchtgebiet, ich habe davon gehört. Aléxandros ho Mégas, ein früherer König Makedoniens, hatte sein Ross Burkephalos von dort.« Zumindest hatte sie die Leute das sagen hören.

Cel wirkte nachdenklich. »Schon möglich. Doch sag mir die Wahrheit: Das Heer, welches Delphoí verteidigte, bestand nicht aus Hellenen allein?«

Es gab für Lysandra keinen Grund mehr, dieses Wissen zurückzuhalten. »Phokaier und Ätoler haben mit uns zusammen die Stadt verteidigt. Denk ja nicht, es wäre mir unbekannt, dass die Barbaren einen Ablenkungsangriff gegen Ätolien geführt haben.« Bei diesem hatten sie noch mehr Menschen getötet, diese blutrünstigen Wilden.

Als sie den Blick hob, begegnete er dem Cels. Das Rauchblau seiner Augen wirkte silbern im Mondlicht.

»Solange es unterschiedliche Völker gibt und jeder nur auf seinen eigenen Vorteil bedacht ist, wird es Kriege geben, Lysandros. Lass nicht zu, dass die Vergangenheit unserer Völker uns beide zu Feinden macht.«

Lysandra wandte ihren Blick ab. »Du vergisst etwas: Wir sind Feinde, sind es schon immer gewesen. Du sagst dies alles vermutlich nur, weil du von mir Unterstützung für dein Vorhaben erwartest. Du weißt gar nicht, wie schwer es mir fällt, einem Feind zu helfen. Die Boier haben meinen Großvater getötet.«

»Und das hellenische Heer meinen Vater und meinen Bruder. Ich wurde zum Kämpfen erzogen, zum Krieg und zum Töten. Ehre würde es angeblich bringen, doch erschafft es einzig Leid. Dies liegt nicht allein an meinem verlorenen Glauben an ein besseres Leben nach dem Tod für die Tapferen. Ich bin des Kämpfens müde geworden nach den zahlreichen Schlachten und dennoch werde ich mein Schwert jederzeit wieder erheben, um jene zu schützen, die ich liebe.«

Lysandra schluckte, doch half es nicht gegen den Knoten in ihrem Hals.

Cel sah sie eindringlich an. »Auch wir haben Verluste erlitten, Lysandros. Auch wir Barbaren kennen Leid und Schmerz. Auch wir, die Fremden, die anderen Völker, sind Menschen, die atmen, leben und lieben. Und wir bluten, wenn man uns verletzt. Wären wir in unserer Heimat geblieben, würden unsere Knochen jetzt dort ruhen.« Ein Seufzer entrang sich seiner Kehle. »Du hast mir die Sterne gezeigt, Lysandros. Sie scheinen für uns alle gleichermaßen, die wir unter demselben Himmel leben. Vielleicht können wir eines Tages in Frieden leben, gleichgültig, von welchen Völkern wir entstammen.«

»Das hört sich aber nicht nach einem Keltoi an. Wo

ist die euch nachgesagte Kampfeslust geblieben?«, fragte Lysandra.

Cel seufzte. »Sie liegt begraben zwischen den Leichnamen meines Bruders und meiner Eltern. Zuerst hat mich der Hass weitergetrieben, doch irgendwann erschien mir das alles sinnlos.« Er sah sie an. Die Mondsichel spiegelte sich in seinen Pupillen. »Du wirst mich doch nicht im Schlaf ermorden, weil unsere Völker Feinde sind?«

Lysandra schüttelte den Kopf. »Nein, natürlich nicht. Ich habe außerdem nie dazugehört, weder zu den Einheimischen noch zu … Ist nicht wichtig.« Weder zu den Männern noch zu den Frauen. Lysandra gehörte nirgendwo dazu. Sie war sogar sich selbst fremd, da sie niemals hatte erforschen können, wer sie wirklich war.

Cel nickte. »Mir ging es ebenso. Später. Zuerst gehörte ich überall dazu, doch dann verstießen sie meine Schwester und mich, weil wir anders waren, nicht mehr menschlich, sondern gebannt in die Leiber von Tieren. Doch menschlicher als zuvor waren wir aufgrund der Erfahrung. Manchmal ist es besser, nicht zu wissen, was man verloren hat, als fortan mit dieser inneren Leere leben zu müssen.« Er starrte hinauf zum Himmel, schien jedoch die Sterne nicht mehr zu sehen.

Lysandra schwieg. Auch sie blickte empor zum Firmament und gedachte der Zukunft, die sie erwartete. Was mochte geschehen? Das erste Mal in ihrem Leben hatte sie das Gefühl, ihr Leben selbst zu gestalten, anstatt sich den Vorstellungen anderer zu fügen.

Lysandra starrte noch immer hoch zu den Sternen, als Cel eingeschlafen war. Sein gleichmäßiger Atem ging fast unter im Raunen des Windes und dem Tosen der Wellen. Sie betrachtete sein Gesicht, das endlich friedvoll wirkte, jetzt, da er schlief. Sein langes Haar war um ihn gefächert und glänzte silbrig. Sie konnte nicht widerstehen, es zu berühren. Nie zuvor hatte sie etwas so Weiches berührt. Ihre eigenen Haare kamen ihr im Vergleich dazu starr und dick vor.

Auch seine Haut war heller als die ihre. Sachte berührte sie mit den Fingerspitzen seine Wange. Erste Bartstoppeln befanden sich darauf, doch seine Unterlippe erschien ihr unbeschreiblich zart, ebenso wie die golden schimmernde Haut seiner Brust und seines Bauches mit den feinen Härchen, die sich um seinen Nabel herum nach unten zogen, bis dorthin, wo die Decke seine Nacktheit verbarg. Seine Haut fühlte sich warm an und ein unbeschreiblicher Duft stieg von ihr auf. Wie es wohl sein würde, mit der Zunge seinen Geschmack zu erkunden?

Lysandra schrak zurück, als hätte sie sich selbst bei etwas Verbotenem erwischt. Sie sollte gegen die wachsende Attraktivität, die Cel auf sie ausübte, ankämpfen, anstatt sie zu fördern. Selbst wenn sie ihm trauen konnte, obwohl er ein Keltoi war, ein Feind ihres Volkes, so musste sie ihre wahre Identität vor ihm verbergen. Dies konnte sie nur, indem sie Abstand zu ihm hielt.

Cel erwachte noch vor Sonnenaufgang, doch spürte er bereits wieder jenes Ziehen und Prickeln in seinem Leib – die ersten Anzeichen der Verwandlung. Er betrachtete Lysandras Gesicht und ihr vom Schlaf zerzaustes Haar. Sie sah so jung aus, so schutzbedürftig und war doch eine Kriegerin. Er bedauerte es, sie verlassen zu müssen und wusste auch noch nicht, wo er den Tag verbringen würde, da Hirams Schiff, die *Tanith*, übers Meer in Richtung Sizilien fuhr, wie er noch am Hafen von Kirra in Erfahrung gebracht hatte.

Sizilien war nach dem Tod des Königs Agathokles der Anarchie verfallen. Niemand konnte ihm Genaueres über die aktuellen Zustände dort sagen, doch war er froh, dass die *Tanith* nur den phönizischen Ort Ziz und womöglich Mozia auf der Insel westlich Siziliens ansteuerte. Diese galten als sicher, sodass er sich während des Tages beruhigt zurückziehen konnte.

Cel bedauerte es sehr, die Reise nicht an Lysandras Seite vornehmen zu können. Er strich ihr eine der dunkelbraunen Locken aus dem Gesicht. Sie war anders als die anderen Helleninnen, aber auch als die Frauen seines Volkes. Er wusste noch nicht genau, woran es lag, doch irgendetwas an ihr faszinierte ihn.

Einem Impuls folgend beugte er sich hinab. Tief atmete er ihren verführerischen weiblichen Duft ein und küsste sie auf die Stirn. Zwar benahm sie sich meistens – wohl, damit niemand hinter ihr Geheimnis kam – wie ein Mann, doch war sie unverkennbar eine Frau, eine sehr verlockende Frau. Er fragte sich nicht zum ersten Mal, warum sie ihre Feminität verbarg oder ob sie sich gar auf der Flucht befand.

Cels Zeit in seiner menschlichen Gestalt war wieder einmal vorüber, die Schmerzen wurden zu intensiv. Endlich gab er dem Drängen seines Leibes nach und eilte in die Schatten hinter Hirams Kajüte, wo er sich hinkauerte.

Der Übergang in die andere Gestalt dauerte immer kürzer, je mehr er lernte, sich gegen das Unvermeidliche nicht mehr zu wehren. Auch der Schmerz glich nicht mehr jenem, den er damals bei den ersten Umwandlungen empfunden hatte.

Diesmal schmerzte ihn vor allem etwas anderes: Niemals mehr würde er als Mensch das Licht des Tages erblicken. Niemals würde er eine Familie oder eine Zukunft haben. Er dachte an das Lachen, das er damals mit Sirona geteilt hatte. Er erinnerte sich, wie sie als Kinder inmitten von Schafen über Wiesen gejagt waren und ihr langes Haar mit den gelben Blumen darin im Sonnenlicht silbern schimmerte.

Auch gedachte er seiner Mutter, die viel zu früh gestorben war. Ihre Gebeine lagen in der Erde seiner Heimat, wohin es keine Wiederkehr gab. Doch wie viel blieb ihr durch den frühen Tod erspart? Sie musste nicht sehen, worin Sirona und er verwandelt wurden. Selbst die anderen seines Volkes verließen sie deshalb. Nur Sirona blieb bei ihm, was sie auch getan hätte, wenn der Fluch sie selbst nicht ereilte. Er bedauerte es zutiefst, sie in diese nahezu aussichtslosen Schwierigkeiten gebracht zu haben.

Der körperliche Schmerz verebbte, doch seine Seelenpein hielt unvermindert an. In seiner Greifengestalt erhob er seine Schwingen und entfloh innerhalb weniger Augenblicke, in denen er hoffte, dass gerade niemand in die Höhe sah, in den Himmel. Weit oben verwechselte man ihn womöglich mit einem großen Vogel. Zumindest hoffte er das. Aufgrund des Gewichts seines Löwenleibes konnte er nicht den ganzen Tag fliegen. Er würde an Land gehen müssen und die *Tanith* später vor Anbruch des Tages einholen, um dort in seiner menschlichen Gestalt neben Lysandra zu ruhen in den finsteren Stunden der Nacht, der einzigen Zeit, während der er er selbst sein durfte.

Auch wusste er noch nicht, wie er die Strecke zu den Zinninseln würde überwinden können, doch hoffte er, bis dahin eine Lösung gefunden zu haben. Leider gab es nicht viele Versteckmöglichkeiten auf dem Schiff.

Die Meerenge, auch Straße von Zankle oder das Tor Siziliens genannt, erreichten sie wenige Tage später zwei Stunden nach Sonnenaufgang. Verzittert von den Wellen spiegelte sich der rötlich erstrahlte Himmel im Meer. Zu beiden Seiten zeigten sich dunstverhangene Wiesen, zerklüftete Berge und die gezackten Silhouetten von Städten in der Ferne. Milane, Weihen und Bussarde zogen ihre Bahnen hoch am hellblauen, kaum bewölkten Himmel über der *Tanith*.

»Sizilien, wir kommen!«, sagte Hiram, der sichtlich guter Laune war. Der Fahrtwind blies ihm die schulterlangen dunkelbraunen Locken aus dem Gesicht. Trotz des Bartes wirkte er sehr jung und nicht zum ersten Mal fragte Lysandra sich, ob er nicht sogar jünger war als sie selbst mit ihren zweiundzwanzig Jahren.

Unwillkürlich wanderten ihre Gedanken zu Cel, der in der Gestalt eines Greifen irgendwo an einem unbekannten Ort den Tag zubrachte. Ob er sich manchmal so einsam fühlte wie sie sich jetzt?

»Ein fremdes Schiff im Nordwesten!«, schrie der Mann im Ausguck.

Die Besatzung der *Tanith* wirkte unruhig, als würden sie mit einem Angriff rechnen. Gewiss musste man auf Reisen, ob auf See oder zu Lande, stets sehr vorsichtig sein, doch noch war Lysandra zuversichtlich. Womöglich stammte das Schiff aus Rhegion, einer der Küstenstädte des von den Hellenen besiedelten Kalabriens, und transportierte Waren wie das ihre. Es ähnelte von der Bauweise mit den beiden identischen, hochgezogenen Steven dem der *Tanith*, wenngleich es auch etwas zierlicher wirkte.

Doch als es noch näher kam, erschien es keineswegs vertrauenerweckend. Zerlumpte Gestalten lungerten an Bord. An jeder möglichen und unmöglichen Körperstelle trugen sie Waffen. Viele von ihnen zückten sie bereits.

Auch Lysandra griff zu ihren Waffen und ließ ihren Blick schweifen. Falls der Feind Bogenschützen einsetzen würde, bräuchte sie eine Deckung.

»Bei Eshmun, sie kommen zu rasch näher! Sie sind schneller als wir!« Belshazzars tiefe Stimme überschlug sich fast. Er raufte sich sein Haar. Schweiß lief über seine Stirn. Er fluchte auf phönizisch, am Tonfall war es erkenntlich.

»Wenn wir ruhig und überlegt handeln, können wir siegen!«, rief Hiram, der nervös wirkte, sich aber offenbar nicht von der allgemeinen Unruhe anstecken lassen wollte.

»Was nun?«, fragte Belshazzar, der sich den Schweiß von der Stirn wischte.

»Wir drehen den Spieß um.« Hiram grinste ihn an, sodass seine weißen Zähne blitzten.

»Wie meinst du das?«

»Wir rammen sie! Unser Schiff ist dazu bestens in der Lage und sieht wesentlich stabiler aus als das ihre. Also dreht bei!«

Der Steuermann gehorchte sofort. Die Ruderer setzten all ihre Kräfte ein, um das Schiff schnell voranzubringen. Schon trieb die *Tanith*, ihren Pferdekopf voran, mit voller Kraft auf das andere Schiff zu.

»Du bist irrsinnig!«, rief Belshazzar, »völlig irrsinnig. Das sage ich deinem Vater!«

»Das kannst du ja. Wenn wir das überleben, dann nur durch ein wagemutiges Manöver. Das Glück steht auf der Seite der Mutigen und Tüchtigen. Wenn wir fliehen, werden sie uns verfolgen. Da sie ein leichteres, schnelleres Schiff haben und ihre Ruderer im Gegensatz zu den unsrigen ausgeruht sind, würde dies zu einem ungleichen Kampf führen, sobald sie uns einholen. Also ist es am besten, wir stellen uns gleich.«

Lysandra hoffte inständig, er möge recht haben. Mittlerweile schwand ihr Mut nämlich in bedrohlichem Ausmaße.

»Zumindest wissen wir jetzt, warum Itthobaal niemals durch die Meerenge gefahren ist«, sagte Belshazzar.

»Hinterher ist man immer klüger.« Hiram hatte sein Schwert, einen hellenischen Xiphos, gezogen und wirkte kampfbereit.

»Sofern man überlebt. Hoffentlich nehmen wir dieses Wissen nicht mit in ein haifischverseuchtes Meeres-Grab.«

»Sieh nicht immer nur die schwärzeste Zukunft voraus, Belshazzar«, sagte Hiram und strich sich eine Locke aus der hohen Stirn.

»Das tu ich nicht. Ich sehe gar keine Zukunft für uns. Selbst wenn wir das hier überleben, bringt uns dein Vater um, wenn die kostbare Ladung beschädigt wird oder gar verloren geht.«

»Rede nicht, mach dich bereit für den Kampf!«, rief Hiram.

Auch Belshazzar zog sein Schwert.

»Wir rammen sie gleich!«, rief einer der phönizischen Seeleute. »Macht euch bereit zum Entern!«

Sogleich ging ein Ruck durchs Schiff. Die Phönizier liefen mit gezückten Waffen zur Reling. Diejenigen, die Bögen besaßen, schossen Pfeile auf die unbekannten Angreifer ab. Andere sprangen an Bord des feindlichen Schiffes. Doch auch die Gegner hatten Bogenschützen. Wären die Phönizier nicht bereits auf dem feindlichen Schiff, hätte Lysandra dem Gegner gerne mit einem Brandpfeil geantwortet. So ging sie nur in Deckung, dennoch bekam sie mit, dass einige der Angreifer das Schiff enterten. Zumindest versiegte jetzt der Pfeilhagel, da sie sonst ihre eigenen Leute treffen würden.

Ein Kampf entbrannte. Mehrere Männer griffen zugleich an. Belshazzar schwang sein Schwert mit einer für einen Händler erstaunlichen Geschicklichkeit und traf seinen Gegner an der Brust. Dieser schrie auf, als Blut sein Hemd tränkte. Hiram verschwand aus ihrem Sichtfeld. Verbissen kämpften die Phönizier gegen die Fremden.

Lysandra wich dem Hieb eines Mannes aus. Der Angreifer war zwar deutlich größer als sie, doch keineswegs so wendig. Er besaß ein dem Xiphos ähnliches Schwert. Lysandra wich einem weiteren Schlag aus und griff gleichzeitig von der Seite her an. Sie war bereit, ihn zu töten – falls sie es musste, was sie dennoch sehr ungern tat. Erneut schlug er zu. Lysandra parierte den Schlag, doch spürte sie seine Wucht bis in die Schulter. Ihr Gegner war ihr an Kraft deutlich überlegen. Nur ein wagemutiges Manöver bot Aussicht auf Erfolg. Sie musste ihn so schnell wie möglich überwältigen.

Wieder holte der Mann aus und setzte zum Hieb an. Lysandra sprang zur Seite, doch war sie nicht schnell genug, sodass die Klinge ihren Arm streifte. Die Wunde brannte, war jedoch nicht tief genug, um sie beim Kampf zu behindern. Dennoch musste sie ihn schnell beenden, bevor sie zu viel Blut verlor.

Lysandra nahm ihren Willen zusammen, um sich vom Schmerz nicht überwältigen zu lassen und griff an. Offenbar rechnete der Mann nicht mit so einer schnellen, waghalsigen Gegenattacke. Bevor er erneut ausholen konnte, hechtete sie vor und hielt ihm die Schwertklinge an den Hals.

Der Kampf um sie herum war nahezu zeitgleich beendet. Stille breitete sich aus.

»Wer schickt Euch und was wollt Ihr?«, fragte sie den Mann.

»Wir sind nur einfache Seeräuber.«

»Von woher kommt Ihr?«

»Aus Zankle.«

»Ihr kämpft zu gut für einfache Seeräuber!« Ihre Klinge ritzte seine Haut. Bluttropfen flossen über seinen Hals. Ein Ausdruck der Angst zeigte sich in seinem Blick.

»Wir sind Mamertiner, kamanische Söldner. Agathokles hatte uns angeheuert.«

»Ihr lügt! Agathokles ist tot!«, sagte Hiram, der näherkam.

Der Mann schluckte. »Nach seinem Tod verließen wir Syrakus und bemächtigten uns Zankles. Auch wir mussten sehen, wo wir bleiben.«

»Das ist kein Grund, der Seeräuberei nachzugehen«, sagte Hiram.

Der Mamertiner sah Hiram an. »So mögt Ihr es sehen, doch nicht alle haben die Wahl.«

»Oder entscheiden sich für den leichteren Weg«, sagte Lysandra.

»Lasst mich gehen.«

Lysandra warf einen Blick zum gegnerischen Schiff, das besiegt war, aber noch einigermaßen seetüchtig wirkte. »Wenn Ihr in Frieden zieht und keine Schiffe mehr angreift, setzen wir Euch und Eure Männer dort ab.«

»Ich verspreche es.«

»Also gut, zieht Euch zurück, aber wagt es nicht, Euch wieder hier blicken zu lassen.« Sie nahm die Klinge von seinem Hals. Doch kaum hatte sie einen Schritt von ihm weggetan, griff er sie erneut an. Lysandra sprang zur Seite, war jedoch nicht schnell genug, zumal sie über irgendetwas stolperte und das Gleichgewicht verlor. Der Angreifer wollte sie erstechen, da schrie er plötzlich auf.

Lysandra verspürte einen Luftzug. Das Rauschen von Schwingen vermischte sich mit dem Tosen der Wellen. Der Schrei eines Milans hallte über das Schiff oder war es der des Greifen? Gewaltige Klauen ergriffen den Seeräuber und rissen ihn mit sich. Das Schwert fiel ihm dabei aus der Hand. Blut rann über seine Brust, dann waren er und der Greif in den Höhen des Himmels verschwunden. Nur einen kurzen Nieselregen aus Blut ließen sie zurück.

Hiram starrte in die Höhe. »Was, bei Aschera, war das?«

Belshazzar hob die Achseln. »Keine Ahnung. Eine Harpyie wars nicht und auch kein gewöhnlicher Greifvogel. Eher ein Greif, doch hielt ich ihn für eine Legende.«

Hiram wischte sich den Schweiß von der Stirn. »Warum hältst du ihn für eine Legende, glaubst aber an Harpyien? Ich jedenfalls sehe lieber ihn, als diese anderen geflügelten Biester. Er soll Glück bringen. Zudem hat er Lysandros das Leben gerettet.«

Belshazzar sah ihn misstrauisch an. »Aber wer sagt, dass diese Kreatur nicht zurückkommt, um sich auch noch einen von uns zu holen?«

»Ich behaupte das!« Lysandra trat auf sie zu. »Ein Greif ist eine weise und mächtige Kreatur, die dem Apollon dient.«

Hiram hob die Achseln. »Ihr Hellenen seid sehr zuversichtlich. Das soll mir recht sein, solange der Greif uns in Ruhe lässt und meine Mannschaft nicht frisst.«

»Traue keinem Fremden! Niemals«, sagte Belshazzar.

Lysandra sah ihn an. »Bist du nicht auch ein Fremder für mich?«

Hiram trat zu ihnen. »Nehmen wir diese Söldner als Beispiel. Sie sind Opportunisten. Sie werden immer das tun, was ihnen am meisten einbringt, ohne Rücksicht auf das Leben anderer. Wenn sie sich Zankles bemächtigt haben, kann es gut sein, dass sie die Männer getötet und sich die Frauen genommen haben. Manches ist schlimmer als der Tod.«

»Frauen sind immer die Schwächeren, nicht wahr? Immer dem Willen der Männer ausgeliefert«, sagte Lysandra, wobei sie darauf achtete, ihre Stimme möglichst tief zu halten.

Hiram schüttelte den Kopf. »Nicht zwangsläufig. Du bist wohl zuvor nie aus Delphoí rausgekommen?«

»Merkt man es so sehr?«

Hiram trat näher an sie heran und legte die Hand auf ihre Schulter. »Mach dir keine Sorgen. Es ist ja noch mal alles gut gegangen. Alles andere wirst du lernen. Du hast eine hohe Auffassungsgabe und kämpfst hervorragend. Es fehlt dir einzig an Erfahrung, doch wird sich dies schneller ändern als dir lieb ist. Genauso ist es mir ergangen. Das mit der Meerenge konnten wir nicht wissen.« Er nahm seine Hand von ihrer Schulter und wandte sich seiner Besatzung zu. »Rudert weiter, Männer!«

Lysandra nahm sich vor, in Zukunft unbedingt achtsamer zu sein. Ein weiterer Fehler konnte ihren Tod bedeuten. Sie durfte niemandem trauen.

Hiram starrte auf die Wellen. »Wir hatten verdammtes Pech, die Meerenge durchsegelt zu haben.«

Nachtmahr

»Sie hatten verdammtes Glück, die Meerenge durchsegelt zu haben.« Megairas Stimme hallte von den Wänden der Höhle wider und schreckte die Traumschemen auf, die das Halbdunkel durchschwärmten.

Die Erinye starrte in die wassergefüllte Obsidianschale, die sie zum Wahrsagen benutzte. »Diese Menschen haben mehr Glück als Verstand, doch ein zweites Mal wird Tyche ihnen nicht hold sein.«

Auf der Oberfläche des Quellwassers spiegelten sich Ereignisse wider, die an einem anderen Ort geschahen. Ein Sturm tobte an der Südküste Siziliens, doch nirgendwo konnte Megaira das Schiff der Phönizier entdecken. Das Bild flackerte, verschwamm und zeigte einen anderen Ort. Die *Tanith* segelte unbescholten gen Ziz. Hätte sie Sizilien umsegelt, wäre sie genau in den Sturm geraten, der nun umsonst dort unten tobte.

Megaira fluchte leise. Es war zu spät, erneut einen Sturmzauber zu entfachen, ohne Zeus' unerwünschte Aufmerksamkeit auf sich zu lenken. Zudem wollte sie einen weiteren Fehler vermeiden, der ihr zu viel Kraft kosten würde.

Sie riss ihre Arme in die Höhe. Ihre schwarzen Schwingen berührten die Höhlendecke. »Los, ihr Unheilsschwestern, teilt euch.« Sogleich wurden aus einem Schwarm fledermausähnlicher Traumschemen zwei nicht weniger dunkle. Mit bleicher Hand deutete Megaira auf den rechten. »Ihr bringt mir Nachricht von der im Meer Verschollenen.« Sie deutete nach links. »Und ihr bringt Verderben, Grauen und Wahn. Ihr kennt eure Ziele. Hinfort mit euch!«

Die Schwärme zogen davon durch eine Öffnung an der Höhlendecke. Megaira sah ihnen nach, wie sie über das Firmament zogen, die schattenhaften Schemen, gewoben aus Dunst, Traum und Illusion.

In wenigen Stunden würde die Nacht hereinbrechen. Während der Dunkelheit war ihre Macht am stärksten. Die Erinye lachte, doch es klang verbittert, hasserfüllt und finster, so wie ihr Herz war.

Der Tag war bereits fortgeschritten, als die *Tanith* in den Hafen von Ziz glitt, den die Hellenen »Panhormos« nannten, was soviel bedeutete wie »der größte Hafen von allen«. Die Bucht wurde im Norden und im Osten von teilweise bewaldeten Bergen begrenzt. Zwischen ihnen erstreckte sich die Stadt Ziz und dahinter entdeckte Lysandra üppig bewachsene Haine.

»Zwei Nächte lang bleiben wir hier«, sagte Belshazzar zu ihr. »Sage niemandem, wie dein Name ist oder von wo du gebürtig bist, denn Hellenen sind hier in der Stadt nicht so gut angesehen seit den vielen Kriegen um Sizilien.«

Hiram grinste, was ihn noch attraktiver aussehen ließ. »Besuche die Orangenhaine im Hinterland und die Blumenwiesen, die Ziz ihren Namen verleihen. Das sollte man gesehen haben, wenn man schon mal hier ist.«

Damasos stand mit gekreuzten Armen an Bord und wirkte gar nicht gut gelaunt. »Ich jedenfalls bleibe an Bord«, sagte er.

»Ich sehe mir gerne die Orangenhaine an.« Lysandra war neugierig auf die Gegend.

Hiram lächelte. »Lass uns nach der Löschung eines Teils der Ladung dorthin gehen. Es ist nicht allzu viel, da das meiste nach Karthago geht.« Hiram trat näher zu Lysandra. »Dort wird mein Bruder das Schiff wieder übernehmen. Mein Vater traut mir nämlich nichts zu. Daher hat er mir auch Belshazzar als Aufpasser mitgeschickt.« Er hatte seine Stimme gesenkt, sodass nur sie sie vernehmen konnte.

»Besser als gar keinen Vater zu haben«, sagte Lysandra leise.

Hiram nickte kaum merklich. »Das schon, doch manchmal betrübt es mich schon, dass mein Bruder immer bevorzugt wird.«

»Mir erging es ebenso.«

Hiram blickte sie an. »Dir?« Er warf einen verstohlenen Seitenblick zu Damasos. »Dein Bruder ist ebenfalls älter als du, nicht wahr?«

»Er ist jünger als ich.«

Hiram starrte sie an. »Er sieht älter aus.«

»Ich weiß, dass er größer und kräftiger ist als ich.«

»Das wird schon noch. Wie alt bist du? Siebzehn? Achtzehn?«

»Letzteres.« Würde sie ihr wahres Alter preisgeben, gäbe dies nur Grund zu unerwünschten Spekulationen. In dem Alter war man nicht mehr so dürr.

»Eigentlich ist er nur mein Ziehbruder, da die Schwester meiner Mutter mich nach dem Tod meiner Eltern aufgenommen hat«, sagte Lysandra. »Ich habe auch eine jüngere Schwester, die ich kaum kenne.« Lysandra verspürte Wehmut bei dem Gedanken, so gut wie nichts über Hermióne zu wissen, nicht mal, wie diese inzwischen aussah.

»Wie alt ist deine Schwester?«

»Vierzehn.«

»Sie wird gewiss bald heiraten.«

»Vielleicht ist sie es schon, wenn ich zurückkehre.«

Hiram sah sie eindringlich an. »Und du? Hast du eine Braut irgendwo?«

Lysandra schüttelte den Kopf. »Nein, es gibt niemanden.«

»Dann haben wir etwas gemeinsam.« Er lächelte, sodass seine Zähne aufblitzten in seinem dunklen Gesicht. Hiram war ein attraktiver, gepflegter Mann. Sein Bart war stets sorgfältig gestutzt.

Sie beobachteten, wie die Ware ausgeladen wurde. Sie bestand vor allem aus Kunstgegenständen und Tonwaren aus Delphoí, welche an die Bevölkerung feilgeboten werden sollten, wie sie den Gesprächen der Seeleute entnommen hatte.

»Wir können jetzt gehen«, sagte Hiram. »Ich werde dich zu den Orangenhainen bringen, wie ich es dir versprochen habe.«

In Hirams Gesellschaft fühlte Lysandra sich wohl. Gemeinsam schlenderten sie durch die Straßen und über die Märkte. Niemand schien ihr feindlich gesinnt zu sein, obwohl sie hellenisch aussah. Die Phönizier waren zu sehr auf den Handel ausgerichtet, als allzu viel Wert auf die Herkunft ihrer potenziellen Kunden zu achten. Vor den Ständen unterhielten sich die Menschen, feilschten, tauschten den neuesten Tratsch aus oder wollten rasch etwas erwerben.

Einige der getünchten Gebäude besaßen Vorgärten mit Ginster, Oleander und anderen Blumen in Beeten oder tönernen Schalen.

»Was habt ihr sonst noch geladen?«, fragte Lysandra Hiram, der neben ihr durch die Gassen der Stadt ging.

»Indigo aus Tyros. Heimlich erworben. Alles ist dort im Niedergang.« Traurigkeit lag in Hirams Blick.

»Das tut mir leid.« Lysandra hatte von der einst prächtigen phönizischen Stadt gehört, die durch Aléxandros ho Mégas von Makedonien, zu dem auch Delphoí gehörte, unterworfen worden war.

Hiram hob die Achseln. »Mein Vater wird zetern, doch auch froh sein, diesen als Tauschware für das Zinn zu haben.«

»Zinn? Ihr meint von den Zinninseln? Fahrt ihr dorthin? Würde dein Vater uns mitnehmen?«

»Mein Vater fährt nicht mehr selbst. Ob mein Bruder Euch mitnehmen wird, weiß ich nicht. Vielleicht traut mein Vater mir diese Fahrt doch noch zu. Man gibt die Hoffnung ja nicht auf.«

»Hast du jemals so eine lange Fahrt unternommen?«, fragte Lysandra.

Er grinste. »Für alles gibt es ein erstes Mal.«

Vor ihnen erstreckten sich Haine mit Orangen-, Zitronen-, Oliven- und Feigenbäumen. Lysandra starrte den üppigen Bewuchs an, wie sie ihn aus ihrer Heimat nicht kannte. Dies war eine Offenbarung für sie, da sie von all dem Grün fast geblendet wurde. Hinter den Bäumen sah sie die Blumen, die Ziz seinen Namen gaben. Auch glaubte sie, in der Ferne Weizenfelder und Weinberge zu entdecken. Wenn man so eine Pracht sah, wollte man nie wieder ins karge Hellas zurückkehren.

»Wenn du von den Früchten naschen willst, lass dich dabei nicht erwischen!« Hiram grinste. »Wenn dich jemand fragt, was du hier treibst, sag ihm, du willst im Oreto baden.« Er deutete auf den Fluss, der wie ein glitzerndes Band die Haine durchzog und sie tatsächlich lockte mit seinem kühlen Nass. »Nebenbei bemerkt solltest du das wirklich in Erwägung ziehen. Ich würde ja gerne mit dir zusammen baden«, Hiram sah ihr tief in die Augen, »aber leider muss ich mich mit einem Händler treffen.« Bedauern lag auf seinen Zügen. »Ich hole dich in ein paar Stunden ab. Es wird bald dunkel, aber zumindest ist es dann nicht mehr so heiß.« Er winkte ihr zu und verschwand.

Lysandra eilte zum Fluss. Da die Sonne inzwischen unterging, war das Risiko, entdeckt zu werden, gering. Als sie niemanden sah, entkleidete sie sich und watete in den Fluss. Das Wasser war – im Gegensatz zur Lufttemperatur – kühl und herrlich erfrischend, als es über ihre Haut perlte.

Cel hatte die *Tanith* aus der Höhe beobachtet, nachdem er den Seeräuber an anderer Stelle im Meer losgeworden war. Eine Weile schwebte er über den Wolken und suchte sich dann einen Ruheplatz in einer unbewohnten Gegend Siziliens.

Am Abend erwachte er einige Minuten vor Sonnenuntergang und stieg erneut auf gen Himmel, um sich seine Kreise ziehend einen Überblick zu verschaffen.

Die *Tanith* lag inzwischen im Hafen. Lysandra war mit Hiram, der ein übermäßiges Interesse an ihr zeigte, von Bord gegangen. Wusste er etwa, dass sie eine Frau war? Dies konnte sie in Gefahr bringen. Als Frau reiste man besser nicht allein. Ihren Bruder Damasos konnte man kaum als einen zuverlässigen Begleiter bezeichnen, davon abgesehen, dass er seine mangelnde Sympathie Lysandra gegenüber nicht verbarg. Cel bedauerte es, sie nicht begleiten zu können.

Noch hatte Lysandra ihn nicht entdeckt. Cel hockte im Schatten eines Zitronenbaumes, der einen angenehmen Duft verbreitete. Seine Verwandlung hatte er bereits in den Hainen über sich ergehen lassen, doch der Schmerz hing noch ein wenig in seinen Gliedern. Ein Bad könnte Abhilfe leisten.

Lysandra stand im Fluss, der ihr bis zur Hüfte reichte. Er beneidete das Wasser, das über ihre Brüste und den flachen Bauch perlte. Tropfen fielen von ihren erigierten Brustspitzen. Sie waren größer als er sie sich vorgestellt hatte. Wie gelang es ihr nur, diese weiblichen Formen zu verbergen?

Es zog in seinen Lenden. Er spürte Verlangen nach dieser Hellenin, doch war er während der Reise auf sie angewiesen. Keineswegs wollte er sie verschrecken. Wenn er sich nicht irrte, waren ihre Erfahrungen mit Männern sehr gering bis gar nicht vorhanden.

Falls sich seine Vermutung als richtig erweisen sollte, trug sie diese Verkleidung schon seit Jahren, wenn nicht gar bereits ihr gesamtes Leben lang. Selbst ihr Bruder Damasos schien ihr wahres Geschlecht nicht zu kennen, denn sein Verhalten ihr gegenüber war so, wie man dies von einem männlichen Konkurrenten erwartete.

Lysandra hob ihre Arme, um ihr gewaschenes Haar leicht auszudrücken. Dadurch kamen ihre Brüste besonders gut zur Geltung. Das dunkle Dreieck ihres Venushügels konnte er dicht unter der Wasseroberfläche erahnen. Tropfen liefen über ihren Hals und das Dekolleté. Sie rannen zwischen ihren Brüsten hindurch und fielen von ihren Brustspitzen hinab. Wie gerne würde er sie von ihrer Haut lecken.

Cel spürte sein Blut heiß durch seine Adern rinnen. In der Stunde nach der Umwandlung war das Tier noch stark in ihm, die Leidenschaft überlagerte verstandesgemäßes Handeln. Er konnte den Blick nicht von Lysandra abwenden und seine Gefühle für sie nicht länger im Zaum halten. Es war ihm unklar, warum er sie von Anfang an, trotz ihrer unweiblichen Kleidung, begehrt hatte, doch erreichten nicht nur seine körperlichen Gelüste für sie ein Ausmaß, welches das Erträgliche überschritt.

Plötzlich wandte Lysandra sich um. Ihr Blick traf den seinen. Röte überzog ihr Gesicht. Ob sie wohl seine Leidenschaft für sie in seinen Augen lesen konnte?

Lysandra versuchte ihre Blöße zu bedecken. »Dreh dich sofort um.«

»Warum lässt du niemanden wissen, dass du eine Frau bist? Warum verbirgst du deine Schönheit vor mir?«

»Dreh dich um!«, sagte sie.

»Warum? Ich bin ebenso nackt wie du, doch wendest du dich nicht um.« Wobei von ihm an einigen Körperstellen weitaus mehr zu sehen war als bei ihr – was rasch anwachsen würde, wenn sie ihn weiterhin so anblickte.

Die Röte ihrer Wangen vertiefte sich. »Ich kann dir nicht den Rücken zuwenden.«

»Du vertraust mir nicht.«

»Nenne mir einen Grund, warum ich das sollte.«

»Warum sollte ich dir etwas antun, obwohl ich auf dich angewiesen bin? Vielleicht wirst du eines Tages verstehen, dass unser Volk nicht so barbarisch ist, wie es sich alle vorstellen. Wir sind Krieger und wir scheuen keinen Kampf, doch besitzen wir Ehre. Außerdem: Kann ich dir den Rücken zuwenden?«

Lysandra senkte verlegen den Blick. »Ich werde dir nichts tun. Warum sollte ich?«, fragte sie.

»Weil du nicht zu den Zinninseln und noch weniger ins Totenreich willst. Weil wir Delphoí angegriffen haben und es plündern wollten. Weil mein Volk oder verbündete Stämme deinen Großvater getötet haben.« Es gab so viele Gründe, warum sie nicht zusammen sein konnten und warum sie ihm und Sirona nicht helfen sollte, dennoch zog es ihn unvermindert zu ihr hin.

»Ich werde mit dir überall hingehen, um den Zauber, der auf dir und Sirona liegt, zu lösen. Dies ist meine Pflicht, die ich äußerst ernst nehme.«

»Erfüllst du immer nur deine Pflichten? Nerea fordert etwas von dir und du tust es, ungeachtet der Konsequenzen für dein Leben?«

Sie schüttelte ihren Kopf. Die Nässe zog ihr die Locken aus dem Haar, sodass es länger und beinahe schwarz wirkte. Einige Strähnen berührten fast ihre rosigen Brustspitzen, die jedoch jetzt bedauerlicherweise von ihren Händen verborgen wurden.

»Eben darum bin ich hier«, sagte Lysandra. »Weil ich einmal nicht meine Pflicht gegenüber Nerea erfülle. Die kann warten, nur ein einziges Mal, bis ich dorthin zurückkehre. Einmal, nur einmal will ich etwas für mich tun, damit ich mir selbst in die Augen schauen kann. Du weißt nicht, was es bedeutet, kein richtiger Mann zu sein und doch auch keine Frau.«

»Was ich gesehen habe, ist eindeutig eine Frau.«

Erneut schüttelte sie den Kopf. »Du verstehst mich nicht.« Sie tauchte bis zum Hals ins Wasser ein.

»Doch, ich verstehe dich. Denkst du, ich habe die Worte der Häme nicht vernommen, die dein Bruder für dich hat? Den feigsten Mann von Delphoí nannte er dich. Doch sage mir: Ist jemand, der aus freien Stücken einem Drachen entgegentritt, feige?«

»Wohl nicht, doch Damasos würde mir erst dann glauben, dass ich beim Drachen war, wenn man meine Leiche vom Parnassós herunterträgt. Ich bin froh, dass du mehr siehst als die anderen. Nerea hat mir immer alles verboten: Ich durfte keine Frau sein, um ihre Zukunft zu sichern. Ich durfte kein Mann sein, um mein Leben oder die Maskerade nicht in Gefahr zu bringen. All dies diente ihren Zwecken.«

»Und wann tust du etwas für dich?«

»Jetzt«, sagte sie. »Nur dieses eine Mal. Ich will Erinnerungen sammeln für all die Jahre, die kommen werden.«

»Warum nur jetzt? Lebst du danach nicht mehr?«

Lysandras Gesichtszüge verhärteten sich. Ihre Augen waren nunmehr Schlitze. »Du verstehst mich doch nicht. Meine Eltern starben, als ich noch klein war. Nerea hätte mich nicht aufnehmen müssen. Mädchen sind entbehrlich. Oft werden sie ausgesetzt oder in die Sklaverei oder Prostitution verkauft. Doch sie hat mich aufgenommen und großgezogen wie ein eigenes Kind, nun ja, fast wie ein eigenes Kind.«

»Fast?«

»Als Damasos und später Hermióne geboren wurden, war ich ihr eher eine Last. Damasos war immer stärker und größer als ich und Hermióne viel schöner, zumindest in der kurzen Zeit, in der ich sie sehen durfte. Tag für Tag fühlte ich mich makelbehafteter. Ich weiß nicht, warum ich dir das überhaupt erzähle. Vermutlich, weil ich nie jemanden hatte, mit dem ich darüber reden konnte. Mit Hermióne wäre es vielleicht möglich gewesen, doch Nerea hat sie weitgehend von mir ferngehalten. Die Frauen haben bei uns eigene Gemächer. Normalerweise bekommt sie nur ihr Ehemann zu Gesicht.«

»Du hattest recht: Ich verstehe euch wirklich nicht. Die Männer meines Volkes kämen nie auf die Idee, ihre Frauen im Haus einzusperren.«

»Du würdest es nicht glauben, doch einige der hellenischen Frauen würden ihre Männer als unwürdig ansehen, wenn sie sie den Blicken anderer aussetzten.«

»Und du? Was denkst du darüber?«

»Ich bin aufgewachsen wie ein Mann und will diese Art der Freiheit nicht mehr aufgeben, selbst wenn es den Verzicht auf etwas anderes bedeutet.«

»Auf einen Mann, Kinder, eine eigene Familie und darauf, eine Frau zu sein?«

Ihr Gesicht war plötzlich schmerzverzerrt. Sie blinzelte. Cel tat es leid, dass er eine Wunde in ihr aufriss, die, wie es aussah, niemals heilen würde – nicht, solange sie keinen anderen Weg für ihr Leben sah.

Doch war er der Richtige für sie? Er, der sich geschworen hatte, niemals mehr nach Delphoí zurückzukehren, wo man ihm so viele Male nach dem Leben getrachtet hatte, sowohl in seiner Gestalt als Mann als auch der des Greifen. Doch selbst wenn er mit ihr in diese Stadt zurückkam, würden die Bewohner Delphoís Lysandra nicht gering schätzen, wenn sie ihre wahre Identität offenlegte? Und welche Folgen hätte es für ihre Familie, an der sie offenbar so sehr hing?

»Kannst du dich nicht auch aus der Ferne um Nerea kümmern? Du könntest beispielsweise in einer anderen hellenischen Stadt leben. Es muss ja nicht weit von ihr entfernt sein.«

»Nein, denn ich habe ihr einen Schwur geleistet. Ich muss zurück nach Delphoí.« Lysandra drehte sich halb von ihm weg. »Wenn du mir nicht den Rücken zuwendest, so gehe wenigstens spazieren, damit ich mich fertig waschen kann.«

Statt zu antworten, kam Cel auf sie zu. Er watete ins Wasser, da er sich dadurch eine Abkühlung seines nicht nur aufgrund der sommerlichen Temperaturen erhitzten Leibes erhoffte. Doch er irrte sich. Die Wellen, die seinen Körper umspülten wie die Berührungen zahlreicher Hände, verstärkten das Problem nur.

Cels Leib war die pure Perfektion: leicht gebräunte Haut, umspielt vom Sonnenlicht. Der Wind zog an seinem langen Haar. Unweigerlich wanderte Lysandras Blick tiefer. So hatte sie einen Mann noch niemals gesehen, groß und hart dort unten. Doch musste man vollständig unwissend sein, um die Bedeutung dessen nicht zu erahnen.

Obgleich sie bei den Pythischen Spielen, bei denen sie nur Zuschauer hatte sein können, bereits mehrere Männer nackt gesehen hatte, so hinterließ keiner von ihnen einen derartigen Eindruck auf sie. Vor Neugierde wandte sie sich vollends zu ihm um.

Die Bewegung seiner Muskeln ließ ihr das Blut schneller durch die Adern fließen. Ihr Herz schlug heftig in ihrer Brust. Der Blick seiner silbergrauen Augen ließ sie erschauern. Die Wellen, die seine Schritte im Wasser warfen, waren wie Liebkosungen auf ihrer Haut. In der Mitte ihres Leibes entbrannte ein Feuer.

Cel beugte sich über sie, strich ihr das feuchte Haar aus dem Gesicht und legte seine Lippen auf die ihren. Sie war zu überrascht, um ihn abzuwehren. Es war unschicklich und doch fühlte es sich gut an, wie seine Lippen über die ihren glitten. Seine Finger gruben sich in ihr Haar. Mit der anderen Hand zog er sie an seine harte Brust und presste seinen Mund noch fester auf den ihren. Sie ließ ihren Arm sinken, sodass ihre Brüste seine nackte Haut berührten. Hart standen ihre Brustspitzen ab. Ein Seufzen entrang sich ihren Lippen, als er seine Zunge hungrig in sie schob und ihren Mund erforschte.

Lysandra verlor jegliche Selbstbeherrschung und erkundete ihn ihrerseits. Tief sog sie seinen männlichen

Duft ein und genoss die Wärme seines muskulösen Leibes. Sie fühlte sich geborgen in den Armen dieses Mannes, dieses Barbaren, eines Feindes ihres Volkes, wie nie zuvor in ihrem Leben.

Zugleich fühlte sie sich gewollt und begehrt. Der spürbare Beweis seiner Erregung drückte hart gegen ihren Bauch. Seine Hand legte sich auf ihre rechte Brust. Mit dem Daumen massierte er kreisend ihre Brustspitze. Ein Prickeln durchdrang ihren Leib und feuchte Hitze breitete sich zwischen ihren Beinen aus. Sie wollte Cel, wie sie niemals zuvor einen Mann gewollt hatte.

Cel löste sich als Erster aus der Umarmung. Seine Lippen waren geschwollen von ihrem Kuss und sein Blick war dunkel vor Verlangen.

»Verzeih mir, ich vergaß mich«, sagte er. »Ich brauche jetzt eine Abkühlung.« Celtillos sprang in den Fluss. Er tauchte unter und kam nach einer Weile wieder zum Vorschein. Dann watete er näher zum Ufer heran, sodass er nur noch bis zur Hüfte im Fluss stand.

Sein Haar war dunkler geworden durch das Wasser. In feuchten Strähnen hing es ihm bis zu den Hüften. Der Blick seiner rauchblauen Augen suchte den ihren. Sie sollte Scham verspüren, da er sie beim Starren ertappt hatte, doch das Durcheinander der Gefühle, in das sie sein Anblick stürzte, war überwältigender.

Cel wusch sich. Er sah in jeder Hinsicht aus wie einer der barbarischen Krieger, als die man sich die Keltoi vorstellte. Sein gesamter Leib schien aus harten Muskeln zu bestehen. Die Gesichtszüge wirkten wie gemeißelt – hart und edel. Er besaß ein beinahe klassisches Profil, doch sein Gesicht war ein wenig länglicher als das der Hellenen.

Lysandra nutzte seine kurze Abgelenktheit, um ans

Ufer zu gehen und sich hastig ihre Kleidung überzustreifen. Dennoch konnte sie den Blick nicht von ihm abwenden. Cel faszinierte sie in jeglicher Hinsicht.

Tropfen rannen über seine Wangen, den Hals hinab und über die Brust. Eine Linie hellen Haares zog sich über seinen Bauch, um sich zwischen den Beinen zu verdichten.

»Ich gehe jetzt besser. Wir sehen uns später«, sagte Cel.

Lysandra wollte ihn bitten zu bleiben. Sie wollte ihn bitten … Ja, was eigentlich? Doch ehe sie einen klaren Gedanken fassen konnte, holte er tief Luft und tauchte mit einer schnellen Bewegung unter.

Lysandra wollte mehr als nur einen Kuss von Cel, wusste jedoch nicht, ob dies klug war. Würde sie sich bis ans Ende ihres Lebens fragen, wie es mit ihm hätte sein können, oder würde sie sich für immer schmerzvoll nach ihm sehnen, wenn sie seine Liebe kennenlernte und danach entbehren musste? Sollte sie es wirklich darauf ankommen lassen?

Sie vernahm Schritte. »Tut mir leid, ich bin etwas spät«, erklang Hirams Stimme.

Lysandra wandte sich zu ihm um.

Lächelnd kam der Phönizier näher. »Ah, du hast gebadet. Dein Haar ist noch ganz nass.« Er wickelte sich eine ihrer Strähnen um den Finger.« Ich hätte mit dir gebadet, wäre ich früher gekommen.«

Zum Glück war er nicht früher gekommen, sonst hätte er sie beim Bad überrascht oder gar mit Cel zusammen gesehen.

Hiram lehnte sich über sie. Schnell drehte sie den Kopf zur Seite, sodass seine Lippen nur ihre Wange streiften. Sie mochte Hiram sehr, doch sollte er Cels Kuss nicht mit seinem auslöschen. Außerdem hatte sie ihre Maskerade als Mann zu wahren. Siedend heiß durchfuhr sie der Schrecken. Er wusste, dass sie eine Frau war, sonst würde er nicht versuchen, sie zu küssen!

Hiram sah ihr tief in die Augen. Sein Atem roch angenehm würzig. Er war ein äußerst attraktiver Mann, dennoch fühlte sie sich körperlich nicht zu ihm hingezogen. Hiram legte seine Hände auf ihre Hüfte und zog sie näher zu sich heran. Lysandras Herz klopfte schneller. Sie legte ihm die Hände auf die Brust, damit er sie nicht vollständig in seine Arme ziehen konnte.

»Du willst mich nicht?«, fragte er leise. Sein Atem streifte ihre Schläfe. Bedauern lag in seinem Blick.

»Ich mag dich, aber ich kann das nicht tun. Es tut mir leid«, sagte Lysandra.

»Ich verstehe.« Er wirkte plötzlich niedergeschlagen. »Ich hatte so gehofft, dass du auch … Ach, vergiss es.«

»Du bist sehr freundlich und siehst gut aus. Ich mag dich wirklich, nur leider nicht so, wie du es dir vielleicht wünschst.«

Beschwörend sah er sie an. »Ich bitte dich inständig, mich nicht zu verraten. Nur die wenigsten wissen, dass ich Männer liebe.«

Lysandra verspürte Erleichterung. Er hatte ihre Maskerade also gar nicht durchschaut!

Sie nickte. »Ich verspreche es dir.« Natürlich würde sie darüber Stillschweigen bewahren.

»Solltest du es dir noch mal überlegen, würde ich mich sehr freuen.« Er wandte sich ab. »Sieh, diese Orangen. Ich werde uns ein paar für den Heimweg pflücken.« Hiram lief zu den Bäumen.

Lysandra vernahm ein leises Plätschern hinter sich. Als sie sich umdrehte, sah sie Cels Kopf aus dem Wasser zwischen dem Schilf auftauchen. »Wie war das? Du verkleidest dich als Mann, um vor den Nachstellungen von Männern sicher zu sein?« Er grinste unverschämt.

»Hiram kommt gleich wieder! Versteck dich im Schilf!«

Sie sah ihn wegtauchen in Richtung der Strömung, dann war er verschwunden. Von wegen, die Boier seien kein Volk des Wassers! Er schwamm wie ein Fisch.

Auch war er ungemein schadenfroh, doch glaubte Lysandra kurz vor seinem Abtauchen noch etwas anderes auf seinem Gesicht gesehen zu haben: Eifersucht. Wollte Cel sie so, wie sie ihn wollte, oder hatte sie sich geirrt? Wobei sie froh sein sollte, dass sein Interesse vermutlich nur ihrem Leib allein galt, so bitter die Erkenntnis ihr im ersten Moment erschien, denn es gab keine gemeinsame Zukunft für sie. Er war ein Feind ihres Volkes und sie war gefangen in einer Rolle, die sie nicht spielen wollte, es aber bis an ihr Lebensende musste. Es gab kein Zurück zu ihrer wahren Identität. Niemand würde eine Frau nehmen, welche sich so frei bewegen konnte wie Lysandra, denn damit galt sie in Hellas als unschicklich.

Hiram kam wieder zu ihr und reichte ihr eine Orange. »Lass uns zurück zum Schiff gehen. Wir legen morgen früh wieder ab.«

»So bald schon?«

Hiram nickte. »Belshazzar will den Aufenthalt verkürzen. Außerdem möchte ich meinen Vater nicht warten lassen. Nicht, dass er sich noch Sorgen um mich macht. Durch den Angriff der Mamertiner sind wir ohnehin später dran als geplant.«

Obwohl Hiram vermeiden wollte, bei Nacht zu fahren, tat er es dennoch. Trotzdem brauchten sie, da sie im Zickzackkurs gegen den Wind segeln mussten, länger als einen Tag bis nach Karthago. Mitten in der Nacht erwachte Lysandra, geweckt durch ein Gefühl von Gefahr, das schwer auf ihr lastete. Der Seegang war unruhig und ließ das Schiff bedrohlich schwanken. Der Wind riss an Lysandras Decke und ihrem Haar.

Sie wagte es nicht, Cels Namen auszusprechen, da sie die Anwesenheit von etwas Fremden spürte. So öffnete sie die Augen nur einen Spaltbreit, konnte jedoch nichts erkennen. Vorsichtig tastete sie nach Cel, aber da war niemand.

Schlagartig öffnete sie die Augen und starrte in die Dunkelheit, konnte jedoch nicht viel erkennen. Sie erhob sich und lief zu Hirams Kajüte. Bevor sie sie erreichte, lief einer seiner Männer ihr entgegen.

»Wir sinken!«, rief er.

In diesem Moment sprühte eine Welle über Deck und Lysandra wurde nass. Sie vernahm trotz des Sturms einen Schrei und ein Platschen. Wenn sie sich nicht irrte, so war jemand über Bord gegangen. Das Schiff schwankte bedrohlich. Frierend und zitternd rannte sie zur Reling, um hinabzustarren auf die tobenden todschwarzen Fluten.

»Hiram! Damasos!«, rief sie.

»Tot. Alle sind tot!«, sagte Celtillos, der plötzlich neben ihr auftauchte. Sein blondes Haar klebte ihm am Leib, den einzig ein um die Hüften geschlungenes Tuch bedeckte. »Sie sind ertrunken, über Bord gespült worden.« Seine sich vor Panik überschlagende Stimme wurde halb verschluckt vom Tosen der Wellen und dem Heulen des Windes. »Halte dich fest. Nein besser: Lass mich dich festbinden.« Cel trat näher zu ihr und wollte ihr gerade einen Strick um den Leib legen – sie spürte seine klammen Finger auf ihrer Haut –, als ihn plötzlich eine Welle erfasste und über Bord riss. Sein letzter

Schrei war unterlegt vom Wüten des Meeres. Sie wusste, dass er in diesen tobenden Fluten unmöglich überleben konnte.

Nur mit Mühe konnte Lysandra sich festhalten, doch unaufhaltsam schwanden ihre Kräfte. Die Kälte des Wassers drang ihr durch Mark und Bein, ihre Haut war gewiss schon so bleich und kalt wie die einer Toten. Als sie ein Krachen und bald darauf den Ruf eines Matrosen vernahm, dass das Schiff sinken würde, sah sie sich verzweifelt nach dem Rettungsboot um, konnte es jedoch nicht erkennen. Es war ohnehin fraglich, wie und ob sie es erreichen würde.

Sie konnte sich nicht länger festhalten. Eine hohe Welle riss sie über Bord. Sie schloss mit dem Leben ab! Niemand würde sie retten, denn jeder war mit dem eigenen Überleben beschäftigt. Lysandra konnte nur hoffen, dass es schnell ging, denn kein Weg zu sterben war furchtbarer als das Ertrinken.

Der Nachhall von Celtillos' Todesschrei in ihrem Geist vermengte sich mit ihrem eigenen, kurz bevor das Wasser sie hinabriss in die Tiefen des Todes. Ihr letzter Gedanke, bevor sie das salzige Nass einatmete, um schneller zu sterben, galt Cel.

Inmitten dieser trostlosen Schwärze spürte sie trotz der nahenden Bewusstlosigkeit plötzlich Arme um sich. Erstaunlich warm war der Leib, an den sie gedrückt wurde.

»Lysandros!«, erklang Cels Stimme.

Das war nicht möglich! Lysandra riss die Augen auf, die sie in Erwartung des Todes verschlossen hatte, und erblickte ihn tatsächlich. Das war unmöglich! Er musste tot sein. Oder war sie bereits in der Totenwelt?

Cel flüsterte ihr Worte der Beruhigung ins Ohr und streichelte ihr sachte über den Rücken und die Wange.

Sie befand sich noch auf der *Tanith* und in Celtillos' Armen. Keiner von ihnen war nass oder annähernd dem Tode geweiht.

»Aber ich dachte, du …« Lysandra starrte ihn an. Ihr Leib bebte noch von dem erlittenen Schock, doch es beruhigte sie, seinen Herzschlag an ihrer Wange zu spüren. Einen Moment lang schloss sie die Augen und lehnte sich an ihn. Sie genoss seine Wärme, die Nähe und den Duft, dann machte sie sich von ihm los.

»Was ist geschehen?«, fragte sie mit bebender Stimme.

»Du hattest einen Traum.«

Lysandra blickte sich um. Das diffuse Licht der hereinbrechenden Dämmerung beleuchtete das Treiben an Deck. Hiram versuchte, die Unruhe unter seinen Leuten zu besänftigen, die glaubten, dass ein Unglück bevorstehe. Er war blass und hatte dunkle Schatten unter den Augen.

»Du hast geträumt, dass das Schiff untergeht und alle sterben«, sagte Cel.

Lysandra starrte ihn an. »Woher weißt du das?«

»Alle hatten denselben Traum, auch ich.«

»Wie ist das möglich?« Der Traum war so realistisch gewesen, dass er ihr immer noch nachging.

Er hob die Achseln. »Ich weiß es nicht. Ich bin mir allerdings sicher, dass Hiram mich gesehen hat. Wir werden ihn wohl bald einweihen müssen. Ich hoffe nur, er ist vertrauenswürdig.« Cel küsste sie sachte auf die Wange, löste sich dann jedoch von ihr und ging auf Abstand. Sogleich verspürte sie ein starkes Verlustgefühl.

»Es geht gleich die Sonne auf«, sagte er leise, mit Bedauern in der Stimme.

Lysandra sah den Schmerz in seinen Augen. Er ließ

das Tuch fallen, das er um seine Hüften geschlungen hatte. Doch Lysandra blieb keine Zeit, sich an seiner Nacktheit zu ergötzen. Unter seiner Haut bewegte sich etwas. Sein Leib begann sich zu verformen, was sehr schnell vonstattenging. Bald sah sie Fell und Federn sprießen. Ein Schnabel und die Klauen bildeten sich. Sie bedauerte es, dass er schon gehen und sie wieder einmal verlassen musste.

»Bis bald.« Celtillos stürzte sich über die Reling. Sein Leib war bereits nicht mehr menschlich. Er war wirklich sehr schnell. Nur kurz sah sie das Aufglimmen seiner goldenen Schwingen im ersten Morgenlicht, ein Luftzug streifte sie, dann gewann er rasch an Höhe und verschwand zwischen den Wolken.

Lysandra berührte mit den Fingerspitzen ihre Wange. Er hatte sie geküsst … Zwar nur auf die Wange, doch brachte sie dieser Kuss zutiefst durcheinander. Ihr gesamter Leib bebte. Sie sehnte sich nach weiteren Berührungen von ihm. Lysandra führte die Fingerspitzen zu ihren Lippen und dachte an Cel, dessen Duft noch leicht in ihrem Gewand hing. Sie hob sein Tuch hoch und drehte sich um, als sie Stimmen vernahm.

Aiolos hing über der Reling und übergab sich. Er war blass, wandte sich jedoch kurz darauf lächelnd zu Hiram um, der ihm einen Becher Wein anbot, an dem er nur kurz nippte. Belshazzar gesellte sich zu ihnen.

»Kannst du uns das mit den Träumen jetzt erklären?«, fragte Hiram den Seher.

Aiolos, der immer noch blass war, nickte. »Denn es sind, wie man sagt, zwei Pforten der nichtigen Träume«, zitierte er Homer, »eine von Elfenbein, die andre von Horne gebauet. Welche nun aus der Pforte von Elfenbeine herausgehn, diese täuschen den Geist durch lügenhafte Verkündung. Andere, die aus der Pforte von glattem Horne hervorgehn, deuten Wirklichkeit an, wenn sie den Menschen erscheinen.« Sein Gesicht lag im Schatten.

»Dies bedeutet, es wäre möglich, dass wir alle die Zukunft gesehen haben?«, fragte Hiram.

»Eine womöglich unabänderliche Zukunft«, sagte Aiolos.

Belshazzar schüttelte das dunkle Haupt. »Es gibt nichts Unabänderliches.«

»Es gibt sehr wohl die Schicksalsmächte, die drei Moiren, die einen Teil des Lebensweges für uns vorherbestimmen«, sagte Aiolos.

»Ein durch und durch beunruhigender Gedanke«, sagte Lysandra. »Mir wäre es lieber, wenn ich Herr über mein Leben wäre.«

Aiolos sah sie ernst an. »Das bist du auch bis zu einem gewissen Grad. Ich verstehe das Wirken dieser Mächte selbst nicht. Vermutlich tut dies niemand, vielleicht nicht einmal die Götter selbst, außer die Moiren.«

Das Gefühl, dass sich etwas Böses zusammenbraute, wich nicht von Lysandra. Dazu brauchte sie keinen Furcht einflößenden Traum, der sie vermutlich noch tagelang verfolgen würde.

Unheilsschwestern

Die Albträume suchten die Besatzung der *Tanith* noch in den darauffolgenden beiden Nächten heim, dann verschwand der Spuk so plötzlich, wie er gekommen war. In ihrer Intensität fühlten sich die Albträume dennoch so reell an wie lebhafte Erinnerungen.

Bis Karthago war es nicht mehr weit. Lysandra wusste nicht, wie es danach weitergehen sollte. Zwar hatte Hiram gesagt, er würde seinen Bruder bitten, sie auf der Fahrt zu den Zinninseln mitzunehmen, doch war sie sich nicht sicher, ob dieser es auch täte. Es wäre zu schön, um wahr zu sein, da sie genau dorthin mussten.

Die Nacht war bereits fortgeschritten, als Lysandra sich mit ihrer Öllampe zum Heck aufgemacht hatte, in der Hoffnung, dort ungestört zu sein. Sie wusch einige ihrer Tücher in einer Schüssel mit Wasser aus. Mehrmals tauschte sie es mithilfe eines an einem Seil befestigten Eimers gegen frisches Meerwasser aus. Dabei ging sie leise vor, um niemanden aufzuwecken. Sie hatte ein Brett dabei zum Abdecken der Schüssel, für den Fall, dass jemand sie dabei überraschte. All diese Dinge stammten noch aus ihrem Besitz im Hause Nereas.

Auch die meisten ihrer Waffen hatte sie mitgenommen, obwohl sie diese hierbei gewiss nicht brauchen würde. Das war eine Gewohnheit, die ihr der alte Spartaner Leonidas eingeschärft hatte. Die Tücher würde sie nach dem Waschen mit Nadeln an den Leinen des Schiffes befestigen, damit sie der Wind nicht hinfortriss. In den frühen Morgenstunden würde sie hierher zurückkommen, um die Tücher wieder loszumachen und alles sicher verstauen. Durch den Fahrtwind trockneten sie für gewöhnlich sehr schnell – vorausgesetzt, es kam kein Unwetter auf.

Sie wrang gerade ein Tuch aus, als sie das Geräusch gewaltiger Schwingen vernahm. Sie blickte zum nachtschwarzen Himmel empor. Näherte sich Celtillos in seiner Greifengestalt? Aber wie war das möglich? Er hatte doch noch vor einer halben Stunde neben ihr gelegen und geschlafen. Hatte er nicht gesagt, die Verwandlung in das Flügelwesen fände nur bei Morgengrauen statt? Sie schluckte. Er hatte ihr einmal offenbart, dass das Tier in ihm immer mehr an Kraft gewann. Was genau der Zauber auf lange Sicht bewirken würde, wusste niemand von ihnen. War Cel nun vollends für jede Minute seines Lebens in diese Gestalt gebannt?

Lysandra schob gerade das Brett über ihre Waschschüssel, da durchdrang ein Schrei, der schriller war als der des Greifen, die Nacht. Sie erschauerte, die feinen Härchen auf ihren Armen richteten sich auf. Ein Gefühl drohender Gefahr ließ sie zu ihren Waffen greifen und in Richtung der Schiffsmitte laufen.

Ein weiterer Schrei erklang. Lysandra starrte in die Richtung, aus der sie ihn vernommen hatte. Als der Mond hinter den Wolken hervorkam, sah sie die Angreifer. Es waren schöne Frauen mit langem, im Winde wehenden Haar und entblößten Brüsten, jedoch besaßen sie die Leiber gewaltiger Greifvögel. Dies mussten die Harpyien sein! Aello, Ocypetes und Kelaino, wenn sie sich ihrer aus alten Sagen geläufigen Namen richtig erinnerte.

Sie erkannte einige Matrosen und ein Stück von ihnen entfernt die in Mondlicht getauchte Gestalt Hirams, den eine von ihnen attackierte. Blut rann über sein Gesicht. Er hatte sein Schwert verloren und seinen Dolch gezogen, doch kam er damit nicht gegen sie an.

Lysandra überlegte, auf ihn zuzueilen, doch sie würde zu spät kommen. Weite Bahnen zogen die Unheilsschwestern mit rauschenden Schwingen. Sie flogen übers Meer hinaus, um erneut zuzuschlagen. Anders ließen es die gewaltigen Schwingen wohl nicht zu, ohne dass sie sich in den Segeln oder Tauen verhedderten. Mit dem dadurch gewonnenen Schwung stürzten sie sich erneut auf die Menschen. Gegen die riesigen Klauen kamen die Männer kaum an. Die Krallen waren so groß und scharf wie Dolche.

Lysandra griff nach einem der Brandpfeile, die sie stets bei sich trug. Sie träufelte etwas Öl aus ihrer Lampe darauf, entzündete ihn an selbiger und zielte, so gut sie konnte, auf eine der Harpyien, die gerade einen Bogen über das Meer flog. Sie ließ den Pfeil los und betete zu Apollon, dass es ein Treffer sein möge, die Kreatur es jedoch nicht mehr bis zum Schiff schaffen würde wegen der Brandgefahr. Leichter Schmerz durchfuhr sie trotz des Armschutzes, als die Sehne gegen ihren Unterarm schlug.

Zwar traf der Pfeil die Harpyie nicht direkt, doch wie es die Eigenart dieser Geschosse war, blieb er an ihrem Gefieder kleben, das sogleich in Flammen aufging. Das Vieh stürzte sich kreischend hinab in die nachtschwarzen Fluten.

Kurz darauf tauchte es auf, noch immer schreiend und brennend. Wasser vermochte dieses Feuer nicht zu verlöschen. Brandpfeile aus Eisenspänen, Schwefel und

Salpeter in einem wachsgetränkten Tuch, getaucht in Lampenöl, und mit Harz versehen waren eine gefährliche Waffe.

Die Harpyie jedoch konnte mit dem feuchten Gefieder schlechter fliegen. Ihre Unheilsschwestern kamen angeflogen und geleiteten sie zum Festland, wo sie sich gewiss auf der Erde wälzen würde, der einzigen Möglichkeit, die Flammen zu ersticken.

Kurz darauf erklang erneut das Geräusch von Schwingen.

»Die Harpyien! Sie kommen zurück«, rief Hiram. »Ich glaube, sie sind jetzt nur noch zu zweit. Sie fliegen über uns hinweg. Was haben sie vor?« Angestrengt starrte er in den Nachthimmel über sich, da fiel etwas Dunkles auf ihn herab und sogleich noch mehr davon.

Harpyienkot! Hiram fluchte fürchterlich. Bald lagen etliche Haufen auf dem Deck der *Tanith* und auch Hiram hatte schon mal besser ausgesehen und vermutlich auch gerochen …

»Das geschieht Euch recht«, sagte eine der Harpyien. »Das ist dafür, dass Ihr Menschlein unsere Schwester verletzt habt!«

Die Harpyien flogen nach vollendetem Werk davon in Richtung des Festlandes.

»Mistviecher!«, rief Hiram ihnen nach. Die Männer starrten ihn an. Einige wandten sich um und husteten, wohl, um ihr Lachen zu unterdrücken, genau, wie Lysandra es tat.

»Erzählt das bloß nicht meinem Vater«, sagte er zu seinen Männern. »Das mit den Seeräubern auch nicht, sonst lässt er mich nicht mal mehr einen Wagen lenken, geschweige denn ein Schiff. Alle antreten zum Deck schrubben! Ich werde mich in der Zwischenzeit waschen.«

Als die Unruhe sich gelegt hatte, lief Celtillos zu Lysandra. Er hatte sich ernsthafte Sorgen um sie gemacht. Sein Respekt für die Hellenin wuchs beständig. Er wünschte sich, auch tagsüber in ihrer Gesellschaft sein zu können, um sie vor drohenden Gefahren zu beschützen. Zwar war sie eine Kriegerin und durchaus in der Lage, auf sich selbst zu achten, doch Kreaturen wie die Harpyien waren selbst für geübte Kämpfer überaus gefährliche Gegner.

Doch dies war nicht der einzige Grund, warum Cel bei ihr sein wollte. Er strebte danach, die gemeinsame Zeit zu nutzen, denn am Ende der Reise würden sich ihre Wege wieder trennen. Ihr Leben fand in Delphoí statt, während er heimatlos war. Wo er hinwollte, wenn dies alles vorbei sein würde, wusste er noch nicht. Womöglich sollte er diese Entscheidung Sirona überlassen. Delphoí, wo man ihn hatte töten wollen, war gewiss nicht der Ort seiner Wahl.

»Das war sehr mutig von dir«, sagte Cel zu Lysandra.

»Das war kein Mut, sondern Verzweiflung. Zudem habe ich die *Tanith* in Gefahr gebracht. Wenn die Harpyie in Richtung des Schiffes geflogen wäre, hätte sie es in Brand gesteckt.« Sie erschauerte.

»Auf jeden Fall bin ich froh, dass dir nichts geschehen ist.«

Sie hob den Blick. Cel beugte sich vor und küsste sie sanft auf die Lippen. Seine Zunge tauchte in ihren Mund und kostete von ihrem Geschmack und ihrer seidigen Wärme. Lysandra erwiderte seinen Kuss zaghaft mit all der Süße der Unschuld und dem neu erwachten Verlangen. Er spürte ihre Unerfahrenheit. Seine Begierde wuchs von Tag zu Tag. Er wollte diese Frau, doch wusste er, dass er sie nicht haben konnte, allein schon deshalb, weil er ein Tier war, noch dazu ein Feind ihres

Volkes.

Celtillos zog sie dennoch in seine Arme und genoss ihre Nähe, wenn auch nur für kurze Zeit, bevor sie sich von ihm löste, wohl um ihre Verkleidung als Mann zu wahren. Es missfiel ihm, doch respektierte er ihre Wahl. Gewiss hatte sie ihre Gründe dafür. Ihr Bruder hingegen erschien ihm nicht ganz geheuer.

Cel bedauerte es, dass er den herannahenden Sonnenaufgang spürte. Hastig verabschiedete er sich von ihr. Wieder verlor er sich selbst in einem Gewirr aus Federn und Klauen – von jedem Sonnenaufgang zu Sonnenuntergang ein wenig mehr. Eines Tages würde nichts Menschliches mehr an ihm sein, denn er nahm im Laufe der Zeit auch einige der geistigen Eigenschaften dieses Wesens an, in das er sich verwandelte, was ihn zutiefst beunruhigte.

Noch am selben Tag erreichte die *Tanith* Karthago. Hiram, seine Männer und auch Lysandra und Aiolos hatten mitgeholfen, die Decks zu schrubben, damit das Schiff sauber war, wenn es im Hafen einlaufen würde. Dies war recht aufwendig gewesen. Auch musste Hiram aufgrund seines seltsamen Geruches zwei Tage lang allein speisen.

Karthago war gewaltig. Hiram hatte Lysandra einiges über die Stadt erzählt. Sie machte ihrem Ruf als eine der vorherrschenden See- und Handelsmächte des Mittelmeerraumes alle Ehre. Ihr Reichtum und ihre Pracht übertrafen sogar die Roms. Man merkte jedoch auch den starken Einfluss der Hellenen auf ihre Kultur, was sich in den Gewändern, Kunstgegenständen und Gebäuden widerspiegelte. Das unweit gelegene, einst von den Phöniziern aus Tyros erbaute Tunis stand seit jeher in seinem Schatten.

Hiram verabschiedete sich, denn er wollte seinen Vater gleich nach dem Löschen der Ware aufsuchen. Das Indigo beließ er auf dem Schiff, wo er einige Leute zur Bewachung abstellte.

Lysandra war mit Aiolos an Land gegangen, um sich die Märkte anzusehen. Nach der langen Zeit auf dem Schiff tat es gut, wieder festen Boden unter den Füßen zu spüren.

Zwar bedauerte Lysandra es, dass Hiram nicht mir ihr gehen konnte, doch gleichzeitig hatte sie ihm gegenüber gemischte Gefühle seit seinem Versuch, sie zu küssen. Sie musste zukünftige Annäherungsversuche rechtzeitig abweisen, damit er nicht hinter ihr Geheimnis kam. Andererseits hatte er ihr versprochen, diese würden nie mehr vorkommen.

Auch dachte sie an Cel. Wie es mit ihm weitergehen sollte, wusste sie nicht. Eine dauerhafte Beziehung konnten sie unmöglich eingehen und gewiss wollte er diese auch nicht, zumindest hatte er keine diesbezüglichen Äußerungen gemacht. Sie wusste nicht, ob sie darüber froh oder verstimmt sein sollte. Andererseits waren zwischen ihnen nur ein paar Küsse vorgefallen. Daraus sollte sie nicht voreilig etwas von Bedeutung ableiten.

Um sich von den unerwünschten Gedanken abzulenken, betrachtete Lysandra staunend die Häuser und die Waren auf den Märkten. Hübsche Kleider, Wohntextilien, Wascherde, Gold, Schmuck und andere Luxusgüter waren die Eckpfeiler des hiesigen Handels. Sie mochte die Gerüche nach den vielfältigen Gewürzen, Tees, Parfums und das bunte Treiben, das eine Abwechslung darstellte zu allem, was sie aus ihrer Heimat oder von der Schiffsreise her gewohnt war. Tagelang hatte sie kaum etwas anderes als Wellen, Segel oder die

Planken des Schiffes gesehen, vom erfreulichen Anblick von Cels spärlich bekleideten Leibes mal abgesehen.

Es wurden neben diversen Textilien und Kunstgegenständen auch Datteln, Mandeln, Kapern, Zitronen, Apfelsinen, Pinienkerne, Nüsse, Oliven, Thunfisch und Meeresfrüchte feilgeboten. Die Menschen hier waren wunderschön mit ihrer hellbraunen Haut und dem glänzenden schwarzen Haar. Ihre Sprache verstand Lysandra nicht, doch vernahm sie dann und wann ein paar Gesprächsfetzen auf hellenisch. Viele Nationen waren in der bedeutenden Handelsstadt vertreten.

Im Hinterland wuchsen unzählige Apfelsinen-, Akazien- und Eukalyptusbäume. Dattelpalmen säumten die getünchten Gebäude, wo an jeder Ecke emsiges Treiben herrschte.

»Bin ich froh, endlich wieder auf dem Festland zu sein«, sagte Aiolos. »Noch einen Tag länger auf See und ich wäre gestorben.«

»Es ist aber schon viel besser geworden mit deiner Seekrankheit. Offenbar hast du dich daran gewöhnt.«

»Musste ich ja, sonst hätte sie mich dahingerafft.«

Lysandra lächelte. Tatsächlich hatte sich die Übelkeit bis auf gelegentliche Anflüge dank Sironas Kräutermischung gelegt. Dass diese von der weißen Katze stammten, konnte sie ihm natürlich nicht sagen. Doch den Namen der Frau, die diese Mischung erfand, nannte sie ihm dennoch. Überschwänglich hatte Aiolos seine Dankbarkeit kundgetan.

Nach einer Weile wurde Lysandra der Trubel auf den Märkten zu viel. Sie war es offenbar nicht mehr gewohnt, so viele Menschen um sich zu haben, obwohl sie auf dem Schiff auch nie allein gewesen war. Doch dort kannte sie die Leute. Das war etwas anderes. Sie folgten den weniger benutzten Straßen, wo sie in Ruhe die Gärten bewundern konnten, wo Palmen und exotische Blumen wuchsen. Die Düfte unzähliger violetter und fuchsiafarbener Bougainvilleas und des Jasmins trug der laue Wind zu ihnen herüber, der Lysandras erhitzte Stirn ein wenig kühlte.

»Es wird Hiram gelingen«, sagte Aiolos. Als Lysandra ihm nicht antwortete, fügte er hinzu: »Sein Vater wird uns zu den Zinninseln mitnehmen. Hiram kann sehr überzeugend sein.«

»Das ist mir auch bereits aufgefallen.« Dennoch war sich Lysandra nicht ganz sicher, ob es ihm auch gelingen würde, auf den eigenen Vater einzuwirken. Mit den eigenen Eltern oder Zieheltern war dies immer eine andere Sache, wie sie aus eigener Erfahrung wusste.

Aiolos strebte auf eine Seitengasse zu.

»Was hast du vor?«, fragte Lysandra.

»Mich erleichtern. Du kannst ja mitkommen. Sicher musst du auch mal.«

Sie schüttelte den Kopf. »Nein, ich warte lieber hier.«

Lysandra drehte sich um und ging einige Schritte in Richtung der Innenstadt, wo sie auf Aiolos warten wollte. Plötzlich presste jemand seine Hand auf ihren Mund und legte einen Arm um ihren Leib. Sie wurde von zwei Männern in eine andere Nebengasse gezogen und in eines der Häuser verschleppt. Dort fesselte und knebelte man sie und brachte sie in einen Raum.

Nach scheinbar endlosen Stunden wurde sie hochgezerrt.

»Willst du was trinken, Junge?«, fragte der Ältere ihrer Entführer, ein phönizisch aussehender Mann mit ergrautem, krausen Haupthaar und Halbglatze.

Sie nickte.

»Ich entferne jetzt den Knebel. Wenn auch nur ein

einziger Laut von deinen Lippen kommt, wirst du dir wünschen, nie geboren worden zu sein.«

Er löste kurz den Knebel, der andere Entführer hielt derweil seinen Dolch an ihren Hals. An einen Fluchtversuch war nicht zu denken. Auch dankte sie Apollon und Artemis dafür, dass man ihre Geschlechtszugehörigkeit nicht entdeckt hatte. Doch wie lange würde sie dieses Geheimnis noch wahren können? Was hatte man mit ihr vor?

Man hielt Lysandra einen Trinkschlauch an die aufgeplatzten Lippen. Das Wasser-Wein-Gemisch darin schmeckte fad und abgestanden, dennoch trank sie gierig davon.

Kaum hatte er den Trinkschlauch abgesetzt, knebelte er sie erneut.

»Mitkommen!«, sagte der Mann mit der Halbglatze. Man stieß sie in den Rücken und trieb sie voran wie ein Stück Vieh.

»Ist alles erledigt?«, fragte ein weiterer Mann mit einem langen dunklen Bart. Offenbar handelte es sich ebenfalls um einen Phönizier.

Ihr Entführer nickte. »Ja.«

»Der Junge dort ist ein Hellene?«, fragte der Fremde.

Lysandra schluckte, als sie merkte, dass man über sie sprach.

»Ja, genau wie es gesagt wurde.«

»In einer Stunde steht das Schiff bereit. Bis dahin dürfte es dunkel genug sein.«

Menschenjäger! Sie befand sich in der Gewalt von Sklavenhändlern! Mühsam kämpfte Lysandra gegen ihre Panik und die aufsteigenden Tränen an. Ihr Mund war bereits wieder trocken, in ihrem Hals bildete sich ein Knoten. Schweiß brach ihr aus allen Poren. Wo war Aiolos? Vermisste er sie noch nicht? Gewiss suchten sie

sie bereits.

Doch konnte er weder wissen, wo sie sich befand, noch hatte er das Recht, irgendwelche Häuser zu durchsuchen. Es stand schlecht um sie. Auch an eine Flucht war aufgrund ihrer Fesseln und des Knebels kaum zu denken. Heute Nacht sollte sie verladen werden, vermutlich auf ein Schiff. Wer wusste, wohin dieses reisen würde. Damit wäre es ihr so gut wie unmöglich, wieder auf die *Tanith* zurückzugelangen. Würde Celtillos sie vermissen oder schnell einen Ersatz für sie finden? Sie war sich ohnehin nicht sicher, ob sie die Aufgabe hätte erfüllen können, die er für sie bereithielt. Sie kämpfte gegen die Angst an, die sie im Klammergriff hielt. Wenn es jemanden gelingen konnte, sie zu finden, dann war dies Cel. Die Hoffnung starb bekanntlich zuletzt.

Die Stunde verging schneller als es Lysandra lieb war. Die Menschenhändler schlossen die Tür auf. Es waren wieder die beiden, die sie auf der Straße gefangen hatten. Lysandra wehrte sich aus Leibeskräften, als man sie ergriff. Sie strampelte und versuchte, ihren Kopf in die Körper ihrer Entführer zu rammen, doch vergeblich. Das Einzige, was sie erreichte, war, dass man auch noch ihre Knöchel fesselte.

Man hob sie auf einen Wagen, auf dem sich drei weitere Gefangene befanden, und warf grobes Leinen und Stroh über sie. Sogleich setzte sich das Gefährt rumpelnd in Bewegung. Lysandra wurde durchgeschüttelt und gegen die anderen Menschen geworfen. Als sie glaubte, keinen nicht schmerzenden Knochen mehr im Leib zu haben, hielt der Karren plötzlich an.

»Der Junge tritt wie ein Gaul, daher mussten wir ihn festbinden«, sagte einer ihrer Entführer.

Man zog sie herunter. Jemand warf sie sich über die

Schulter und trug sie. Ihr Leib schmerzte zu sehr, als dass sie sich weiterhin gewehrt hätte. Nach den Geräuschen zu urteilen befanden sie sich am Hafen. Wo waren nur Hiram und die anderen? Vielleicht bestand doch noch die Möglichkeit, dass jemand von der Mannschaft der *Tanith* sie sah und es Hiram berichtete. Doch war es bereits dunkel und die Aussichten darauf gering.

Ein Mann an Bord sagte, dass das Schiff noch in dieser Nacht ablegen sollte. Dies war kaum üblich, außer vermutlich bei Sklavenhändlern. Jetzt bestand keine Hoffnung mehr, dass Hiram, Cel oder einer der anderen sie rechtzeitig finden würde. Wenn man entdeckte, dass sie eine Frau war, würde man sie womöglich in die Prostitution verkaufen. Als wäre ihre Situation nicht ohnehin schon schlimm genug. Verzweiflung machte sich in Lysandra breit.

Die Suche

»Was heißt, Lysandros ist weg?«, fragte Hiram mit Ungeduld in der Stimme. Sein Blick war kalt und herrisch.

Aiolos duckte sich jedoch nicht, wie es Hirams Männer häufig taten. »Ich habe die halbe Stadt durchsucht, doch keine Spur von ihm gefunden.«

»Du hättest meinen Männern und mir früher Bescheid geben sollen. Womöglich hätten wir ihn gefunden.«

Aiolos verspürte Bedauern. Auch er hatte sich diesen Vorwurf schon gemacht, doch keineswegs hatte er ahnen können, dass Lysandros gerade in dem Moment entführt werden würde, in dem er sich erleichterte. Das war fast so, als hätte jemand darauf gewartet.

»Ich habe Lysandros nur wenige Minuten allein gelassen, da war er plötzlich wie vom Erdboden verschluckt. Bis zum Schiff zu laufen hätte zu lange gedauert. Daher hielt ich es für besser, sofort nach ihm zu suchen, da er sich womöglich noch in der Nähe aufhielt. Was machen wir jetzt?«

Hiram fuhr sich mit den Fingern durchs Haar. Er wirkte plötzlich müde. »Ich schicke morgen noch mal ein paar Männer los. Wenn sie ihn nicht finden, kann ich die Abfahrt um maximal einen Tag verzögern, sonst zerreißt mich mein Vater in der Luft. Er hat eine Ladung, die dringend nach Icosim soll. Verderbliche

Ware außerdem.«

»Warum Euch?«, fragte Aiolos.

»Mein Bruder ist unpässlich. Ihr habt Glück im Unglück, dass ich weiterhin der Kapitän der *Tanith* sein werde. Doch das ist auch schon alles. Betet darum, dass wir Lysandros finden.«

»Was kann ihm nur zugestoßen sein?«

Hiram hob die Augenbrauen. »Vieles. Räuber, Mörder, jemand, der seine Kleidung brauchte, oder Sklavenhändler.«

»Sklavenhändler?«

Hiram nickte. »Karthago hat einen großen Sklavenmarkt, doch glaube ich nicht, dass sie so dreist sind, ihn hier zu verkaufen. Ich schicke dennoch ein paar Männer dorthin. Mehr kann ich im Moment nicht tun. Die Stadt ist einfach zu groß.« Hiram wirkte aufrichtig besorgt um Lysandros, doch offenbar war er genauso hilflos, wie Aiolos sich fühlte. Karthago konnte schön sein, verwirrend, üppig – und alles verschlingend. Vor allem jedoch war die Stadt groß und unübersichtlich. Jemanden hierin zu finden, der nicht gefunden werden sollte, war so gut wie aussichtslos.

Was, bei Zeus, sollte Aiolos Cel sagen? Oder Lysandros' Bruder Damasos? Sie würden ihn in der Luft zerreißen, zumal ihm selbst dadurch das Abenteuer, in die Unterwelt reisen zu können, versagt sein würde. Doch vor allem machte er sich wirklich ernsthafte Sorgen um Lysandra, denn sie war ihm in der letzten Zeit ans Herz gewachsen. Auch ihr Geheimnis war bei ihm sicher, nicht nur, weil er wohl kaum die Absicht hatte, nach Hellas zurückzukehren.

»Lysandros ist weg?« Cel starrte Aiolos an, der schuldbewusst dreinblickte. Sie standen an Bord der *Tanith*.

Erst wenige Minuten zuvor hatte er die Greifengestalt abgelegt.

»Vermutlich entführt«, sagte Aiolos. »So etwas kommt vor in einer so großen Stadt wie Karthago. Hiram hat mehrere Suchmannschaften losgeschickt, doch leider vergeblich. Es ist so gut wie unmöglich, dort jemanden wiederzufinden.«

Cel stieß eine Reihe von Flüchen in seiner Sprache aus. Er brauchte Lysandra. Sie war sein Schlüssel in die Unterwelt, der Schlüssel zu Sironas Leben und seiner Zukunft als Mensch. Cel machte sich Vorwürfe, denn er hatte versagt. Er hätte sie niemals allein in die Stadt gehen lassen sollen, doch in seiner Greifengestalt war es nicht möglich, sie zu begleiten, ohne Aufruhr zu erzeugen.

Wieder verfluchte er es, kein richtiger Mensch mehr zu sein. Würde er sich nach Gutdünken verwandeln können, wäre dies etwas anderes, doch gegen seinen Willen vom ersten bis zum letzten Sonnenstrahl in die Gestalt eines Ungeheuers gebannt zu sein, gab ihm in solchen Situationen ein Gefühl der Unzulänglichkeit und Hilflosigkeit. Gerade jetzt, wo er die Flugfähigkeit des Greifen brauchte, stand sie ihm nicht zur Verfügung. Das Schiff war bereits zu weit vom Hafen von Karthago entfernt, um zu schwimmen oder mit einem Beiboot zurückzurudern. Außerdem lag Hiram mit seiner Vermutung, dass Lysandra gewiss bereits aus der Stadt herausgeschafft worden war, mit hoher Wahrscheinlichkeit richtig. Niemand verkaufte auf kriminelle Weise erworbene Sklaven in derselben Stadt.

Warum hatte er nichts von Lysandras Entführung mitbekommen? Doch selbst wenn er sie aus der Höhe beobachtete, was hätte er tun sollen? Die halbe Stadt wäre aus Angst auf ihn losgegangen, wogegen er auch in der Greifengestalt nicht angekommen wäre. Wo sollte er jetzt jemanden mit Lysandras Fähigkeiten herbekommen, um Sirona zu befreien? Doch wollte er überhaupt jemand anderen als sie?

Allein der Gedanke, dass ihr etwas zustoßen könnte, ließ Panik in ihm aufsteigen. Sie war ihm alles andere als gleichgültig und austauschbar schon gar nicht. Sie womöglich niemals wiederzusehen, verursachte einen dumpfen Schmerz in seinem Brustkorb. Sollte Lysandra sterben oder ein Leid zugefügt werden, so würde derjenige, der dies verschuldete, bitter dafür bezahlen, das schwor er sich. Doch dann war es womöglich bereits zu spät für sie. Er musste Lysandra so schnell wie möglich finden, doch ziellos umherzurudern würde ihn nicht zu ihr führen. In der Greifengestalt blieben ihm weitaus mehr Möglichkeiten der Fortbewegung und des Kampfes.

»Wollt Ihr mich nicht einweihen?«, vernahm er Hirams Stimme. »Oder denkt Ihr wirklich, ich wüsste nicht, wenn sich ein zusätzlicher Passagier auf meinem Schiff befindet?« Hiram trat näher. »Es ist mir gleichgültig, wer oder was Ihr seid, wenn Ihr nur Lysandros wiederbringt. Es ist schlecht für meinen Ruf, wenn meine Passagiere entführt werden.« Die Besorgnis in seinem Blick stand im Widerspruch zu seinen lapidaren Worten.

»Ihr habt mich gesehen?«

Hiram nickte. »Natürlich, Ihr wart nicht zu übersehen. Und ich bin nicht der Einzige. Belshazzar stand neben mir und einer der Ruderer. Die anderen waren vermutlich zu beschäftigt. Ein paar haben Euch schon früher aus der Ferne erblickt, Euch jedoch für eine der Harpyien gehalten.

»Na, so hässlich bin ich selbst in jener Gestalt nicht«,

sagte Cel.

»Ihr seid also ein Gestaltwandler. Ich hätte nie für möglich gehalten, dass es so etwas wirklich gibt.«

»Tja, ich auch nicht.«

»Ihr könnt Euch willentlich verwandeln?«

»Das ist etwas komplizierter. Es kostet natürlich Kraft.« Lügen waren Cel zuwider, doch wollte er Hiram noch nicht in die besonderen Umstände seiner täglichen Verwandlungen einweihen. Zwar hielt er ihn für vertrauenswürdig, doch ob er dies wirklich war, konnte einzig die Zeit zeigen.

»Ich muss leider bis zum Morgen warten, um mich erneut verwandeln zu können. Dafür kann ich mich schneller fortbewegen als ein Schiff.«

Hiram nickte. »Tut, was Ihr könnt. Mir sind die Hände gebunden. Ich wüsste nicht mal, in welcher Richtung ich suchen sollte. Es wäre sogar denkbar, dass Lysandros ins Hinterland verschleppt wurde, auch wenn ich dies für weniger wahrscheinlich halte. Versucht es zuerst an der Küste.«

Cel nickte. Gedankenverloren sah er Hiram nach, der über Deck lief, mit dem Navigator und dem Schiffskoch sprach und dann weiterging in Richtung Bug.

Die Stunden bis zum Morgen erschienen Cel unendlich lange. Er malte sich Schreckensszenarien aus, die ihn immer wieder aus dem Schlaf rissen. So etwas war ihm seit dem Tod seines Vaters und seines Bruders nicht mehr passiert. Offenbar stand ihm Lysandra bereits näher, als er es sich bisher bereit war einzugestehen. Dies machte alles nur noch schlimmer für ihn.

Die Sonne erhob sich am Horizont und ließ ihn in blutrotem Lichte erstrahlen. Als der erste ihrer Strahlen Cel trotz des Sonnensegels erreichte, erschien er ihm wie eine Flamme, die seinen Leib entzündete. Selbst wenn er sich in einer Höhle verbarg, holte die Sonne ihn dank des tückischen Zaubers ein. Der Schmerz breitete sich rasch aus. Die Verwandlung setzte ein. Unter Aiolos' Blicken rannte er hinter die Kajüte, wo sich halbwegs ein Sichtschutz befand. Es war ihm gleichgültig, wie es Aiolos gelingen würde, die Mannschaft für diesen Zeitraum von hier fernzuhalten.

»Ich werde ihn suchen«, sagte Cel nach der Umwandlung zu Aiolos, der zu ihm gekommen war, und schwang sich im Schutz der Morgendämmerung, so schnell er konnte, in die Höhe. Cel wollte keine weitere Unruhe in die Mannschaft der *Tanith* bringen. Daher hielt er es für besser, so lange wie möglich im Verborgenen zu bleiben. Auch wenn der Greif allgemein als ein Glückssymbol galt, wollte er kein unnötiges Wagnis eingehen. Die Stunde der Wahrheit würde früh genug kommen.

Cel drehte eine Runde hoch oben über dem Schiff, das winzig wirkte, wie es inmitten der glitzernden Wellen gen Hippo fuhr. Er jedoch flog in die entgegengesetzte Richtung. Wenn er Lysandra in Karthago nicht finden würde, so konnte er umkehren und dem Schiff ein Stück vorauseilen. Sollte man sie ins Landesinnere gebracht haben, war es aussichtslos, dass er sie fand. Zu großflächig war das Gebiet und mit zu vielen Bäumen und Sträuchern bedeckt. Sie konnte praktisch überall sein.

Er hätte Lysandra in Delphoí lassen sollen. Bei ihrer Ziehmutter Nerea wäre sie jetzt vermutlich nicht glücklich, doch wenigstens in Sicherheit und keineswegs in

Lebensgefahr. Sein Gewissen quälte ihn, auch gegenüber Sirona, die nun vermutlich in wenigen Jahren sterben würde, wie die böse Creusa es prophezeit hatte. Er hasste dieses Zauberweib von Tag zu Tag mehr.

»Bringt ihn von Bord«, erklang eine Männerstimme.

Lysandra öffnete die verklebten Augenlider und blinzelte geblendet ins Sonnenlicht. Staubflocken wirbelten im Lichtstrahl, der durch die offen stehende Tür auf sie fiel. Lysandra wusste nicht, wie lange sie geschlafen hatte, doch sie fühlte sich schlimmer als am Abend zuvor. Gewiss gab es keinen Knochen in ihrem Leib, der nicht schmerzte. Ihre Zunge schien angeschwollen zu sein. Zwar hatte man ihr den Knebel entfernt und ihr etwas faulig schmeckendes Wasser eingeflößt, doch quälte sie noch immer ein brennender Durst. Zwei ungepflegt wirkende Männer betraten die Kammer. Es war zu spät, sich schlafend zu stellen.

»Sind wir schon da?«, fragte Lysandra.

»Diesmal läufst du selber. Wir sind es nämlich leid, dich immer schleppen zu müssen. Steh auf, du fauler Kerl!«, sagte der jüngere der beiden Männer, ein kleiner Dürrer, den sie noch nie gesehen hatte. Offenbar gehörte er zu den Sklavenhändlern.

Lysandra atmete erleichtert auf, dass sie ihr Geschlecht nicht bemerkt hatten.

»Dazu müsstet ihr mich zuerst losbinden«, sagte sie.

Der Mann grummelte etwas Unverständliches, das sich alles andere als freundlich anhörte, nahm dann einen Dolch und schnitt ihr die Fußfesseln durch. Mühsam rappelte sich Lysandra auf. Einer ihrer Füße war eingeschlafen und kribbelte unangenehm.

»Los jetzt. Worauf wartest du?«, rief der andere Mann, ein großer Dicker.

Als Lysandra mit dem eingeschlafenen Fuß auftrat, durchzog ihn ein Schmerz, der glücklicherweise rasch nachließ. Sie humpelte die schmale Stiege hinauf und dann über Deck zum Landesteg, der sich als so schmal erwies, dass sie balancieren musste, um nicht ins Meer zu fallen. Das Schiff ankerte in einer natürlichen Bucht, die von außen kaum einsehbar war. Aufgrund der geringen Größe wurde sie offenbar nicht als Handelshafen genutzt. Vorspringende Riffe und Felsen erschwerten zudem den Bau eines Ortes, doch ein paar halb zerfallene Hütten standen in der Mitte der Bucht. Obwohl Lysandra sich nicht vorstellen konnte, dass in den Hütten noch jemand wohnte, stieg aus einem der Kamine Rauch auf. Dieser war stark rußend, wie er von einem Feuer stammte, das man auf alter Asche oder feuchten Zweigen entzündet hatte.

»Was habt Ihr mit mir vor?«, fragte Lysandra. Sie hatte gedacht, auf einen Sklavenmarkt zu landen, doch keineswegs hätte sie mit dieser Ödnis gerechnet. Ahnten die beiden schmierigen Entführer, dass sie eine Frau war, und wollten sich hier an ihr vergehen, wo niemand ihre Schreie hören würde? Jedenfalls konnte sie sich nicht vorstellen, hier verkauft zu werden. Sklavenmärkte fanden meist in größeren Städten statt. Sie wich einen Schritt vor den Männern zurück.

Der Dürre grinste schmierig. »Wir haben nichts mit dir vor, obwohl ich an so einem hübschen Knaben wie dir durchaus Gefallen finden könnte. Ah, da kommt sie ja.«

Eine alte Frau kam aus einer der Hütten gelaufen. »Da seid ihr ja endlich. Ich dachte schon, ich wäre bis dahin tot.«

»Schön wärs gewesen«, sagte der Dicke. »Halts Maul, Alte. Gib uns lieber den Lohn für den Kerl, den du haben wolltest. Schließlich haben wir ihn extra für dich besorgt.«

Die Alte blickte Lysandra von oben bis unten an. »Das ist, was ich gesucht habe«, sprach sie leise. »Fesselt ihn an den Beinen! Ich bin eine schwache alte Frau und muss ihn mir erst gefügig machen.« Dazu stieß sie ein meckerndes Lachen aus, das ihren Worten spottete. Ihre gelblichen, schiefen Zähne und das strohige graue Haar wirkten ungepflegt.

Die Männer lachten ebenfalls und gaben zotige Sprüche von sich, dass sie sich durchaus vorstellen konnten, was die Alte mit dem Knaben vorhatte. Sie taten jedoch wie geheißen. Lysandras Gegenwehr war so gut wie wirkungslos. Sie blieb besiegt, gefesselt und mit Tränen in den Augen im heißen Sand liegen.

»Jetzt her mit dem Geld, Alte!«, sagte der Dicke.

»Ihr solltet Euch überlegen, mit wem Ihr so sprecht!« Die Frau reichte den zerlumpten Männern einen Beutel, den diese sogleich öffneten. Geld befand sich darin. Die Männer grinsten gierig, Zahnlücken und braune Stummel offenbarend. »Er gehört Euch«, sagte der jüngere von ihnen. Sie wandten sich ab und liefen zurück zum Schiff, das den Anker lichtete und bald darauf davonfuhr.

Lysandra starrte die Alte an, die auf sie zukam und sich über sie beugte. Sie zog einen scharf glänzenden Dolch aus ihrem Gewand. »Möchtest du mir noch etwas sagen, bevor du stirbst?«

Lysandras Herz blieb beinahe stehen vor Furcht. Sie hatte mit allem gerechnet, doch nicht damit. Die Alte musste des Wahnsinns sein. Wer sonst würde für einen unbekannten Sklaven zahlen, nur um ihn zu ermorden? Lysandra fasste all ihren Mut zusammen. Warum sollte sie schweigen, wenn sie ohnehin so gut wie tot war?

»Was wird das? Ein Ritualmord? Ein Opfer für die Götter?«, fragte Lysandra.

Die Alte lachte, was ihr faltiges Gesicht nicht gerade hübscher machte. Ihr Haar war aschgrau mit einem Stich ins Gelbe.

»Die Götter! Du bist lustig! Als würde es die Götter interessieren, ob du lebst oder stirbst! Die kehren sich einen Scheiß darum!«

»Wer seid Ihr und warum wollt Ihr mich töten?«

»Ich will dich gar nicht töten. Ich tue nur, was mir aufgetragen wurde. Mein Name ist Megaira.«

»Du bist also eine der Erinyen. Wessen Zorn habe ich auf mich gezogen?« Mochte sie eine Erinye sein oder nicht, wenn die sie duzte, konnte Lysandra das auch.

»Das brauchst du nicht zu wissen. Du wirst ohnehin gleich tot sein.« Die Alte hob den Dolch.

»Halt, ich habe ein Anrecht darauf, zu erfahren, wer sich meinen Tod wünscht.« Lysandra versuchte, das Unvermeidliche hinauszuzögern.

Eine plötzliche, heftige Windböe rauschte an Lysandra vorbei. Klauen schlugen der Alten den Dolch aus der Hand und schlitzten ihren Arm auf. Ihr Blut war schwarz!

Cel ergriff das Weib und zerrten es mit sich durch die Luft. Die Alte schrie und zappelte, doch der Greif ließ nicht von ihr ab.

»Wir werden ja sehen, wer jetzt stirbt«, sagte Cel.

»Du kannst mich nicht töten. Ich bin unsterblich!«

»Das womöglich, doch bist du nicht unverletzbar. Wenn ich so aussähe wie du, würde ich gar nicht unsterblich sein wollen.«

»Das traust du dich nur zu sagen, weil du ein Greif bist. Ich an ihrer Stelle hätte dich nicht in den edlen

Greifen, sondern in ein Warzenschwein verwandelt. Oder lieber gleich umgebracht.«

»Du kennst Creusa also.«

»Ich kenne keine Creusa.«

»Wer hat mich dann verzaubert?«

»Das weißt du nicht?« Die Alte lachte meckernd. »Dann bist du dümmer, als ich dachte.«

»Ich sollte dich für diese Frechheit zerfetzen.« Cel ließ das alte Weib ins Meer fallen. Sie tauchte unter, streckte ihr tropfendes Haupt jedoch sogleich wieder aus dem Wasser.

»Das wirst du mir büßen!«, rief sie.

»Sieh lieber zu, dass dich die Haie nicht fressen.«

»Das werden sie nicht wagen.« Die Alte kreischte und schlug um sich, als tatsächlich ein Hai näher schwamm. Ledrige schwarze Schwingen wuchsen plötzlich aus ihrem Rücken. Sie schwang sich sogleich in die Lüfte.

»Wage es nicht, uns anzugreifen«, sagte Cel.

»So weit reicht meine Loyalität nicht.« Die Alte vollführte eine komplizierte Geste mit der Hand, woraufhin schwarzer Rauch sich zu einem Tunnel mitten in der Luft verdichtete. Noch während sie hindurchflog, verblasste das Portal bereits. Letzte Rauchschwaden verzogen sich.

Lysandra blickte ihr nach. »Wie hat sie das nur gemacht?«

»Weiß ich nicht.« Cel landete neben Lysandra. Mit der Klaue schob er ihr den Dolch hin, den er der Alten aus der Hand geschlagen hatte.

»Ich habe Angst, dich zu verletzen, würde ich die Fesseln mit den Klauen zerschneiden.«

Lysandra nickte. Sie umfasste den Dolchgriff mit beiden Händen und säbelte damit an ihren Handfesseln, die sich bald lösten. Mit den Fußfesseln tat sie dasselbe.

»Das war knapp«, sagte Lysandra. »Woher wusstest du, dass ich hier bin?«

»Ich wusste es nicht. Ich folgte nur der Schiffstrecke, wie Hiram es mir geraten hat.«

»Hiram weiß von deiner Greifengestalt?«

»Das ließ sich leider nicht vermeiden. Als Greif bin ich nicht gerade leicht zu übersehen.«

»Danke, dass du mich gerettet hast.«

»Ich brauche dich«, sagte Cel.

»Ja, ich weiß. Um das Tor ins Totenreich zu öffnen.«

»Es liegt mir etwas an dir persönlich, nicht nur als Portalöffnerin, auch wenn du es mir nicht glauben magst und sich unsere Wege womöglich wieder trennen werden.«

Lysandra verspürte bei seinen Worten ein warmes Gefühl, jedoch auch ein schmerzhaftes Ziehen in der Herzgegend. Ihre Augen brannten, doch gelang es ihr, die ungeweinten Tränen zurückzudrängen. Sie wollte und durfte jetzt keiner Schwäche nachgeben.

»Was wirst du tun, wenn wir aus der Unterwelt zurück sind?«, fragte sie.

»Mir zusammen mit Sirona ein neues Leben aufbauen. Irgendwo in Freiheit, an einem schönen Ort, wo wir sein können, wie wir sind. Und du wirst wirklich nach Delphoí zurückkehren?«

Sie nickte. »Ich muss es tun. Der Schwur.«

»Gewiss, dass du ihn einhalten wirst, verstehe ich, allerdings ist mir unklar, warum du ihn überhaupt geleistet hast.«

»Schuld. Sie hat mich nach dem Tod meiner Eltern als Kind angenommen.«

»Als könntest du etwas dafür.«

»Sie hätte mich nicht nehmen brauchen. Das hat sie

selbst oft genug gesagt.«

»Schändliche Worte. Es war ihre Pflicht. Niemand von Ehre oder Mitgefühl hätte das Kind seiner Schwester der Sklaverei ausgesetzt. Hätte Sirona Nachkommen, würde ich mich selbstverständlich um sie kümmern, sollte meiner Schwester etwas zustoßen. Ich werde Sirona entscheiden lassen, wo wir unser Leben verbringen werden.«

»Vermutlich nicht in Delphoí?«

Er schüttelte den Kopf. »Ganz sicher nicht in Delphoí. Dort hasst man mich und trachtet mir nach dem Leben.«

Unerwartet und wider Willen empfand Lysandra Traurigkeit bei seinen Worten. Es bestand also nicht die allergeringste Wahrscheinlichkeit, dass sie ihn jemals wiedersehen würde. Ein dumpfer Schmerz breitete sich in ihrer Brust aus.

»Vorausgesetzt, wir werden zurückkehren«, sagte er.

»Du bist wirklich sehr befähigt darin, mir Mut zuzusprechen.«

Dabei war es gerade Mut, den Lysandra brauchte, denn ihre Angst vor der Zukunft wuchs von Tag zu Tag. Es war nicht die Furcht vor dem Totenreich oder was auch immer sie dort erwarten mochte, sondern vielmehr das, was danach käme: Trostlosigkeit und Einsamkeit. Cerberos konnte so schrecklich nicht sein. Womöglich hatte sie Glück und er fraß sie.

Unwetter

»Besteige mich«, sagte Cel zu Lysandra.

»Was?« Der Ausdruck des Entsetzens auf ihrem Gesicht war einfach köstlich. Bedauerlicherweise konnte er in seiner Greifengestalt nicht grinsen, sonst hätte er es jetzt getan.

»Ich sagte, klettere auf meinen Rücken.«

»Das hat sich eben anders angehört.« Misstrauisch beäugte sie ihn.

»Es ist nur ein kurzer Flug. Du wirst ihn möglicherweise überleben. Doch wickle dich zuvor in die Decke ein, die ich dir besorgt habe.«

Cel war losgeflogen, um eine warme Decke für Lysandra auszuleihen oder besser gesagt zu stehlen. Wenn er in seiner Greifengestalt erschien, waren die Menschen seltsamerweise einem Handel nicht sehr zugeneigt, sondern fingen einfach an zu schreien und davonzurennen. Wie eigenartig. Doch sein Vorgehen diente einem guten Zweck und womöglich konnte er die Decke danach wieder zurückbringen, vorausgesetzt, er hatte Zeit dafür und fand den alleinreisenden Mann wieder.

»Ich soll mich in dieses Ding da wickeln?«, fragte Lysandra entsetzt.

»Das ist das Wärmste, was ich auftreiben konnte. Du kannst natürlich auch erfrieren, falls dir das lieber ist.

Dann bist du viel schneller im Totenreich als ich.«

»Nein, danke.« Sichtlich widerwillig schlang sie sich die Decke um den Leib. »Sie ist wirklich warm. Ich werde mich darin zu Tode schwitzen, nein, doch eher am Geruch sterben. Das Ding stinkt ja erbärmlich … nach Kamel!«

»Das kann ursächlich daran liegen, dass dies eine Kamelhaardecke ist.«

»Wirklich witzig.« Lysandra schwang sich auf seinen Rücken. »Na, hoffentlich falle ich nicht von dir hinunter.«

»Das wirst du schon merken.«

Lysandra hielt sich an seinem Fell fest und schlang die Beine um ihn, was ihm in seiner anderen Gestalt noch besser gefallen würde, aber man konnte ja nicht alles haben. Auch machte es ihm Freude, mit ihr zu schäkern. Er bedauerte es, dass ihre Wege eines Tages auseinandergehen würden. Schon jetzt wusste er, dass er sie schmerzlich vermissen würde. Doch da sie ebenso viel Wert auf Ehre legte wie er, versuchte er erst gar nicht, ihr die Rückkehr nach Delphoí auszureden. Einen Eid brach man nicht.

Lysandra war froh, die Kamelhaardecke so eng um sich geschlungen zu haben, denn es war bitterkalt in der Höhe, was der eisige Flugwind noch verschlimmerte. Cel hatte recht: Eine längere Reise hätten sie auf diese Weise nicht durchführen können. Zudem bezweifelte sie, dass er mit dem schweren Löwenleib und ihr auf seinem Rücken den langen Flug übers Meer bis Belerion schaffen könnte. Das war unmöglich, selbst wenn er sich nachts nicht in einen Menschen verwandelte.

Sie machten mehrere Pausen, während der Lysandra sich ein wenig aufwärmen konnte, bis er sie wieder weitertrieb, da er befürchtete, die *Tanith* im Hafen von

Hippo zu verpassen.

Kurz vor der Stadt, in einem von Rosmarin gesäumten Olivenhain, landete er.

»Geh zum Schiff. Ich verfolge euch aus der Höhe«, sagte er.

»Aber du musst auch mal schlafen, sonst bist du uns nicht von Nutzen.« Trotz der sommerlichen Temperaturen fror Lysandra.

»Ich mache mir Vorwürfe, weil du entführt wurdest.«

»Das musst du nicht. Ich hätte ein paar Männer der *Tanith* mitnehmen können.« Ihre Zähne schlugen aufeinander.

»Ich fliege alle paar Stunden über euch hinweg, doch befürchte ich, das könnte nicht genügen. Wenn irgendetwas geschieht, bin ich meistens zu weit weg.«

»Es muss genügen. Ich kann auf mich selbst aufpassen. Meistens zumindest.«

»Nun, geh schon, bevor du die *Tanith* noch verpasst. Ich habe sie aus der Höhe gesehen. Sie müsste bald anlegen. Außerdem hast du bereits ganz blaue Lippen. Du siehst durchgefroren aus.«

»Zumindest weiß ich jetzt, warum wir mit dem Schiff übers Meer reisen, anstatt zu fliegen. Ich bin diese Kälte einfach nicht gewohnt. Längere Zeit würde ich das nicht aushalten.«

»Ich wache über dich. Heute Abend komme ich aufs Schiff und werde dort so lange bleiben wie möglich. Hiram weiß ohnehin von mir. Ich will ihm zwar keinen Ärger machen, doch dein Schutz ist mir wichtiger.«

»Ich kann auf mich selbst aufpassen. Wirklich. Sie haben mich überrascht und waren in der Überzahl.«

Cel nickte. »Gräme dich nicht. Sie hätten womöglich jeden Mann ebenfalls überwältigt.«

Lysandra verabschiedete sich von Cel und lief in Richtung der Stadt. Bis zum Hafen war es nicht allzu weit, zudem war Lysandra es gewohnt, viel zu laufen. Immer wieder blickte sie zum Himmel empor. Cel gewann wirklich schnell an Höhe. Von Weitem sah er aus wie ein missgestalteter großer Vogel. Man musste wirklich gut sehen können und aufmerksam sein, damit es einem nicht entging.

Es dauerte nicht lange, da legte die *Tanith* an. Hiram, Aiolos und die Mannschaft staunten nicht schlecht, als sie Lysandra am Hafen erblickten.

Sie war froh, dass Hiram noch immer die *Tanith* befehligte. Sollte diese in Karthago nicht von seinem Bruder übernommen werden?

»Wie geht es dir? Ist Cel in der Nähe?«, fragte Aiolos.

Lysandra nickte. »Wir hatten viel Glück. Eine Erinye ließ mich entführen, doch sie war nicht die eigentliche Auftraggeberin. Wer dahinter steckt, konnten wir noch nicht herausfinden.« Lysandra verstand selbst nicht, warum eine Erinye etwas gegen sie haben sollte. Wer hegte so starke Rachegefühle ihr gegenüber? Sie wurde den Verdacht nicht los, dass es mit Cels Vorhaben, zu den Zinninseln zu gelangen, zusammenhing. Irgendjemand wollte ihre Reise sabotieren. Wobei seltsamerweise nicht etwa Cel, sondern sie das Hauptziel der Angriffe zu sein schien. Wie absurd. Was sollte Creusa gegen sie haben? Keineswegs bestand, trotz der gegenseitigen Anziehungskraft, zwischen Cel und ihr eine Verbindung, die über eine zeitlich begrenzte Zweckgemeinschaft hinausging. Was danach aus ihrem Leben wurde, daran wollte sie jetzt nicht denken. Früh genug würde sie sich darum kümmern müssen.

Lysandra ging an Bord, da sie erst mal genug hatte

von Abenteuern in der Stadt. Sie erkannte Hiram, der übers Deck schlenderte und in die Ferne blickte.

Lysandra trat zu ihm, um ihn zu begrüßen.

»Willkommen zurück an Bord, Lysandros.«

»Dein Bruder wollte das Schiff also nicht übernehmen?«, fragte sie.

»Er hat sich ein Bein gebrochen. Darum werde ich weiterhin die *Tanith* befehligen und mit euch zu den Zinninseln fahren.«

»Es tut mir leid, dass dein Bruder sich das Bein verletzt hat.«

»Manche Dinge sind wohl Schicksal.« Hiram schnupperte in die Luft. »Hier riechts irgendwie nach Kamel. Das kommt ja aus deiner Richtung.«

Lysandra lächelte verlegen. »Äh, ja, diese Decke riecht danach.« Sie legte sie beiseite, da sie mittlerweile nicht mehr so sehr fror.

»Ich befürchte, du hast den Geruch angenommen«, sagte Hiram.

Warum hatte Cel keine andere Decke genommen? Musste er die übelriechendste nehmen?

Hiram lächelte. »Wird schon wieder verfliegen. Gibt Schlimmeres. Entschuldige mich bitte. Ich muss noch was mit meinen Leuten besprechen.« Er winkte ihr zu und verschwand.

Lysandra schlenderte übers Schiff. Sie war froh, wieder hier zu sein und glücklicherweise nur mit dem Schrecken davongekommen zu sein. In den letzten Stunden hatte sie eine unheimliche Angst ausstehen müssen. So etwas wollte sie nie wieder erleben, doch hatte sie zuvor gewusst, dass eine Reise immer mit Gefahren verbunden war.

Damasos stand an der Reling; ein hässliches Grinsen lag auf seinem Gesicht. »Na, wollten dich nicht mal die

Sklavenhändler?«

»Glücklicherweise nicht.« Keineswegs wollte sie ihm die Details ihrer Rettung sagen. Sollte er doch von ihr denken, was er wollte.

Seine Augen, in denen sein Hass deutlich erkennbar war, verengten sich zu Schlitzen. »Zumindest hätte es mir einen Vorwand gegeben, die *Tanith* zu verlassen. Jetzt muss ich meine Zeit weiterhin mit dieser sinnlosen Reise vergeuden, nur weil du Nerea diese Sache eingeredet hast.«

»Ich habe ihr gar nichts eingeredet. Aber du hast recht, es wäre besser gewesen, ich wäre einfach abgehauen, doch hätte ich dies als ehrlos empfunden. Ich habe eine gewisse Verantwortung und Schuld ihr gegenüber. Es tut mir leid, dass du hier hineingezogen wurdest und du dadurch hier sein musst. Das wollte ich wirklich nicht«, sagte sie.

Er hob eine Augenbraue. »Ach, es tut dir leid? Belügen kann ich mich selbst. Als ich erfuhr, dass du entführt wurdest, habe ich mir gewünscht, dass sie dich als Arbeitssklaven verkaufen, dann müsstest du endlich mal richtig was arbeiten und hättest deine dürre Statur nicht als Ausrede verwenden können. Du warst doch immer Nereas Liebling.«

Wenn er wüsste … » Das bezweifle ich. Im Gegenteil, ich dachte immer, sie bevorzugt dich.«

Damasos schnaubte wütend. »Nicht mal das weißt du zu schätzen. Bist du dir denn gar nicht darüber klar, was sie alles für dich getan hat? Du hast mir den Rang als Ältester abgelaufen, obwohl du gar nicht ihr richtiger Sohn bist. Du denkst doch nicht etwa wirklich, dass ich mir das gefallen lasse?«

»Nerea hat mir niemals die Wahl gelassen. Bei Zeus, hätte ich diese gehabt, wäre sie gewiss anders ausgefallen.«

»Ich habe genug von deinen Lügen und werde sie mir keinen Augenblick länger anhören. Doch denke daran: Irgendwann schlägt auch meine Stunde und dann wirst du darunter leiden, ein schwarzer Fleck auf meinem Leben zu sein.«

Lysandra sah Damasos nach, wie er davonging. Was redete er sich ein? Warum verstand er sie einfach nicht? Doch sie konnte ihm die vollständige Wahrheit nicht sagen. Solange sie sich nicht vor ihm entblößte, würde er sie ohnehin nur der Lügen bezichtigen – und Ersteres hatte sie gewiss nicht vor. Wenn er ihr keinen Glauben schenken wollte, so war dies sein Problem. Sie selbst hatte schon genügend eigene Schwierigkeiten.

»Darf ich vorstellen«, sagte Hiram zu Lysandros und Cel, die neben Aiolos und Damasos standen. »Das ist Arishat, die Frau von Belshazzars verstorbenem Cousin, und ihre Kammerfrau Inanna, auf der Reise nach Alis Ubbo. Sie sind in Karthago zugestiegen.« Hiram wandte sich an Arishat. »Dies hier sind Lysandros, Damasos Bruder aus Delphoí, und Celtillos aus …«

»Der Boier. Ich habe keine Heimat mehr«, vollendete Cel den Satz.

Er sah wie immer umwerfend aus, fand Lysandra. Offenbar war sie nicht die Einzige, die so dachte, denn Arishat verschlang ihn geradezu mit ihren Blicken.

Sie war eine auffallende Schönheit, neben der sich Lysandra unscheinbar vorkam. Auch konnte sie noch nicht alt sein, bestenfalls Mitte zwanzig. Ihr Kleid war von kostbarem Stoff und ihr Schmuck aus Gold und Edelsteinen glitzerte in allen Farben, sodass Lysandra geradezu geblendet war. Der feine Seidenschleier, der ihr Haar bedeckte, diente wohl eher der Zierde. Mussten sich denn die karthagischen Frauen nicht bedecken?

Arishats Kammerfrau mochte noch jünger sein als ihre Herrin, doch war sie nicht so schön wie diese und hielt ihren Blick im Gegensatz zu ihr züchtig gesenkt. Sie trug ein Tuch auf dem Kopf, welches ihr Haar verbarg. Neben ihr stand ein Diener, der ebenfalls Phönizier zu sein schien.

»Sehr erfreut«, sagte Arishat mit einer rauchigen Stimme, die Bilder heraufbeschwor von einem mit feinen Tüchern verhangenen Schlafgemach, das erfüllt war von den Düften der Lust.

Celtillos war nicht anzusehen, was er dachte, doch Damasos war eindeutig sehr angetan von der Sirene, die großes Interesse an dem Keltoi zeigte, obwohl sie allen Männern gleichzeitig schöne Augen machte.

»Vor anderthalb Jahren wurde Arishat Witwe. Sie muss jetzt zu ihrer Herkunftsfamilie ziehen, da diese darauf drängt. Womöglich gedenkt sie, sich neu zu verheiraten. Schließlich steht sie in der Blüte ihrer Jahre.«

»Da hat meine Familie leider mitzureden.« Arishats verführerischer Augenaufschlag war nicht zu übersehen. »Meistens jedenfalls. Ich denke, dass diese Reise sehr anregend wird.«

»Ich denke, ein etwas ruhigeres Leben wird dir guttun«, sagte Hiram, worüber Arishat nicht besonders erfreut wirkte.

Sie wandte sich an Cel. »Würdet Ihr mir bitte das Schiff zeigen?« Wie selbstverständlich legte sie ihre Fingerspitzen auf seinen Unterarm. An Celtillos' Seite stolzierte sie davon, gefolgt von ihrer Kammerfrau und einem Diener, die respektvoll Abstand hielten.

Als Nächstes erreichten sie Béjaïa, doch war der Aufenthalt dort nur kurz. Lysandra blieb diesmal an Bord.

Sie fieberte der Weiterfahrt entgegen und wurde nicht enttäuscht.

Mittlerweile mochte Lysandra das Leben auf der *Tanith*. Sie genoss es, wie ihr der Fahrtwind das Haar aus dem Gesicht wehte. Während der gesamten Reise hatte sie es sich nicht schneiden lassen. Dies würde sie erst nach der Rückkehr aus dem Totenreich wieder tun.

Tief sog sie die Salzwasserluft ein. Vögel kreisten in der Höhe. Gelegentlich durchdrangen ihre Rufe das Brausen der schaumigen Gischt. Lächelnd ließ Lysandra ihren Blick über das aufgepeitschte Meer und die nebelverhangene Küste mit den emporragenden Felsen gleiten. Solange sie mit der *Tanith* das Mittelmeer bereisten, war die Küste meist in Sichtweite. Hiram fuhr für gewöhnlich tagsüber und legte über Nacht an einem Hafen an.

Arishat, die ganz offensichtlich Interesse an Cel hatte, schien nicht darüber erfreut zu sein, dass er sich tagsüber zurückzog. Doch schließlich akzeptierte sie es und nahm mit Damasos und Aiolos vorlieb. Arishat schien Lysandra für zu jung zu halten, als dass sie interessant für sie wäre, was ihr jedoch ganz recht war. Einen dreisten Annäherungsversuch hielt ihre Verkleidung wohl nicht stand. Es war ohnehin ein Wunder, dass sie bisher damit durchkam. Hiram hingegen hatte sich ihr wie versprochen nicht mehr körperlich genähert. Der damalige Vorfall hatte ihr freundschaftliches Verhältnis glücklicherweise nicht getrübt.

Der Wind wurde plötzlich kühler und ein Grauschleier zog über das Firmament. Lysandra blickte fröstelnd über das Deck, wo die Männer ihrer Arbeit nachgingen.

»Es zieht ein Sturm auf. Geht lieber in die Kajüte«, sagte Belshazzar zu Arishat, die sich daraufhin mit ihrer

Dienerin dorthin zurückzog.

Hiram ließ die Segel einholen. Der Wind wurde stärker und peitschte Lysandra das Haar ins Gesicht, sodass sie es mit einem Lederband zusammennahm. Angestrengt blickte sie hinaus auf das tobende Meer. Das Schiff wurde von mannhohen Wellen bedrohlich hin- und hergeworfen. Der Mast über Lysandra ächzte, sodass sie befürchtete, er würde umstürzen. Meerwasser wurde über das Deck gespült. Das Szenario erinnerte sie auf erschreckende Weise an den Albtraum, der sie alle heimgesucht hatte.

Verzweifelt versuchten sie, den Kurs zu halten, während das Schiff immer weiter aufs Festland zutrieb.

»So einen Sturm, der noch dazu so plötzlich kommt, habe ich schon lange nicht mehr erlebt«, rief Belshazzar in das Heulen des Windes hinein.

Nur mit Mühe konnte Lysandra seine Worte vernehmen.

Er wandte sich ihr zu. »Halt dich gut fest, Lysandros. Bei solchen Stürmen sind schon so manche über Bord gespült worden.«

Als müsste er ihr dies sagen. »Rufe deine Winde zurück, wenn du schon den Namen des Windgottes trägst«, rief sie Aiolos scherzhaft zu.

Dieser schüttelte den Kopf. Sein Haupthaar und der Bart waren nass, Tropfen liefen über seine Haut. »Ich habe das unbestimmte Gefühl, das ist kein gewöhnlicher Sturm.«

Eine besonders hohe Welle schüttelte das Schiff durch. Beinahe hätte Lysandra den Halt verloren. Am liebsten wäre sie nach unten zu den Ruderern gegangen, doch waren diese am meisten gefährdet, sollte das Schiff sinken.

Sie sah Aiolos an. »Kein gewöhnlicher?«

Eine Wasserfontäne schoss über Bord und benässte sie. Lysandra strich sich Wassertropfen und das Haar aus dem Gesicht.

»Meinem Gefühl nach nicht«, sagte Aiolos. »Dazu ist außerdem schon zu viel Ungewöhnliches passiert auf dieser Reise. Wir bringen Hiram gar kein Glück auf seiner ersten großen Fahrt.«

Lysandra nickte. Sie verspürte Gewissensbisse, Hiram das Leben so schwer zu machen. Doch wie sollten sie sonst zu den Zinninseln gelangen, die so weit im Westen lagen, dass dort das Tor zur Unterwelt vermutet wurde?

Sie musste dem Wahnsinn verfallen sein, sich auf eine solche Reise zu begeben. Vermutlich wollte Nerea sie nur loshaben und sich Damasos, der seinem herrischen Vater von Tag zu Tag ähnlicher wurde, bei dieser Gelegenheit ebenfalls vom Hals schaffen.

Erstmals verspürte Lysandra Angst um ihr Leben und das aller Beteiligten. Verdammt, sie musste noch die Unterwelt aufsuchen. Vorzeitig versterben würde sie auf gar keinen Fall! Wobei es ohnehin Wahnsinn war, denn kein normaler Mensch betrat freiwillig die Totenwelt. Doch sie hatte Cel ihr Versprechen gegeben. Danach würde sie nach Delphoí zurückkehren, weil man einen Schwur nicht brach.

Jetzt musste sie nur noch die Reise überleben.

»Wenn wir zu nahe an die Küste geraten, zerschellt das Schiff. Das Meer ist dort nicht tief genug.« Hirams Stimme bebte. Falten der Anstrengung hatten sich trotz seiner Jugend heute seitlich seines Mundes in die Haut gegraben. Lysandra verspürte Mitgefühl mit ihm.

Die *Tanith* wurde von Wind und Wellen immer näher an die Klippen herangespült. Lysandras Herz schlug schneller, auf ihrer Stirn bildeten sich Schweißtropfen, die sie mit einer fahrigen Handbewegung wegwischte.

»Rudert dagegen!« Hirams Stimme klang verzweifelt. Die Ruderer keuchten und strengten sich noch mehr an. Der Wind heulte. Erbarmungslos peitschten die Wellen das Schiff und seine Besatzung.

»Bei Boreas und bei Zephyros. Ist das nicht der Gryphon?«, fragte Aiolos.

Lysandra blickte hoch zum Himmel, wo goldene Schwingen den Sturm durchbrachen. Er wirkte majestätisch und gefährlich, doch auch an seinem Gefieder zog das Unwetter mit aller Gewalt. Celtillos flog auf das Schiff zu, sank herab und schlug seine Krallen oberhalb der Galionsfigur ins Holz. Mit kräftigen Schwingenschlägen brachte er die *Tanith* von den scharfkantigen Klippen weg, doch gegen Wind und Wellen kam auch er nur begrenzt an. So zog er das Schiff leicht seitlich dagegen in Richtung der Bucht von Icosim.

Die Mutter aller Ungeheuer

Nur wenige Menschen befanden sich bei diesem Unwetter draußen am Hafen. Schlechte Sichtverhältnisse und Regen taten, so hoffte Lysandra, ihr Übriges, sodass die Ankunft des Greifen unentdeckt blieb.

Kaum gelangten sie in das etwas ruhigere Gewässer der Bucht, drehte der Greif ab, um sich erneut in die Lüfte zu schwingen. Doch plötzlich brachen die Wolken auf und entließen einen heftigen Regenguss direkt auf ihn. Rasch sog Cels ohnehin bereits feuchtes Gefieder sich noch mehr mit Wasser voll. Nur mit Mühe erreichte er die *Tanith*, auf deren Planken er ermattet niedersank.

»Der Gryphon kommt!«, riefen einige der Besatzung der *Tanith*.

Der Schiffskoch blickte gen Himmel. »Ein Omen! Wenn der Greif auf unserer Seite ist, haben die bösen Kräfte ihre Macht verloren!«

»Er ist ein Ungeheuer! Seht ihr nicht diese Klauen und den gewaltigen Schnabel? Alles andere ist Aberglaube«, rief ausgerechnet Belshazzar, der einen gewissen Einfluss auf die Männer der *Tanith* besaß.

Der Mann neben ihm zog sein Schwert. »Wir sollten das Biest töten und über Bord werfen.«

Hiram schüttelte den Kopf. »Hier wird nichts und niemand getötet, solange er uns nicht angreift! Er hat uns nicht nur vor dem Sturm, sondern auch vor den Mamertinern gerettet.«

»Warum ist er dann so spät gekommen, als der Kampf schon fast vorbei war?«, fragte der Mann.

Hiram starrte ihn an. »Seid froh, dass er überhaupt gekommen ist, sonst wäre Lysandros jetzt tot.«

Lysandra fluchte leise und näherte sich Cel, der erschöpft zusammengesunken war.

Sie wandte sich an Belshazzar. »Er hat uns allen das Leben gerettet. Wir sollten ihn verbergen vor dem Volk von Icosim, sonst nehmen sie ihn uns weg.«

Hiram nickte. »Ganz recht. Alles, was anders ist, wird mit Argwohn betrachtet, auch wir, da er sich auf unserem Schiff befindet. Solange er niemanden angreift, hat keiner das Recht, ihm etwas zu tun.«

»Woher wollt Ihr wissen, dass er nicht gefährlich ist? Es muss immer erst jemand zu Schaden kommen, bevor etwas dagegen getan wird«, sagte Belshazzar.

Hiram bedachte ihn mit einem stechenden Blick. »Ihr wisst, dass ich nicht so verantwortungslos bin. Oder wollt Ihr die Leute etwa zu einer Meuterei aufwiegeln?«

Belshazzar trat einige Schritte zurück. »Das ist das Letzte, was ich wollte.«

Die meisten der Umstehenden stimmten Hiram zu.

Lysandra war fest entschlossen, Celtillos so viel Schutz zukommen zu lassen, wie es in ihrer Macht stand. Sie fragte Hiram nach Reservesegeln. Er überließ ihr eines, das sie über Celtillos' Greifengestalt ausbreitete. So war er vor neugierigen Blicken geschützt, doch trocknete auf diese Weise sein Gefieder langsamer, was ihn angreifbarer machte. Man konnte leider nicht alles haben. Lysandra hoffte, die nächste Nacht würde das Problem erledigen. Sie musste mit Hiram sprechen.

Dies sagte sie auch zu Cel, der kraftlos nickte.

»In der Nacht werden wir das Segel wieder entfernen, sofern der Mond nicht zu hell scheint«, sagte sie.

Hiram kam auf sie zu. »Wir müssen uns unterhalten, Lysandros.«

Sie nickte, übergab Celtillos in Aiolos' Obhut und folgte Hiram.

Hiram ging in seiner Kajüte auf und ab, soweit es der geringe Platz zuließ. Zwar hatte er zuvor sowohl von Celtillos, dem Keltoi als auch dem Greifen gewusst, doch nicht, dass er und die weiße Katze Geschwister waren. Er schüttelte immer wieder erstaunt den Kopf, während Lysandra ihm die gesamte Geschichte über den Zauber, der auf Cel und Sirona lag, erzählte.

»Das klingt absolut unglaubwürdig. Ich kann es kaum fassen.«

»Ich weiß. Mir geht es ebenso«, sagte Lysandra.

»Die weiße Katze ist wirklich ein Mädchen?«

Sie nickte.

Hiram stöhnte. »Sie treibt sich immer bei meinen Männern herum, das ist gar kein guter Umgang für sie. Die bringen manchmal Huren mit aufs Schiff, obwohl ich ihnen das untersagt habe. Was sie in den Hafenstädten treiben, ist ihre Sache, aber an Bord sieht das anders aus. Es tut mir wirklich leid für Sirona.«

»Ich glaube, sie wird es verkraften.«

Lysandra hatte den Eindruck, dass Sirona so leicht nichts erschüttern konnte. Dieser jungen Frau erging es genau wie ihr: Sie war in einer falschen Identität gefangen, die sie daran hinderte, zu sein, wer sie war. Zugleich nahm es ihr die Möglichkeit, eine Ehe einzugehen, da sie keineswegs züchtig aufgewachsen war. Doch womöglich wurde dies bei den Keltoi anders gesehen. Sie konnte es nur für Sirona hoffen. Aber würde dies der Boierin noch viel nutzen, da sie ihr Volk ohnehin verloren hatte?

Hiram lachte freudlos. »Ich dachte anfangs, der blonde Mann wäre dein Liebhaber, den du heimlich auf dem Schiff versteckt hältst.«

»Mein Liebhaber ist er nicht.« Zu ihrer Überraschung verspürte Lysandra Bedauern darüber.

»Deine Blicke und Mimik sprechen eine andere Sprache, Lysandros.«

»Du musst dich täuschen.«

»Nein, ich merke es deutlich, dass du ihm gegenüber nicht gleichgültig bist. Besonders, wenn Arishat sich wieder an ihn ranhängt. Du musst dir nichts dabei denken. Das tut sie immer. War früher schon so. Ihr Mann wurde getötet, als er einen Rivalen angriff, der mit ihr eine heimliche Affäre hatte.«

Lysandra starrte ihn an. »Das ist nicht dein Ernst.«

»Leider doch.«

»Das beruhigt mich irgendwie nicht«, sagte Lysandra.

»Ich werde dir helfen, vorausgesetzt, du behältst mein Geheimnis für dich.«

»Ich werde schweigen.«

»Ich will nicht, dass Arishat sich neuen Ärger einhandelt. Zwar ist sie Belshazzars Verwandte, doch ich bin der Kapitän und für meine Mannschaft und die Gäste verantwortlich. Es ist schon jetzt schlimm genug, wie sie sich benimmt, doch kann ich sie schlecht für die Dauer der Reise in ihre Kajüte einsperren, auch wenn ich dies manchmal gerne täte. Sie bezirzt die ganze Mannschaft und stiftet dadurch Unfrieden. Ich werde sehen, was ich machen kann.« Er kraulte sich nachdenklich am Bart.

Lächelnd verließ Lysandra Hirams Kajüte. Sie hoffte nur, sie konnten Hiram vertrauen. Andererseits blieb ihnen gar nichts anderes möglich, seit seine Mannschaft den Greif erblickt hatte.

In Icosim luden sie die Wascherde und einige der Luxusgüter aus. Dafür nahmen sie Korb- und Steingutwaren an Bord. Ob diese auch für die Zinninseln bestimmt waren?

Celtillos verbrachte den Rest des Tages unter dem Segel, damit man ihn vom Hafen aus nicht sah. Lysandra tat er leid, doch er versicherte ihr, dass es ihm nichts ausmachte. Hiram erwarb ein neues Ersatzsegel, das er in seiner Kajüte verstaute.

Am Abend ging Lysandra wieder zu Celtillos und bekam gerade noch das Ende seiner Rückverwandlung in einen Menschen mit.

»Ich fühle mich wie ein Gefangener«, sagte er mit rauer Stimme, noch immer am Boden kauernd. Sein Leib zuckte von dem Nachbeben des Umwandlungsschmerzes.

Lysandra trat näher. »Ich habe dir eine Chlamys mitgebracht.« Sie reichte ihm das rechteckige Stück Tuch und die zugehörige Fibel.

Cel nahm beides dankend entgegen. Sein Schmerz schien zu verebben, denn das Zittern seines Leibes ließ nach. Lysandra bewunderte die Muskeln an seinem breiten Rücken. Wie gerne würde sie ihre Finger über seine Haut gleiten lassen, um zu erfahren, wie sie sich anfühlte. Celtillos warf sich die Chlamys über die linke Schulter und nahm sie an der rechten mit der Fibel zusammen.

»Es war gewiss nicht leicht, den ganzen Tag hier hilflos mit nassem Fell und Federn unter dem Segeltuch zu liegen, während jeder hier an Bord von deiner Existenz weiß.«

Cel schüttelte den Kopf. »Sie wissen nicht, was ich wirklich bin: ein Gefangener im eigenen Leib. Zudem war ich nicht hilflos.«

Lysandra vernahm Schritte.

»Ich wollte nur nach Euch sehen«, sagte Arishat, die mit wiegenden Hüften nähertrat. Mit ihrer umwerfenden Schönheit musste sie schlichtweg atemberaubend auf jeden Mann wirken. Dessen war sie sich offenbar nicht nur bewusst, sondern wusste dies auch zu nutzen.

Arishat lächelte Cel verführerisch an. »Ich habe ja gewusst, dass sich in jedem Mann ein Tier verbirgt.« Ihre Stimme klang rauchig. Sie schlug die Wimpern auf und nieder, ohne ihren Blick von Cel zu nehmen. Lysandra schenkte sie keinerlei Beachtung, sie fiel offenbar nicht in ihr Beuteschema. Sie fragte sich allerdings, was Arishat wusste.

Lysandra starrte sie schweigend an.

Arishat streckte ihre ohnehin schon imposante Brust raus. »Die Umwandlung ist mir nicht entgangen. Ich habe von so etwas gehört. Es ist ein Privileg. Ihr seid ein Geliebter der Götter!«

»Es ist ein Fluch und die Götter hassen mich«, sagte Celtillos. Seine Miene war ausdruckslos. Nichts daran verriet Lysandra, wie er sich fühlte.

Arishats Blick glitt völlig ungeniert über ihn. »Ihr seid also einer der Wilden. Ich habe gewusst, dass die Keltoi stattlich sind, doch übertrefft Ihr meine kühnsten Vorstellungen.«

Subtilität war also ein Fremdwort für Arishat. Lysandra biss sich auf die Lippen. Sie waren hier weder auf dem Vieh- noch auf dem Sklavenmarkt, als dass derartige Ausdrücke angemessen wären. Celtillos ließ sich nicht anmerken, was er dachte, wofür sie ihn bewunderte.

»Gewiss seid Ihr ein Halbgott wie der thrakische Herakles«, sagte Arishat, die bewundernd zu ihm aufblickte.

Lysandra hustete, um ihren Lachanfall damit zu überdecken. Verstohlen blickte sie zu Cel, der völlig ungerührt wirkte. Lediglich sein Mundwinkel zuckte kurz. Woher nahm er nur diese Selbstbeherrschung?

»Ich versichere Euch, dass ich kein Halbgott bin«, sagte Cel.

Arishat legte ihre Hand auf seinem Unterarm. »Wollt Ihr mir nicht den Rest des Schiffs zeigen?« Sie sah Cel unter halb gesenkten Wimpern an. »Bisher hat sich noch keiner der Männer hier meiner erbarmt.«

Cel nickte. »Nun, dann werde ich Euch kurz herumführen.«

Arishat verzog ihren geschminkten Mund zu einem Lächeln, das ihre Augen nicht erreichte. Eine Mischung aus Triumph, Besitzgier und Koketterie lag in ihrem Blick, als sie Cel von Lysandra wegführte.

Cel schien verzaubert von der ungewöhnlich schönen Phönizierin zu sein. Gewiss war sie der heimliche Traum aller Männer, während sie, Lysandra, weder ein Mann noch eine richtige Frau war. Das Leben trug für sie bittere Früchte. Andererseits entging ihr nicht, dass einige Mitglieder der Mannschaft Arishats Verhalten ungebührlich empfanden.

Celtillos war stets wachsam. Zwar schien ihn die Mannschaft der *Tanith* zu akzeptieren, doch war er sich bewusst, dass sie dies allein deswegen tat, weil er das Schiff gerettet hatte. Er machte sich keine Illusionen darüber, dass sie ihn fürchteten, was Hass gebären konnte. Nicht nur war er ein Fremder, sondern auch eine Kreatur, die niemand begriff.

Arishats offenkundige Bewunderung irritierte ihn. Sie glaubte, wie viele andere auf dem Schiff, er könne seine Gestalt nach Belieben verändern. Dies war ein Irrtum, den er nicht korrigierte. Womöglich würde ihm der Irrglaube einige potenzielle Feinde vom Hals halten. Cel wusste, dass er gut aussah, was ihm schon immer das Interesse der Frauen eingebracht hatte, doch verstand er nicht, wie Arishat ihn trotz der Greifengestalt noch in ihrer Nähe haben wollte. Sogar die Frauen seines Volkes hatten ihm damals den Rücken zugewandt. Einzig Sirona war ihm geblieben. Fürchtete Arishat ihn denn nicht wie die anderen?

Lysandra ängstigte sich ebenfalls nicht vor ihm, obwohl sie sogar die Verwandlung gesehen hatte und er zu den Barbaren gehörte, die in Delphoí einfielen. Er glaubte, dass sie als einzige Person neben Sirona erkannte, wer und wie er wirklich war. Von äußeren Dingen ließ sie sich nicht blenden.

Die *Tanith* verließ Icosim nach wenigen Tagen. Nacht für Nacht steuerte Hiram einen der kleineren Häfen an, wo Cel sich in seiner Menschengestalt zeigen konnte. Kurz vor Sonnenaufgang legte das Schiff ab und sie setzten die Reise fort.

Celtillos zeigte sich der Mannschaft jetzt immer häufiger in seiner Greifengestalt. Sie wussten es ohnehin. Außerdem hatte ihm der Übergriff der Mamertiner Furcht um Sironas und Lysandras Wohl eingeflößt. Er brauchte beide Frauen. Die eine, weil er sie liebte, und die andere, um erstere zu retten vor einem sicheren, viel zu frühen Tod nach einem ihr unwürdigen Leben in der Gestalt eines Tieres. Schlimmer noch war die nicht weit hergeholte Befürchtung, dass Sirona diese Gestalt auch im Totenreich nicht ablegen konnte und darin verdammt wäre für alle Ewigkeit.

Doch auch Lysandra wusste er inzwischen sehr zu schätzen. Sie war loyal und zuverlässig und ihr Mut dem eines Mannes oftmals überlegen. Sie kannte sich mit der Kampfkunst und den Waffen aus und zeigte sich unerschrocken, diese einzusetzen, um das zu schützen, was ihr wichtig war. Für eine Hellenin war dies außergewöhnlich und selbst für eine Frau der Boier beachtlich.

Cel erwachte während der Nacht, blieb jedoch ohne sich zu bewegen liegen. Unter halb geschlossenen Lidern blickte er empor. Dunkelheit umhüllte ihn, doch wusste er, dass unweit von ihm jemand auf ihn lauerte. Als er eine schattenhafte Bewegung wahrnahm, ergriff er seine Waffen und stürzte sich auf den Angreifer. Er warf ihn um und kam auf ihm oder besser gesagt ihr zu liegen. Es handelte sich eindeutig um eine Frau.

»Arishat?«, fragte er leise, als er nackte Brüste und den Schimmer langen dunklen Haares im Mondschein erblickte. Ihr Gesicht lag im Schatten, ebenso wie ihre Beine.

Cel blinzelte, da er sich zu irren glaubte. Sie hatte gar keine Beine. Wo diese sich normalerweise befanden, besaß sie einen riesigen gefleckten Schlangenleib!

Die Schlangenfrau wand sich unter ihm und bäumte sich auf. Mit aufgerissenem Mund, aus dem die Giftzähne einer Schlange spitz emporragten, wollte sie nach ihm schnappen, doch er drückte ihren Oberleib nieder. Ihr Gesicht hätte von berückender Schönheit sein können, wäre ihr Blick nicht so starr und schlangenartig.

Offenbar wütend, dass sie ihn nicht beißen konnte, schlug sie mit ihrem Schwanz um sich. Ihre Kraft war immens. Sie schleuderte Cel von sich, um sich sogleich auf ihn zu stürzen. Dabei stieß sie einen leisen, gefährlich klingenden Zischlaut aus. Diese Kreatur war dabei, ihre Zähne in seinen Leib zu schlagen und würde gewiss nicht eher ruhen, bis er tot war. Doch kurz bevor sie ihn erreichte, verdrehte sie plötzlich ächzend die Augen und sackte in sich zusammen.

Als sie mit dem Gesicht voran zu Boden fiel, erblickte Cel den Speer, der aus ihrem Rücken ragte. Lysandra stand hinter ihr und starrte entsetzt auf die Schlangenfrau. Sie hatte den Speer geworfen.

»Was war das für eine Kreatur?« Lysandras Stimme bebte.

Mit irrsinniger Geschwindigkeit kroch die Schlangenfrau, eine Spur aus Blut hinter sich herziehend, über den Boden und biss in Lysandras Bein. Diese schrie auf. Ein hämisches Lachen erklang aus dem Rachen der Kreatur. Dann ließ sie von Lysandra ab und griff Cel an, doch der schlug wie ein Irrer mit dem Schwert auf sie ein, bis sie sich schließlich, aus zahlreichen Wunden blutend, zurückzog und über Bord stürzen wollte. Doch da erschien Aiolos und schlug sie mit einem Paddel auf den Kopf. Bewusstlos sank die Kreatur zu Boden. Aiolos holte Stricke und fesselte die Schlangenfrau damit.

Cel rannte zu Lysandra, die ihr Gewand hochhielt und auf ihr blutiges Bein starrte. Cel kniete sich vor sie hin und sog kräftig an der Wunde. Das Gift spuckte er aus. Dies tat er mehrmals, bis der bittere Geschmack verschwunden war. Die Wunde blutete noch eine Wiele. Das war gut so, denn das Blut würde mögliche Reste des Giftes herausspülen. Dennoch hoffte Cel, dass nicht zu viel davon bereits in ihren Leib eingedrungen war. Er hatte Angst um Lysandra und würde erst in einigen Tagen wieder aufatmen, wenn sicher war, dass sie den Anschlag folgenlos überstanden hatte.

Aiolos kam nach einer Weile zurück und wusch die Bisswunde mit heißem Wasser aus, das er in der Kombüse erhitzt hatte, um das Risiko eines Fiebers zu verringern. Er legte ihr einen sauberen Verband an.

»Was war dies für eine Kreatur?«, fragte Cel Aiolos.

Dieser hob die Schultern. »Das werden wir schon herausfinden. Doch warum wollte sie dich töten? Hast du sie schon mal gesehen?«

»Nein, heute das erste Mal.«

»Ich glaube, sie hatte es auf Lysandros und mich abgesehen«, sagte Cel.

Lysandra sah ihn erstaunt an. »Warum?«

»Vielleicht will sie unser Vorhaben verhindern.«

»Wir werden sie einfach befragen«, sagte Aiolos.«

»Sie macht keinen sehr kooperativen Eindruck. Und wenn sie uns nicht antwortet?«, fragte Lysandra.

Aiolos hob die Achseln. »Irgendetwas werden wir schon herausfinden. Ich werde euch jetzt eine stärkende Brühe holen.« Aiolos verschwand in der Kombüse, aus der Dampf aufstieg. Sie war nur wenig größer als die Kajüten und besaß eine kleine gemauerte Kochstelle. Offenbar verstand der Seher sich gut mit dem Schiffskoch.

Wenig später kam Aiolos mit dem Versprochenen zurück. Lysandra hatte jedoch kaum Appetit. Es dauerte lange, bis sie mit dem Essen fertig war, zumal ihre Hände zitterten.

Lysandra sah Cel an. »Werde ich sterben?«

»Deine Zeit ist noch nicht gekommen.«

»Du willst mich nur beruhigen, nicht wahr? Kannst du das überhaupt wissen?« Ihre Stimme bebte, ebenso wie ihr Leib. Sie schlang die Arme um sich, als wäre ihr kalt.

Er sah ihr ins Gesicht. »Ich sehe es, aber erst wenn jemand kurz davor steht. Ich habe getan, was ich konnte. Der Rest liegt in den Händen der Götter.«

»Ich weiß nicht, ob ich dir das glauben soll.«

Als Lysandra sich hinlegte, ließ er sich neben sie auf die Planken nieder und nahm sie in seine Arme. Stumm betete er zu seinen Göttern, die ihn lange schon verlassen hatten, dass sie Lysandra verschonen mögen. Es wäre nicht gerecht, wenn sie dahinsiechte, denn vom Leben hatte sie wahrlich bisher kaum etwas erblickt. Doch wann ging es schon gerecht zu?

Während der nächsten Stunden war Cel von Unruhe besessen. Womöglich hatte die Kreatur Lysandra eine weitaus größere Menge Gift verabreicht, als eine gewöhnliche Schlange in der Lage gewesen wäre. Die Wunden waren tief. Noch war es nicht ausgestanden.

Die Säulen des Herakles

»Die Schlangenfrau ist erwacht«, sagte Aiolos später.

Cel warf einen Blick auf Lysandra, die glücklicherweise nach einigen Albträumen in einen ruhigeren Schlaf gefallen war. Er folgte Aiolos.

Die Schlangenfrau sah beide erzürnt an.

»Also, wer bist du?«, fragte Cel.

»Das wisst ihr nicht, ihr Narren?«

»Die Empusa?«, fragte Aiolos.

Sie spuckte Aiolos an, der sich sogleich den Speichel von der Wange wischte.

Die Schlangenfrau fauchte und warf ihre dunkelbraune Haarpracht zurück. »Vergleiche mich nicht mit diesem Weib! Komm ruhig näher, mein Hübscher, und ich lass dich meine Zähne spüren.«

Cel zog seinen Dolch. »Wie wäre es mit uns beiden? Soll ich dir deine Beißerchen herausbrechen?«

Sie starrte ihn aus aufgerissenen Augen an. »Das würdest du nicht wagen!«

»Das würde ich. Soll ich es dir zeigen?« Cel trat mit dem funkelnd scharfen Dolch näher. »Sag uns deinen Namen und den der Person, die dich geschickt hat, oder ich sorge dafür, dass du nie wieder sprechen kannst.«

»Ich bin Echidna.«

Aiolos schluckte. »Die Mutter der Hydra und anderer Ungeheuer.«

Cel starrte in ihr ebenmäßiges Gesicht. »Wer hat dich beauftragt?«

»Ich bin aus freiem Willen hier.«

»Das glaube ich dir nicht. Was hast du gegen Lysandros oder mich?«

Sie lachte. »Lysandros? Wie amüsant.« Sie wusste also, dass Lysandra eine Frau war. »Ich kann es dir wirklich nicht sagen.«

»Du möchtest also meinen Dolch zu spüren bekommen? Denke ja nicht, dass ich dich verschone, nur weil du eine Frau bist und schön obendrein.«

Sie schüttelte den Kopf. »Egal, was du mir antun willst, was sie täte, wäre ungleich grausamer.«

»Sie? Also gibt es doch eine Auftraggeberin? Warum nicht gleich so?«

Sie wirkte nervös. »Mehr kann ich dir nicht verraten. Ich hätte das gar nicht sagen dürfen.«

»Ist ihr Name Creusa?«

»Der Name ist mir unbekannt.«

»Was hat sie dir versprochen, wenn du Lysandros tötest?«

»Meinen Mann Typhon. Sie will ihn für mich aus seinem Gefängnis unter dem Ätna befreien.«

Aiolos trat zu ihnen. »Dazu hat nur Zeus die Macht!«

Für einen kurzen Moment wirkte Echidna irritiert. »Bist du dir dessen sicher?«

Aiolos nickte. »Ziemlich sicher. Deine Auftraggeberin muss schon eine dem Zeus ähnliche Macht besitzen, um dies zu bewirken.«

»Du meinst, sie hat mir etwas versprochen, das sie wahrscheinlich nicht halten kann?«, fragte Echidna.

»Diese Frage musst du dir selbst beantworten«, sagte Aiolos.

Cel kam näher und fuchtelte mit seinem Dolch.

Echidnas Augen weiteten sich. »Lass mich unversehrt an Leib und Seele, womöglich werde ich dir von Nutzen sein, doch ihren Namen kann ich dir nicht verraten.«

»Ob ich dich unversehrt lasse, werde ich mir noch überlegen, Weib.« Cel verspürte Zorn, weil das Gespräch nicht so verlaufen war, wie er sich das vorgestellt hatte.

Auch die Schlangenfrau war im Kampf verletzt worden. Er wollte sie nicht töten, konnte jedoch auch keine Dauergefangene auf der Reise nach Belerion gebrauchen. Er bezweifelte, dass sie einen weiteren Angriff gegen Lysandra und ihn plante. Andererseits wollte sie ihnen auch nicht den Namen ihrer Auftraggeberin verraten. So würden sie die Echidna in einer einsamen Bucht gefesselt zurücklassen.

Lysandra war in Gefahr und er hatte sie in diese gebracht. Mit jedem Tag, der verging, wuchs ihm Lysandra mehr ans Herz, was seine Aufgabe schwieriger werden ließ.

Rusadir war der letzte größere Hafen, bevor sie die Säulen des Herakles erreichen würden. Hier nahmen sie Obst und lagerfähige Lebensmittel aller Arten an Bord. Die *Tanith* sollte hier nur eine Nacht vor Anker liegen.

Cel und Aiolos gelang es, den Aufenthalt der Echidna auf dem Schiff geheim zu halten. Aufgrund ihrer Gefährlichkeit hielten sie sie stets gefesselt und verbargen ihren Schlangenleib unter einem Umhang, der länger war als sie groß. Echidna schwieg weiterhin beharrlich darüber, wer sie damit beauftragt hatte, Lysandra und Cel zu töten. In einer kleinen, unbewohnten Bucht hinter Rusadir ankerten sie kurz und brachten sie in den

Umhang gewickelt an Land. Sie lockerten ihre Stricke, damit sie sich nach einiger Zeit würde befreien können.

Sogleich fuhren sie weiter. Der Wind peitschte Celtillos das lange Haar ins Gesicht, woraufhin er es mit einer Lederschnur im Nacken zusammenband. Tief sog er die Salzwasserluft ein. Er mochte die frische Brise und den Duft des Meeres. Fast könnte er sich – im Gegensatz zu Aiolos, der noch immer von gelegentlicher Übelkeit heimgesucht wurde – daran gewöhnen, auch längere Zeit auf einem Schiff zu sein.

Mit dem Instinkt des Kriegers spürte Celtillos, wie sich ihm jemand näherte, noch bevor er die Schritte vernahm. Er wandte sich um und erkannte Arishat. Seit sie ihn das erste Mal in seiner menschlichen Gestalt erblickt hatte, war sie derart aufdringlich, dass es ihn fast schon abstieß. Von seiner Mutter zu Höflichkeit gegenüber Frauen erzogen, war er zuvorkommend und freundlich, solange sie ihn nicht angriffen, wie es bei der Echidna der Fall gewesen war.

»In Alis Ubbo gehe ich von Bord«, sagte Arishat. »Dort lebt meine Familie. Es wäre schade, wenn wir uns niemals wiedersehen würden.« Arishat blinzelte so kokett mit den Wimpern, dass Cel befürchtete, ihr müsste schwindelig werden.

Er blickte sie an. Sie war so verführerisch schön. Gerade deshalb war er argwöhnisch, was ihre plumpen Annäherungsversuche betraf. Warum war sie so aufdringlich? Wobei es ihm auch aufgefallen war, dass sie eine Zeit lang Hiram bezirzt hatte. Diese Frau führte irgendetwas im Schilde.

»Man sieht sich im Leben immer zweimal«, sagte er.

Arishat schlug ihre Wimpern nieder und seufzte herzzerreißend. »Ihr seid ein Mann, dem man öfter als zweimal begegnen möchte. Wenn Ihr mich bei Euch haben wollt, könnt Ihr mit mir in Alis Ubbo an Land gehen. Ich besitze ein Haus dort auf einem größeren Grundstück. Und ich bin frei, mir wieder einen Mann zu nehmen.« Sie berührte den Ausschnitt ihres Kleides, wo die Spalte ihrer Brüste zu sehen war. »Diese ewige Einsamkeit wird immer unerträglicher für mich. Ich bin einfach nicht dazu geschaffen, allein zu sein. Ihr werdet mich doch zumindest einige Tage lang besuchen?« Hoffnungsvoll sah sie ihn an.

»Ich bedaure, doch habe ich etwas zu erledigen auf den Zinninseln.«

Sie blinzelte ihn an. »Aber das kann doch warten.«

»Das kann es nicht.«

»Was werdet Ihr dort tun?«

Cel runzelte die Stirn. Er konnte ihr wohl kaum sagen, dass er dort das Tor ins Totenreich durchschreiten würde, um im Jenseits nach einer Möglichkeit zu suchen, den Zauber, der auf Sirona und ihm lag, zu lösen. »Eine Handelsniederlassung gründen«, sagte er stattdessen.

»Ihr seht nicht gerade aus wie ein Phönizier. Warum versucht Ihr, diesen nachzueifern?«

Misstrauisch blickte er sie an. Obwohl sie ganz anders aussah als Creusa, erinnerte sie ihn an jene hellenische Frau, die Sirona und ihn in diese Schwierigkeiten gebracht hatte. Daher war er vorsichtig, auch wenn es keinen begründeten Verdacht gab, dass sie genauso wie die Zauberin war. »Ich versichere Euch, dass ich niemandem nachzueifern gedenke. Außerdem hat auch mein Volk Städte gegründet.«

Arishat strich mit den Fingerspitzen über seinen Unterarm. »Manche Dinge sind wichtiger als finanzieller Gewinn.« Ihre Hand wanderte seinen Arm hinauf, wo die Chlamys von der Fibel zusammengehalten wurde.

Er trug dazu nur seine Beinkleider, wie sie bei den Hellenen und Phöniziern unüblich waren.

»Was meint Ihr?«, hauchte Arishat nahe bei seinem Ohr. Sie war schön und verführerisch. Da er sich beobachtet fühlte, sah er zur Seite. Sein Blick begegnete dem Lysandras, die hastig wegsah, als würde sie sich ertappt fühlen. Eine feine Röte überzog ihr Gesicht. Obwohl sie nicht so schön war wie Arishat, gefiel sie ihm besser, weil ihm diese gezierte, kokette Art der Phönizierin nicht behagte. Sie erinnerte ihn zu sehr an Creusa.

Er gedachte der Nacht, in der Lysandra in seinen Armen gelegen hatte. Auch er kannte jene Albträume. Irgendetwas Übernatürliches war hier am Werke, doch Geister hatte er auf Hirams Schiff glücklicherweise bisher nicht bemerkt. Die Geister von Ertrunkenen konnten besonders verstörend und unangenehm sein, zumal sie aussahen wie beim Eintritt des Todes, was nicht gerade ein schöner Anblick war.

»Woran denkt Ihr?«, fragte Arishat.

»Das möchtet Ihr nicht wissen.«

»Sagt es mir und ich werde Euch sagen, ob es mir gefällt.« Sie schenkte ihm ein berückendes Lächeln.

Cel schüttelte den Kopf. Er mochte es nicht, wenn fremde Frauen ihn einfach so fragten, was er dachte. Was sollte das? Musste man das Schweigen unbedingt füllen, selbst wenn einem nichts als derart sinnlose Fragen einfielen? Bisher hatte er keineswegs den Eindruck gehabt, als würde es die Phönizierin interessieren, was andere dachten oder fühlten. An den Abenden saß er manchmal eine Stunde lang neben Lysandra und blickte aufs Meer hinaus, ohne dass sie versuchte, zwanghaft ein Gespräch herbeizuführen. Im Gegenteil war sie völlig entspannt dabei.

Wäre sie keine Hellenin, hätte er sie als Lebensge-
fährtin in Betracht gezogen, oder besser gesagt: Wäre er
kein Mann, auf dem ein Zauber lastete. Lysandra zog er
mit in diese Schwierigkeiten hinein. Er würde sie auch
im Totenreich benötigen, hatte Kore gesagt. Es blieb
ihm in Ermangelung einer Alternative nichts anderes
übrig, als zu tun, was die Pythia ihm geraten hatte.

»Ihr wollt also nicht reden«, sagte Arishat. »Ich
wüsste etwas Besseres als reden.« Ihre Stimme war tief
und rauchig, ihr Augenaufschlag sprach von Ver-
führung.

»Geht besser in Eure Kajüte«, sagte Hiram, der zu
ihnen trat. »Wir erreichen bald die Säulen des Herakles.
Wind zieht auf und die Strömung wird stärker. Wenn
das Meer über die Reling peitscht, könnte es nicht so
angenehm für Euch werden.«

»Davon ist das Meer noch weit entfernt. Ich
verstehe also nicht, worauf Ihr hinaus wollt«, sagte
Arishat, »aber da ich ja nur eine schwache Frau bin,
werde ich dem wohl Folge leisten müssen.« Sie sah Hiram und Cel beleidigt an und rauschte davon.

»War sie wieder aufdringlich?«, fragte Hiram.

Cel nickte. »Danke. Man ist manchmal einfach zu
höflich.«

»Keine Ursache«, antwortete Hiram und schritt über
die Planken in Richtung der Kombüse.

Staunend stand Cel an Deck, als sie die Säulen des Herakles passierten, die beiden sich gegenüberliegenden
Felsen bei der Meerenge. Sie hatten Glück, dass kein
Nordwind aufkam, der sie zusammen mit der Meeresströmung gen Süden getrieben hätte. So konnten sie
Tanger links liegen lassen und nordwärts in Sichtnähe
der Küste segeln.

»War das nicht aufregend, wie Hiram die Meerenge durchschifft hat?«, fragte Arishat Cel später. »Darauf sollten wir einen Wein trinken. Kommt doch mit mir.«

Cel warf einen Blick zu Hiram, doch der schien beschäftigt zu sein. Ein paar Seeleute lungerten in der Nähe herum, auch wenn die meisten ruderten. Sie waren nahe genug, um ihr Gespräch hören zu können.

»Kommt Ihr mit mir?« Arishats Stimme war ein raues Flüstern, das in seiner Tonlage das Versprechen sinnlicher Vergnügungen verhieß. Ihre Augen glommen dunkel.

Cel zuckte zusammen, als ihre Fingerspitzen über seine Brust strichen. Da ihm Arishats Aufdringlichkeit lästig wurde, hoffte er, ein ernstes Wort mit ihr reden zu können. Er wusste, dass sie so schnell nicht aufgeben würde, um ihn zu werben, schon gar nicht. Subtilere Zurückweisung schien ihr nichts auszumachen oder sie ignorierte sie einfach, daher musste er sehr direkt vorgehen. Doch wollte er das Gespräch mit ihr nicht vor aller Augen und Ohren führen, da er zu viel Feingefühl besaß, sie derart bloßzustellen. Er hoffte, es schnell hinter sich bringen zu können, da die Nacht sich bald dem Ende zuneigen würde.

»Wir haben etwas miteinander zu besprechen«, sagte er.

Ein Lächeln der Zufriedenheit lag auf Arishats Lippen, die sie lasziv mit der Zungenspitze befeuchtete. »Gut, lasst uns gehen.«

Cel folgte Arishat in ihr Gemach, da er kaum einen anderen Ort finden würde, um mit ihr ungestört reden zu können. Der Platz hinter Hirams Kajüte war bedauerlicherweise bereits belegt.

Arishats Raum war mit Tüchern verhangen und vom schweren, betörenden Duft eines Parfums erfüllt. Die einzige Beleuchtung stellte eine Öllampe dar, die auf dem winzigen Tisch brannte. Dies hielt er für leichtsinnig, da sie bei schwererem Wellengang herunterfallen und das Schiff in Brand setzen könnte.

Arishat legte sich seitlich in verführerischer Pose auf ihr Lager. Sie griff nach einem Weinschlauch und goss davon in zwei Becher. Einen davon reichte sie Cel mit einem verträumten Lächeln.

»Habt Dank!« Er nahm sogleich einen großen Schluck.

Arishat leckte sich lasziv über die Lippen. »Endlich sind wir allein. Ich kann Euch gar nicht sagen, wie lange ich darauf gewartet und mich danach gesehnt habe. So einen Mann wie Euch habe ich noch niemals gesehen. So stark, so ungezähmt und so wild.«

Cel räusperte sich vor Verlegenheit.

»Sagt, seid ihr Barbaren im Bett so wild und ungestüm, wie man es euch nachsagt?«

»Das sagt man über uns?« Cel wurde das Gespräch unangenehm, denn darüber wollte er mit dieser Frau nicht reden. Er nahm einen weiteren Schluck Wein.

»Nicht so schüchtern, das müsst Ihr bei mir nicht sein.« Arishat klimperte mit den Wimpern. Der schwere Geruch im Raum stieg Cel zu Kopf. Alles begann sich plötzlich um ihn zu drehen.

»Ihr seid gewiss noch wilder als die anderen.«

»Welche anderen?« Cel verspürte Verwirrung. Er konnte kaum noch einen zusammenhängenden Gedanken fassen.

»Erzählt mir Eure geheimsten Fantasien!«

»Essen.« Cel war flau im Magen, denn er hatte längere Zeit nichts gegessen.

Arishat sah ihn aus zusammengekniffenen Augen an. »Essen? Ist das alles, was Ihr wollt? Geht es Euch nicht gut?«

»Hm.« Cel kippte zur Seite, Schwärze umfing ihn.

Verärgert blickte Arishat den Mann an, der bewusstlos zu ihren Füßen lag. Dieser Betrüger! Der Händler hatte ihr den Zaubertrank als Aphrodisiakum verkauft, doch offenbar mit einem Schlafmittel verwechselt! Falls sie diesen Händler jemals wieder in die Hände bekommen sollte, würde er diesen Fehler zutiefst bereuen.

Arishat schüttelte Cel, doch er rührte sich nicht. Er war doch nicht etwa vergiftet? Sein Atem ging tief und gleichmäßig. Sie schüttelte ihn erneut, doch er erwachte nicht. Dann musste sie ihre Taktik eben ändern ...

Arishat stellte den Tisch mit der Lampe beiseite und rollte Cel auf ihr Lager aus Kissen und Decken am Boden. Dort entkleidete sie ihn und betrachtete seinen nackten Leib.

Er war wirklich überaus attraktiv. Seine Gesichtszüge waren wie gemeißelt, sein helles Haar glänzte wie Seide. Am atemberaubendsten jedoch war sein Körper. Golden schimmerte seine Haut im Lampenlicht. Die Schultern waren breit, seine Hüften schmal und unter der mit hellem Haar wie Goldstaub bedeckten Haut seiner Arme und Beine zeichneten sich deutlich seine Muskeln ab. Er war die Sünde, die Versuchung, der Traum jeder Frau. Doch hatte Arishat noch einen anderen, schwerwiegenderen Grund, ihn auf ihrem Lager verführen zu wollen. Sie war schwanger von einem verheirateten Mann und brauchte, noch bevor man ihr diesen Zustand deutlich ansah, einen Ehegatten, damit ihr Ruf und ihr Ansehen nicht zerstört wurden. Ihre Familie würde toben. Aufgrund der Unregelmäßigkeit ihres monatlichen Blutflusses, unter der sie litt, seit sie ein junges Mädchen war, hatte sie die

Schwangerschaft zu spät bemerkt, sodass es nicht mehr möglich war, etwas dagegen zu unternehmen.

Das Bett mit diesem Mann zu teilen würde keine Bürde darstellen. Seine Zurückhaltung hatte Arishat stark zugesetzt, da ihr die Männer für gewöhnlich hinterherliefen. Vielleicht wäre es besser gewesen, sich einen von Hirams Leuten zu diesem Zweck auszusuchen, doch dieser Barbar übte einen starken Reiz auf sie aus.

Auch sie entkleidete sich und schmiegte sich nackt an Celtillos, der herrlich roch nach Wald, Wildnis und unbezähmbarem Mann. Sie bedauerte seine Bewusstlosigkeit und hoffte, er würde sich nicht an die vergangene Stunde erinnern können. Im Grund war dies egal, da es ihm auch nichts mehr nützen würde … Aus ihrem Netz konnte er nicht mehr entkommen.

Sie wusste, dass Belshazzar und hoffentlich noch jemand anders sie trotz der Dunkelheit gesehen hatte, als sie zusammen mit Cel in ihrer Kajüte verschwunden war. Jetzt musste sie nur noch ein wenig warten. Auf Belshazzar konnte sie sich verlassen. Sie schmiegte sich an Cel und glitt in den Schlaf.

Belshazzar sah Celtillos nach, wie er mit Arishat in deren Kajüte verschwand und nicht wieder herauskam. Zufrieden lächelnd lehnte er sich zurück, um zu warten. Er wusste von ihrer Schwangerschaft. Die Verwandten in Alis Ubbo würden ihn und sie in der Luft zerreißen, sollten sie davon erfahren. Doch bald war die Gefahr gebannt. Bald würde seine Verwandte wieder verheiratet sein und er war die Verantwortung über sie endlich los.

Als Celtillos nach über einer halben Stunde noch nicht zurückgekehrt war, machte er sich auf den Weg zu Hiram. Doch dieser war bereits aufgestanden und irgendwo auf dem Schiff unterwegs. Belshazzar beeilte sich, ihn zu finden.

Fatal

Lysandra war nicht entgangen, dass Cel Arishat in deren Kajüte gefolgt war. Er befand sich schon viel zu lange dort. Erst küsste er Lysandra, dann schlief er mit Arishat, dieser elende Schuft!

Der Sonnenaufgang nahte, doch Cel kehrte immer noch nicht aus Arishats Gemach zurück. Er musste dort raus, bevor seine Umwandlung einsetzte. Zwar gönnte sie Arishat den Schrecken, doch würde es womöglich die Mannschaft gegen ihn aufbringen, falls die Frau herumschreien sollte. Die Leute duldeten den Greifen zwar, aber Lysandra wusste, dass sie ihm nicht trauten.

Es war zu spät, um sich vollständig anzukleiden, doch sie hatte auch nicht vor, lange von ihrem Platz wegzubleiben. Sie würde dabei so diskret wie möglich vorgehen. Nur von ihrer unordentlich übergeworfenen Chlamys bedeckt, schlich sie sich in Arishats Gemach.

Lysandra betrat Arishats Gemach nur ungern. Keineswegs wollte sie die beiden in einer delikaten Angelegenheit überraschen. Andererseits hatte sie Cel ihre Hilfe versprochen. Sie musste ihn wecken, wollte sie die Mission nicht in Gefahr bringen.

Lysandra schluckte. Cel und Arishat lagen nackt nebeneinander. Die schöne Phönizierin war eng an ihn gekuschelt und hatte sogar einen Arm um ihn gelegt. Also hatte er mit ihr geschlafen. Sie wischte sich eine Träne aus dem Augenwinkel. Auf keinen Fall würde sie sich jetzt von ihrer Eifersucht ablenken lassen. Vorsichtig nahm sie Arishats Arm, um Cel davon zu befreien. Dann schüttelte sie ihn vorsichtig.

Er murmelte etwas Unverständliches vor sich hin. Dann erwachte er. »Du? Oh, mein Kopf. Mir ist so schwindelig. Was ist geschehen?« Erstaunt sah er Lysandra an.

»Dasselbe könnte ich dich fragen.«

Cel blinzelte sie aus dunkel umrandeten Augen an, dann ließ er seinen Blick streifen. Er fluchte leise, als er die nackte Arishat sah. »Sie hat mir irgendetwas in den Wein getan.«

Lysandra verengte die Augen zu Schlitzen. »Die übliche Ausrede aller Männer.«

»Aber es ist die Wahrheit, das musst du mir glauben.«

»Es kommt weniger darauf an, was ich glaube, als was Hiram denken wird, wenn sie dich hier so mit Arishat zusammen finden. Sie steht unter seiner Obhut und ist zudem Belshazzars Verwandte. Das mit dem Wein nimmt dir doch keiner ab.«

Er sah sie nachdenklich an. »Was du denkst, ist mir wichtiger, als was Hiram, Belshazzar oder sonst wer glaubt. Außerdem bist du eifersüchtig. Das ist ein gutes Zeichen.« Cel erhob sich.

»Gleichgültig, ob ich es bin oder nicht, wir müssen hier raus.« Sie drückte ihm sein Kleiderbündel in die Hände und schob ihn aus der Kajüte hinaus.

»Verdammt, ich habe meinen Dolch verloren. Das ist gar nicht gut«, sagte Cel.

Er hatte recht. Wenn sie seine keltische Waffe dort fanden, konnte dies zu unangenehmen Fragen führen.

»Ich suche danach. Geh du schon mal vor.« Besorgt blickte sie zum Firmament. In wenigen Augenblicken würde die Sonne aufgehen.

Lysandra eilte zurück in Arishats Kajüte. Hastig suchte sie den Dolch und fand ihn am Boden nahe der Wand hinter dem Lager der Phönizierin. Wegen der niedrigen Decke an dieser Stelle musste sie sich neben Arishat hinknien und sich über sie beugen, um an die Waffe zu gelangen. Kaum hatte sie sie in ihrem Gewand verstaut und wollte sich vom Lager erheben, da vernahm sie hinter sich Schritte.

Hiram und Belshazzar betraten Arishats Gemach. Lysandra hockte noch halb auf Arishats Lager. Ihr Gewand war verrutscht und zeigten einen Teil der Schulter und ihre Beine. Keineswegs war sie vollständig angezogen und ihr Haar war noch durcheinander vom Schlaf. Schnell brachte sie so viel wie möglich davon in Ordnung. Sie hoffte, man würde keine falschen Schlüsse ziehen …

»Was ist hier los?«, fragte Belshazzar mit dröhnender Stimme. Hinter Lysandra raschelte es. Als sie sich umwandte, sah die soeben erwachte Phönizierin zuerst sie und dann die Männer an. Ihr Gesichtsausdruck wechselte von schläfrig zu entsetzt.

»Was macht er hier?« Arishat starrte Lysandra an. »Was macht er mitten in der Nacht in meinem Gemach? Was soll das für ein übler Scherz sein?«

»Arishat, du weißt, dass mir die Verantwortung über dich obliegt. Du hast zum letzten Mal einen Mann verführt«, sagte Belshazzar.

»Ich habe niemanden verführt. Cel hat mich verführt«, sagte Arishat.

Hiram rieb sich am Kinn. »Der sieht mir aber nicht nach Celtillos aus.«

Belshazzar wirkte erzürnt. »Ich verlange Genugtuung für meine Verwandte!«, sagte er zu Hiram.

Arishat wurde blass. »Aber ich weiß wirklich nicht, wie Lysandros in mein Bett gekommen ist.«

»Dann warst du offenbar zu betrunken, um zu erkennen, wen du in dein Bett gelockt hast!« Hiram wandte sich an Lysandra. »So leid es mir tut, Lysandros, du wirst diese Frau heiraten müssen, um der Ehre Genüge zu tun.«

»Was?«, sagten Lysandra und Arishat wie aus einem Mund. Die andere Frau sah mindestens so entsetzt aus, wie sie sich fühlte.

Hiram nickte. »Ihr habt richtig gehört. Ihr müsst heiraten, sonst knüpfen deine Verwandten aus Alis Ubbo uns alle auf.«

»Aber es war Cel«, sagte Arishat. Sie wandte sich an Belshazzar. »Das kannst du mir doch nicht antun.«

Dieser zuckte gleichgültig mit den Schultern. »Wenn du nicht mehr weißt, mit wem du ins Bett steigst, schon.«

Arishat schlug die Hände vors Gesicht und schluchzte. »Jetzt muss ich dieses halbe Kind heiraten.«

»Aus jedem Knaben wird ein Mann – sofern er nicht zuvor verstirbt«, sagte Hiram.

Arishat bedachte Lysandra mit einem nicht gerade freundlichen Blick. Sie trachtete doch nicht etwa danach, erneut Witwe zu werden? Lysandra dachte an Cel. Sie war in die Ehefalle getappt, die ihm gestellt worden war.

»Ich habe keine Ahnung, wie er in mein Gemach gekommen ist, aber ich werde gewiss kein halbes Kind heiraten«, sagte Arishat.

Hiram räusperte sich. »Wie alt bist du, Lysandros?«

»Achtzehn«, log sie, da man sie als Mann niemals für

zweiundzwanzig halten würde.

»Siehst du«, sagte Hiram. »Außerdem war ich in dem Alter ebenso dünn wie er und du siehst ja, was jetzt, vier Jahre später, aus mir geworden ist.« Tatsächlich war Hiram muskulös und überaus männlich, auch wenn sein Gesicht noch sehr jung aussah.

»Ich werde ihn nicht heiraten, gleichgültig, wie alt er ist!« Arishat rang verzweifelt die Hände.

»Dafür ist es jetzt zu spät«, sagte Hiram. »Das hättest du dir früher überlegen sollen, bevor du mit ihm ins Bett gesprungen bist.«

»Aber ich bin nicht mit ihm ins Bett gegangen. Dies ist ein übler Komplott! Cel will seinen jüngeren Freund verehelichen. Das hätte ich niemals von ihm gedacht.« Arishat sah Lysandra empört an.

»Ihr werdet in Alis Ubbo heiraten. Leider führt kein Weg daran vorbei«, sagte Belshazzar.

»Ich muss aber zu den Zinninseln«, sagte Lysandra.

Belshazzar hob gleichgültig die Achseln. »Das kannst du danach auch noch. Nimm Arishat dorthin mit oder lasse sie in Alis Ubbo zurück, ganz wie du willst. Das machen viele so.«

Lysandra blickte von einem zum anderen. Waren denn alle um sie herum verrückt geworden? Sie konnte doch keine Frau heiraten. Andererseits durfte sie ihre Identität auch nicht offenbaren – jetzt zumindest noch nicht. Vielleicht irgendwann oder auch nie. Sie wusste es nicht. Es war sehr gefährlich, als Frau ohne nennenswerten Schutz zu reisen. Außerdem musste sie nach Delphoí zurückkehren. Es würde sich herumsprechen, da die Phönizier häufiger dorthin kamen. Andererseits würde Arishat sehr schnell herausfinden, was mit ihr los war. Vielleicht kam Lysandra um die Hochzeitsnacht herum – Arishat schien ohnehin von einer Ehe mit ihr nicht gerade begeistert zu sein – und konnte unbehelligt zu den Zinninseln abreisen. Das Problem wäre damit zwar nur aufgeschoben, doch sie hätte wieder Luft und Zeit zum Nachdenken. Sie würde schon eine Lösung finden.

»Was machen wir jetzt?«, fragte Lysandra, nachdem sie sich mit Cel zurückgezogen und ihm von der Angelegenheit erzählt hatte. Er hatte wieder die Gestalt des Greifen angenommen.

»Mach gute Miene zum bösen Spiel. Wenn wir in Alis Ubbo sind, ist es nicht mehr so weit bis zu den Zinninseln«, sagte er.

»Ich muss sie heiraten!«

»Die Ehe wäre ohnehin ungültig.«

»Doch was ist, wenn sie herausfinden, dass ich eine Frau bin? Dann werden ihre Verwandten mir erst recht nach dem Leben trachten.«

»Ich bezweifle, dass Arishat sich diese Blöße geben will. Sie wird das schön geheim halten. Ihre Verwandten werden dir nur dann nach dem Leben trachten, wenn du dich dieser Heirat verweigerst. Wie willst du andererseits erklären, was du in ihrem Gemach zu suchen hattest?«

Lysandra schluckte. Glücklicherweise hatte man sie nicht durchsucht. Was wäre geschehen, wenn Belshazzar und Hiram nur ein wenig früher gekommen und sie mit gezücktem Dolch über Arishat vorgefunden hätten? Sie hatte noch Glück im Unglück gehabt. Jetzt musste sie zusehen, dass sie ihren Kopf aus der Schlinge zog.

»Du meinst also, die Ehe wäre ungültig. Ich müsste nur um die Hochzeitsnacht herumkommen und dann wieder in See stechen?«

»Genau. Halte sie dir vom Leib. Sie will diese Ehe ebenso wenig wie du und wird daher auf den Vollzug möglicherweise nicht beharren.«

»Ich hoffe, du hast recht. Was hast du mit Arishat getrieben?«, fragte sie.

»Gar nichts.«

»Erst küsst du mich und dann gehst du in ihre Kajüte.« Der Schmerz, der Lysandras Herz ergriffen hatte, drohte es zu zerquetschen. Sie kämpfte gegen die Tränen an, die in ihren Augen brannten. Keineswegs wollte sie sich vor Cel eine Blöße geben.

»Ich wollte dort mit ihr reden.«

»So, reden nennst du das also? Das muss ja ein sehr tief gehendes Gespräch gewesen sein.«

Cel schüttelte den Kopf. »Nein, ich wollte, dass sie mich in Zukunft in Ruhe lässt. So etwas bespricht man am besten unter vier Augen, ohne dass das halbe Schiff mithört.«

Sie starrte ihn an. »Bei euch Barbaren vielleicht. Man geht nicht allein mit einer Frau in ihr Gemach, wenn man nicht gewisse Absichten hat.«

»Offenbar gibt es einige kulturelle Unterschiede, über die ich nicht aufgeklärt war. Und was hattest du in ihrem Gemach zu suchen?«, fragte er.

»Ich wollte dich an den Sonnenaufgang erinnern. Wenn sie die Verwandlung gesehen hätte, wäre sie vermutlich kreischend davongerannt.«

»Du bist auch nicht schreiend davongelaufen, Lysandra.«

»Bei mir ist das was anderes.«

»Tatsächlich? Ist es das? Vielleicht hätte ich dich kompromittieren sollen, bevor Arishat es tun konnte.«

Lysandra drehte ihr Gesicht von ihm weg. »Du lagst nackt in ihrem Bett. Ich bin nicht so naiv, um dir das mit dem Wein zu glauben.«

»Wenn ich eine Frau will, dann bist du das.«

Wie gerne würde sie seinen Worten glauben, doch sie konnte es nicht. Cel trat näher zu ihr heran, doch Lysandra wich vor ihm zurück.

»Heute Abend, wenn ich wieder ich selbst bin, sprechen wir darüber«, sagte er.

Als würde das jetzt noch etwas nutzen.

Nach der Rückverwandlung kam Cel zu Lysandra. Er hatte nur ein Tuch um die schmalen Hüften geschlungen. Heute Nacht beengte ihn die Kleidung zu sehr. Außerdem war ihm heiß.

»Lass uns hinter Hirams Kajüte gehen. Dort sind wir mit etwas Glück um diese Zeit einigermaßen ungestört«, sagte er.

Als sie dort angekommen waren, blieb er dicht vor ihr stehen. »Es tut mir leid, dass du durch meine Schuld in diese missliche Lage geraten bist«, sagte er. »Das wollte ich nicht. Ich wäre niemals in Arishats Kajüte gegangen, hätte ich geahnt, was dabei rauskommt. Ich wollte dort wirklich nur mit ihr reden, um sie nicht vor der halben Mannschaft bloßzustellen.« Er verspürte aufrichtiges Bedauern.

»Das war wohl falsche Rücksichtnahme. Du hättest ja auch hierhin gehen können«, sagte Lysandra.

»Das ging leider nicht. Auf die Idee ist in jener Nacht schon jemand anders vor mir gekommen. Doch sorge dich nicht, wir werden einen Weg aus diesem Durcheinander finden.«

»Wie? Willst du Arishats Verwandten sagen, dass ich eine Frau bin und wie es zu der ganzen Sache gekommen ist? Dann musst du sie heiraten oder sie bringen uns beide um. Ihre Verwandtschaft hat da einen gewissen Ruf.«

»Willst du denn, dass ich sie heirate? Diese Ehe wäre allerdings gültig.«

Ein Augenblick verrann, dann schüttelte sie mit gesenktem Blick den Kopf. Nur mühsam kämpfte er gegen den Drang an, ihren zarten Leib zu umfangen, sie an sich zu ziehen und zu küssen, bis sie alle Schwierigkeiten vergessen haben würde.

»Ich will Arishat auch nicht heiraten«, sagte er. »Ich könnte es auch nicht, selbst wenn ich es wollte.«

»Warum? Weil du ein Greif bist? Offenbar wollte sie dich trotzdem.«

»Ja, aber ich bin kein richtiger Mann.«

Sie räusperte sich. »Das ist also der Grund, warum du sie verschonen willst.«

»Sei nicht albern, Lys. Ich will sie gar nicht und es tut mir unendlich leid, dass du an sie gebunden sein wirst, sei es auch nur für kurze Zeit. Wenn ich es verhindern könnte, würde ich es tun. Doch anschließend kannst du sie verlassen und leben, wie du willst. So wie ich sie einschätze, wäre das sogar in ihrem Interesse. Es tut mir leid, dich darum bitten zu müssen, aber tu es. Tu es für Sirona und für dich selbst, wenn du den Ärger mit ihren Verwandten verhindern möchtest. Wenn du ihnen offenbarst, dass du eine Frau bist, wie willst du ihnen erklären, was du in Arishats Gemach gesucht hast, während sie schlief?«

»Sie würden mich für eine Diebin oder eine Mörderin halten.«

»Ganz genau. Die Ehe ist ohnehin ungültig. Du wirst die Hochzeitsnacht irgendwie umgehen. Meinetwegen gib was in ihren Wein. Ich werde mit Hiram reden, damit er dich wieder mit an Bord nimmt.«

»Gut, ich werde es tun. Doch ihre Verwandten werden mich verfolgen.«

»Nur, wenn du sie nicht heiratest. Du wirst es schon durchstehen. Wenn ich dich davor bewahren könnte, ohne Sironas Zukunft in Gefahr zu bringen, würde ich es tun.« Cel umfasste ihren Leib und zog sie an sich. Er schluckte. Schmerz, Trauer und Sehnsucht breiteten sich in seiner Brust aus. Solange er ein Greif war, konnte er keiner Frau zumuten, an ihn gebunden zu sein. Dennoch drängte alles in ihm danach, diese Frau in die Arme zu nehmen und zu lieben. Sie war sein Anker. Nur sie konnte verhindern, dass er vollständig zu dem Tier wurde, in das er sich Tag für Tag verwandelte. Lange hatte er gegen die Anziehungskraft gekämpft, doch beständig wurde sie stärker. Er musste es ihr sagen, bevor sie sich ganz von ihm entfernte.

»Lysandra, ich verstehe, wenn du mich hasst wegen der Schwierigkeiten, in die ich dich gebracht habe.«

»Ich hasse dich nicht.« Ihr Gesicht war verzerrt, als litte sie unter unsagbaren Schmerzen.

»Lysandra, du bedeutest mir sehr viel. Ich weiß nicht, wie ich mich ausdrücken soll.« Worte konnten kaum beschreiben, was er für sie empfand: viel mehr, als er je für eine Frau empfunden hatte. Was war Besonderes an dieser Hellenin?

Cel beugte sich vor, um seine Lippen hart und fordernd auf die ihren zu pressen. Lysandra schnappte nach Luft, doch dem Ansturm seiner Leidenschaft schien sie nicht gewachsen zu sein. Sie kapitulierte und schlang ihre Arme um seinen Hals, was Hoffnung in ihm keimen ließ. Gierig und ungestüm erwiderte sie seine Küsse. Ihre Zungen umtanzten einander. Sie schmeckte so süß, so begehrenswert. Er wollte sie. Er musste sie haben, sonst verlor er sich selbst.

Fieberhaft strichen seine Hände über ihren Leib. Für

einen kurzen Moment noch fürchtete er, dass sie jemand überraschen würde, doch war es dunkel genug. Sollte jemand versehentlich vorbeikommen, so würde er sich diskret zurückziehen, ohne wirklich etwas gesehen zu haben. Einige von ihnen verband eine körperliche Leidenschaft von Mann zu Mann, daher würde niemand allzu argwöhnisch werden.

Cels große Hand umfing Lysandras Brust. Ihre Brustwarze stellte sich spitz auf unter den Liebkosungen seines Daumens. Er wollte sie nackt sehen und an ihr saugen, sie schmecken – überall. Er ergoss eine heiße Flut von Küssen über ihre Wangen, das Kinn, den Hals und ihr Dekolleté, das er offenbarte, als er ihr das Himation auszog. Darunter trug sie den Chiton, den er zur Seite schob, um an ihre Brust zu gelangen.

Tief sog er ihre Brustspitze in seinen Mund. Lysandra drängte sich ihm bebend entgegen. Ein Stöhnen entwich ihren Lippen, als seine Zunge ihren Nippel umspielte. Sie schmeckte herrlich. Dies musste ein Vorgeschmack auf das Paradies sein. Er hob ihren Chiton an und schob seine Hand zwischen ihre Beine.

Lysandra starrte ihn an. Plötzlich machte sie sich von ihm los und richtete mit bebenden Händen ihre Kleidung. Offenbar war er zu schnell vorgegangen.

»Bitte lass von mir ab«, sagte Lysandra. Schmerz lag in ihrem Blick.

»Es tut mir leid. Ich wollte dir nicht zu nahe treten«, sagte Cel. Noch nicht. Sobald er frei war von diesem Zauber, würde er weitere Pläne mit Lysandra schmieden. Er musste einfach sicher gehen, wieder ein richtiger Mann und kein Tier mehr zu sein, bevor er sich mit ihr für die Ewigkeit verband.

Ein Vertrag

Lysandra fühlte sich hin- und hergerissen. Einerseits wollte sie Cel, doch konnte sie sich ihm nicht hingeben, denn er suchte vermutlich, wie sie es bei Damasos und anderen Männern im Laufe der Jahre mitbekommen hatte, nur das schnelle Vergnügen. Nerea hatte recht behalten: Eine Frau, die nicht keusch und züchtig zu Hause hockte, galt den Männern als Hure. Ebenso behandelten sie sie.

Doch war sie nicht genau das? Eine unkeusche Frau? Mit brennendem Herzen und voll Verlangen fühlte sie sich zu Cel hingezogen. Feuchte Hitze breitete sich zwischen ihren Schenkeln aus, wenn sie nur an ihn dachte, an seine breiten Schultern, die harten Muskeln seiner Oberschenkel zwischen den ihren und seinen Mund, der sich fordernd auf den ihren presste. Sie wollte ihn, doch nicht nur seinen Leib. Wenn sie sich mit ihm verband, so würde es auch ihre Seele tun, das wusste sie – und fürchtete es. Schließlich würde der Tag kommen, an dem sie ihn verlassen musste, um nach Delphoí zurückzukehren.

Bebend von den Empfindungen, die Cel in ihr wachgerufen hatte, versuchte sie verzweifelt, ihr inneres Gleichgewicht zurückzuerlangen, doch sobald sie ihm nahe war, verwandelte sie sich in eine Närrin. Dies war gar nicht gut. Es musste ein baldiges Ende haben.

In Huelva nahmen sie neue Lebensmittel mit an Bord. Arishat wirkte nicht gerade begeistert von der Aussicht, Lysandra heiraten zu müssen. Immer öfter zog sie sich allein in ihre Kajüte zurück, was Lysandra recht war.

Doch als sie Alis Ubbo erreichten, verging Lysandra das Lachen und selbst Arishat war schweigsam geworden, was gar nicht zu ihr zu passte.

Der Tag der Hochzeit kam rasch. Ihr Bruder Damasos stand neben ihr, als das Verhängnis seinen Lauf nahm.

Seitlich von Lysandra befand sich eine Statue des Melqart, des Baals von Tyros, der Stadt, aus der Arishats Familie ursprünglich stammte. Wo war sie hier nur hineingeraten? Die Situation erschien ihr einfach nur bizarr. Der Priester sprach phönizisch, von dem sie kein Wort verstand. Sogleich übersetzte er seine Worte, die er an Lysandra richtete.

Mehrfach überlegte Lysandra, die Sache auffliegen zu lassen, doch Arishats Verwandte waren hauptsächlich große, bärtige, grimmig dreinschauende Männer, sodass sie dies lieber unterließ. Sie bestätigte die Absicht, Arishat heiraten zu wollen. Die Ehe war ohnehin nicht rechtsgültig und bald wäre sie weit weg von Alis Ubbo und würde niemals wieder dorthin zurückkehren. Sie dachte auch an die Möglichkeit einer Annullierung, schließlich hatte sie nicht vor, die Ehe zu vollziehen. Nur wusste sie noch nicht, wie sie Arishat in dieser Nacht würde ausweichen können.

Cel, der Schuft, dem sie dies alles zu verdanken hatte, stand äußerlich ungerührt an einem Ende des Festsaals.

Hiram kam zu ihr herüber. »Mein herzliches Beileid, äh, meine Glückwünsche«, sagte er und blickte sich um, offenbar in der Hoffnung, dass Arishats Verwandte seine Worte nicht vernommen hatten. Doch diese schienen glücklicherweise nichts bemerkt zu haben.

»Mach das Beste daraus«, sagte Hiram mit gedämpfter Stimme. Lysandra nickte. Sie war wie benommen. Wie ein Traum zog das Festmahl an ihr vorüber. Sie brachte kaum einen Bissen herunter, auch wenn das phönizische Essen reichlich und schmackhaft war, weitaus üppiger als die Speisen in Hellas, das mit seinen kargen Böden wenig zu bieten hatte.

Arishat und sie wurden von dieser wilden Horde bärtiger Männer zu ihrem Schlafgemach geleitet. Lysandra brach der kalte Schweiß aus. Arishat würde doch nicht etwa erwarten, dass sie heute Nacht die Ehe vollzogen?

Hilfe suchend sah sie sich um, erblickte jedoch nur Hiram, der sie mitleidig anblickte, sowie Celtillos mit undeutbarer Miene und daneben Damasos.

»Na, Lysandros, fürchtest du, nicht Manns genug zu sein für diese Frau?«, fragte Damasos. Häme lag auf seinem Gesicht. »Vielleicht wird sie zu mir kommen, wenn sie mal einen richtigen Mann spüren will.«

Lysandra knallte ihm die Schlafzimmertür vor der Nase zu, was sich als Fehler herausstellte, denn nun war sie mit Arishat allein. Doch warum sollte sie das Unvermeidliche hinauszögern? Die Phönizierin sah sie mit unverhohlener Neugierde an.

»Endlich sind wir allein«, sagte die Phönizierin, die Arme in die Hüften gestemmt. »Warum, bei Aschera, bist du damals in mein Schlafgemach gekommen?«

»Ich dachte, ich hätte etwas gehört.«

Arishat schüttelte ungläubig den Kopf. »Etwas gehört? Das war ein Komplott! Du steckst mit Cel unter einer Decke, gib es zu. Er hätte an deiner Stelle bei mir sein sollen.«

Lysandra verzog den Mund. »Du gibst also zu, dass du Cel in die Ehe locken wolltest. Doch warum? Ist ein Gatte, der freiwillig zu dir kommt, nicht gefälliger?«

Arishat sah sie irritiert an. »Ich weiß nicht, was du willst, aber irgendetwas ist hier nicht richtig.«

Lysandra hob eine Augenbraue. »Ach, tatsächlich?«

Arishat maß sie mit einem hochmütigen Blick von oben bis unten. »Du bist nicht besonders kräftig. Ich bevorzuge jedoch große, stattliche Männer. Wirst du denn die Ehe vollziehen? Bist du dazu überhaupt in der Lage?«

»Wenn es sein muss.«

Arishats Augen glommen vor Genugtuung. »Ich weiß, dass etwas mit dir nicht stimmt.«

Lysandras Herz setzte einen Moment lang aus, um danach schneller weiterzuschlagen. Schweiß brach ihr aus. Arishat wusste, dass Lysandra eine Frau war. Die Maskerade war aufgedeckt. Ihre Familie würde sie für diese Bloßstellung und Schande meucheln. Sie war verloren!

»Ich weiß auch, was mit dir nicht stimmt.« Arishat lächelte siegessicher. »Du bist wie Hiram, nicht wahr?«

Lysandra starrte sie an. »Wie Hiram? Wie meinst du das? Dass ich erst in ein paar Jahren muskulös und stattlich sein werde?«

»Nein, er mag keine Frauen in seinem Bett, sondern Männer. Bist du Hirams Geliebter?« Sie spuckte die Worte in Lysandras Gesicht. »Will er mit diesem schlechten Witz von einer Ehe seine Gelüste und sein Treiben tarnen, um dich jederzeit hier am Hafen auf ihn wartend zu haben oder nimmt er dich gleich wieder mit aufs Schiff?«

Lysandra schluckte. »Rede nicht so über Hiram. Er ist ein feiner Kerl.«

»Also ist es wahr! Darum war er auch gleich zur Stelle. Das erklärt natürlich einiges.«

»Nein, ich bin nicht Hirams Geliebter. Hiram würde dich niemals in eine solche Ehe zwingen. Warum war dann dein Verwandter, Belshazzar, auch sofort zur Stelle?«

Arishat lachte. »Du brauchst es nicht abzustreiten. Nun, wenn ich es mir recht überlege, ist das für mich nicht mal so schlecht. Das heißt, wir könnten uns einig werden.« Sie blickte Lysandra von oben bis unten an. »Dabei bist du gar nicht hässlich. In ein paar Jahren wird aus dir ein stattlicher Mann werden. Fast schon schade, dass du so bist wie Hiram.«

»Einig werden? Wie?« Ein Hoffnungsfunke glomm in Lysandra auf.

»Nun, offiziell wurde diese Ehe vollzogen. Weder ich noch du werden jemals Anderweitiges darüber verlauten lassen.«

»Etwas anderes kommt auch nicht infrage, denn ich will nicht von deinen Verwandten lebendig gehäutet werden.«

»Ja, sie sind bisweilen recht schlagkräftig in ihrer Argumentation und neigen zu Überreaktionen. Es ist besser, man legt sich nicht mit ihnen an. Wir sind uns also einig?«

Lysandra nickte.

»Dafür lässt du mir meine Freiheiten und ich dir deine. Wie wäre es damit? Du kannst mit deinem Hiram glücklich werden! Oder ist es gar Cel, auf den deine Wahl gefallen ist? Ich hätte nicht gedacht, dass er auch so ist, doch man sieht es einem Mann nicht an. Wie schade. Zumindest würde es erklären, warum er mir gegenüber so zurückhaltend war. Das bin ich nämlich gar nicht gewohnt.« Arishat riss die mit schwarzem Khol umrandeten Augen auf. »Ah, jetzt verstehe ich es. Ihr habt zu dritt was miteinander. Die *Tanith*, das Schiff der Ausschweifungen!«

Lysandra grinste. Es würde Cel überhaupt nicht gefallen, dass man annahm, er, Hiram und sie wären sich in Männerliebe zugetan.

»Genau so ist es«, sagte sie zu Arishat. »Dein Scharfsinn ist überwältigend.«

»Ja, nicht?« Sie wirkte äußerst selbstzufrieden.

»Doch um eines bitte ich dich, Arishat. Bitte verrate niemandem von unseren Neigungen.«

»Gewiss nicht. Das ist ja in meinem eigenen Interesse.« Arishat grinste verschwörerisch. »Wünschst du dir Kinder?«

»Eigentlich nicht«, sagte Lysandra.

»Das heißt, du wirst mir nicht beiwohnen. Was ist, wenn ich dennoch ein Kind will?«

»Nun, dann musst du es dir anderweitig besorgen lassen. Ich würde es natürlich anerkennen. Schließlich kann es auch mir nur dienlich sein, da deine Verwandten womöglich sonst meine Zeugungsfähigkeit anzweifeln würden.« Lysandra war froh, dass dieser Kelch noch einmal an ihr vorübergegangen war.

Arishat grinste. »Ich sehe schon, wir verstehen uns gar nicht so schlecht.«

Lysandra atmete auf, da der Druck, die Ehe vollziehen zu müssen, von ihr gewichen war – vorerst zumindest. Doch noch war die Angelegenheit nicht ausgestanden. Sie musste zurück zum Schiff, ohne dass Arishats Verwandte sie meuchelten.

Arishat hatte nichts dagegen, dass Lysandra die Zinninseln aufsuchen wollte. Allerdings bat sie sie, sich gelegentlich in Alis Ubbo blicken zu lassen oder ihr zumindest Nachrichten zukommen zu lassen, damit sie nicht so schnell wieder zur Witwe erklärt und erneut verheiratet werden würde. Offenbar sah sie darin die Möglichkeit, ihr Leben so zu gestalten, wie sie es wollte, ohne die Einmischung von Männern. Arishat warf jedoch während der Abfahrt ständig Blicke zu Celtillos, die von ihrem Ärger, aber auch von Begehren zeugten. Offenbar wollte sie ihn noch immer. Doch vermutete Lysandra, dass Arishat sowohl für ihn als auch für sie selbst bald einen Ersatz finden würde …

Ihr Bruder Damasos blieb ebenfalls in Alis Ubbo zurück. Offenbar fürchtete er die Fahrt über das offene Meer mehr als den Zorn Nereas, falls diese überhaupt davon erfahren würde.

Sie erreichten Kalos ohne weitere Zwischenfälle. Der von den Griechen gegründete Handelsplatz lag an der Mündung eines Flusses, entlang dessen Ufer Weinberge angelegt waren. Auffallend war die üppige Vegetation. Tulpen, weiße, rosa und blaue Hortensien sowie Zedern und Palmen wuchsen hier. Möwen kreisten am strahlend blauen Himmel. Enten liefen über holprige Wege und Katzen strichen um die getünchten Häuser.

Die *Tanith* ankerte wieder nur eine Nacht lang. Hiram machte Lysandra keine Vorwürfe, weil sie Arishat in Alis Ubbo zurückgelassen hatte. Im Gegenteil schien er es zu bedauern, dass sie zu einer Ehe mit der Phönizierin gezwungen worden war.

Bald erreichten sie Corunna, eine Stadt mit keltischen Wurzeln, die von den Phöniziern als Handelsstützpunkt und letzte Anlaufstelle vor den Zinninseln benutzt wurde. Hier verkaufte Hiram alles Mögliche, was er nicht zum Tausch gegen Zinn gebrauchen konnte. Er lagerte so viele Lebensmittel wie möglich ein:

Räucherfleisch, Wein, mehrfach gebackenes und dadurch haltbar gemachtes Brot, getrocknete Früchte und dergleichen.

Das Jahr war inzwischen fortgeschritten. Hiram wollte die Zinninseln vor Anbruch des Herbstes erreichen. Celtillos befand sich tagsüber in seiner Greifengestalt auf dem Schiff. Mittlerweile betrachteten ihn die meisten Mitglieder der Mannschaft als Glücksbringer. Nicht wenige waren nervös wegen der geplanten Überfahrt zu den Zinninseln.

In dieser Nacht war Cel wieder der Mann, der Lysandras Sinne verwirrte – wie in den Nächten zuvor, seit sie ihn kannte. War sie bereits so von seiner Anziehungskraft verzaubert, dass sie in ihrem Herzen nie mehr frei sein würde von der Erinnerung an ihn?

»Verabscheust du mich?«, fragte Cel.

Verwundert blickte sie ihn an. »Seit du Arishats Gemach aufgesucht hast, ja, ein wenig. Du hast mich in Schwierigkeiten gebracht. Arishat hätte auch weniger kooperativ sein können. Andererseits bin ich in Alis Ubbo auch meinen Bruder losgeworden.« Damasos war kurz nach ihrer Hochzeit zu ihr gekommen, um ihr zu sagen, dass er endgültig genug habe und von Bord ginge, da er das Elend nicht mehr ansehen wollte. Dies hatte sie mit einem Achselzucken abgetan. Sie war froh, damit seinen ständigen Sticheleien entkommen zu sein. Vermutlich hatte er nur einen Vorwand gesucht, um der ungewollten Reise zu entkommen.

Cel sah sie ernst an. »Es muss für dich so erscheinen, doch hatte ich keinerlei Absicht, zwischen Arishats Schenkeln zu liegen.«

»Hattest du nicht?«

»Ich habe dir doch schon alles erklärt.«

»Ja, das hast du. Außerdem glaubt Arishat, dass du

mehr Gefallen an Hiram und mir findest.«

Cel lachte. »Das glaubt sie also? Hiram ist nicht ganz nach meinem Geschmack.« Er wurde wieder ernst. »Wenn es irgendeinen Weg gibt, mich reinzuwaschen von der Schmach, der du mich für schuldig hältst, so lass es mich wissen.«

»Cel, ich …« Sie wandte ihr Gesicht ab. So gerne würde sie ihm glauben. Alte, ungeweinte Tränen bahnten sich einen Weg hinaus. In einer brennenden Spur rannen sie über ihre Wangen.

»Lysandra.« Sie spürte seinen Blick auf sich, dann zog er sie an seine harte Brust. Sein männlicher Duft umfing sie und machte alles noch schlimmer. Konnte er sie nicht in Frieden lassen?

»Kann ich dir vertrauen?«, fragte sie.

»Vertrauen beruht immer auf Gegenseitigkeit.« Er küsste ihr die Tränen von den Wangen, dann presste er seine Lippen auf die ihren, doch diesmal mit einer Zärtlichkeit, die ihr das Herz wärmte und ein Prickeln erzeugte, das ihren Leib durchzog. In der Leidenschaft dieses Kusses schmeckte sie ihre eigenen Tränen.

Sie konnte nicht von ihm lassen. In diesem Moment wurde sie sich auch gewahr, warum: Sie liebte Cel. Die Erkenntnis war erschreckend, erfüllte sie jedoch mit einem seltsamen Frieden. Nun wusste sie endlich, was ihre innere Unruhe bewirkt hatte.

Doch was sollte sie tun? Konnte sie sich auf ihn verlassen und ihm vertrauen?

Es sprach für ihn, dass er es bei dem Kuss beließ und keinen weiteren Vorstoß gegen ihre Tugend vornahm. Cel umschlang sie mit beiden Armen. Den Kopf an seiner Brust, umfangen von seiner Wärme und seinem betörenden Duft, schlief sie ein.

Angriff

Als Lysandra von den ersten Sonnenstrahlen wachgekitzelt wurde, war Cel nicht mehr bei ihr. Der Geruch nach Salzwasser und Algen drang zu ihr. Sie vernahm das Gluckern und Plätschern der Wellen. Die Sparren ächzten, das Segeltuch flappte in der wechselhaften Brise. Hiram hatte offenbar noch vor Sonnenaufgang den Anker gelichtet.

Lysandra erhob sich, trat zur Reling und blickte hinaus aufs Meer. Das Land war nur noch ein schmaler Streifen am Horizont, den sie gerade noch erkennen konnte. Laut Belshazzar, der schon einmal auf den Zinninseln gewesen war, würden sie wochenlang nichts anderes als das Meer sehen. Dies beunruhigte sie. Lebensmittel hatten sie zur Genüge eingelagert, sodass sie selbst bei ungünstigem Wind bis Belerion reichen würden.

Doch war es möglich, dass jemand krank wurde oder ein Unwetter aufzog. Das Land würde bald so weit entfernt sein, dass es niemand von ihnen überleben konnte, sollte das Schiff sinken.

Andererseits übte das Meer eine gewisse Faszination auf Lysandra aus. Das Licht brach sich in den Wellen, ließ sie schimmern und glitzern wie Juwelen. Gelegentlich konnte sie Fische entdecken, die bis unter die Oberfläche kamen.

Die Welt, die ihr vertraut war, hatte sie hinter sich gelassen. So vergingen die Tage und Wochen. Immer nur Wasser zu sehen, schlug Lysandra inzwischen aufs Gemüt. Zumindest hatten sie laut Hiram mittlerweile über die Hälfte der Strecke zwischen dem Kontinent und den Zinninseln zurückgelegt.

Nachts ließen sie das Schaukeln des Schiffes und das gleichmäßige Plätschern der Wellen besser einschlafen. Häufig ruhte sie in Celtillos' Armen, der möglicherweise doch ernstere Absichten hatte, sonst wäre er zudringlicher. Doch passten sie wirklich zusammen, sie, die Hellenin, und er, der boierische Barbar, zwei Feinde, die aufeinander angewiesen waren? Schließlich musste sie nach Erfüllung der Mission zurück nach Delphoí. Ungewiss war, ob sie ihn jemals wiedersehen würde.

Auch in dieser Nacht träumte Lysandra von Cel, wie er sie zärtlich liebte, doch abrupt endete die schöne Vision, als sie einen Ruck verspürte, der ihr durch den gesamten Leib ging. Lysandra schlug die Augen auf und starrte in die Finsternis, aus der sich langsam Konturen herausschälten.

Sie vernahm hektische Schritte an Deck. Die Phönizier sprachen wild durcheinander. Noch immer konnte Lysandra die Sprache, die ihrer eigenen so fremd war, kaum verstehen, doch der Ton verriet eindeutig Panik.

Abrupt setzte sie sich auf. Cel war bereits an ihrer Seite.

»Was ist geschehen?«, fragte sie.

Er hob die Achseln. »Ich weiß es nicht, doch wir werden es herausfinden.«

Sie gingen zur Reling. Dort kam ihnen Hiram entgegen.

»Bei Baal, ein Seeungeheuer greift uns an!«, rief Hiram aufgeregt.

Schnell griffen sie zu ihren Waffen. Angestrengt starrte Lysandra aufs Meer hinaus. Glücklicherweise schien der Mond einigermaßen hell, sodass sie recht weit sehen konnte. Ein großer Schatten näherte sich ihnen. Es war ein riesiger Hai!

»Er schwimmt direkt auf uns zu«, sagte einer der Männer aus der Mannschaft.

Der Fisch rammte das Schiff. Belshazzar fluchte und zückte Pfeil und Bogen. Er schoss auch gleich einen Pfeil ab.

»Er verhält sich völlig unnatürlich. Normalerweise greifen die nicht einfach so Schiffe an noch rammen sie diese. Unser Schiff ist zu groß, um in ihr Beuteschema zu passen«, sagte Belshazzar und legte einen neuen Pfeil in den Köcher, um ihn auf das Untier zu entlassen. Doch auch dieser erwies sich als wirkungslos.

Hiram sah ihn betroffen an. »Ich weiß, doch was ist schon gewöhnlich auf unserer Reise?« Dabei warf er einen bedeutungsschweren Blick zu Cel.

Belshazzar stöhnte. »Ich befürchte, höhere Mächte haben sich gegen uns verschworen.«

»Es bringt uns nichts, wenn wir uns selbst Angst einreden«, sagte Cel. »Solange Leben in unseren Leibern ist, werden wir kämpfen.« Er warf einen Speer, als der Hai seitlich abdrehte. Der Speer drang nur leicht in das Fleisch des Tieres ein. Blut sprudelte aus der Wunde, doch sie schien ihm nur wenig anzuhaben. Jedenfalls hatte das seine Wut geschürt.

Die Kreatur schwamm erneut auf das Schiff zu. Auch Lysandra warf einen Speer, der ebenfalls leicht in die Rückenhaut eindrang, doch wenig ausrichtete, da die winzigen Schuppen zu hart waren.

»Bei Sucellos, warum kann er nicht bei Tag angreifen, wenn ich in der Gestalt des Greifen bin?«, rief Cel.

Auch Lysandra war dieser Gedanke bereits gekommen. Aber so war das nun mal im Leben, Unglücksfälle fanden stets zum ungünstigsten Zeitpunkt statt.

Wieder krachte der Hai gegen das Schiff. Viele der Männer schrien. Holz knirschte.

»So wie sich das anhört, könnten ein paar Planken angebrochen sein. Lange wird das Schiff dem Ansturm nicht mehr standhalten.« Hiram wirkte verzweifelt.

Lysandra klopfte das Herz vor Furcht laut und schmerzhaft in ihrer Brust. Sie waren alle verloren!

»Soll ich es mal mit einem Brandpfeil versuchen?«, fragte Lysandra.

Hiram schüttelte den Kopf. »Er kann lange genug untertauchen, um das Feuer zu verlöschen und anschließend von unten angreifen und das Schiff umstürzen oder es brennend rammen, sodass es auch in Brand gerät.

»Da, er kommt wieder!« Belshazzars Stimme bebte vor Angst.

Cel ergriff einen Speer.

»Das wird keinen Zweck haben«, sagte Hiram. »Seine Haut ist zu hart, zu glatt und zu dick. Der Speer prallt ab, bevor er ihm tiefere Wunden zufügen kann. Einen derart großen Hai habe ich in meinem ganzen Leben noch nicht gesehen.«

Der Hai schwamm erneut auf das Schiff zu. Lysandra fröstelte.

Cel drückte ihr einen Kuss auf den Mund. »Wenn wir schon sterben müssen, können wir das ebenso gut gleich tun.« Mit diesen Worten sprang er über Bord, direkt auf den Rücken gleich hinter dem Kopf des Hais.

Cel schlitterte ein wenig, doch fand er Halt, als er den Speer in ein Auge der Kreatur stieß, ihn sofort wieder herauszog und in das andere rammte und sein volles Gewicht darauflegte. Die Nickhaut konnte das Auge auch nicht mehr schützen. Blutfontänen schossen daraus hervor. Der Hai wand sich, schnappte nach Cel, konnte ihn jedoch nicht erreichen und tauchte dann ab. Cel musste den Speer loslassen, um nicht mit in die Tiefe gerissen zu werden.

Lysandra warf ihm ein Seil zu, das er sogleich ergriff. So schnell sie konnten, zogen sie Cel aus dem Wasser. Der Hai war inzwischen wieder aufgetaucht und tobte in nur geringer Entfernung von ihnen. Er versuchte nach Cel zu schnappen, doch fand er ihn nicht, zumal bereits andere Haie aufgetaucht waren, angelockt durch das Blut im Wasser, das auch ihr Ziel war.

Die Wellen, die die anderen Haie schlugen, schienen den großen Hai zu irritieren. Sie waren kleiner als er, doch dafür waren sie zu neunt. Die Haie griffen ihren größeren Artgenossen an und fügten ihm weitere Verletzungen zu.

Kaum lag Cel auf den feuchten Planken, gab Hiram den Befehl zum Rudern. Die kleineren Haie stellten seiner Meinung nach aufgrund ihrer Größe für das Schiff keine Gefahr dar. Auch waren sie mit dem größeren Hai, der sich trotz zahlreicher Wunden immer noch wehrte, beschäftigt. Einen der kleinen Haie hatte er getötet. Auch dieser wurde von seinen Artgenossen gefressen. Doch waren sie an dem noch zappelnden, blutenden großen Hai weitaus mehr interessiert. Das Meer sah aus, als wäre es aus Blut. Zum Glück machten die Haie keine Anstalten, dem Schiff zu folgen.

Lysandra trat zu Cel, um ihm eine Decke zu bringen. Hustend spuckte er etwas Meerwasser aus. Wasser troff aus seinem Haar und von seiner Kleidung. Er zog sich aus und wickelte sich in die Decke ein. Auch für sich nahm sie eine, denn die Nacht war noch nicht vorbei.

»Das war knapp gewesen, sehr knapp!« Hiram wischte sich den Schweiß von der Stirn. »Untersucht das Schiff auf Schäden. Sie müssen so schnell wie möglich repariert werden!«

Glücklicherweise hielten sich die Schäden in Grenzen, doch befürchtete Hiram, dass ein weiterer derartiger Angriff oder ein Sturm ihr Ende sein könnte. Lysandra betete zu Apollon und Athene um eine sichere Reise zu den Zinninseln.

»So eine Fahrt habe ich noch niemals mitgemacht und so ein Ungetüm von Hai habe ich auch noch nie gesehen und ich bin seit über fünfzehn Jahren auf See.« Belshazzars Stimme bebte. Er war blass geworden.

Sie sah Cel an, doch sein Blick war aufs Meer gerichtet. Dann wandte er sich ihr zu und schlang die Arme um sie.

»Nur wegen mir sind du und alle anderen hier in Lebensgefahr. Nur wegen mir, meiner Selbstsucht und meiner Angst, Sirona zu verlieren. Die Leute meines Volkes verachten mich, weil ich weiß, dass es nach dem Tod anders ist, als sie es sich vorstellen«, sagte Cel.

Gemeinsam mit ihm ging Lysandra hinter Hirams Kajüte, wo einigermaßen Sichtschutz bestand. »Das war kein gewöhnlicher Hai«, sagte Cel.

»Genau das sagte Belshazzar auch. Er hätte sich ungewöhnlich verhalten und er hätte in seinen fünfzehn Jahren auf See noch nie einen derart großen Hai gesehen. Du sagtest, dein Volk würde dich verachten, weil du weißt, wie es nach dem Tode sei«, sagte Lysandra.

Cel nickte. »Ich kann den Tod sehen und die Geister der Toten. Mein Volk stellt sich die Anderswelt als einen Ort des Frohsinns vor, sodass sie freudig im Kampf sterben und den Tod nicht fürchten, denn das wahre Leben beginnt erst danach, befreit von der Müh-

sal des Erdendaseins. Dem ist jedoch nicht so. Die erdgebundenen Toten irren umher und wissen oft nicht,
dass sie tot sind. Sie sind verwirrt und orientierungslos,
bis sie eines Tages doch noch ins Jenseits übertreten.
Wie dieser Ort ist, weiß ich nicht, doch wir werden es
herausfinden. Doch nach all den Jahren auf thraki-
schem und makedonischem Boden, wo das Jenseits anders gesehen wird als bei uns, habe ich meine Meinung
darüber geändert.«

»Irgendjemand ist hinter uns her. Das können keine
Zufälle sein«, sagte Lysandra.

»Das befürchte ich schon länger, doch komme ich
ohne das Schiff nicht zu den Zinninseln. Wenn Sirona
nicht wäre, würde ich eure Leben nicht riskieren und
schon gar nicht deins. Ich kann nur hoffen, dass dir
nichts passiert, denn dieser Preis wäre einfach zu hoch.«
Seine Stimme bebte. Unendliche Wehmut lag in seinen
Augen.

Sachte berührte Lysandra seine Wange, die er erst
rasiert haben musste. »Ich bin freiwillig hier. Mein
Leben ist ohnehin zu Ende. Ich habe nichts zu verlieren.«

»Weil du zurück nach Delphoí musst?«

Sie nickte. »Ich habe es Nerea geschworen. Wenn
ich Sirona und dich retten kann, werde ich es tun. Es
reicht schon, dass ich verloren bin. So müsst ihr beide
es nicht auch noch sein.« Lysandra legte sich, in die
Decke gehüllt, auf die Planken. Cel ließ sich an ihrer
Seite nieder.

Er sah sie eindringlich an. »Gleichgültig, wie viele
Niederlagen oder Rückschläge man erleidet, verloren
hat man erst in dem Moment, in dem man aufgibt.
Niemandem steht das Recht dieser Entscheidung zu,
außer einem selbst.«

Lysandra schloss die Augen, um sich seine Worte einzuprägen. »Wir sollten noch ein wenig ruhen.«

Sachte küsste er ihre Schläfe, ihre Nase und ihre geschlossenen Lider.

»Der Zauber muss gelöst werden. Ich merke, wie du dich veränderst«, sagte sie leise.

»Es fällt dir also auch auf?«

Sie nickte. »Vor allem in den frühen Abendstunden nach der Verwandlung bist du nicht ganz du selbst.«

»Doch bin ich es jetzt und gefällt dir, wer ich bin?«

Erstaunt öffnete sie die Augen, um ihm ins attraktive Gesicht zu sehen. »Wie könntest du mir nicht gefallen? Du bist schön, mutig und stark.«

»Es stört dich nicht, dass ich die Toten sehen kann?« Irgendetwas veränderte sich an seinem Gesichtsausdruck. Instinktiv wusste Lysandra, dass viel von ihrer Antwort abhing.

»Wenn es dich nicht stört, dass ich mich für einen Mann ausgebe. Du weißt, was dies für deinen Ruf als Mann bedeuten könnte. Hiram denkt sicher auch schon, wir hätten etwas miteinander.«

Er lachte leise und rau. Es war ein Laut, der ein erotisches Versprechen enthielt. Doch Lysandra fürchtete ihn nicht, weder den Greifen noch den Boier und schon gar nicht den Mann.

Sie legte sich dichter neben ihn, um seine tröstliche, aber beunruhigende Nähe zu suchen, in der sie sich lebendiger fühlte als jemals zuvor. Sie kuschelte sich an ihn und er legte seinen Arm um sie und zog sie fest an seinen Leib. Mit dem Rücken lag sie an seiner harten Brust.

Es kitzelte, als Cel ihr Haar beiseiteschob, um ihren Nacken zu küssen. Seine Lippen waren weich und warm.

»Ich hatte solche Angst, dich zu verlieren«, sagte sie.

»Du musst keine Angst um mich haben.« Tief und rau klang sein Flüstern. Sein Atem liebkoste ihre nackte Haut und ließ sie erbeben.

Er begann, sie zu streicheln. Es war beruhigend und aufwühlend zugleich. Sie sollte nicht hier neben ihm liegen. Das war höchst unschicklich, doch was zählte dies noch, wenn man dem Tod ins Antlitz gesehen hatte? Zudem hatte sie große Angst um sein Leben ausgestanden. Tränen stiegen brennend auf, sie vermochte kaum noch zu schlucken, doch entrang sich ihrer Kehle ein Seufzer, der all ihre Pein und Seelenqualen zum Ausdruck brachte.

Cel zog sie näher zu sich heran. »Es ist wieder alles gut.«

Sie wandte sich halb zu ihm um. »Nichts ist gut.«

»Doch, das ist es, denn wir leben. Träume und Ziele sind etwas Wunderschönes, doch dürfen wir niemals vergessen, im Augenblick zu leben. Selbst ohne all die Gefahren kann es morgen schon vorbei sein, der jetzige Atemzug kann unser letzter sein.«

Genau dies empfand auch Lysandra. Sie drehte sich zu ihm um und zog die Decken beiseite, die sie beide trennten. Ein Ausdruck der Überraschung trat auf sein Gesicht, wich jedoch dann einer Zärtlichkeit, die ihr Herz wärmte – und ihren Leib.

Tief in ihr prickelte es. Sie verspürte eine Sehnsucht, die ihr bislang fremd gewesen war. Alles in ihr verlangte nach diesem Mann. Es gab nur diesen Augenblick und sie beide. Nichts anderes zählte mehr, außer dass dieser Moment der letzte sein konnte, diese Gelegenheit verstreichen und sie niemals erfahren würde, wie es war, eine Frau, Cels Frau, zu sein und sei es auch nur für eine Nacht. Denn wer wusste, was der Morgen brachte und wann sie sterben würden. Sie hätte ihn heute verlieren können, doch ohne seinen Mut wäre das gesamte Schiff dem Untergang geweiht gewesen.

Lysandra presste ihre Lippen auf Cels. Seine Zunge umrundete ihren Mund, suchte ihren feuchten Spalt und schob sich dazwischen. Sie hieß ihn willkommen in ihre warme Mundhöhle und erforschte ebenso die seine. Ihre Lider flatterten. Sie schlang die Arme um seinen Hals und sog den männlichen Geruch tief in sich ein, in der Hoffnung, dass dieser Moment ewig währen würde. Sie fühlte sich glücklich wie nie zuvor in ihrem Leben.

»Liebe mich!« Ihre Stimme war kaum mehr als ein Hauch, beinahe verschluckt vom Nachtwind, doch Cel schien sie vernommen zu haben. Er vertiefte seinen Kuss, während seine Hände die Fibel an ihrer Schulter lösten und ihre Kleidung abstreiften. Zärtlich erkundete er ihren Leib. Sein Daumen umkreiste ihre rechte Brustwarze und entzündete ein Feuer in ihr, das feuchte Hitze zwischen ihren Beinen aufwallen ließ.

Sie drängte sich ihm entgegen, während Cel ihre bebende Flanke streichelte und sanft mit der Hand über ihren Po fuhr. Jegliche Regung, Berührung, Empfindung, jeden Duft und sämtliche Gefühle wollte Lysandra bewahren für die einsame Ewigkeit, die sie erwartete. Dies alles sollte sie mitnehmen in die dunklen Stunden, die sie bis zu ihrem Tode in Delphoí verbringen würde. Mittlerweile hatte sie Zweifel, ob das wirklich ihr Weg war. Doch wie entkam sie dieser Schuld?

Seine Lippen strichen über ihren Hals, liebkosten ihr Dekolleté und das Tal ihrer Brüste. Er nahm eine ihrer Brustspitzen in den Mund, sog daran und umtanzte sie mit seiner Zunge. Lysandra erbebte, ein Keuchen entrang sich ihrer Kehle, als er den Kuss löste.

Sie berührte die Muskeln an seinen Oberarmen, strich über die Brust und den flachen Bauch bis zu dem Nest gekräuselter Haare. Versehentlich berührte sie seine Männlichkeit, die hart war, jedoch eine Haut besaß, die alles an Zartheit übertraf, was sie bisher berührt hatte. Ein Tropfen prangte an seiner Spitze. Sie nahm ihn mit der Fingerspitze auf und schob diese in ihren Mund. Er schmeckte salzig mit einer eigentümlichen Note nach Mann, nach Cel, was ihr Verlangen steigerte.

Seine Finger schoben ihre Schenkel auseinander und fanden die feuchten Falten ihrer Leibesmitte, wo ein sehnsüchtiges Ziehen sie quälte und sie dazu brachte, sich an ihn zu drängen. Cel liebkoste sie erst mit den Fingern und dann mit der Spitze seiner Männlichkeit. Ihre Nässe bedeckte ihn. Lysandra öffnete die Beine weiter, Cel schob sie auf den Rücken und glitt dann über sie.

Für einen kurzen Moment hatte sie Furcht vor dem Ungewissen, doch als er sie wieder mit seiner Eichel berührte, diese durch die Spalte ihres Leibes hin und her zog und dann damit ihr Knötchen umkreiste, wand sie sich unter ihm. Langsam, ganz langsam schob er sich in sie, dehnte sie, doch war dort ein Widerstand, der ganz plötzlich nachgab. Der Schmerz verebbte so schnell, wie er gekommen war, und machte viel reichhaltigeren und schöneren Empfindungen Platz.

Cel schob sich immer tiefer in sie. Die Dehnung war zwar ungewohnt, doch alles andere als unangenehm. Die Leere in ihrem Inneren war einem Gefühl der Fülle gewichen.

Als er sich zurückzog, wollte sie ihn festhalten, doch sogleich drang er wieder tiefer in sie. Lysandra stöhnte auf. Sie umfing ihn mit ihren inneren Muskeln, um ihn noch intensiver zu spüren. Cel zog sich zurück und stieß erneut in sie. Wieder und wieder tat er dies in einem Rhythmus, den sie mit ihren Hüften erwiderte.

Das angenehm warme Prickeln in ihr nahm fortwährend zu. Das Gefühl wuchs und wuchs, bis Lysandra glaubte, eine Steigerung wäre nicht mehr möglich. Dann stürzte sie über die Klippe. Ihr Leib zog sich rhythmisch um ihn zusammen, während er weiterhin in sie stieß. Sie genoss das Gefühl dieser intimen Nähe und hielt ihn mit Armen und Beinen umfangen, bis er sich ein letztes Mal in sie schob und seine Wärme in sie verströmte.

Cel wollte sich zurückziehen, doch sie hielt ihn fest.

»Bin ich dir nicht zu schwer?«, fragte er.

»Keineswegs.« Dies war er auch nicht. Sie wollte, dass er noch eine Weile in ihr und auf ihr blieb.

Sein Mund senkte sich auf ihren herab, um den verführerischen Tanz ihrer Zungen fortzuführen. Wäre sie eine andere Frau und dies ein anderer Ort, würden sie vielleicht auf ewig miteinander glücklich werden, doch die Zukunft war ungewiss, sie waren Feinde und Lysandra hatte Verpflichtungen, ebenso wie er. Doch in diesem Moment gehörte er ihr und sie ihm.

Belerion

Die Tage auf See zogen dahin, endlos aneinandergereiht wie die Wolken am Firmament. Cel stand an der Reling und starrte auf die Wellen, die silbrig glitzerten im Sonnenlicht. Kein Vogel war am Himmel sichtbar, kein Land in weiter Ferne auch nur zu erahnen. Er sah nur das Meer, endlose blaue Weiten, die sich langsam rötlich färbten. Die *Tanith* wirkte einsam, filigran und verletzlich in alldem. Wie leicht konnte ein Sturm ihr zusetzen, ein Seeungeheuer sie zerstören. Die Brise zog an Cels Gefieder, kühl waren die Planken unter seinen Tatzen.

Von Tag zu Tag wuchsen seine Gefühle für Lysandra. Sie liebten sich mittlerweile fast jede Nacht. Hoffnung auf eine gemeinsame Zukunft keimte in ihm auf, doch wuchs sie nicht so schnell, wie sie könnte, da Lysandra zurück nach Delphoí musste – der Stadt, die er niemals wieder betreten wollte. Noch immer trachtete man ihm dort nach dem Leben. Ebenso wie es einige hier auf dem Schiff taten. Manche der Männer trauten sich nur nicht an ihn heran, aus Angst, er würde das Schiff vernichten. Glücklicherweise gab es auch genügend andere, die sich durch seine Anwesenheit beruhigt fühlten. Dennoch musste er wachsam sein.

Seine feinen Ohren vernahmen ihre geflüsterten Gespräche, das heimliche Tuscheln, das jedes Mal verklang, wenn er in ihre Nähe geriet. Hiram war einer derjenigen, die nicht schlecht über andere redeten. Ebenso wenig verbreitete er die Gerüchte anderer, was ihn in Cels Ansehen immer höher steigen ließ.

Als der Abend kam, zogen sich die Männer noch weiter vor ihm zurück. Wenn die Umwandlung bevorstand, wollte keiner seine Schmerzensschreie hören, niemand außer Lysandra, die ihn mit einer Decke, Essen und ihrer Wärme erwartete. Mittlerweile war er sich sicher, dass sie mehr für ihn empfand als reine Lust. Doch hielt sie etwas von sich selbst vor ihm zurück. Offenbar wehrte sie sich noch immer gegen tiefere Gefühle für ihn, da er ein Boier und somit der Feind ihres Volkes war. Er hoffte auf den Tag, an dem sie sich ihm endgültig öffnen würde.

Cel betrachtete den Sonnenuntergang. Je dunkler der Himmel wurde, desto mehr nahmen seine Schmerzen zu. Erst war es nur ein Ziehen, das sich jedoch bald zu Krämpfen auswuchs. Seine Flügel zitterten, der Leib bebte.

Als Erstes schrumpften die Federn und das Fell, und sie zogen sich in seine Haut zurück. Sein Schnabel wurde kleiner und verschwand. Die Krallen wurden kürzer, während seine Finger wuchsen. Auch im Inneren seines Leibes ging eine Wandlung vonstatten. Einiges dehnte und verformte sich, während anderes schrumpfte und verschwand.

Cel hatte immer gehofft, sich an diese Qualen gewöhnen zu können, doch erschien es ihm jeden Morgen und Abend so, als würde er sie das erste Mal erleben, derart durchdringend war der Schmerz. Schlimmer als diesen empfand er jedoch das Gefühl der Hilflosigkeit, das glücklicherweise nur kurz währte. Andererseits ging die Verwandlung wesentlich schneller vonstatten, wenn er sich nicht dagegen wehrte, wie er es am Anfang getan hatte, was nur das Leiden verschlimmerte.

Mit dem letzten Schimmer des Sonnenlichts waren auch die Schmerzen gegangen. Nur ein dumpfes Ziehen blieb in seinen Muskeln zurück, würde jedoch bald verschwinden. Er streckte den neu gewonnenen Menschenkörper, strich sich über die junge Haut und warf sein Haar zurück. Es reichte ihm mittlerweile beinahe bis zur Hüfte und wuchs mit erstaunlicher Geschwindigkeit.

Sirona strich um seine Beine. Er beugte sich zu ihr hinab, um ihr feines weißes Katzenfell zu streicheln. Sie hatte es zwar nur einmal zu ihm gesagt und danach nie wieder, doch wusste er, wie viel sie dafür geben würde, die schmerzvolle Verwandlung mitzumachen, anstatt immer nur im Katzenleib gefangen zu sein.

Lysandra reichte Cel eine Decke, die er dankend entgegennahm und sich um die Hüften wickelte. Glücklicherweise erkannte er kein Mitleid in ihrem Blick, sondern eine Mischung verschiedener anderer Gefühle: Verwirrung, Trauer und Zärtlichkeit, vielleicht sogar Liebe …

Endlich kam Belerions zerklüftete Küste in Sichtweite. Die Nachmittagssonne ließ das Wasser glitzern und verlieh dem Land einen unwirklichen Schein. Der Wind ließ bereits den kühlen Atem des Herbstes erahnen und brachte den Duft nach Salzwasser, Muscheln und Seetang mit sich.

Lysandra blinzelte. Sie konnte es noch immer nicht glauben, nach so langer Zeit auf See endlich wieder Land zu sehen. Früh mit dem Plätschern der Wellen aufzuwachen und abends damit einzuschlafen, tagein, tagaus nichts anderes zu sehen als Wasser, war anfangs faszinierend gewesen, doch später Furcht einflößend, denn wusste sie nun um seine Gewalt und unberechenbare Natur.

Hiram runzelte angestrengt die Stirn. »Ich weiß nicht, wie tief hier das Wasser ist. Keinesfalls will ich auf Grund laufen.«

»Keine Sorge«, sagte Belshazzar und wies ihm den Weg, vorbei an den Klippen und steinigen Felsen. Bald erreichten sie eine natürliche Bucht, in der auch andere Schiffe bereits lagen. Strohgedeckte Häuser drängten sich dicht an die Hügel. Männer mit langem Haar beobachteten sie. Die Frauen hatten ihre blonden, rotblonden oder rotbraunen Haare geflochten und hochgesteckt. Alle trugen bunte Gewänder, doch während die der Frauen beinahe den Boden berührten, reichten die der Männer nur bis zu den Knien. Sowohl die Männer als auch einige der Frauen waren bewaffnet.

Sie lächelten, doch erkannte man Argwohn in den Blicken einiger. Man hieß sie dennoch freundlich willkommen.

»Seid gegrüßt. Ihr seid früher gekommen als erwartet«, sagte ein Mann mit einem langen weißen Bart zu Belshazzar, den er zu kennen schien. Neben ihnen stand ein junger Mann mit goldblondem Haar.

»Besser zu früh als zu spät«, sagte Belshazzar lächelnd.

»Wo ist mein alter Freund Itthobaal? Warum empfängt er uns nicht? Das ist doch die *Tanith*, wir erkennen sie«, sagte der Alte mit dem weißen Bart.

Belshazzar deutete auf Hiram. »Adalar, darf ich vorstellen: Dies ist Itthobaals zweitältester Sohn Hiram. Itthobaal hat sich nach einer Krankheit im vergangenen Winter entschieden, zu alt zu sein für die Seefahrt.«

»Es geht ihm doch hoffentlich wieder gut?«

»Ja, dennoch übertrug er alles seinen Söhnen. Sein Ältester hat eine andere Route übernommen, sodass Hiram die Fahrt zu Euch vorgenommen hat.«

»Hiram, darf ich Euch Adalar und seinen Neffen Mylentun vorstellen? Adalar, dies sind die Gäste auf unserem Schiff: Lysandros und Celtillos aus Delphoí und Aiolos, ein Seher aus Heraklion.«

Adalar musterte sie kritisch. »Gäste? Itthobaal hat noch niemals Gäste so weit mitgenommen.« Er blickte Cel in die Augen. »Ihr seht fast aus wie einer von uns. Bis auf die Haare, die sind länger. Was führt Euch in unser schönes Land?«

Hiram übersetzte für sie. Offenbar hatte sein Vater all seinen Söhnen die Sprache gelehrt.

»Die Landschaft und die Abenteuerlust. Wir suchen den westlichsten Teil Eures Landes.«

»Mein Neffe Mylentun soll Euch morgen dorthin führen.«

Eine Frau mit einem knielangen rotblonden Zopf kam auf sie zu. »Dies hier ist Aelfthryd, unsere angehende Druidin. Womöglich möchte Aiolos sich mit ihr austauschen«, sagte Adalar.

»Sehr erfreut.« In der Tat wirkte Aiolos wissbegierig. Er beäugte Aelfthryd jedoch eher mit dem Interesse, das ein Mann einer Frau entgegenbrachte als Wissenseifer. Ob ihr dies etwas ausmachte, war ihr nicht anzumerken. Ihr Gesicht zeigte ein gleichmütiges Lächeln, das Grübchen auf ihre Wangen zauberte. In der Tat war sie etwa so alt wie Lysandra und wirkte sehr feminin in ihrem grünen Kleid, das den rötlichen Ton ihres Haares unterstrich. Wenn diese Frau eine Gelehrte war, so konnte sie ihr womöglich helfen bei ihrer Aufgabe. Lysandra hatte keine Ahnung, wie sie durchführen konnte, was Cel von ihr verlangte. War es am Ende gar nicht möglich, als Lebender in die jenseitige Welt zu reisen? Vielleicht wusste die angehende Druidin mehr.

Lysandra folgte Mylentun, Aelfthryd und den anderen über den Dorfplatz, wo sie neugierig von den Bewohnern beäugt wurden. Adalar lud sie in sein Haus ein. Dort bot man ihnen Brot, gebratene Fische, Milch und Biere aus Mädesüß und Gerste an.

»Wenn sie langsam sprechen, verstehe ich ihre Sprache zum Teil«, sagte Cel zu Lysandra, während sie aßen. »Sie ist der meinen ähnlich.« Er schien andächtig zu lauschen, um der fremden Sprache mächtig zu werden. Lysandra hingegen verstand kein Wort. Sie war fasziniert von der Andersartigkeit der Menschen hier, die Cel entfernt ähnelten, dabei stammte er von einem ganz anderen Ort. Er schien sich hier auf Anhieb heimischer zu fühlen als in Hellas oder den phönizischen Städten, die sie während ihrer Reise besucht hatten.

»Worüber reden sie?«, fragte Lysandra.

»Mylentun hat Hiram gebeten, ihm von der Reise zu erzählen. Ich glaube, bisher hatte noch kein Phönizier so eine Irrfahrt voller unglücklicher Ereignisse wie er hinter sich. Und das gleich auf seiner ersten großen Reise.« Er beugte sich zu ihr vor, damit nur sie seine geflüsterten Worte vernahm. »Es tut mir leid für ihn, doch er scheint damit erstaunlich gut zurechtzukommen.«

Lysandra nickte. Sie verstand ihn. Ohne sie beide hätte Hiram wahrscheinlich eine weitaus ruhigere Fahrt gehabt. Irgendjemand hatte verhindern wollen, dass sie Belerion erreichten. Spätestens seit dem Angriff der Schlangenfrau war dies offensichtlich. Sie verspürte Bedauern für Hiram, doch war es wichtiger, Sirona und Cel von dem bösartigen Zauber zu befreien, der sie in seinen Klauen hielt.

Einige Stunden vor Sonnenaufgang machten sie sich auf zum Ende des Landes, einem Ort, wo Land und See, Stein und Nebel, Hoffnung und Verzweiflung aufeinandertrafen. Lysandra war bang ums Herz. Konnte sie Cels Erwartungen erfüllen oder war sie selbst eine enttäuschende Hoffnung? Das Grün der Wiesen war zu erahnen, gesprenkelt vom Heidekraut und bunten Herbstblumen. Nachtvögel sangen und zogen endlose Bahnen über den von zerrupften Wolken bedeckten Nachthimmel. Glücklicherweise schien der Mond hell, sodass sie eine gute Sicht hatten.

Grillen zirpten, Eidechsen huschten davon und graue Seehunde stürzten sich in die unruhige Meeresflut, als Lysandra, Cel, Aiolos, Sirona, Mylentun und Aelfthryd sich dem westlichen Ende Belerions näherten. Es war ein faszinierendes Land, geheimnisvoll und betörend schön.

Der Herbstwind peitschte die Gräser und die Zweige der Haselnusssträucher, der Apfelbäume, der wilden Rosenbüsche und des Stechginsters. Ihm neigten sich die Hecken und die blauvioletten Blüten der Glockenblumen und des Heidekrauts. Er zog an Lysandras Gewand und blies ihr das Haar ins Gesicht, sodass sie sich vornahm, es künftig ebenso wie Aelfthryd zu einem Zopf zu winden. Mittlerweile reichte es ihr bis über die Hälfte des Rückens. Die Locken hatten sich ein wenig zu dicken Wellen ausgehangen.

Sie hatten Aelfthryd und Mylentun in ihre Pläne eingeweiht. Adalars Neffe trug die Vorräte, die sie für die Reise in die Unterwelt brauchen würden.

»Ihr habt gut gewählt mit diesem edlen Tier als Gefährtin«, sagte Aelfthryd mit einem Blick zu Sirona. »Katzen können in die Geisterwelt sehen und in ihr wirken.«

»Hoffen wir es«, sagte Lysandra leise, die wusste, dass von den Geschwistern nur Cel Geister sehen konnte. Sirona hatte diese Fähigkeit trotz der Katzengestalt seltsamerweise nicht, egal, was die angehende Druidin auch glauben mochte.

Das Meer toste windgepeitscht gegen die Klippen, dennoch war es hier wärmer als an der Küste des Festlandes. Im Norden erblickte Lysandra aus der Ferne eine Befestigung von vielen aufeinandergeschichteten Steinen.

»Was ist das für ein Steingebäude dort drüben auf der Klippe?«, fragte Lysandra Aelfthryd.

»Maen Castle. Es dient der Abwehr von Angriffen.«

»Darf ich es mir mal ansehen?«

»Das kann ich nicht entscheiden. Richte deinen Geist lieber auf die Aufgabe, die vor dir liegt«, sagte die angehende Druidin.

»Wie sieht der Plan aus?«, fragte Lysandra, als sie den westlichsten Teil des Landes endlich erreicht hatten.

Cel hob eine Augenbraue. »Welcher Plan?«

»Na, wie ich dieses Tor in die Unterwelt öffnen soll.«

»Ich dachte, das wüsstest du. Die Pythia sagte, du wärst dazu in der Lage.«

Aelfthryd hob eine fein geschwungene Augenbraue, sagte jedoch nichts. Stattdessen strich sie eine Falte ihres Wollkleides glatt. Der blonde, hochgewachsene Mylentun sah weg, als wollte er Lysandras drohende Niederlage nicht sehen.

»Das hatte ich befürchtet.« Lysandra seufzte. Cel hatte also keinen Plan und keinerlei Vorstellung davon, was sie zu tun hatte – ebenso wenig wie sie. Woher sollte sie es auch wissen? Bis vor Kurzem hatte sie noch nicht mal geahnt, dass sie angeblich die Fähigkeit besaß, die Tore der Unterwelt zu öffnen.

»Ein Nebel verbindet diese Welt und die andere«, sagte Aelfthryd. »Ihr müsst ihn heraufbeschwören und durchschreiten. Womöglich kann die Katze Euer Führer sein. Allerdings ist sie weiß und gerät somit leicht aus dem Sichtfeld, eine schwarze oder rote Katze wäre besser gewesen.«

»Wir könnten sie färben. Meine Mutter hat noch rote Pflanzenfarbe«, sagte Mylentun.

Sirona warf ihm einen beleidigten Blick zu, bevor sie sich mit erhobener Nase umwandte.

»Nein, das ist zu dauerhaft. Hm, Asche wäre vielleicht besser. Die bekommt man wieder heraus«, sagte Cel. Könnten Blicke töten, so wäre er durch Sironas Blick soeben zu Staub zerfallen.

»Setze dich hin, Lysandros, und lass deinen Geist frei werden von allen Gedanken. Sieh aufs Meer hinaus und werde eins mit den Wellen«, sagte Aelfthryd leise. Cel übersetzte es ihr wie auch die Worte zuvor.

Lysandra ließ sich im taufeuchten Gras nieder. Es roch nach Heidekraut und Erika. Sie starrte hinaus auf die Wellen, bis ihr Geist ruhiger wurde. Wind kam vom Meer auf und brachte den Duft nach Salzwasser mit sich. Er spielte mit Lysandras Locken, die ihren Hals kitzelten, doch war sie froh um die Kühle, die er ihrer erhitzten Haut zukommen ließ. Ihre Hände ruhten auf ihrem Schoß.

Lysandras Geist wurde allmählicher ruhiger. Sie vernahm das Flüstern der Gräser, das Rauschen der Wellen und die Schreie der Vögel, die hoch oben am Himmel ihre Bahnen zogen. Sie wurde eins mit dem Wind, eins mit der Gewalt des Meeres. Stunden zogen sich dahin, doch nichts geschah.

Unwillig schüttelte Lysandra den Kopf. »Ich kann es nicht.«

»Du kannst es und es wird geschehen, wenn die richtige Zeit dazu gekommen ist«, sagte Aelfthryd leise mit ihrer sanften, melodiösen Stimme.

»Wir haben nicht unendlich viel Zeit.« Sie dachte an Sirona, die unvermeidlich älter wurde, viel schneller als dies bei Menschen der Fall war. Jahr um Jahr welkte sie dahin in einem Leib, der nicht der ihre, und in einem Leben, das ihr nicht bestimmt war. In Unfreiheit und nicht als sie selbst. Lysandra wusste, was das bedeutete, sie kannte es aus eigener, schmerzvoller Erfahrung. Darum brannten ihre Augen von den Tränen, die sie vergeblich zurückzuhalten versuchte, doch glücklicherweise trocknete sie der Wind wie ein zärtlicher Liebhaber.

Erst als sie sich wieder im Griff hatte, wandte sie sich gesenkten Hauptes um. Sie wollte nicht die Enttäuschung in den Augen der anderen erblicken. Sie konnte nicht in Sironas Augen sehen und auch nicht in Cels. Sie hatte versagt. Ihr waren die Fähigkeiten, von denen die Pythia gesprochen hatte, nicht gegeben.

Aelfthryds langes moosgrünes Wollkleid und ihr knielanger Zopf wehten im Wind. Aus ihren grünen Augen sah sie Lysandra ernst an. »Verzage nicht. Versuche es wieder und immer wieder. Egal, was du tust oder vorhast: Gib niemals auf. Niemals! Alle Fähigkeiten müssen erlernt und geübt werden.«

Lysandra nickte. Sie fühlte sich dennoch wie eine Versagerin. Aelfthryd wandte sich um und ging, von Mylentun und Sirona gefolgt, davon.

»Soll ich hierbleiben oder möchtest du lieber allein sein?«, fragte Cel.

Sie wagte es kaum, ihn anzusehen. Cel stand ruhig neben ihr und blickte aufs Meer hinaus. Der Wind zog an seinem langen Haar und seiner Kleidung. Sie hoffte, er ginge ebenfalls, doch zugleich wollte sie, dass er sie nicht verließ.

»Ich weiß, dass ich dich enttäuscht habe«, sagte sie.

»Ich bin nicht enttäuscht. Du hast noch niemals ein Tor zur Unterwelt geöffnet. Das ist auch gar keine alltägliche Aufgabe, daher erwarte ich gar nicht, dass es gleich beim ersten Mal gelingt. Das wäre zu viel verlangt. Wir haben noch Zeit.«

»Aber Sirona …«

»Es ist, wie Aelfthryd es gesagt hat: Man kann nichts erzwingen.« Er trat zu ihr. Sachte strich er mit seinen Fingern über ihre Wange. Dann nahm er ihr Gesicht in beide Hände, um sich über sie zu beugen und ihre Stirn, ihre Nase, die Wangen und Lippen mit Küssen zu bedecken.

»Denke niemals, dass du mich enttäuschst«, sprach er leise, seinen Atem über ihre Lippen hauchend. Seine Zunge drang zwischen ihre Lippen und tauchte ein in ihren Mund. Er schmeckte nach dem Mädesüßbier, welches Aelfthryd gebraut hatte.

»Ich will deine Sprache erlernen«, sagte sie zu Cel, als er den Kuss löste.

»Eins nach dem anderen.« Er lächelte sie auf eine Weise an, die ihr Herz erwärmte und ihren Leib. Erneut küsste er sie, dass ihre Knie weich wurden und ihr Körper erbebte. Cel zog sie in seine Arme. Lysandra drängte sich an ihn, um mehr von seiner Wärme zu spüren und seinen Duft tief einzuatmen. Er erinnerte sie an einen Sommerabend, berauschend und geheimnisvoll, mit einem Odeur nach Freiheit, Wildnis und Mann, das sie zutiefst betörte.

»Möchtest du zum Strand?«, fragte Cel, als er seinen Kuss unterbrach.

»Später.« Sie zog an seinem Gewand, was er mit einem Lächeln belohnte, das Glut durch ihren Körper jagte.

Von fiebrigem Verlangen erfüllt, streiften sie sich gegenseitig die Kleider vom Leib. Begierig ließ sie ihre Finger über seine Haut gleiten. Sie fühlte sich so glatt an, so kostbar und wie eine einzige Verheißung.

Er ließ sich neben sie nieder aufs taubenetzte Gras. Das Spiel aus Mondlicht und den sich im Winde wiegenden Halmen zauberte filigrane Muster auf seine Haut, die sie verführten, diese nachzuzeichnen. Lysandra erlag der Versuchung und folgte den Linien zuerst mit den Fingern und danach mit der Zunge. Sie hatten nicht mehr viel Zeit, daher ging sie schneller ans Werk, als sie es sonst getan hätte.

Cels Hand lag zwischen ihren Beinen und vollführte dort Dinge, die sie um den Verstand brachten. Feuchte Nässe troff aus ihr hinaus, um sich mit dem Morgentau zu verbinden. Cel umfasste ihre Hüften und schob sie auf sich. Langsam ließ sie sich auf ihn hinabsinken und genoss das Gefühl, wie er sie Stück für Stück eroberte und ausfüllte.

Wieder fanden sich ihre Münder zu einem Tanz der Zungen, erneut flog ihre Lust bis zum Firmament empor und darüber hinaus, brennend und wogend. Lysandra bewegte sich auf ihm und ließ ihre Hüften kreisen. Ihre Finger spielten mit den Strähnen seines Haares auf seiner Brust. Sie malte Kreise um seine Brustspitzen, die sie immer wieder neckte, woraufhin er sich ihr stöhnend entgegenbog. Nie hätte sie gedacht, dass ein Mann dort so empfindsam sein konnte.

Cel schob seine Hüften in aufreizendem Rhythmus nach oben. Träge und wiegend stieß er immer tiefer in sie, bis sie nicht mehr wusste, wo sein Leib aufhörte und ihrer begann. Seine Lust war die ihre, sein Körper ein Teil von ihr. Immer höher trugen sie sich gegenseitig im Taumel der Lust, bis Lysandra glaubte, es nicht länger ertragen zu können, dieses Gefühl drängender, schmerzhafter Süße.

Ihr Leib zog sich um ihn herum zusammen, nahm ihn noch ein wenig tiefer ihn sich auf und machte ihn zu einem Teil von ihr. Da zuckte er in ihr und ergoss sich in dem Moment, als sie sich zu ihm hinabbeugte, um die Schreie von seinen Lippen zu trinken. Ihre Zunge wanderte über sein Kinn und den Hals hinab. Sie schmeckte das Salz auf seiner Haut und genoss dabei das Nachbeben ihrer gemeinsamen Lust. Noch einige Zeit blieb sie, ihn umfangend und diese intime Nähe genießend, auf ihm liegen, bevor sie ihn ein weiteres Mal küsste und von ihm abließ.

Lysandra nahm seine Hand. »Laufen wir ein wenig den Strand entlang, bevor die Umwandlung einsetzt.«

Cel nickte und umfasste ihre Hand fester. Nackt liefen sie hinunter ans Meer, während der Wind ihre Leiber streichelte. Er war kühl auf ihrer vom Liebesspiel erhitzten Haut. Sie schenkte Cel ein Lächeln, in das sie alle Gefühle, die sie für ihn empfand, legte. Lysandra wollte diesen vollkommenen Augenblick nicht durch Worte zerstören. Sie wusste, dass sie eines Tages aus diesem schönen Traum erwachen musste, doch nicht heute ...

»So könnte es immer sein«, sagte er so leise, dass der Wind beinahe seine Worte verschluckte.

Lysandra nickte. Verstohlen wischte sie sich eine Träne weg.

»Es ist soweit.« Cel ließ von ihr ab und trat einige Schritte von ihr weg, als wollte er sie nicht erschrecken oder durch seine im Werden begriffene andere Gestalt verletzen. Die Umwandlung begann wie immer gewaltvoll. Krämpfe schüttelten seinen Leib, Knochen brachen und formten sich neu. Muskelstränge wuchsen, andere verkümmerten. Der Anblick war faszinierend und Furcht einflößend zugleich.

Lysandra schlug eine Hand vor den Mund, als aus der Masse pulsierenden Fleisches der Greif erwuchs in strahlendem Gefieder und mit dem goldglänzenden Fell eines Löwen. Er war eine Kreatur, welche den Verstand herausforderte. Unmöglich konnte etwas Derartiges existieren. Sie streckte ihre Hand nach dem Fabelwesen aus und strich bedächtig über das Fell, um den unwirklichen Augenblick reeller zu machen. So oft sie die Umwandlung bereits gesehen hatte, doch unglaublich erschien sie ihr auch heute wieder. Ihre Finger wanderten weiter bis zu seinem Gefieder. Sie streichelte den gewaltigen Schnabel und blickte ihm in die Raubvogelaugen, die ihr so fremd und doch so vertraut erschienen.

»Ich wünschte, ich wäre der Mann, den du brauchst und den du haben möchtest.«

»Aber ich will nur dich, egal, ob du Tag für Tag zu einer Gestalt der Sagen wirst«, sagte sie, doch wusste sie, dass er ihr ohnehin keinen Glauben schenken würde. Zu sehr war er aufgrund seiner Erlebnisse in Delphoí davon überzeugt, seine Gestalt wäre schrecklich und unerträglich. Dieser Zauber hielt einen Teil von ihm stets zurück. Womöglich war es genau das, was die eifersüchtige Creusa mit ihrem Fluch hatte bezwecken wollen. Sollte Cels Plan nicht glücken, dann würde die böse Zauberin gewinnen.

Die Unterwelt

In der nächsten Nacht wiederholte Lysandra den Versuch, die Pforte zur Unterwelt zu öffnen – jedoch wieder erfolglos. Als auch in der dritten Nacht nichts geschah, verließ Lysandra, trotz Cels und Aelfthryds Zusprache, vollends der Mut. Sie schlief nachts unruhig und wälzte sich von einer Seite auf die andere. Noch immer teilte sie sich einen Raum mit Cel, Sirona und Aiolos, da nicht genügend Platz vorhanden war für Einzelquartiere. Die Hütte barg zwei weitere Räume, die durch Zwischenwände von ihrer Unterkunft getrennt waren. In einer ruhten einige Ruderer der *Tanith* und in der anderen schliefen Hiram, Hamilkar und Belshazzar. Der Rest der Mannschaft war auf einige andere Langhäuser verteilt.

Lysandra gefiel es nicht, dass sie den Winter hier verbringen mussten. Andererseits hatte sie dadurch Zeit, sodass Cel und Sirona sie keineswegs unter Druck setzen würden, die Pforte ins Jenseits zu öffnen. Sie erhob sich und hockte sich vors Feuer. Dort biss sie in ein Stück Gerstenbrot und schluckte es mit etwas Weizenbier herunter, das leicht nach Honig schmeckte. Sie sah den Rauchschwaden nach, die mit langen Geisterfingern gen Decke zogen.

Unterhalb des Giebels gab es zwei kleine Oberlichte, die auch dem Rauchabzug dienten. Das hierdurch hereinfallende Mondlicht genügte ihr, um sich orientieren zu können. Sie legte einige kleine Buchenscheite nach und beobachtete, wie die Flammen sie umzüngelten und schließlich ergriffen, um sie zu Asche zu verwandeln. So vergänglich war alles, wie dieses Holz.

Sie fröstelte, obwohl es nicht kalt war. Sie blickte hinüber zu ihren Zimmergenossen. Während Aiolos sich die Decke über den Kopf gezogen hatte, ergoss sich Cels Haar silbern schimmernd über die Strohmatratze. Sein Gesicht war ihr abgewandt, doch sah sie einen Teil seines muskulösen Rückens, seiner Schultern und einen Arm. Der Widerschein des Feuers überzog seine Haut mit einem goldenen Ton.

Lysandra wandte ihren Blick ab. Die Einrichtung war auf das Notwendigste beschränkt. Es gab getrennte Wohnbereiche zum Kochen, Essen und Schlafen. Die Feuerstelle lag unweit von den Schlafplätzen. Sie war umgeben von Steinen zum Zwecke des Brandschutzes und kleinen Holzblöcken, die als Hocker dienten. Eine Tierhaut war oberhalb der Feuerstelle unter den Dachbereich gespannt, um die Funken abzufangen. Dennoch bestand kaum ein Risiko, dass das mit Stroh, Rinde und Holzschindeln gedeckte Dach abbrennen würde, denn es regnete hier weitaus häufiger als in Delphoí. In einer Nische standen Küchenutensilien und Vorräte bereit.

Ihre Reservekleidung hatte Lysandra mit Cels Einvernehmen nahe der Stelle, wo sie sich auf der Grasfläche geliebt hatten, vergraben, bevor sie das ihnen geliehene Haus aufsuchten.

Es war eine einfache Hütte – Lysandra hatte größere und schönere hier gesehen –, aber sie war komfortabel und keineswegs schlechter als das Haus ihrer Ziehmutter in Delphoí, nur eben anders und ungewohnt. Auch das Brot war nicht schlechter. Gewöhnungsbedürftig waren für sie die Breie aus Bohnen, Getreide, Kräutern und sonstigen undefinierbaren Zutaten, doch waren sie genießbar und sättigten schnell.

Lysandra starrte wieder ins Feuer, da ergriff eine seltsame Ruhe ihren Geist. Sie spürte, wie ihre Kräfte sich sammelten. Es war Vollmond. In diesen Nächten war sie immer unruhiger als sonst, allerdings besaß sie dann auch mehr Kraft.

Vielleicht gelang es ihr heute Nacht, das Jenseitsportal zu öffnen, wenn sie sich möglichst unbeobachtet wähnte. Die Zuschauer waren es gewesen, die ihre Aufmerksamkeit zerstreuten. Sie würde es ein weiteres Mal versuchen. Im schlimmsten Fall würde sie erneut versagen, doch wenn sie es nicht versuchte, dann hätte sie schon verloren. Wo war in den vergangenen Nächten nur ihr alter Kampfgeist geblieben? Schließlich war sie allein einem Drachen gegenübergetreten.

Diese Nacht sollte es sein, das wusste sie plötzlich. Sie erhob sich und wandte ihre Schritte in Celtillos' Richtung. Lysandra beugte sich über ihn und berührte zögerlich seine Schulter. Sie fühlte sich kühl an. Wie herrlich er duftete, nach Kräutern, Leder und Mann. Leise sprach sie zu ihm, da sie nicht wollte, dass Aiolos ebenfalls erwachte. Cel drehte sich zu ihr um und öffnete die Augen. Sekundenlang starrte er sie an.

Schließlich runzelte er die Stirn. »Ein Angriff?«

»Nein. Ich werde heute Nacht versuchen, das Tor ins Jenseits zu öffnen.«

»Ein nächtlicher Überraschungsvorstoß, welch guter Einfall. Womöglich schlafen dann noch alle dort drüben.«

Lysandra schüttelte den Kopf. »Ich weiß nicht, ob die im Totenreich überhaupt ruhen. Ich glaube nur, dass ich es diesmal schaffen kann.«

»Allzu siegesgewiss hörst du dich nicht an. Schlachten wurden verloren, weil man nicht an den Sieg glaubte.«

»Hybris hat dasselbe bewirkt. Man muss wohl den Mittelweg finden.«

»Wohl wahr. Gehen wir, bevor Aiolos oder einer der anderen erwacht. Ich brauche niemanden von ihnen dazu. Sie wären uns nur im Weg. Wo ist Sirona?«

Lysandra hob die Achseln. »Weiß ich nicht.«

»Ohne sie gehe ich nicht. Sie muss mit dabei sein.« Cel schien um sie besorgt zu sein.

»Wir werden sie finden.«

Er hob eine Augenbraue. »Jetzt nachts?«

Lysandra antwortete nicht, sondern öffnete die Tür. Ein Streifen Mondlicht fiel ins Haus. Sie trat hinaus. Tiefe Schatten lagen unter den Bäumen. Der Duft nach frischer Erde und Heu wehte ihr mit dem kühlen Wind entgegen. Nebel wogte um die Häuser und hinterließ eine feuchte Spur auf ihrer Haut. Mit gedämpfter Stimme rief sie Sironas Namen.

Cel kam hinter ihr aus dem Haus. Er trug das Bündel mit den Nahrungsmitteln, das er mit in die Unterwelt zu nehmen gedachte. Wobei Lysandra das Essen für ihr geringstes Problem hielt, sollten sie diesen Ort der Düsternis je erreichen – und lebend daraus zurückkehren.

Leise schloss Cel die Tür. Sirona erschien so plötzlich aus dem wogenden Nebel, dass Lysandra erschrak.

»Schleiche dich nicht so an. Du hast mich ganz schön erschreckt«, sagte sie.

Sirona schnaubte. »Wenn du so schreckhaft bist, dann bist du vielleicht nicht die Richtige für diese Aufgabe.«

»Ihr habt niemand anderen gefunden, der irrsinnig

genug ist, um euch bei diesem Selbstmordkommando zu helfen. Also beschwert euch nicht.« Sie verstand Sironas Anspannung, dennoch würde sie nicht so mit sich reden lassen.

»Das hätten wir vielleicht, doch du hast recht: Uns läuft die Zeit davon. Außerdem ist es nicht Selbstmord. Dies wäre es, würden wir es nicht tun. Wir haben nicht mehr viel zu verlieren. Du weißt ja selbst, wie viele Menschen Cel in Delphoí nach dem Leben getrachtet haben. Eines Tages hätten sie womöglich Erfolg gehabt.« Sironas Blick zeigte Verdrossenheit.

»Schon gut. Ich bin freiwillig hier. Außerdem hast du recht damit, dass sie ihn eines Tages getötet hätten.«

»Lasst uns gehen. Mit Reden allein hat noch keiner etwas erreicht«, sagte Cel. Sein Oberleib war nackt. Er hatte nur Beinkleider und seine ledernen Schuhe angezogen. Die restliche Kleidung vermutete Lysandra in seinem Bündel. Seine Muskeln waren deutlich sichtbar unter der im Mondlicht schimmernden Haut. Wie glatt sie war. Lysandra widerstand nur mit Mühe der Versuchung, ihre Hände über seinen Leib gleiten zu lassen, ihn überall zu berühren, von der feuchten Hitze seines Mundes zu kosten und ihre Finger in sein wieches Haar zu vergraben.

Als hätte er ihre Gedanken erahnt, beugte er sich zu ihr vor und presste seine Lippen hart auf die ihren. »Ich möchte dich noch einmal küssen.« Sein Atem liebkoste ihren Mund. Sie wusste um die unausgesprochenen Worte, die dahinter lagen: Ich möchte dich küssen, falls wir diese Nacht nicht überleben. Damit ich dich noch ein letztes Mal gespürt habe.

Er umfasste ihr Gesicht mit beiden Händen und vertiefte seinen Kuss.

»Sirona«, sagte Lysandra, als er sie wieder zu Atem

kommen ließ.

»Sie wird es verstehen.« Erneut küsste er sie. Seine Zunge umspielte ihre Lippen und schob sich zwischen sie. Seine feuchte, männliche Hitze ließ sie erbeben. Tief sog sie seinen Duft ein, diese herbe Mischung aus Leder, Gräsern und Mann. Seine Brustmuskulatur fühlte sich hart an unter ihren Händen. Sie streichelte seine Haut, woraufhin er erbebte. Leise sprach er ihren Namen und flüsterte Zärtlichkeiten in jener fremden Sprache in ihr Ohr. Allein am Tonfall erkannte sie den Inhalt.

»Lasst uns gehen«, sagte Lysandra, das unbestimmte Gefühl drohender Gefahr von sich weisend. Es würde sie nicht weiterbringen, sich von ihrer Aufgabe einschüchtern zu lassen. Es waren bereits vor ihnen Menschen aus dem Jenseits zurückgekehrt. Manche davon hatten sogar noch gelebt.

Cel nickte. Seine Lippen waren geschwollen von ihren Küssen und seine Augen wirkten dunkler als sonst, verhangen vor Leidenschaft. Sirona hockte neben ihnen, ihr Gesicht war halb abgewandt. Wie mochte sie sich fühlen, dies nie mehr zu erleben? War sie überhaupt jemals geküsst worden? Musste sie sterben, ohne die Liebe und die Zärtlichkeiten eines Mannes erleben zu dürfen? An diese Möglichkeit hatte Lysandra gar nicht gedacht. Ein Klumpen bildete sich in ihrem Hals, den sie auch durch mehrmaliges Schlucken nicht loswurde.

»Ja, lasst uns gehen«, wiederholte Cel ihre Worte. Sie machten sich auf durch die finstere Nacht in eine noch dunklere Zukunft. Sirona war wie ein Lichtfleck, den der Nebel beinahe verschluckte. Sie sprang durch das hohe, taubenetzte Gras. Meeresduft drang zu ihnen herüber, getragen vom Nachtwind. Bald sahen sie die

Umrisse der bedrohlich wirkenden Granitfelsen. Schäumend zerbarsten die Wellen an den Klippen und entließen einzelne Gischtfontänen. Vereinzelt ragten Felsen aus dem Wasser, zerklüftet zu eigentümlichen Formationen im Laufe der Jahrtausende.

Wild und unvergänglich war die raue Schönheit dieser Landschaft, unbezähmt und unberechenbar das Meer. Lysandra fühlte sich bezwungen von der Schwere der Zeit, die hier in einer anderen Geschwindigkeit zu vergehen schien. Ein Teil der Vergangenheit war an diesem Ort präsent und die Zukunft ließ sich erahnen. Diese Küste würde immer bestehen im ewigen Tanz mit Wind und Wellen.

»Wusstet ihr, dass es hier Höhlen gibt?«, fragte Sirona. »Ich habe einige davon erforscht.«

Cel sah sie streng an. »Ich habe dir doch gesagt, dass du nicht allein so weit fortgehen sollst.«

Lysandra legte ihm beschwichtigend ihre Hand auf den Arm. »Sprach die Pythia nicht von Höhlen?«

Er schüttelte den Kopf. »Nicht, dass ich wüsste.«

»Wie komme ich dann auf Höhlen?« Sie grübelte und grübelte. Endlich erinnerte sie sich. »Es war in den Erzählungen der Alten, als wir in Delphoí vor den Feuerstellen saßen. Sie sagten, die Tore zur Unterwelt seien in Höhlen zu finden.«

»Möglich«, sagte er. »Ob sich jedoch alle von Menschen öffnen lassen, ist allerdings unklar. Schon gar nicht von den meisten Menschen.«

»Führe uns zu den Höhlen. Ich will es darin versuchen«, sagte Lysandra zu Sirona.

Die Katze lief voran, sah sich jedoch immer wieder um, ob sie ihr folgten. Augentrost und Erika ragten zwischen Grasbüscheln und Flechten empor. Das Tosen des Meeres wurde immer lauter, als sie über die zerklüfteten Granitfelsen kletterten. Der Wind zog an Lysandras Haar und ihrem Gewand. Sie bereute es, sich keinen Zopf gebunden zu haben. Die Vegetation wurde immer spärlicher, je näher sie dem Meer kamen. Nur das blassviolette Heidekraut schien überall zu wachsen.

Die Felsen wurden glitschig. Wohl brachte der Wind die Feuchtigkeit mit sich. In der Ferne glaubte Lysandra, ein paar Schafe blöken zu hören, dann vernahm sie nur noch das Rauschen der Wellen und die Geräusche, als diese sich an den Klippen brachen.

»Wir müssen dem Irrsinn verfallen sein, uns mitten in der Nacht hier raus zu wagen«, sagte Lysandra aufgrund der sich verschlechternden Sichtverhältnisse. Beinahe wäre sie ausgeglitten auf dem Felsen und in die Tiefe gestürzt. Sie hoffte, dass Sironas Orientierungssinn sie nicht im Stich lassen würde.

»Wir sind gleich da«, sagte Sirona. »Dies ist eine besondere Höhle. Sie ist irgendwie anders, doch fragt mich nicht, warum.«

Lysandra hielt inne, um zu Atem zu kommen und noch einmal hinauszusehen aufs Meer, dessen Wellen vom Mondlicht silbrig übergossen wurden. Als sie ihren Blick zu Sirona wandte, die bereits im Höhleneingang stand, erkannte sie hinter ihr nur undurchdringliche und geheimnisvolle Schwärze.

»Wir hätten eine Lampe oder eine Fackel mitnehmen sollen«, sagte sie.

»Ob diese im Wind nicht verloschen wäre?«, fragte Sirona.

Lysandra wusste es nicht, doch eine gewisse Wahrscheinlichkeit bestand, dass Sirona recht hatte. Sie trat auf Sirona zu.

Wie tief mussten sie in diese Höhle hinein, um das Tor zur Unterwelt zu finden? Sofern es sich überhaupt hier befand.

Plötzlich rollten kleine Kiesel in der Nähe des Höhlenausgangs vorbei. Lysandra vernahm leise Schritte. Als sie sich umwandte, erkannte sie die Umrisse eines Mannes.

»Was machst du hier?«, fragte Cel.

»Das lasse ich mir doch nicht entgehen«, vernahm sie Aiolos' Stimme. Lysandra schnaubte. Da machten sie sich mitten in der Nacht auf eine halsbrecherische Reise, um möglichst wenige Zeugen um sich zu scharen, und wurden dennoch verfolgt. Wie viel hatte der Seher mitbekommen von ihren Gesprächen mit Cel und ihren … Küssen?

Glücklicherweise war es nicht zu mehr gekommen als Küssen. Wohl auch nur dank Sironas Anwesenheit.

»Was denkt ihr, warum ich diese für mich beschwerliche Reise durch die halbe Welt auf mich genommen habe? Ich hätte in Karthago von Bord gehen können oder in Hippo, wo eine Großtante von mir wohnt.«

»Warum hast du es dann nicht getan?«, fragte Sirona.

»Weil ich mit in die Unterwelt will.«

Cel schüttelte den Kopf. »Du musst des Wahnsinns sein.«

»Das vielleicht, doch wissbegierig ganz sicher.«

»Neugierde war schon so manches Menschen Tod«, sagte Sirona.

»Und ihre Abwesenheit der Tod ebenso vieler!« Lächelnd trat Aiolos näher. »Ich müsste ein Narr sein, mir diese im Leben einmalige Gelegenheit entgehen zu lassen. Großes Wissen liegt verborgen in den Tiefen der Erde und den Abgründen der Unterwelt.«

»Ebenso der Tod und die Ewigkeit in Düsternis und umgeben von Schatten. Des Menschen Seele ist nicht mehr als ein Hauch, sein Selbst verblasst in grauer Monotonie«, sagte Cel.

Aiolos lachte. »Du lernst schnell, Keltoi, und du weißt viel über die Mythen der Hellenen.«

»Notgedrungen. Unwissenheit wäre manchmal eine Gnade.«

»Ich brauche Stille«, sagte Lysandra. Sie trat noch einige Schritte weiter in die Dunkelheit, bis ihr Gesicht völlig im Schatten lag. Es roch hier jedoch wider Erwarten nicht muffig, obwohl die Luft feucht war. Es duftete nach Moosen, Flechten und dem Meer, das sich unweit von ihnen unten am Riff in sprühender Gischt brach.

Obwohl das Schlagen der Wellen laut war, störte es Lysandra nicht, sondern bestärkte sie in ihrer Konzentration. Cel und Aiolos waren ebenfalls in die Höhle gekommen. Sie standen schweigend in der Nähe des Ausgangs, dennoch spürte sie keine erwartungsvollen Blicke auf sich. Sirona befand sich vor ihr in der Dunkelheit. Wäre sie nicht schneeweiß, so hätten die Schatten sie längst verschlungen.

Lysandra wandte ihr Gesicht der Dunkelheit zu. Ein Instinkt trieb sie dazu, ihre Augen halb zu schließen. Tief sog sie die feuchte Luft ein.

Plötzlich wurde es noch kühler und dunkler. Der Nebel kam langsam und verdichtete sich immer mehr. Seine feuchtkalten Finger berührten Lysandras Gesicht, wogten in feinen Schlieren um ihren Leib und sponnen sie ein.

»Folgt mir!«, sagte sie nach einer Weile, da sie das Gefühl hatte, dass der richtige Moment gekommen war.

Sie vernahm die Schritte der Männer hinter sich. Die Katze bewegte sich nahezu lautlos und war nur als heller Schemen sichtbar. Bald hüllte der Nebel sie alle ein.

»Er kommt mir lebendig vor«, sagte Aiolos.

Lysandra hatte denselben Eindruck, wollte aber dennoch nicht sprechen, denn der Zauber des Augenblicks hielt sie gefangen. So etwas hatte sie niemals zuvor in ihrem Leben erfahren. Langsam durchschritt sie den immer dichter werdenden Nebel. Bald sah sie ihre Hand nicht mehr vor den Augen. Vernähme sie nicht die Schritte hinter sich, würde sie befürchten, allein zu sein. Ein Gefühl der Beklommenheit beschlich sie.

Dann kam der Fall. Es war, als würde sie ins Nichts stürzen, in einen bodenlosen Abgrund, obwohl sie noch immer unverändert den kalten Stein unter ihren Füßen spürte. Der Augenblick währte nur kurz. Endlich sah Lysandra Licht, kein helles Sonnenlicht, sondern diffuses Zwielicht. Da sie weiterhin die Schritte hinter sich vernahm, wandte sie sich nicht um, sondern lief dem Licht entgegen. Sie erreichte den Ausgang der Höhle.

Schwarze Pappeln und alte Weiden wiegten sich in einem Wind, der aus keiner Richtung zu kommen schien und auch keine richtige Kraft besaß. Er drehte sich mal hierhin und mal dorthin. Dennoch war er stark genug, um die Samen von den Weiden zu lösen und über den Boden zu verstreuen.

Der Himmel war von undefinierbarer Farbe. Weder war es sonnig noch düster, am ehesten konnte Lysandra es mit dem Wort »diffus« beschreiben. Unklar. Verschwommen. Unwirklich.

»Das muss Persephones Grotte gewesen sein, durch die wir diese Welt betreten haben«, sagte Aiolos, der von ihnen allen am meisten über diese Dinge wusste. Mittlerweile war Lysandra froh, ihn an ihrer Seite zu wissen.

Vor ihnen erstreckte sich ein Wald aus Weiden, Erlen und vom Winde gebeugten Pappeln. Ein steinerner Pfad wand sich durch die Wildnis. Sirona ging voran, als hätte sie es eilig, ihrer Katzengestalt zu entfliehen. Trotz ihrer felinen Schönheit würde es für sie gewiss wie ein neues Leben sein, endlich ihren menschlichen Leib zurückzuerlangen.

Der Herbst war hier weiter vorangeschritten als auf der anderen Seite von Persephones Grotte. Der Boden wirkte trockener. Bis auf das Rauschen des Windes und dem fernen Tosen eines Gewässers war es still hier. Kein Vogel sang, kein Tier regte sich.

Doch erkannte Lysandra in der Ferne menschenähnliche Gestalten, die seltsam blass, blutleer und durchscheinend wirkten. Auf ihren Gesichtern zeigten sich Verzweiflung und Resignation.

»Dies«, sagte Aiolos, »sind die Seelen derer, die nicht begraben wurden oder die den Fährmann nicht bezahlen konnten.«

Das war für Lysandra eine erschreckende Vorstellung.

Links von ihnen erhob sich ein zerklüfteter, flechtenbewachsener Felsen. Dahinter befanden sich zwei schwarze Flüsse. Aus einem von ihnen züngelten Flammen empor. Beide wurden zu Wasserfällen, die sich zu einem dunklen, reißenden Strom vereinigten, in dessen Mitte sich eine große Insel befand, die jedoch völlig versumpft wirkte. Das Land dahinter ließ sich kaum erahnen im von wogenden Dunstschwaden durchzogenen Licht.

»Wie friedvoll es hier ist. Oh, welch wunderschöne Ulme.« Aiolos lief auf den gigantischen, uralt aussehenden Baum zu.

»Was hängt dort unter den Blättern? Nein, an den Ästen? Fledermäuse!« Aiolos sah sich die Kreaturen genauer an und erbleichte. Wortlos bedeutete er seinen Gefährten, zu ihm zu kommen. Als sie bei ihm waren, zeigte er auf eine der Fledermäuse. »Diese Kreatur hatte kurz ihre Augen geöffnet.« Aiolos' Stimme klang atemlos.

Lysandra trat neben ihn. In diesem Moment öffnete die Fledermaus erneut die Augen, die leblos und kalt waren wie schwarze Spiegel. Doch sah man länger hinein, so zeigten sich Bilder darin, die über die Pupillen zogen.

»Bei Hera und Persephone«, entfuhr es Lysandra. Ob es vergangene oder künftige Ereignisse waren, die sie dort erkannte, vermochte sie nicht zu sagen.

»Sieh dir das an«, sagte Aiolos.

Sie wandte ihren Blick der anderen Fledermaus zu, auf die er jetzt deutete, und erkannte darin den Albtraum, der die gesamte Mannschaft der *Tanith* heimgesucht hatte. »Dann sind dies Wahrträume, die zukünftige Ereignisse zeigen?«

Aiolos schüttelte den Kopf. »Nein, es sind die falschen Träume, die an diesem Baum hängen.«

»Woher weißt du das?«, fragte Lysandra.

»Nur so ein Gefühl.«

»Wie beruhigend.«

Sie liefen vorbei an zahlreichen Bäumen, doch keiner davon erschien ihr so prachtvoll wie diese Ulme. Womöglich war sie verzaubert. Lysandra würde es nicht wundern.

»Seht dort, Charon, der Fährmann«, sagte Sirona, die voran lief.

Lysandra hob eine Augenbraue. Tatsächlich stand dort Charon, dessen Hände auf dem Ruderriemen lagen, worauf er sein graubärtiges Kinn stützte.

»Irgendwie habe ich mir Charon anders vorgestellt.«

Der sieht doch aus wie ein Tattergreis«, sagte Sirona.

Charon starrte finster zu ihnen herüber. »Das habe ich gehört!«

»Verzeiht ihr, werter Charon«, sagte Aiolos. »Sie ist noch recht jung und weiß nicht, was sie sagt. Könntet Ihr uns freundlicherweise zur anderen Seite bringen?«

Charon warf einen bösen Blick zu Sirona. »Was habt Ihr mit dem Katzenvieh vor? Hades mag die Biester nicht. Sie zertrampeln immer seine Blumen.«

»Ich bin kein Katzenvieh!«

»Du siehst aber aus wie eines. Oder bist du etwa ein verzauberter Marder?« Charon lachte.

»Natürlich nicht!« Sirona hob beleidigt ihr weiß-rosa Näschen.

»Könntet Ihr uns jetzt bitte auf die andere Seite bringen?«, fragte Aiolos erneut.

»Die Überfahrt kostet zehn Drachmen, fünf Stater oder sechzig Oboloi pro Person – ich nehme alle Arten von Münzen, außer natürlich gefälschte.«

»Das ist aber teuer«, sagte Lysandra.

Charon grinste, sodass man bräunliche Zahnstummel sah. »Nur eine Folge der Geldentwertung. Nichts ist umsonst, nicht mal der Tod.«

»Bekommen wir nicht wenigstens Mengenrabatt? Immerhin sind wir zu viert und es ist nur eine Überfahrt nötig«, sagte Cel.

Charon schüttelte den Kopf. »Hier gibt es keinen Rabatt. Seht den tosenden Fluss. Denkt Ihr, es wäre einfach, ihn zu überqueren? Und die ganzen Unkosten, um diesen alten Kahn fahrtüchtig zu erhalten.« Er stieß ein meckerndes Lachen aus. »Ihr könnt Euch natürlich zu den Unbegrabenen, den ruhelosen Seelen gesellen, und auf ewig am Flussufer entlangwandern. Zudem braucht Ihr Euer Geld im Reich des Hades ohnehin nicht mehr.«

Wo er recht hatte …

»Also gut.« Aiolos gab ihm zehn Drachmen. Auch Lysandra und Cel kramten Geld aus ihren Beuteln hervor, bis sie auf dreißig Drachmen kamen, und reichten sie dem gierig grinsenden Fährmann.

»Für die Katze gibt das noch einen Aufpreis.«

»Ich würde sagen, eher eine Ermäßigung, weil sie so klein ist«, sagte Cel.

»Sie könnte mir ins Boot pissen. Wer zahlt dann die Reinigung, hä?«

Cel trat näher. Er war fast zwei Köpfe größer als Charon und aufgrund seiner Muskeln deutlich breiter. »Ich werfe diesen Zwerg jetzt in den Fluss und rudere selbst hinüber!«

Charon wich tatsächlich vor ihm zurück. »Das erzähle ich Hades. Der wird Euch in den Tartaros verbannen für diese Untat! Jawohl!«

»Das mag sein, aber zuvor werfe ich Euch trotzdem in den Fluss.« Schon packte Cel den strampelnden Charon am Kragen seines schmutzig grauen Gewandes.

Lysandra wusste nicht, ob sie lachen oder weinen sollte.

»Für vierzig Drachmen könnt Ihr wochenlang ein Wasch- und Putzweib bezahlen, um Euer Boot säubern zu lassen«, sagte sie zu Charon. »Versucht Euch an keinem Wucher, nehmt das Geld und bringt uns über den verdammten Fluss.«

»Also gut, das werde ich tun. Sagt diesem Barbaren, dass er mich loslassen soll.«

Cel ließ von ihm ab. Charon fiel der Länge nach hin. Grummelnd erhob er sich. Lysandra, Cel, Sirona und Aiolos stiegen zu ihm in die Barke. Das Gefährt schwankte bedrohlich, als Charon zu rudern begann.

Für sein Alter und seine ausgemergelte Gestalt schwang er den Ruderriemen erstaunlich schnell. Das musste an der jahrtausendelangen Übung liegen. Der Fluss war wild, hohe Wellen tosten.

»Wie heißt dieser Fluss oder ist das ein See?«, fragte Lysandra. »Der ist ja gewaltig.«

»Dies ist die Mitte, der Acheron, in den alles mündet. Die beiden Flüsse, die hier hinabstürzen, sind der Cocytos und der flammende Phlegeton. Schweig jetzt, denn wenn du einen Fremdenführer willst, musst du dafür extra bezahlen. Es wäre aber besser, du lässt mich in Ruhe, denn die Überfahrt ist nicht einfach. Wenn wir hier absaufen, haben wir ein Problem.«

»Oder gar keine Probleme mehr«, sagte Cel mit einem Blick in die sprudelnde, reißende, lodernde Flut. »Das ist kein gewöhnliches Wasser.«

»Darauf wäre ich nicht gekommen. Welch aufmerksamer Beobachter du doch bist!« Charon lachte meckernd.

»Aus was besteht es dann?«

»Aus dem Blut eines Dämons, dem Schmerz einer Göttin, den letzten Tränen derer, die ihr Leben vergaßen, dem Atem eines Drachen und den Schwingen eines gefallenen Engels.«

Geschickt umschiffte Charon die Insel aus Morast. Die kahlen, schwarzen Äste der Sträucher und Bäume ragten in den sumpfgrauen Himmel. Eine derartige Schwärze wie hier hatte Lysandra niemals zuvor erblickt. Es war eine Dunkelheit, die sämtliches Licht zu verschlingen schien; ein ewiger Abgrund, ein endloses Hinabstürzen.

Als sie näherkamen, vernahmen sie es: gequältes Seufzen, Schreie höchster Pein und endloser Agonie, das lang gezogene Wimmern von jenen, die aufgegeben hatten, das Stöhnen der Verlorenen und sämtliche Laute des Schmerzes.

Kalte und heiße Schauer liefen über Lysandras Leib, die Schreie und das Stöhnen drangen durch ihr Gebein, ließen es vibrieren vor Angst und der Gewissheit auf ewiges Leid.

Es hallte noch nach, als sie die Insel umrundet und längst hinter sich gelassen hatten. Lysandra konnte nicht anders, als zurück zu dieser endlosen Schwärze zu starren.

Erst als ein süßlicher Duft sie einhüllte, wandte sie ihren Blick dem Land zu, das vor ihnen lag. Das Licht war dort noch diffuser, als wäre das Gebiet von Nebeln umgeben. Außer blassen Grün- und Violetttönen sah Lysandra fast nur Grau und Schwarz. Dennoch lockte sie der süßliche Blumenduft, der von überall her zu kommen schien.

Charon hielt am anderen Ufer an. »Da wären wir.«

Lysandra, Cel, Sirona und Aiolos sprangen aus dem Boot.

Plötzlich vernahm sie ein heiseres Bellen wie aus vielen Kehlen. Es wurde zu einem Knurren. Dann sah sie den dreiköpfigen Kerberos, dem Geifer aus den drei zum Angriff aufgerissenen Mäulern lief. Er stand vor einem efeuumrankten Tor. Was sich dahinter befand, war unmöglich auszumachen.

»Seid ihr überhaupt tot?«, fragte Charon stirnrunzelnd, den die Reaktion des Höllenhundes sichtlich irritierte.

»Wieso? Ist das denn notwendig?«, fragte Cel.

Charon starrte ihn an. »Lebende dürfen nicht hier sein. Ich glaube, das Hundilein ist etwas ungehalten.«

»Ungehalten« war gut. Die gewaltigen Kiefer hatten die Ausmaße von Toren – zumindest kam es Lysandra so vor. Blutlust lag in seinem Blick. Von »Hundilein« konnte keine Rede sein.

Charon war blass geworden. »Äh, ich fahr dann mal. Wünsche noch einen schönen Aufenthalt.« Er stieß seine Barke mit dem Fuß ab und paddelte eilig davon.

Dreifarbig war der Hund: Einer seiner Köpfe war weiß, einer rotbraun und der letzte schwarz. Der Rest seines Fells war ebenso dreifarbig, als hätte man drei verschiedene Hunde desselben Wuchses, jedoch von unterschiedlicher Farbe, auf grausame Weise miteinander vereint.

Geifer troff aus jedem seiner Mäuler. Er kam direkt auf Lysandra zugeprescht, die glaubte, ihr Herz müsse stehen bleiben. Sie sah sich im Geiste schon am Boden liegen, zerfleischt, in einer Lache aus Blut.

Lysandra sprang zur Seite, doch nicht schnell genug. Die Kreatur riss sie zu Boden und rannte über sie hinweg. Lysandra rappelte sich auf. Als sie sich umwandte, sah sie die Schlangenfrau Echidna, die den Höllenhund freundlich begrüßte.

Kerberos gebärdete sich nun beinahe wie ein Welpe. Aus treuen Hundeaugen blickte er Echidna an und leckte ihr über die Hände und das Gesicht. Seine Bewegungen wirkten nun ein wenig tollpatschig. Außerdem sabberte er.

»Mein Sohn«, sagte Echidna und streichelte ihm über den Kopf.

An Cels, Aiolos und Sironas Blicken erkannte Lysandra, dass diese ihre eigene Fassungslosigkeit teilten.

Echidna sah Aiolos an. »Nun bin ich dir nichts mehr schuldig. Solltest du allerdings gelogen haben, Phönizier, so werde ich dich jagen und erlegen wie ein Reh. Nun geht schon hinein, bevor sie euch erwischen.« Die Schlangenfrau deutete in die Ferne, wo Gorgonen und

Kentauren sich ihnen näherten. Harpyien kamen angeflogen. Das war gar keine nette Gesellschaft.

Kerberos schien von alledem wenig zu bemerken.
Wie ein Schoßhündchen schmiegte er sich an seine
Mutter, deren Monsterleib klein und zierlich gegen den
seinen wirkte.

»Schnell hindurch, solange das Familientreffen
währt«, flüsterte Cel Lysandra zu.

Sie nickte und beeilte sich, durch das efeuumrankte
Tor zu treten. Sirona huschte an ihrer Seite hinein, Cel
und Aiolos kamen nach ihr.

Über Cels Stirn liefen Schweißtropfen. »Ich glaube,
es ist soweit.« Er keuchte und sein Atem ging schneller.

Auch das noch! Die Verwandlung zum Greifen
setzte ein. Doch warum geschah das jetzt? Zwar war es
kaum merklich heller geworden, doch einen richtigen
Tag- und Nachtrhythmus schien es hier nicht zu geben.

Cel streifte seine Kleidung ab, die Lysandra an sich
nahm. Sein Leib veränderte sich. Federn und Fell sprossen, bis der Greif vor ihnen stand.

»Na wunderbar, damit fallen wir hier mit Sicherheit
weniger auf«, sagte Aiolos.

Lysandra verspürte Verärgerung.

»Er kann sich das nicht aussuchen«, sagte Sirona.
»Eben deshalb sind wir ja hier oder hast du das bereits
wieder vergessen?«

»War nicht so gemeint. Es kommt nur äußerst unge-
legen.«

Lysandra ließ ihren Blick schweifen. Alles war wie
verblichen: der Himmel, die Wiesen, die Felder und
Haine. Ein kraftloser Wind bewegte die Zweige der
Bäume und Sträucher, die Gräser und Halme und das
Gewand der Frau mit dem blutenden Schnitt am Hand-
gelenk. Ihr langes dunkles Haar hing ihr wild ins gräu-

liche, durchscheinende Gesicht.

»Hier verweilen die Schatten der Selbstmörder, der fälschlich zum Tode Verurteilten und der zu jung Verstorbenen«, sagte Aiolos.

Ein kleines Mädchen in einem Totengewand hockte mitten auf einer Blumenwiese. Ihr Gesicht war leichenblass und ihre Augen dunkel umrandet. Sie stopfte sich eine Handvoll hellvioletter Blüten in den Mund und kaute darauf herum, als wäre es das köstlichste Festmahl.

»Sie isst Blumen?«, fragte Lysandra.

»Gewiss tut sie das«, vernahm sie eine tiefe Männerstimme, woraufhin sie sich umwandte und einen auffallend großen Mann erblickte. Er trug ein Frauengewand aus fließendem Stoff mit einem großzügigen Ausschnitt, der seine Brustbehaarung gut zur Geltung brachte. »Die Asphodeln sind den Schatten der Toten als Nahrung gegeben. Oder wäre es Euch lieber, wenn sie Euer Blut trinken würden?«

Neben dem Mann saß eine auffallend schöne schwarzhaarige Frau auf einem schwarzen, geflügelten Ross, aus dessen Nüstern Rauch quoll.

»Seid gegrüßt. Wer seid Ihr? Wie ein Toter seht Ihr nicht aus«, sagte Lysandra zu dem Mann und seiner Begleiterin.

»Natürlich bin ich keine Tote. Ich bin Phantasia, die Nymphe der verbotenen Träume«, sagte der Mann und kratzte sich an seinem Dreitagebart. Er deutete auf die dunkelhaarige Frau an seiner Seite. »Und dies hier sind die Nymphe mit dem geheimen Namen und ihr Bruder Areion.«

»Und wo ist ihr Bruder?«, fragte Cel mit krächzender Stimme.

»Er ist das Pferd!«

Lysandra starrte ihn ungläubig an. »Das Pferd?«

Der fremde Mann ließ die beringten Finger über seinen behaarten Brustansatz gleiten. »So wahr ich die Nymphe der verbotenen Träume bin.«

»Welcher Träume?«, fragte Lysandra.

Der Mann zwinkerte ihr zu. »Jene, die jeder gerne hat, aber keiner zugibt, sie zu haben. Verzeiht mir, meine Freunde, wenn ich mich jetzt schon verabschiede, doch vielerlei Aufgaben rufen mich. Ich muss verbotene Träume aussenden in alle Himmelsrichtungen.« Der Nympherich wandte sich um und tänzelte mit schwingenden Hüften davon.

Die Nymphe mit dem geheimen Namen zuckte lächelnd mit den Achseln, nickte ihnen zu und galoppierte davon in Richtung des Asphodelnfeldes, wo sich mittlerweile einige der Toten zusammengerottet hatten. In gebührlichem Abstand zu ihnen blieb das geflügelte Ross stehen und zupfte genüsslich an den hellvioletten Blüten.

»Esst nichts in der Unterwelt«, sagte Aiolos, »sonst seid ihr auf ewig an diesen Ort gebunden.«

»Glücklicherweise habe ich einige Vorräte für uns mitgenommen. Nicht, dass ich die Absicht habe, diese Blumen zu essen«, sagte Cel.

»Was für eine seltsame Nymphe war das?«, fragte Lysandra.

»Wenn der Kerl eine Nymphe ist, dann bin ich Aphrodite höchstpersönlich«, sagte Aiolos. »Vielleicht sind die alle dem Irrsinn verfallen. Kein Wunder, wenn sie hier nur Blumen zu essen bekommen.«

Cel nickte. »Ein Grund mehr, meine Schwester vor einem vorzeitigen Tode zu erretten.«

Aiolos räusperte sich. »Unterschätzt die Leute hier nicht. Nur weil jemand harmlos oder seltsam aussieht, heißt das nicht, er wäre ungefährlich. Das alles ist mir nicht ganz geheuer.«

»Denkst du, uns?«, fragten Lysandra und Cel wie aus einem Mund.

»Wo finden wir das, was den Zauber brechen soll?«, fragte Sirona.

»Laut Kore im Haus des Todes«, sagte Cel.

Aiolos nickte. »Das vermute ich ebenfalls.«

»Dann sollten wir uns zu diesem Haus auf den Weg machen«, sagte Sirona, die bereits loslief.

Cel sah sie nachdenklich an. »Ich bezweifle, dass Hades uns gerne dort sehen wird.

»Sehr unwahrscheinlich«, sagte Aiolos, »sehr, sehr unwahrscheinlich. Im Gegenteil werden wir viel Ärger bekommen, wenn er uns aufgreift.«

»Dann wird er uns eben nicht erwischen. Hoffentlich erzählen diese Nymphen ihm nicht von unserer Ankunft. Zumindest haben wir ihnen nicht unsere Namen genannt, auch wenn dies unhöflich war.«

Aiolos grinste schief. »Lieber unhöflich als tot. Außerdem hat eine von ihnen uns auch nicht ihren Namen genannt und ich wette, dass der Name der anderen auch nicht ihr richtiger war.«

Irrwege und dunkle Wesen

»Ist das hier ein trostloser Ort«, sagte Lysandra.

Stundenlang waren sie über die Asphodelnfelder gelaufen. Sie waren mittlerweile zu dem Bereich vorgedrungen, wo die gewöhnlichen Verstorbenen residierten, deren Lebensumstände nichts Besonderes aufwiesen.

Bis auf die beiden Nymphen und die Schatten der Toten war ihnen bisher niemand begegnet. Letztere gingen an geisterhaften Gerätschaften ihrem stumpfsinnigen Alltag nach, wie sie es wohl schon während ihres Lebens getan hatten. Sie waren darin so versunken, dass sie Lysandra und ihren Gefährten kaum Beachtung schenkten.

Aiolos nickte. »Mir ergeht es genauso. So langsam schlägt dieser Ort mir aufs Gemüt!«

»Wenn wir nur wüssten, wo dieser Palast sein soll. Selbst die Pythia konnte es mir nicht sagen«, sagte Cel. »Vielleicht sollten wir jemanden fragen. Besser, als noch länger hier herumzuirren.«

Lysandra sah ihn besorgt an. »Aber dann wird Hades erfahren, dass wir hier sind.«

Cel war in seiner Greifengestalt alles andere als unauffällig.

»Das wird er ohnehin früher oder später. Wenn er es nicht bereits weiß«, sagte Aiolos.

Cel schüttelte seinen Adlerkopf. »Das glaube ich nicht. Soweit ich weiß, duldet er keine Lebenden in seinem Reich. Gewiss wäre er sonst schon aufgetaucht.«

»Womöglich werden uns die Toten nicht an ihn verraten – schließlich waren auch sie einst Menschen«, sagte Sirona.

»Sofern sie sich daran erinnern.« Zweifel überkamen Lysandra, als sie die stumpfsinnig vor sich hinarbeitenden Schatten der Toten betrachtete.

Aiolos ging auf eine alte Frau zu, die an einem Spinnrad saß. »Verehrte Dame, wir suchen das Haus des Hades. Könntet Ihr uns bitte den Weg dorthin weisen?«

Die Alte antwortete ihm nicht.

Er wiederholte seine Frage. Sie brummelte etwas Unverständliches, ohne ihre Arbeit zu unterbrechen.

»Wo finden wir das Haus des Hades?«, fragte Aiolos mit Ungeduld in der Stimme.

Die Frau antwortete ihm nicht. Aiolos trat noch näher zu ihr heran und berührte ihre Schulter. Seine Hand glitt dabei ein Stück durch sie hindurch. Kurz blickte sie irritiert auf, um sich sogleich wieder dem Spinnen zu widmen.

Sichtlich genervt wandte Aiolos sich seinen Begleitern zu. »Es ist, als würde sie mich nicht richtig wahrnehmen.«

»Die Toten«, vernahm Lysandra eine Frauenstimme, »verlieren ihr Gedächtnis und ihre Identität, sobald sie von der Lethe, dem Fluss des Vergessens, getrunken haben. Danach sind sie Schatten, leere Hüllen, die einer noch unvollkommeneren Form ihres leeren Lebens nachhängen.«

Sie erkannten die Nymphe mit dem geheimen Namen, deren polanges schwarzes Haar im jenseitigen

Wind wehte. Ihr Bruder, das schwarze, geflügelte Pferd, stand neben ihr. Sie streichelte mit ihren zarten, onyxringbesetzten Fingern sachte seine bebenden Nüstern.

»Nicht alle bleiben hier«, sprach die Nymphe weiter. »Jene, die Heldenhaftes vollbracht haben, werden ins Elysion aufgenommen. Andere, die Anhänger des Bösen, finden ewige Qualen in den Tiefen des Tartaros. Die meisten jedoch, und zwar jene, die sich weder im Guten noch im Schlechten besonders hervorgetan haben, bleiben hier, zu unendlicher Monotonie verdammt, bis ihre Seelen sich erneuern, um den Kreis wieder zu vollenden.« Ein Seufzer entrang sich ihren sanft geschwungenen Lippen. »Wer, ob Gott oder Daimon, die Sterblichen um ihre Seelen beneidet, war weder jemals hier gewesen noch hat er die Schreie der Gepeinigten vernommen, die aus den dunkelsten Tiefen des Hades dringen.« Kurz schlug sie die Augen nieder, nur um sie wieder anzusehen.

Die Nymphe war so überirdisch schön, dass Lysandra sie sich nicht als die Schwester eines Pferdes vorstellen konnte. Aber vermutlich war das Pferd ebenso wenig ihr Bruder wie dieser bärtige Kerl im Weibergewand eine Nymphe.

»Es gibt nur einen Weg, um die Toten zum Sprechen zu bringen: indem man ihnen Blut zu trinken gibt«, sagte die Nymphe.

Lysandra erschauerte. »Blut?«

»Das Blut eines Opfertieres oder das Eure.«

Lysandra schluckte. »Warum müssen die Toten alles vergessen?«, fragte Lysandra. »Damit sie ihr jetziges Dasein in der Monotonie überstehen können?«

Die Nymphe lächelte traurig. »Das vielleicht auch, doch vorwiegend, um irgendwann neu erschaffen zu werden in Leibern, die ihnen unbekannt sind, und mit

Namen, die noch keiner weiß, womöglich nicht einmal der Tod selbst.«

»Der Tod? Ihr meint Hades?«

»Thanatos, des Schlafes Bruder, den sanften Tod, meine ich.«

Cel keuchte. An den Krämpfen, die seine Greifengestalt durchzogen, bemerkte Lysandra, dass die Rückverwandlung begann.

»Ist es dazu nicht noch zu früh?«, fragte Aiolos.

Lysandra sah ihn besorgt an. »Das dachte ich auch. Doch offenbar scheint hier alles anders zu sein.« Sie blickte zum Himmel empor. Tatsächlich war das diffuse Licht dunkler geworden, doch auch diesmal gab es keine richtige Nacht. Alles schien dem irdischen Leben nur nachempfunden zu sein.

Sie blickte zu der Nymphe. Fasziniert beobachtete diese Cel, dessen Leib sich zu verformen begann. »Interessant.«

Die Federn und das Fell zogen sich in seine Haut zurück. Sein Schnabel schrumpfte ebenso wie sein Leib, während die Muskeln und Sehnen sich verformten. Endlich war er wieder ein Mann. Sichtlich erschöpft erhob er sich. Da sein Leib immer noch ein wenig bebte, kam Aiolos zu ihm, um ihn abzustützen. Lysandra reichte ihm seine Kleidung, die er mit zitternden Händen anzog.

»Würdet Ihr uns bitte freundlicherweise sagen, wo wir das Haus des Hades finden?«, fragte Cel.

Die Nymphe mit dem geheimen Namen wandte ihm ihren Blick zu. »Wie kommt Ihr ins hellenische Totenreich? Ihr seid doch ein Keltoi.« Lysandra fand es seltsam, dass die Nymphe dies befremdlicher fand als die Tatsache, dass er ein Greif gewesen war und als Lebender das Totenreich betreten hatte.

»Die Pythia von Delphoí empfahl es mir, um den Zauber zu lösen, der mein Leben schwer und das meiner Schwester unerträglich macht – bis zu ihrem viel zu früh zu erwartenden Tod.«

»Ich verstehe«, sagte sie.

Verstand sie das wirklich? Konnten das Ausmaß dessen nicht einzig Cel und Sirona vollends begreifen, da sie es Tag für Tag erlitten?

Die Nymphe mit dem geheimen Namen blickte sich um, als würde sie verfolgt werden. Sie tauschte einen Blick mit dem schwarzgeflügelten Ross Areion und sprach leise: »Gegen Ende der Asphodelischen Felder kommt das Tal der Trauer, wo jene verweilen, die das Liebesleid dahingerafft hat. Danach kommt die Ebene des Gerichts, welche Ihr meiden müsst. Wendet Euch nach rechts und sucht den Pfad, der zum Hades führt. Solltet Ihr vom Weg abkommen oder Euch zu weit links halten, kann es sein, dass Ihr im Tartaros landet. Nehmt Euch in Acht vor den Totenrichtern sowie Hades und all seinen Getreuen.«

»Habt Dank, verehrte Dame«, sagte Cel. »Eure Güte und Euer Mitgefühl sprechen für Euch.«

Die Nymphe lächelte geheimnisvoll. »Nicht Mitgefühl oder Güte leiten mich dazu an, sondern Langeweile. Ihr erscheint mir amüsant. Die Unterwelt ist sonst so trostlos und öde.«

»Warum seid Ihr dann hier?«

»Wir besuchen unter anderem unsere Halbschwester Persephone. Wir müssen jetzt gehen.« Sie schwang sich auf das schwarzgeflügelte Ross und stob in rasender Geschwindigkeit durch die Lüfte davon, den grafitgrauen Wolken entgegen. Bald befanden sich das Pferd und seine Reiterin außer Sichtweite.

»Ist der Nymphe zu trauen?«, fragte Lysandra leise.

»So sehr, wie man jemandem vertrauen kann, der seinen Namen geheim hält«, sagte Sirona. Sie fluchte leise.

»Was ist?«, fragte Lysandra.

Anstatt zu antworten, deutete Sirona mit der Nasenspitze nach oben in die entgegengesetzte Richtung von jener, in welche die Nymphe und ihr Bruder verschwunden waren. Zwischen den bleiernen Wolken durchpeitschten die Schwingen der Harpyien die Luft. Sie stoben genau auf sie zu mit Mordlust in ihren Augen.

»Ich glaube, wir haben ein Problem«, sagte Aiolos, der zu seinem Kurzschwert griff. Auch Cel und Lysandra zogen ihre Schwerter, um die Biester abzuwehren. Auf jeden von ihnen stürzte sich eine der geflügelten Bestien. Wer welche war, wusste Lysandra nicht. Sie duckte sich und hieb zugleich zu, verfehlte sie jedoch. Eine Klaue erwischte sie am Kopf, riss aber glücklicherweise nur ein Büschel Haar heraus, was genug schmerzte.

Erneut flog die Harpyie heran. Als ihre Fänge sie verfehlten, hackte sie mit dem Schnabel nach Lysandra, streifte sie jedoch nur. Sie riss das Schwert nach oben und stieß damit nach der Kreatur. Federn segelten auf sie herab. Das Biest ließ schreiend etwas fallen. Lysandra konnte gerade noch ausweichen. Der Schmerz ließ sie taumeln.

Lysandra vernahm einen Schrei. Aus dem Augenwinkel sah sie, dass Blut über Aiolos' Gesicht lief. Cel hackte wie ein Irrer mit seinem Schwert auf eine der Harpyien ein, die kreischend Blut und dunkle Federn ließ. Der kurze Moment der Ablenkung genügte und die Harpyie erwischte Lysandra am Arm, sodass ihr das Schwert aus der Hand fiel. Ihr Dolch war keine Waffe, womit sie gegen die Klauen und Schnäbel der Tiere an-kommen könnte.

Das Biest wollte sich gerade erneut auf sie stürzen, da sank es mitten im Flug von einem Speer getroffen zu Boden. Der Speer fiel aus dem blutenden Fleisch der Harpyie, die sich mit taumelndem Flug, schwarzgraue Federn lassend, hinauf zum rauchigen Himmel schwang. Mit jedem Flügelschlag verspritzte sie Blut. Auch ihre Schwestern flogen glücklicherweise davon.

Keuchend kam Cel auf sie zu. »Lass mich deine Ver-wundung ansehen.«

Blut floss über Lysandras Gesicht. Cel tupfte die Wunde mit einem Stück Stoff ab, das er von seinem Gewand abgerissen hatte.

»Das ist eine Platzwunde. Die müssen wir nähen«, sagte Cel.

»Würde ich ja machen«, sagte Sirona, »doch mit den Pfoten geht das schlecht. Ich hoffe, du hast meine Sa-chen eingepackt.«

»Aber gewiss, Schwesterlein.« Cel nahm die Arzneien und Utensilien aus seinem Beutel. »Das wird jetzt weh-tun. Es tut mir leid.«

Lysandra biss die Zähne zusammen, als er die Platz-wunde vernähte, dabei war sie sich sicher, dass er vor-sichtig ans Werk ging. Dennoch tat es weh. Die Stiche, sollten sie Narben ergeben, würden sie ewig an Cel erin-nern, wenn sie wieder in Delphoí war und er an einem fernen Ort, den sie nicht kannte. Sie verdrängte die Ge-danken an die unausweichliche Zukunft.

Sanft strich er über ihre Wange. »Könnte eine Narbe geben.«

»Gibt Schlimmeres.«

Sirona deutete auf ein Kraut mit einem länglichen Schaft, an dem winzige weiße Blüten wuchsen. »Nimm den Spitzwegerich. Zerkaue ein paar Blätter, leg sie auf die Wunde und decke das Ganze mit ein paar Blättern ab, bevor du sie verbindest.«

»Ja, meine Anführerin.« Sachte verteilte Cel die Kräutermasse auf Lysandras Wunde und deckte sie mit weiteren Blättern ab, die er mit einem Stoffstreifen fixierte.

Sirona betrachtete währenddessen Aiolos' Wunde, die er auf ihr Geheiß hin selbst ein wenig abtupfte, damit sie diese besser sehen konnte.

»Ist nur ein Kratzer, doch am Kopf blutet man meistens stark. Cel soll dir auch ein wenig vom Spitzwegerich drauf tun«, sagte sie.

»Eure Schwester kennt sich mit der Heilkunst gut aus?«, fragte Aiolos, der notgedrungen in die Sache mit dem Zauber eingeweiht worden war.

Cel nickte. »Leider kann sie ihr kaum noch nachgehen. Sie ist auf mich angewiesen, die Kräuter für sie zu ernten, haltbar zu machen und abzufüllen.« Er deutete auf die kleinen Beutel und die mit Korken verschlossenen Fläschchen. Sirona senkte den Blick, als Aiolos sie ansah.

Lysandra schluckte. »Wir sollten weitergehen, bevor die Biester womöglich noch zurückkehren.«

Cel seufzte. »Was haben die hier überhaupt zu suchen? Ich dachte, die leben in der Menschenwelt.«

Aiolos sah ihn an. »Die Harpyien tragen die Seelen der Toten in den Tartarus. Das bedeutet, das Gericht ist hier irgendwo in der Nähe. Lasst uns in die Richtung gehen, die jener entgegengesetzt ist, von der die Harpyien kamen und wohin sie entflohen.«

Cel hob die Achseln. »Tun wir das. Nach der Sonne können wir uns hier ohnehin nicht orientieren. Doch woher stammt dieses diffuse Licht? Manchmal wird es ein wenig dunkler, dann wieder heller, beinahe wie ein künstlicher Tag- und Nachtzyklus.«

Lysandra nickte. »Den Eindruck hatte ich auch.«

Zumindest schien die Lichtveränderung ausreichend gewesen zu sein, um Cels Verwandlung ausgelöst zu haben.

Einige Stunden später erbleichte Aiolos. »Bei Athenes Hintern! Was ist das?«

»Der Phlegeton«, sagte Lysandra leise. Flammen schlugen aus dem Fluss, der einem Lavastrom ähnelte. Er umwand eine Mauer aus Bronze oder Eisen. So genau war das im Widerschein des Feuers nicht auszumachen. Ein Eingang mit unzerstörbar wirkenden Säulen an seinen Seiten war in die Mauer eingelassen, jedoch führte keine Brücke über den flammenden Fluss. Wie kam man in dieses gewaltige Bauwerk hinein?

Hoch über den Mauern neben dem Eingang erhob sich ein Turm, auf dem eine Frau saß, die ein bluttriefendes Gewand trug. Schlangen wanden sich an ihrer Stirn und fledermausartige Schwingen ragten aus dem Rücken. Sie erschien Lysandra wie eine Wächterin. Ihr flammender Blick traf sie.

Da sah Lysandra die Harpyien am bleigrauen Himmel heranstürmen in Richtung der Festung, über der sie sodann ihre Bahnen zogen. Welche von ihnen auch immer verletzt gewesen war, hatte sich erstaunlich schnell erholt.

»Ihr Harpyien!«, rief die Bluttriefende auf dem Festungsturm. »Ergreift die Eindringlinge!« Sie deutete auf die Menschen.

Lysandra stockte das Herz, als die Harpyien ihre Blicke aus blutunterlaufenen Augen gierig auf sie und ihre Begleiter richteten.

»Warum wir? Tu es doch selbst, Tisiphone, oder bist du dir zu vornehm dafür?«

Tisiphone fletschte die Zähne. »Meine Schwestern und ich haben Besseres zu tun, als ein paar Dahergelaufene zu jagen.«

»So, was denn?«, fragte die kleinste der Harpyien.

»Leute foltern zum Beispiel.«

»Und wir müssen heute noch ein paar Verurteilte hierher bringen. Ist das etwa nichts?«, fragte die Harpyie.

»Ergreift sie oder ich sage es Thanatos, dass ihr euch weigert! Er wird keine Eindringlinge hier dulden«, rief Tisiphone.

Die Harpyie verzog zwar unwillig ihr Gesicht, änderte jedoch ihre Flugrichtung abrupt. Sie und ihre Schwestern schossen auf Lysandra und ihre Gefährten zu. Im Blick ihrer blutunterlaufenen Augen lag Mordlust. Sie kreisten die Menschen ein und stürzten sich auf sie.

Lysandra warf ihren Speer nach einer der Kreaturen, doch er streifte sie nur. Der Speer fiel zu Boden, benetzt mit dunklem Harpyienblut. Die geflügelte Kreatur stürzte sich auf sie, kratzte und hackte auf sie ein. Lysandra hielt ihren Schild schützend über sich, während sie ihr Kurzschwert zog. Plötzlich ließ die Harpyie kreischend von ihr ab. Cel schlug mit seinem Schwert auf die geflügelte Kreatur ein. Eine andere Harpyie stürzte sich von der Seite auf ihn.

Lysandra stieß ihr Kurzschwert in den Leib des Ungetüms. Auch Aiolos kämpfte verbissen gegen die erste. Als er zu Boden ging, stürzte Sirona sich von hinten auf die Harpyie. Sie wirkte winzig gegen das Ungeheuer, doch hatte sie sich in deren Kopf verkrallt und schlug ihr mit ausgefahrenen Krallen immer wieder schnell ins

Gesicht. Die Harpyie warf sie durch eine ruckartige Bewegung ab und wollte sich auf die Katze stürzen. Sie hatte sie bereits in den Krallen, als die Harpyien innehielten und den Neuankömmling entsetzt anstarrten.

Wer konnte das sein, dass er selbst diese grausamen Kreaturen in Angst versetzte?

Thanatos

»Was ist hier los?«, fragte der hochgewachsene Mann in dem bodenlangen schwarzen Gewand, das im jenseitigen Wind wehte. Er sah aus wie ein Rachegott mit hüftlangem schwarzen Haar und gewaltigen pechschwarzen Schwingen.

»Sterbliche Eindringlinge!«, sagte eine der Harpyien. Sämtliche der Ungetüme hatten ihren Kampf eingestellt, sich jedoch nicht von ihren Opfern zurückgezogen. Auch Aiolos lag inzwischen blutend mit gezücktem Dolch unter einer der Harpyien. Er hatte schon mal besser ausgesehen.

»Wer hat euch erlaubt, euch auf Sterbliche zu stürzen?«, fragte der schwarze Mann.

»Tisiphone hat es uns befohlen«, sagte die Harpyie, die noch immer auf Aiolos hockte. Ihre Stimme bebte.

»Wie kommt ihr darauf, die Befehle einer Erinye auszuführen? Normalerweise hättet ihr weiterfliegen und es mir melden müssen.«

»Wir dachten, eine Eurer Anweisungen stünde dahinter, denn sie drohte uns mit Euch, Thanatos.« Die Harpyien senkten ergeben die Häupter. Die, die Lysandra angegriffen hatte, hüpfte von ihr weg.

Der Gott des Todes hob eine Augenbraue. »So? Dachtet Ihr das?«

»Tisiphone kann sehr überzeugend sein. Es tut uns

leid.« Die Harpyien wirkten zutiefst eingeschüchtert.

»Dürfen wir uns entfernen?«, fragte eine der Harpyien unterwürfig.

»Verschwindet!«

Die Harpyien stoben davon.

»Das war knapp. Wir danken Euch«, sagte Aiolos, der sich erhob. An seiner Stimme erkannte Lysandra seine Angst. Auch sie fühlte sich keineswegs anders. Ein unkontrollierbares Zittern erfasste ihren Leib. Wenn dies wirklich Thanatos, der personifizierte Tod, war, dann konnten sie ebenso gut gleich ins Grab springen.

»Du warst gut. Ich hätte mir fast in die Hosen gemacht!«, erklang eine weitere fremde Männerstimme. Lysandra erblickte einen Mann, der Thanatos ähnlich sah. Er war jedoch ein wenig kleiner, das Gesicht etwas breiter und das schwarze Haar reichte nur bis zu den Schultern.

Der Tod grinste. »Wenn ich in den Spiegel schaue, verwechsle ich mich manchmal selbst mit Onkel Thanatos.«

Onkel Thanatos? War er also gar nicht der Gott des Todes, sondern sein Neffe?

»Wer seid Ihr?«, fragte der dunkle Mann, der die Harpyien vertrieben hatte.

»Cel, der Boier«, sagte Lysandra, »seine Schwester Sirona, Aiolos von Heraklion und ich bin Lysandros aus Delphoí.«

»Willkommen in der Unterwelt! Ich bin Morpheus und das ist mein Bruder Icelos. Wir haben euch bereits früher gesehen. Was wollten die Harpyien von Euch?«

»Das wissen wir nicht. Eine der Erinyen hat sie auf uns gehetzt.«

»Mit den Erinyen habe ich mich auch noch auseinanderzusetzen. Was treibt Ihr hier? Die Unterwelt ist kein Ort für die Lebenden.«

Cel nickte. »Das wissen wir, doch meine Schwester und ich hatten keine andere Wahl. Wir wurden verzaubert. Die Pythia von Delphoí sagte uns, dass die Befreiung von diesem bösen Zauber nur hier in der Unterwelt möglich sei.«

»Das ist sehr unwahrscheinlich. Selbst wenn der Zauberer hier verweilt, wird er sich kaum an Euch erinnern können«, sagte Morpheus. »Wo ist Eure Schwester?«

Cel deutete auf Sirona. »Sie ist diese Katze. Sirona wurde in diese Gestalt verwandelt.«

Morpheus sah gelangweilt drein. »Ja, und? Was ist daran ungewöhnlich? Bei uns kommt es häufiger vor, dass jemand ein Tier zum Bruder oder zur Schwester hat.«

»Sie war zuvor ein Mensch und ich werde Tag für Tag beim ersten Sonnenstrahl zu einem Greifen. Dies belastet uns, zumal sie als Katze viel früher sterben wird als in ihrer menschlichen Gestalt.«

»Sagt, wer hat Euch verzaubert?«

»Eine Frau namens Creusa.«

»Nie gehört. Du etwa?«, fragte Morpheus Icelos.

Letzterer hob die Achseln. »Nein, kenn ich nicht. Andererseits gibt es hier so viele Tote, dass ich deren Namen gar nicht alle wissen kann.«

»Also, wir kennen keine Creusa. Verlasst lieber diesen Ort, bevor Onkel Thanatos Euch erwischt. Doch zuvor kommt mit zu uns auf einen Schluck Nepenthés, der Euch Kummer und Leid vergessen lassen wird. Es soll niemand sagen, im Totenreich sei man nicht gastfreundlich.«

Eine solch freundliche Einladung konnten sie nicht

ausschlagen.

»Wir kommen mit«, sagte Lysandra, »und danken Euch für Eure Gastfreundschaft, doch nehmt es uns bitte nicht übel, dass wir weder Speise noch Trank von Euch annehmen können, da wir sonst an diesen Ort gebunden werden.«

Morpheus hob eine Augenbraue. »Ach, wegen der Geschichte von Hades, der Persephone an sich gebunden hat, indem er ihr einen Granatapfel zu essen gab. Ich versichere Euch, dass meine Macht einer anderen Art ist. Ich bin kein Totengott, sondern jener der Träume. Wenn ich Euch Nepenthés anbiete, so binde ich Euch weder an mich noch an die Unterwelt.«

Morpheus sah zwar recht düster aus, schien jedoch von angenehmem Gemüt zu sein. Er war ihr sympathisch, doch nicht ganz geheuer. Sie wusste nicht genau, wie sie ihn einordnen sollte. Auf jeden Fall war es nicht falsch, eine gewisse Vorsicht walten zu lassen und keine aus dem Totenreich stammende Nahrung zu sich zu nehmen.

Sie folgten Morpheus und Icelos über Asphodel- und Schlafmohnfelder, bis sie eine Höhle erreichten. Auch vor ihr wuchsen noch ein paar andere Pflanzen, von denen Lysandra jedoch nur den Stechapfel erkannte.

Sie folgten Morpheus in die Höhle, wo es kühler als draußen war. Die Luft darin roch überraschend frisch. Der Gang verbreiterte sich und zweigte in mehrere Kammern ab, wo Stalaktiten von der Decke hingen und sich teilweise mit ihren Gegenstücken auf dem Boden zu Stalagnaten, den Tropfsteinsäulen, zusammengewachsen waren. Die meisten schienen jedoch zuvor durch ihr Eigengewicht von der Decke zu fallen. Ein Plätschern und Gluckern wies darauf hin, dass es in der

Nähe einen Bach oder kleinen Fluss gab, der durch die Höhle floss.

»Sucht Euch einen Raum aus, wenn Ihr bei mir nächtigen wollt«, sagte Morpheus. »Hier seid Ihr sicherer als auf den Asphodelischen Feldern. Setzt Euch doch.« Er deutete auf eine Sitzgruppe aus Granit, die schwarz-blau-silbern schimmerte wie das Firmament bei Nacht. Ein Tisch in der Form einer riesigen, geplätteten Harpyie befand sich in der Mitte des Raumes, flankiert von sieben großen Stühlen, deren Lehnen Fledermausschwingen ähnelten. Thanatos ließ sich auf einen von ihnen nieder. Lysandra setzte sich ihm gegenüber, Cel und Aiolos nahmen zu ihren Seiten Platz.

»Habt Ihr keine Angst, dass Ihr mit Eurem Onkel Ärger bekommt, indem Ihr uns hier versteckt?«, frage Lysandra.

»Ach, nein. Wir sind wohl ein paar der Wenigen, die ihn nicht fürchten.«

Icelos grinste verschwörerisch. »Ja, denn wir kennen sein Geheimnis.«

»Welches denn?«, fragte Lysandra.

»Wenn ich es Euch verrate, ist es ja kein Geheimnis mehr«, sagte Morpheus.

Icelos grinste. »Ach, das weiß doch inzwischen jeder. Inoffiziell zumindest. Natürlich traut sich niemand darüber zu sprechen – außer uns natürlich. Es geschah zu jener Zeit, als Thanatos im Auftrag des Zeus den Sisyphos bestrafen sollte.«

Morpheus nickte. »Dabei hatte Sisyphos recht, als er dem Flussgott Asophos den Verbleib seiner Tochter mitteilte. Es war kein guter Zug von Zeus, das Mädchen einfach zu entführen.«

Icelos verdrehte die Augen. »Der hat auch keine anderen Interessen als Weiber, vorzugsweise die eines anderen Mannes oder Jungfrauen. Nun, Thanatos sah dies offensichtlich ähnlich wie wir, sonst hätte er mit Sisyphos keinen Wein getrunken, bevor er ihn ins Schattenreich bringen wollte. Das waren wohl einige Becher zu viel, denn unser lieber Onkel, ließ sich von Sisyphos nackt anketten.« Icelos grinste. »Hatte ich vergessen zu erwähnen, dass Thanatos Gefallen findet an Fesselspielchen? Im Gegensatz zu dieser Nymphe … Wie heißt die noch mal?«

Morpheus hob die Achseln. »Weiß ich nicht. Ich glaube, ihr Name ist geheim.«

»Nun, im Gegensatz zu dieser Nymphe, die ihm offenbar zugetan ist, hat Sisyphos die Ketten nicht mehr gelöst. Thanatos war also nackt gefesselt, bis Ares ihn befreite. Dieser tat es aber nur, weil es ihm gehörig auf die Nerven ging, dass die Leute, die er während Thanatos' Gefangenschaft umgebracht hat, nicht mehr starben.«

Morpheus räusperte sich. »Kann mir vorstellen, dass das peinlich war für Onkel Thanatos. Auf jeden Fall führte es dazu, dass er nie mehr mit jemandem, den er ins Schattenreich entführen soll, etwas getrunken hat. Er ist unbestechlicher und kompromissloser geworden. Jetzt tötet Thanatos jeden sofort und fragt ihn erst danach, was er sich zuschulden kommen hat lassen.«

»Wie beruhigend«, sagte Lysandra und wischte sich den Schweiß von der Stirn.

Ein Mann, der Lysandra auf Anhieb bekannt vorkam, betrat den Raum. Es war die Nymphe der verbotenen Träume, die diesmal – oh Wunder – Männerkleidung trug.

»Das ist unser Bruder Phantasos«, sagte Morpheus. »Phantasos, dies sind unsere Gäste. Wie heißt Ihr noch mal?«

»Dies hier ist Cel, Aiolos, Sirona und ich bin Lysandros.«

»Das ist aber ein seltsamer Name für eine Frau«, sagte Phantasos.

Morpheus nickte. »Es ist kaum anzunehmen, dass es sich hierbei um ihren richtigen Namen handelt.« Er wandte sich an Lysandra. »Natürlich wusste ich sofort, dass Ihr eine Frau seid. Nach dem Tod ist jede Maskerade hinfällig.« Morpheus lächelte auf eine Weise, dass Lysandra angst und bange wurde. Sie verstand, dass die Harpyien ihn mit dem personifizierten Tod verwechselten. »Bring unseren Gästen etwas Nepenthés, Phantasos. Sie haben Schwierigkeiten mit ihrer geschlechtlichen Identität«, sagte Morpheus.

»Das müsst gerade Ihr sagen. Euren Bruder haben wir als Phantasia, die Nymphe der verbotenen Träume, kennengelernt«, sagte Lysandra.

Morpheus sah Phantasos unter hochgezogenen Brauen an. »Ach, tatsächlich? Er hatte vermutlich zu viele Stechapfelsamen erwischt. Icelos war davon mal zwei Wochen lang blind gewesen.«

Phantasos grinste. »Ich bring dann mal den Nepenthés.«

Sirona räusperte sich. »Damit meint Ihr sicher Schlafmohnsaft in irgendeinem Wasser. Woher stammt das Wasser?«

»Es handelt sich um Wein vermischt mit Mohnsaft und was ich gerade so übrig habe. Das Wasser dafür ist aus der Lethe, die in meiner Höhle entspringt«, sagte Morpheus.

»Wenn wir von Lethes Wasser trinken, würden wir alles vergessen«, sagte Lysandra. Sofern sie den Genuss dieses Getränks überlebten.

Morpheus hob die Achseln. »Ehrlich gesagt habe ich

es noch nicht an Sterblichen ausprobiert. Die kommen so selten hierher. Ihr müsst es natürlich nicht trinken.«

»Genau«, sagte Icelos. »Dann bleibt mehr für uns übrig.«

»Ihr wollt also nichts?«, fragte Phantasos. »Dabei habe ich diesmal die Pilze mitvergoren, die hinter unserer Höhle wachsen.«

Lysandra schluckte. »Pilze? Wir wollen lieber nichts. Danke.«

Phantasos stellte Trinkhörner auf den Tisch und befüllte diese mit der Weinmischung.

Cel packte etwas von ihren eigenen Vorräten aus: getrocknetes Fleisch, Brot und einen Bierschlauch, den er umherreichte. Sie teilten sich das Mahl. Er hatte für einige Tage Proviant mitgenommen, doch hoffte Lysandra, bald wieder in die Menschenwelt zurückkehren zu können. Das Schattenreich war kein Ort für Menschen.

»Ihr kennt also die Nymphe mit dem geheimen Namen?«, fragte Lysandra.

Morpheus nickte. »Natürlich. Sie ist die Zwillingsschwester von Areion, dem schwarzen Flügelpferd. Ihre Eltern sind Demeter und Poseidon. Sie sind viel jünger als ihre Halbschwester Persephone und wurden erst nach deren Hochzeit mit Hades geboren. Dennoch scheinen sie ein inniges Verhältnis mit ihr zu haben. Sie besuchen sie mindestens zweimal im Jahr. Später kamen sie auch im Sommer, wenn Persephone gar nicht hier war. Icelos erwischte die Nymphe zusammen mit Thanatos, sonst hätten wir von ihrem Verhältnis gar nichts erfahren. Thanatos ist in letzter Zeit die Diskretion in Person.«

»Zum Glück sind wir gar nicht neugierig«, sagte Icelos.

»Habt Ihr etwas dagegen, wenn ich mich zurückziehe?«, fragte Lysandra.

Morpheus schüttelte den Kopf. »Nein, gar nicht. Ihr könnt Euch hier in den Höhlen ausruhen. Hier kommen wenigstens keine Harpyien rein. Diese Biester sind immer darauf aus, Unruhe zu stiften.«

Phantasos nickte. »Und viel Dreck machen sie.«

»Vielen Dank. Dieses Angebot nehmen wir gerne an.«

»Wir würden uns auch gerne zurückziehen«, sagte Cel, der damit vermutlich auch für Sirona sprach.

»Ich zeige Euch Eure Räume.« Morpheus erhob sich. Sie folgten ihm durch die Gänge und Durchgangsräume. Die Höhle wirkte von innen noch größer als von außen. Lysandra war sich sicher, dass sie tief bis unter die Erde reichte.

Einige der Höhlen waren leer bis auf die Tropfsteine und Tropfsteinsäulen, während andere mit ungewöhnlichem Mobiliar bestückt waren: Betten, die von der Decke hingen, dreieckige, dreibeinige Tische aus Granit, muschelbesetzte Stühle und beschlagene Truhen. Krapprot gefärbte Vorhänge an den Eingängen schützten vor Zugluft und dienten als Sichtschutz.

Sie bedankten sich bei Morpheus, der sich mit seinen Brüdern zurückzog.

»Sehen wir, dass wir noch ein wenig Schlaf bekommen. Morgen suchen wir das Haus des Hades auf«, sagte Aiolos.

»Ich ziehe mich mit Lysandros in dieses Gemach zurück«, sagte Cel.

Aiolos lachte. »Also heißt sie doch Lysandra, ich verstehe. Ich nehme die Katze mit zu mir, wenn sie nichts dagegen hat. Ich möchte nicht, dass so ein kleines, wehrloses Tier allein ist. Selbst hier nicht. Morpheus scheint recht freundlich zu sein, dennoch sollten wir

Vorsicht walten lassen.«

»Ich bin vielleicht klein, aber nicht wehrlos«, sagte Sirona.

»Ich wollte dich nicht beleidigen, Kleine«, sagte Aiolos, »und ich bin gespannt, wie du als Mensch aussehen wirst. Ich wünsche es mir für dich, dass du bald wieder eine Frau sein wirst.«

»Wenn du deine Hände bei dir behältst, schlafe ich mit dir in einem Raum. Nur weil ich zufällig wie eine Katze aussehe, gibt das niemandem das Recht, mich einfach zu betatschen.«

»Ich verstehe dich ja und ich verspreche dir, dich nicht anzufassen, es sei denn, du willst es.« Aiolos und Sirona verschwanden im angrenzenden Raum. Auch Lysandra und Cel zogen sich zurück.

Der Raum war düster, wirkte aber gemütlich mit dem schwarzen Bett in einer Ecke, das man im rechten Winkel zur angedeuteten Zimmerecke versetzt hatte. Die dadurch entstandenen Dreiecke waren mit schwarz schimmernden Granitplatten abgedeckt. Auf einer davon stand eine Öllampe, auf der anderen eine schwarze Vase mit einem Strauß rosaviolettem Schlafmohn, der seinen betörenden Duft verbreitete.

»Ich habe mich nach diesem Augenblick gesehnt«, sagte Cel, der oberhalb von Lysandras Brust zwei Finger in ihr Gewand schob und hineinsah.

»Es könnte unser letztes Mal sein.« Lysandra verspürte Trauer.

»Wir können das durchstehen und in die Menschenwelt zurückkehren. Es tut mir leid, dich in all das hineingezogen zu haben. Aber es ging nicht anders, denn uns läuft die Zeit davon.«

»Ich wäre ein Feigling, hätte ich euch nicht geholfen.«

»Zwischen Mut und Leichtsinn befindet sich manchmal nur ein schmaler Grat.«

»Mein Leben ist ohnehin verwirkt. Warum sollte ich nicht zuvor das anderer retten?«

»Niemandes Leben ist verwirkt!«, sagte Cel. »Es gibt immer eine Lösung.«

»Selbst ohne den Eid bin ich an Nerea gebunden. Viele andere hätten die Tochter ihrer Schwester einfach weggegeben, doch Nerea hat mich aufgezogen. Viele setzen ihre eigenen Töchter aus, in der Hoffnung, dass sie von ehrbaren Bürgern gefunden werden, doch allzu oft werden diese in die Sklaverei verkauft.« Wie oft musste sie ihm das noch erklären?

»Die Hellenen setzen ihre Töchter wirklich aus?«, fragte Cel.

Lysandra nickte. »Ja, denn sie sind für sie nur eine Bürde, die ihnen viel Mitgift kostet. Ihr einziger Nutzen liegt darin, sie geschickt zu verheiraten, um den Einfluss und die Beziehungen der Familie zu vermehren. Die meisten wollen nur eine oder bestenfalls zwei Töchter und stattdessen lieber Söhne.«

»Ich verstehe die Hellenen nicht, dass sie ihre Töchter geringer schätzen als ihre Söhne.«

»Tun die Boier das wohl nicht? Sind ihre Frauen wirklich gleichberechtigt?« Lysandra konnte es einfach nicht glauben.

Cel schüttelte den Kopf. »Der Gedanke allein ist für uns befremdlich.«

»Ich wünschte nur, unser Volk würde so denken, wie jene, die wir als Barbaren bezeichnen. Wir können einiges von euch lernen.«

»Einiges, doch nicht alles. Man hätte uns beim Angriff auf Delphoí niemals besiegt, wenn die einzelnen Stämme sich nicht zuvor bereits gegenseitig umgebracht hätten. Davon abgesehen kann ich diesen Angriff heutzutage, trotz all der damaligen Verzweiflung, nicht mehr gutheißen.«

»Worüber war man sich uneinig?«

»Ach, das Übliche: die Beuteaufteilung und wer das Heer führt. Nicht jeder war mit Brennos und Akichorios einverstanden. Nichts gegen eine Schlägerei, doch man muss sich nicht immer gleich gegenseitig umbringen. Es sollte schon etwas sein, wofür sich das Sterben lohnt. Doch will ich dich damit nicht belasten.« Cel trat näher zu Lysandra heran.

Das Bett mit seinen verzierten Füßen und der Erhöhung am Kopfende war aus dunklem, beinahe schwarzem Holz. Die Matratze schien mit Heu oder anderen Pflanzenfasern gefüllt zu sein. Krapprote Leinentücher und dunkle Felle dienten als Zudecken. Auch das runde Kopfpolster war mit einem roten Leinentuch bespannt.

»Sieht doch ganz gemütlich aus«, sagte Cel.

Lysandra, die sich mit einem Mal nicht mehr so sicher war, ob sie nicht doch von Morpheus' berauschendem Getränk gekostet hatte, da ihr Geist so umnebelt war, sank in die nach Lilien duftenden Kissen. Plötzlich lag Cel neben ihr und zog sie in seine Arme. Sanft fuhr er mit seinen Lippen über die ihren und presste sie an sich.

Ein Kribbeln durchfuhr ihren Leib. Es fühlte sich so gut an, in seinen Armen zu liegen, seine Wärme und seinen Atem zu spüren. Lysandra seufzte und drängte sich dichter an ihn. Sie gab sich dem Kuss hin, mit dem er zuerst sanft und dann fordernd ihren Mund eroberte.

Seine Lippen waren weich und warm, seine Zunge zog sie hinab in einen Taumel, der ihre Sinne verwirrte. Cels Hände waren überall: auf ihren Armen, den Brüsten, dem Bauch und der Hüfte. Er zog ihr das Gewand aus. Zugleich machte sie sich an seiner Kleidung zu schaffen, denn sie wollte mehr von ihm spüren. Nackte Haut auf nackter Haut.

Sie löste das Band in seinem Haar, sodass es sich in silbernen Kaskaden ergoss. Er sah aus, wie sie sich einen keltischen Gott vorstellte: wild, leidenschaftlich, unbezähmbar und zum Niederknien begehrenswert.

Lysandra schob ihn auf das Bett, um ihn zu betrachten: die schimmernde Haut, unter der sich deutlich seine Bauch-, Brust- und Armmuskeln abzeichneten, und jenen Streifen schimmernden Haares, der sich tiefer zog, um seine Männlichkeit zu umrunden. Er war in jeder Hinsicht prachtvoll.

Lysandra beugte sich über ihn und strich ihm eine Haarsträhne aus dem Gesicht. Auf den Wangen hatte er leichte Stoppeln, die man jedoch kaum sah, da sie so hell waren. Dann ließ sie ihre Fingerspitzen über seine Schultern, die Brust und den flachen Bauch gleiten. Sie genoss jeden Fingerbreit seiner glatten Haut, streichelte seine Hüften und umfasste seine Männlichkeit. Wie konnte etwas so hart und so zart zugleich sein?

»Komm zu mir.« Seine Stimme war ein raues Flüstern, die Augen dunkel vor Leidenschaft. Er umfasste ihre Hüfte, um sie näher zu sich heranzuziehen. Doch anstatt sie auf sich zu senken, streichelte er sie zwischen den Beinen an jener empfindsamen Stelle, die bereits feucht für ihn war. Seine kreisenden Finger brachten sie dazu, sich zu winden. Ein Stöhnen entwich ihren Lippen. Lysandra wollte ihn. Sie musste mehr von ihm spüren.

Sie kniete sich mit gespreizten Beinen über Cel. Mehrfach glitt sie mit ihrer Mitte auf seiner harten Länge vor und zurück, bevor sie diese langsam in sich aufnahm. Lysandra ließ sich Zeit, denn sie wollte den Moment auskosten.

Cel legte seine Hände auf ihre Hüfte. Sein Blick war verhangen. Auf seinen Lippen lag ein Lächeln, während er ihren Namen flüsterte. Als sie ihre Hüfte kreisen ließ, stöhnte er und stieß von unten in sie, um noch tiefer zu gelangen. Sie genoss das Gefühl der innigen Vereinigung, die mehr war als die von zwei Leibern.

Lysandra ritt ihn zuerst sanft, dann wilder. Ihr Haar umtanzte ihren Nacken und fiel ihr ins Gesicht. Ihr Leib bebte. Lysandra schrie auf, als der Höhepunkt sie überkam, doch sie bewegte sich weiter und trieb auch ihn zur Ekstase. Stöhnend wand er sich unter ihr und sah ihr dabei die ganze Zeit in die Augen.

Bald würden ihre Wege auseinandergehen. Sie wollte jetzt nicht daran denken, die Vollkommenheit des Augenblicks nicht durch die Schatten der sich herabsenkenden Zukunft zerstören. Cel zog sie in seine Arme und küsste sie auf die Stirn. Sie kuschelte sich an ihn und fühlte sich tiefer mit ihm verbunden als je zuvor.

Sturmwind und Unheil

»Wir haben Sterbliche entdeckt in der Welt der Toten«, sagte Aello, jene Harpyie, welche man auch Sturmwind nannte. »Bei dreien davon handelt es sich um jene, die Ihr töten wollt.«

Sie befanden sich im Haus der Dunklen in der Unterwelt. Sie war zwar weniger bekannt als Thanatos oder Hades, doch war sie eine Macht, mit der sie rechnen mussten.

Die Dunkle starrte die Harpyien an. »Habt ihr sie getötet?«

»Das haben wir versucht.«

»Ihr werdet es wieder versuchen.«

»Um mir wieder einen Brandpfeil im Hintern einzufangen? Ihr vergesst, dass wir nicht unsterblich sind. Eine von uns ist bereits tot«, sagte Aello, die Verbitterung darüber verspürte.

»Undankbares Pack!«

»Wir sind nicht undankbar. Bringe unsere Schwester Podarge zurück ins Leben und wir tun alles, was du willst. Eine weitere Tote können wir uns nicht leisten. Außerdem kam Thanatos uns dazwischen.«

Die Dunkle schnaubte. Ihre schwarzen Schwingen erbebten. »Thanatos? Der war die ganze Zeit über bei mir. Das war wohl wieder sein nichtsnutziger Neffe.«

Die Harpyie sträubte ihr Gefieder. »Ich wollte lieber

nicht herausfinden, ob es sich um Thanatos oder Morpheus handelt. Ersterer ist mit Sicherheit tödlich, doch Letzterer ist auch mit Vorsicht zu genießen. Als wir uns das letzte Mal mit ihm angelegt hatten, schüttete er etwas in unser Trinkwasser, sodass wir tagelang von Wahnvorstellungen getrieben durch die Gegend torkelten und nicht mehr richtig fliegen konnten. Wir sind in eines von Persephones Blumenbeete gestürzt und haben einiges zertrampelt, wofür uns Hades eine Woche lang in den Tartaros verbannt hat.« Keineswegs wollte Aello solche Demütigungen noch einmal erleiden.

»Der Tartaros wird nichts sein gegen meine Strafe. Ich werde euch alle langsam und qualvoll töten, wenn ihr nicht tut, was ich euch sage. Tötet die Sterblichen! Bald! Oder ich rupfe euch jede Feder einzeln heraus. Doch den blonden Mann bringt mir ganz. Verschont sein Leib und Leben.«

Aello wusste zwar nicht, was die Dunkle mit einem jämmerlichen Menschlein wollte, aber im Grunde interessierte sie das auch nicht. Für sie war er nur ein Mittel zu dem Zweck, ihren Status bei der Dunklen zu verbessern.

Die gewaltigen schwarzgefiederten Schwingen der Dunklen bebten. Ihr blauschwarzes Haar wogte um ihr bleiches Gesicht und ihren Rücken hinab über das ebenso schwarze, bodenlange Gewand. Sie sah fast kaum minder furchterregend aus wie Thanatos. Die Harpyien wussten inzwischen, dass die Dunkle ihre eigenen Pläne hatte, die nicht unbedingt mit denen von Morpheus, Thanatos oder Hades konform gingen. Außerdem war sie mächtig, wovon die Harpyien profitieren wollten. Schließlich waren sie bei Hades und Thanatos nicht besonders gut angesehen. Es wurde Zeit, dass sich ihr Status in der Unterwelt änderte, wofür Aello sorgen wollte. Niemand durfte die Harpyien unterschätzen. Eines Tages würde dieser Wicht Morpheus es nicht mehr wagen, sie mit seinen üblen Scherzen hinters Licht zu führen.

Aello erschrak, als sie den großen Geister-Hund erkannte, der geradewegs auf sie zu schwebte. Dieses aufdringliche Vieh war äußerst lästig. Bis auf sein schwarzes Gesicht und die dunkelbraunen Ohren war der mastiffähnliche Molossos hell, an manchen Stellen fast weiß. Auch in seinem Geisterstadium hatte er sich das Sabbern leider nicht abgewöhnt. Sogleich wichen die Harpyien zurück, um vom umherspritzenden Geifer nicht getroffen zu werden, auch wenn dieser nicht so viel Substanz hatte wie der eines lebenden Hundes.

Die Dunkle raufte sich die Haare. »Warum kann das Vieh fliegen? Entweder müsste es sein Gedächtnis verloren haben oder glauben, nicht fliegen zu können. Ich verstehe das nicht!« Sie floh ans andere Ende des düsteren Raumes. »Tötet dieses verdammte Vieh endlich! Schafft es mir vom Hals! Wie ich es hasse. Sie werden alle dafür bezahlen! Alle!«

Aello räusperte sich. »Ich kann ihn nicht töten, Herrin. Er ist bereits tot.«

»Verschwindet endlich! Und nehmt den Hund mit! Verscharrt ihn irgendwo, kettet ihn im Tartaros an, schmeißt ihn aus der Unterwelt raus, schafft ihn mir vom Hals!«

»Euer Wort sei uns Befehl. Aber auf uns liegt keine Verantwortung, was auch immer passieren sollte.« Aello wusste, dass man den Geister-Hund nicht dauerhaft von der Dunklen fernhalten konnte, ganz gleichgültig, was man tat. Dies war ihr selbst ein Rätsel. Jedenfalls war die Sache inzwischen äußerst lästig, doch konnte und wollte sie weder Thanatos noch Hades zurate ziehen.

Zu dritt ergriffen die Harpyien den Hund und flogen schwankend mit ihm fort, wohl wissend, dass er zurückkehren würde, wie er es bereits seit Monaten tat. Womöglich hatte ihn die Dunkle deshalb damals getötet.

Während des Fluges kam ihnen ein noch besserer Einfall, wie die Dunkle ihren Plan erreichen konnte. Zwar würden die Menschen dadurch etwas länger überleben, doch der Tod war ihnen ohnehin schon gewiss – durch die Klauen und Schnäbel der Harpyien. Sie wollten Blut sehen.

Als Cel am nächsten Morgen erwachte, erhob sich auch Lysandra. Beide kleideten sich an und gingen zur vorderen Höhle, wo sie den Abend zusammen mit Morpheus und seinen Brüdern verbracht hatten. Ein schwacher Opiumgeruch hing in der Luft.

Zu Cels Überraschung war Morpheus bereits wach und hantierte mit einer Schüssel, in der sich irgendein bräunliches Zeug befand. Schlief der Gott der Träume denn nie?

»Guten Morgen. Habt Ihr gut geträumt? Wollt Ihr nicht doch etwas Nepenthés?«, fragte Morpheus, der im Topf rührte.

»Ehrlich gesagt habe ich gar nichts geträumt«, sagte Lysandra.

Morpheus lächelte. »Wir versprachen, Euch unbehelligt zu lassen.«

»Wo sind Eure Brüder?«

»Sie ruhen noch«, sagte Morpheus.

»Wir danken Euch für Eure Gastfreundschaft. Wir werden nun weiterziehen«, sagte Cel.

Morpheus nickte. »Ich wünsche Euch eine gute Reise. Lasst Euch nicht von Hades oder Thanatos erwischen. Darf ich Euch Pilze anbieten?«

»Von den Pilzen hinter Eurer Höhle?«

»Sie wachsen auch an einigen Stellen innerhalb der Höhle. Die sind noch besser als Fliegenpilze. Phantasos und Icelos mögen das am Morgen. Icelos kann daraufhin Farben schmecken und Töne sehen.«

»Das klingt sehr interessant. Danke, das ist wirklich freundlich, aber wir haben noch keinen Appetit«, sagte Cel. Er würde sich gewiss nicht schon am frühen Morgen vergiften, denn er brauchte seine Sinne beieinander und seine klare Wahrnehmung.

Auch Sirona und Aiolos kamen aus ihrem Zimmer oder besser gesagt ihrer Höhle. Sie wirkten erfrischt und ausgeruht. Cel verteilte Brot und reichte den Bierschlauch herum. Danach verließen sie das Reich des Morpheus und mit ihm die trügerische Sicherheit der Träume.

»Ich glaube, ein Sturm zieht auf«, sagte Cel, als der Wind zunahm. Ein Frösteln zog über seinen Leib.

Tief liegende bleigraue Wolken verdunkelten den ohnehin nie besonders hellen Himmel. Lysandras Haar flog wild um ihr Gesicht. Auch sie blickte besorgt zum Firmament empor.

Aiolos sah sie überrascht an. »Ein Sturm im Schattenreich? Wie kann das sein?«

Cel erstarrte. Er deutete gen Himmel. »Die Harpyien kommen! Die werden wir wohl nie los!«

Getarnt durch wogende Wolken waren die Unheilsvögel ihnen bereits sehr nahe. Ihre Schwingen zerteilten die Lüfte. Eine von ihnen rauschte gefährlich dicht an Lysandra und Cel vorbei. Eine andere Harpyie flog über die Grasfläche, ergriff Sirona und schwang sich blitzschnell mit der zappelnden Katze in die Höhe.

Cel verspürte Panik in sich aufwallen. Sein Herz setzte für einen Schlag aus. Gegen diese Unheilsvögel würde die Katze nicht ankommen. Sie wirkte so klein in deren Krallen. Er warf seinen Speer, verfehlte die Harpyie jedoch knapp, da sie rasch noch weiter an Höhe gewann. Jetzt wollte er sie nicht mehr treffen, da sie zu weit oben flog. Ein Sturz aus dieser Höhe wäre für Sirona zu gefährlich.

Auch ihre dunklen Schwestern flogen hinauf, ihr Hohngeschrei hallte vom Firmament wider. »Wenn Ihr sie wiederhaben wollt, so müsst Ihr kommen, Celtillos. Ihr müsst nur den falschen Namen der Zauberin nennen.« Unter kreischendem Gelächter rauschten sie davon und mit ihnen die Sturmwolken und die Finsternis.

Sie hatten also von Anfang an geplant, Sirona als Geisel zu nehmen. Doch was wollte die Zauberin von ihm?

»Sie haben meine Schwester!« Cel durchzuckte der Schmerz des Verlustes mit plötzlicher Heftigkeit. »Sirona! Diese Kreaturen haben sie mir genommen! Sie werden ihr doch hoffentlich nichts antun.« Er hatte sie in Gefahr gebracht, nicht nur Sirona, sondern sie alle, auch Lysandra. Immer hatte er seine jüngere Schwester, seine einzige lebende Verwandte, vor allem beschützen wollen, umso schwerer wog sein Versagen. Wer wusste, was diese widerwärtigen Kreaturen mit ihr vorhatten?

»Von wem sprachen sie?«, fragte Lysandra.

»Von Creusa. Sie war nach unserer Verwandlung noch einmal bei mir gewesen und hat mir angeboten, den Zauber von uns zu nehmen, sollte ich mich in ihre Gewalt begeben, doch dann kam Sirona und warf sie hinaus. Sirona sagte, es müsse noch eine andere Möglichkeit geben, als sich dieser Frau zu Füßen zu werfen.

Ich hätte es dennoch tun sollen, denn jetzt hat sie Sirona und kann mich erpressen. Womöglich wird sie sie foltern und töten.«

»Warum will diese Frau dich unbedingt?«

»Ich weiß es nicht. Erst versuchte sie mich zu verführen und wob einen Liebeszauber, doch als dieser offenbar misslang, verwandelte sie uns in ein Tier und ein Mischwesen.«

»Warum misslang der Liebeszauber, wenn doch der weitaus aufwendigere Verwandlungszauber gegriffen hat?«, fragte Aiolos.

Cel hob die Achseln. »Das hat sich die Pythia auch schon gefragt. Ich weiß es wirklich nicht. Ich glaube, Sirona hat etwas getan, wodurch der erste Zauber unschädlich wurde. Was genau wollte sie mir nicht sagen. Ich hoffe nur, es war nichts Gefährliches, wofür sie jetzt bezahlen muss.« Ein schweres Gefühl breitete sich in seiner Brust aus. Seine Augen brannten und sein Kiefer schmerzte, so fest spannte er ihn an.

Lysandra legte ihm die Hand auf den Arm. »Wir werden einen Weg finden, sie zu befreien. Es muss einfach einen geben.«

»So etwas sagte Sirona auch immer. Sie ist eine wahre Kriegerin, die sich niemals unterkriegen lässt, selbst im Angesicht des Todes nicht.«

»Diese Frau, Creusa, oder wie auch immer sie sich nennen mag, will gewiss etwas von dir, das ihr sehr wichtig ist. Offenbar befürchtet sie, du könntest hier in der Unterwelt wirklich den Zauber brechen, sonst hätte sie sich nicht so viel Mühe gemacht, unsere Reise verhindern zu wollen.«

»Ich frage mich, warum sie ausgerechnet mich will? Es gibt so viele Männer, die sie hätte haben können, die vor allem williger gewesen wären. Sie ist eine schöne

Frau, die gewiss auch einen anderen gefunden hätte. Warum wollte sie ausgerechnet mich?«

»Hast du besondere Fähigkeiten?«, fragte Aiolos.

Cel starrte ihn an. Wie kam Aiolos darauf? Hatte er besondere Fähigkeiten, außer dass er ein hervorragender Krieger war und als zuverlässig galt? Er zögerte.

»Warum fragst du das?«

»Nun, nach deiner bisherigen nicht alltäglichen Geschichte zu urteilen, könnte die Ursache ebenso ungewöhnlich sein.«

Cel überwand sich. Es sah ohnehin nicht gerade rosig für ihn aus. Was hatte er noch zu verlieren?

»Ich kann die Toten sehen, doch würde ich dies nicht als besondere Fähigkeit betrachten, sondern eher als einen Fluch.«

»Du kannst die Toten sehen?«, fragte Aiolos und starrte ihn ebenso entsetzt wie erstaunt an.

»Das sagte ich doch soeben.«

Aiolos sah ihn jetzt nachdenklich an. »Das Totenreich und die Toten sehen. Da besteht ein Zusammenhang. Diese Zauberin verfügt über eine große Macht, sonst hätte sie dich nicht verwandeln können. Vermutlich weiß sie längst, dass wir hier sind und was wir hier treiben.«

»Hast du einen Vorschlag?«, fragte Cel.

»Beschwöre sie.«

»Was?« Cel starrte ihn völlig entgeistert an.

»Beschwöre sie, wie die Harpyie es gesagt hat, und frag sie, was das alles soll.«

Sironas Leben war in Gefahr. Kam er gegen eine solch machtvolle Zauberin an? Er musste es wagen. Notfalls ging er zu Creusa, wenn sie dafür Sirona freiließe. Sirona, ohne die er nicht weiterleben konnte.

»Ich sollte mit der Anrufung lieber warten, bis ich

mich wieder in den Greif verwandelt habe«, sagte Cel.

Aiolos nickte. »Das wird dir nicht viel nützen. Im Gegenteil. Wenn sie es war, die dich verzaubert hat, dann kann sie dich sicher zurückverwandeln. Und für die Dauer der Rückverwandlung bist du erbärmlich hilflos.«

»Das ist ein Argument.« Cel nickte. »Hoffen wir, dass es funktioniert.« Er holte tief Luft. »Creusa, ich rufe dich bei deinem falschen Namen. Ich beschwöre dich. Zeige dich mir. Komm zu mir in deiner wahren Gestalt.«

Nichts geschah.

Cel sah Aiolos an. »Bist du dir sicher, dass es funktioniert?«

»Sicher ist nur der Tod.« Der Magier starrte plötzlich hinter Cel. Dieser wandte sich um.

Die Schatten verdichteten sich und wirbelten einmal spiralförmig um ihre Mitte. Eine schwarze Gestalt schälte sich aus der Finsternis. Creusa kam durch das Portal. Ihr langes Haar wehte im jenseitigen Wind.

»Es ist zu begrüßen, dass du dich doch noch dazu entschlossen hast, Celtillos«, sagte die Zauberin.

Er starrte die dunkle Erscheinung vor sich an. Sie war ebenso schön wie Furcht einflößend. Machtvoll und gefährlich. Spätestens jetzt verbannte er die restlichen Zweifel, dass sie nicht menschlich war.

»Lass Sirona gehen und nimm mich an ihrer statt«, sagte Cel.

Creusa hob eine fein geschwungene Augenbraue. »So sehr liebst du sie?«

»Sie ist meine Schwester.«

Für einen kurzen Moment wirkte sie überrascht. »Das ist mir gleichgültig.«

»Lass sie frei und nimm mich.«

»Oh, wie edel von dir«, sagte sie in spöttischem Tonfall. Ein Lächeln trat auf ihr blasses, von langem schwarzem Haar eingerahmtes Gesicht. Auch ihr Gewand war schwarz wie ihre gefiederten Schwingen. Diese hatte sie damals in Delphoí nicht gehabt oder geschickt vor ihm verborgen.

Hinter ihr kam die Harpyie, die Sirona entführt hatte, mit dieser in den Klauen herbeigeflogen. »Ich hab das Katzenvieh!«

Sirona wand sich vergeblich in den Fängen des Untiers und riss sich dabei etwas Fell aus, an dem Blut klebte. In Cel stieg unbändige Wut auf bei diesem Anblick.

»Lass sie los, du Nebelkrähe!«, rief Cel.

Die Harpyie lachte meckernd. »Das hättest du wohl gerne, Menschlein?«

Menschlein war gut. Cel spürte bereits den ziehenden Schmerz, den Vorboten der Verwandlung, der rasch stärker wurde. Ausgerechnet jetzt! Es schien wirklich außerhalb seiner Kontrolle geraten zu sein. Der künstliche Tag-Nacht-Rhythmus der Totenwelt hatte alles durcheinandergebracht.

Er spähte zum Feind hinüber und hasste es, sich so hilflos zu fühlen in den Minuten der Verwandlung. Creusas dunkle Augen ruhten erbarmungslos auf ihm. Sie würde jede Schwäche ausnutzen, das wusste er. Womöglich hatte sie sogar die Verwandlung eingeleitet. Er traute ihr jede Boshaftigkeit zu. Seine größten Schwächen waren Sirona und Lysandra. Sirona hatte sie bereits in ihrer Gewalt. Von seinen Gefühlen für Lysandra sollte sie nichts erfahren, sofern sie es nicht ohnehin bereits wusste.

»Du hast mich hintergangen«, sagte die Frau, die er als Creusa kannte. »Dafür wirst du bezahlen. Komm mit mir.«

»Lass zuerst Sirona frei!«

Creusa trat zu ihm. Ihre Hand ruhte auf dem Knauf ihres Schwertes. Der Schmerz der Umwandlung ließ Cel taumeln. Keuchend ging er in die Knie.

»Gefällt dir der Schmerz?«, fragte Creusa bösartig lächelnd. »Ergib dich mir und du musst ihn nie wieder ertragen. Ich könnte den Zauber von dir nehmen, du musst nur kooperativ sein.«

Cel wehrte sich nicht gegen den Schmerz, sondern nahm ihn an und ging voll in ihn hinein. Die Erfahrung lehrte ihn, dass auf diese Weise die Umwandlung deutlich schneller vonstattenging.

Lag Erstaunen in Creusas Blick, als sie auf ihn nieder starrte? Sie trat tatsächlich ein paar Schritte zurück. Ein grausames Lächeln umspielte ihre Lippen.

»Komme mit mir, schwöre mir ewigen Gehorsam!«, sagte sie.

Cel setzte an, die Worte zu sagen, die sein Schicksal besiegeln sollten, doch wurde er von einer Männerstimme unterbrochen, die klar war wie Eis und ebenso kalt.

»Was ist hier los?« Morpheus stand dort, sein dunkles Gewand und sein hüftlanges rabenschwarzes Haar wehten im jenseitigen Wind. Er war absolut Furcht einflößend.

»Sie hat Sirona entführt und verlangt von mir im Austausch für sie meinen Treueschwur«, sagte Cel zu Morpheus.

Dessen Augen blitzten »Ist das wahr, Ker?«

Ker? War dies Creusas wirklicher Name?

Ker nickte. »Er ist ein Eindringling in das Schattenreich des Hades. Dafür muss er bezahlen.«

»Das hat auch Hades entschieden und darum bin ich

hier.«

»Dann seid Ihr gar nicht Morpheus?«, fragte Aiolos.

»Ich bin Thanatos, der Sohn von Nacht und Finsternis. Ich bin der Tod und gekommen, um Euch zu holen.« In seinen Worten lag Endgültigkeit. Thanatos zog sein mit schwarzen Juwelen besetztes Schwert. Er strahlte eine majestätische Präsenz und zugleich akute Gefahr aus, wie Cel sie nie zuvor in seinem Leben verspürt hatte. Doch vor allem umgab ihn Kälte.

»Ob Greif oder Mann, deine letzte Stunde hat begonnen und verrinnt unaufhörlich.«

»Ich bin hier, weil Ker meine Schwester Sirona und mich verzaubert hat. Nur hier kann ich den Zauber lösen, sagte man mir. Sonst wäre ich nicht in das Reich des Hades eingedrungen.«

»Ker ist meine Schwester. Über all dies können wir uns später noch unterhalten, wenn du tot bist«, sagte Thanatos und holte mit dem Schwert aus. Cel sprang hastig zur Seite und hieb mit der Klaue nach dem Gott des Todes, der geschickt auswich. Aus den Augenwinkeln sah er ein schwarzgeflügeltes Pferd, welches eine Frau trug. Mit ausgestrecktem Arm hielt sie ein krugähnliches Gefäß, das nach oben hin enger wurde und durch einen Stopfen verschlossen war. Durch Löcher an seiner Unterseite tröpfelte Wasser neben dem Flügelpferd auf den Boden. Die Nymphe mit dem geheimen Namen kam, um Cels Ende zu sehen. Doch das Antlitz des leibhaftigen Todes würde das Letzte sein, was er in seinem Leben erblickte.

Erneut führte Thanatos die Klinge in seine Richtung und traf ihn am Rücken. Cel entließ einen Raubvogelschrei. Er flog hinauf zum rauchigen Himmel, um einen Luftangriff zu wagen, doch auch Thanatos schwang sich auf schwarzgefiederten Schwingen zum Firmament empor wie ein Rachegott. Allein sein Anblick hätte einen weniger kampferprobten Mann als Cel in die Flucht geschlagen oder vor Furcht sterben lassen.

Er stürzte sich auf den leibhaftigen Tod und traf ihn auch, denn schwarzes Blut strömte aus dessen Arm. Thanatos holte erneut mit dem Schwert aus. Cel ließ Federn, doch glücklicherweise war der Treffer nur oberflächlich.

Thanatos riss das Schwert herum, um es in Cels Brust zu stoßen.

Kampf auf Leben und Tod

Cels Schrei hallte über den Himmel. Blut strömte aus seiner Brust. Lysandra wusste nicht, wie tief der Treffer war, doch würde Cel nicht ewig gegen Thanatos kämpfen können. Früher oder später gewann der Tod immer, denn die Zeit und die Ewigkeit gehörten ihm.

Ker stürzte sich mit gezücktem Schwert auf sie. Lysandra wich aus und zog ebenfalls ihr Schwert, das jedoch ein wenig kürzer war als das ihrer Kontrahentin. Ker erhob sich in die Lüfte und griff von oben an, was ihr einen Vorteil verschaffte. Lysandra steckte einen Hieb ein, der glücklicherweise nur eine oberflächliche Fleischwunde riss. Ker flog nach oben, um erneut von dort aus anzugreifen.

Areion kam auf sie zu gerannt. Die Nymphe war offenbar abgestiegen. »Spring auf und lass uns Ker den Garaus machen«, sagte er.

Da sah sie Ker bereits wieder nahen. Lysandra schwang sich auf den schwarzgeflügelten Rappen, der sich sogleich in die Lüfte erhob. Sie musste achtgeben, seine Flügel nicht mit dem Schwert zu treffen, als sie es hochriss, um Kers Angriff zu parieren.

»Verräter!«, stieß Ker hervor.

»Weder ich noch meine Schwester sind dir verpflichtet«, sagte Areion.

»Alle haben sich gegen mich verschworen.« Eine

Zornesader schwoll an Kers geröteter Stirn. Fluchend riss sie das Schwert herum und hieb damit nach Lysandras Hals. Diese duckte sich und stieß ihre Klinge in die Höhe. Sie streifte Ker. Dunkles Blut lief über ihr Gewand und tropfte zu Boden.

»Verfluchtes Weib! Du hast mir Celtillos weggenommen! Ich hätte ihn beinahe gehabt. Er gehört mir, nur mir!«

Lysandra ging nicht auf das Gespräch ein, sondern konzentrierte sich auf den Kampf.

»Nimm dies!« Ker hieb mit dem Schwert auf sie ein und streifte dabei Areion, der zwar kurz zusammenzuckte, aber keinen Laut von sich gab. Blut rann über seine Flanke. Lysandra hoffte, dass die Wunde nicht allzu tief war, er keine weiteren Treffer einstecken und durchhalten würde bis zum Ende des Kampfes, wie auch immer dieser ausgehen mochte.

Thanatos schwang sich herum, sein schwarzes Haar wirbelte, die Schwingen verdüsterten den Himmel. »Du bist des Todes!«

Cels Schrei durchdrang die Luft, als er sich auf den leibhaftigen Tod stürzte. Seine Klauen zerfetzten einen Teil von dessen Gewand, doch trafen sie kein Fleisch.

Cel holte mit dem Schnabel nach ihm aus, verfehlte ihn jedoch knapp. Der Tod traf ihn am Rücken, als er sich gerade zurückziehen wollte. Er kreischte auf. Warmes Blut sickerte über sein Fell und tropfte zum Boden herab, wo sich bereits einige der Toten versammelt hatten, um sich zu laben. Das Blut lief ihnen über die Gesichter und Hände. Verdammt! Wenn er stürbe, würden sie über seinen toten Leib herfallen und ihn zerreißen, um an sein Blut zu gelangen! Und Lysandra würde es sehen müssen. Doch sie würden sie ebenfalls nicht verschonen. Für Sterbliche im Reich der Schatten gab es keine Gnade.

Erschienen sie zuvor noch harmlos in einer lächerlichen Nachahmung ihres längst vergangenen irdischen Daseins, so waren sie jetzt verwandelt in blutrünstige Kreaturen. Lieber wäre Cel im Tartaros, auf ewig gepeinigt von der Erinye mit dem blutüberströmten Gewand, als zu einem dieser fahlen, instinktgetriebenen Toten zu werden.

»Gib auf. Du bist ohnehin des Todes!«, sagte Thanatos. Sein attraktives Gesicht war ausdruckslos. Keine Schweißperle stand auf seiner Stirn, während Cel vor Erschöpfung keuchte. Des Totengottes Schwingen waren ebenso groß wie seine eigenen und jenen eines Raben ähnlich in ihrer Düsterkeit, während seine eher golden waren.

Er flatterte und verlor einige Federn, als er Thanatos' Schlag behände auswich. Zu seinem Entsetzen sah er, wie Lysandra auf einem schwarzen Flügelross gegen Ker kämpfte. Wie wollte sie gegen die mächtige Zauberin ankommen? Er fürchtete sich um ihr Leben noch mehr als um sein eigenes.

Cel liebte sie. Bei dem Gedanken, sie heute zu verlieren, zog sich sein Herz schmerzhaft zusammen. Entweder sie oder er würden hier ihr Blut und ihr Leben lassen, getötet von dunklen Wesen und zerfetzt von den Toten.

Die widerwärtige Harpyie stieß ein hässliches Lachen aus, das ihm durch Mark und Bein ging. »Bald sind sie alle tot, Aello. Ker wird es überleben, doch Thanatos wird sie verbannen, wenn er erfährt, was sie geplant hat«, sagte sie mit krächzender Stimme zu ihrer dunklen Schwester, die angeflogen kam, um Sirona mit einem Blick voller Gier zu taxieren. »Teilen wir uns das Kätzchen, solange sein Fleisch noch warm ist.«

Aello senkte ihren Schnabel hinab.

Schweiß lief Lysandra über die Stirn und brannte in ihren Augen.

»Gib auf, denn es ist nicht dein Kampf. Ich könnte dich ziehen lassen«, sagte Ker in verführerischem Sirenentonfall, der in krassem Gegensatz zu ihrem hassverzerrten Gesicht und den glühenden Augen stand. Sie war schön und Furcht einflößend zugleich. So schön, dass es einem Wunder glich, dass Cel ihr nicht verfallen war. Offenbar hatte er geahnt, wie gefährlich und bösartig sie war.

So verlockend ihre Worte auch klangen, Lysandra konnte Ker dennoch keinen Glauben schenken. Sie würde ohnehin sterben, womöglich durch Thanatos' Hand, der im Auftrag des Hades hier war, um die Sterblichen zu beseitigen. Sie musste zugeben, dass er selbst neben der mächtigen Gestalt des Greifen beeindruckend aussah.

Sie parierte einen erneuten Schwerthieb Kers. Areion schien ein luftkampferprobtes Ross zu sein, denn er bewegte sich absolut sicher und mit spielerischer Anmut. Seine Schwester, die Nymphe mit dem geheimen Namen, stand am Rande des Kampfplatzes und beobachtete sie. Vermutlich würde sie eingreifen, sollte Areion in Gefahr geraten. Doch immer wieder streifte der Blick der Nymphe auch Thanatos. Auf wessen Seite stand die geheimnisvolle Nymphe? Immerhin kämpfte ihr Bruder jetzt gegen die Schwester ihres Geliebten.

Lysandra war kurz abgelenkt, als ein gewaltiger Vogel an ihr vorbeirauschte. Es handelte sich um eine weitere Harpyie, die gierig auf Sirona herabsah. Diese abscheulichen Kreaturen wollten Sirona fressen!

Kers Gelächter durchdrang die Luft, als sie Lysandras Schulter traf. Ihr Schwert streifte ihre Stirn. Blut lief Lysandra in die Augen, ihre Sicht verschwamm. Ihr Schrei vermischte sich mit einem anderen.

Mit gezücktem Schwert und einem Kampfschrei auf den Lippen stürmte Aiolos vor. Er traute sich jedoch nicht, der Harpyie einfach die Gurgel durchzuschneiden. Zu groß war die Gefahr, Sirona dabei zu verletzen oder gar zu töten. Dabei bedeutete ihr Leben ihm alles. Bei Deimos und Phobos, er hatte sich in eine Katze verliebt!

Wenn jedoch die Harpyien Sirona wieder mitnahmen, war sie ohnehin todgeweiht. Schnell und möglichst schmerzarm zu sterben war also nicht das Schlimmste, was ihr widerfahren konnte. Schon erhoben sich die Unheilsvögel in die Lüfte. Aiolos warf seinen Speer und traf eine davon am Flügel. Die Harpyie wollte die Katze an ihre Schwester weiterreichen, doch Aiolos sprang in die Höhe und griff nach Sirona.

Die Harpyie ließ sie nicht los.

»Wir können sie auseinanderreißen, Menschlein. Dann bekommt jeder ein Stück von ihrem zarten Fleisch.« Die Harpyie lachte kreischend und attackierte Aiolos. Sie rammte ihm den Schnabel in den Rücken.

Warmes Blut lief über seine Haut und durchtränkte das Gewand. Doch jetzt war er ihr nahe genug. Er schwang sein Schwert herum und zog es quer über den faltigen, grauen Hals der Harpyie. Eine klaffende Wunde erschien, aus der Blut hervorschoss und über die geflügelte Kreatur sowie die Katze in ihren Klauen floss.

Das Mistvieh wollte nach ihm hacken, doch er duckte sich und entriss Sirona der Harpyie. Die Katze lag schlaff in seinen Armen. Sie war ein blutbesudeltes Bündel. Er befürchtete, dass die Harpyie sie mit ihren Klauen verletzt hatte und sie tot war oder im Sterben lag.

Aiolos floh, den kraftlosen Katzenleib in den Armen, vor der Harpyie, die bereits ausholte, um ihn erneut mit den Klauen zu attackieren.

»Welch ehrenhafter Kampf! Die Klepshydra, die Wasseruhr, zeigt es mir: Celtillos, der Boier, hat sich lange genug gegen Euch gehalten, doppelt so lange wie jeder andere zuvor«, vernahm Cel die Stimme der Nymphe mit dem geheimen Namen. »Dies sollte honoriert werden.«

Thanatos hielt im Kampf inne. »Wenn Ihr mich nicht erneut angreift, so lass ich es auf ein Unentschieden hinauslaufen, solange Ihr Euch damit in der Menschenwelt nicht brüstet.«

»Warum tut Ihr das?«, fragte Cel den Tod. Er war sich bewusst, dass Thanatos ihn besiegen würde, sollte der Kampf fortgesetzt werden.

»Weil ich trotz aller Strenge gerecht und manchmal sogar großmütig bin. Ihr habt ohnehin keine wirkliche Aussicht gegen mich. Da Ihr Euch im Kampf gegen mich bewiesen habt, schenke ich Euch das Leben, vorausgesetzt, Ihr verlasst das Schattenreich sehr bald. Eure Begleiter nehmt mit. Verschweigt, was Ihr hier gesehen habt, sonst werde ich Euch holen, und kehrt nicht wieder zurück, bevor Eure Zeit gekommen ist.«

»Ich danke Euch, ehrwürdiger Thanatos.«

»Dankt nicht mir, denn der Tod hat noch jeden geholt. Zeit ist für mich, der ich der Repräsentant der Ewigkeit bin, nicht von Bedeutung.«

Der Tod als Repräsentant der Ewigkeit war eine interessante Interpretation. Doch hielt Cel es für klüger, nicht mit Thanatos darüber zu debattieren, wenn er schon so gnädig gestimmt war. Man sollte sein Glück nicht auf die Probe stellen.

»Ihr dürft ihn nicht begnadigen!«, rief Ker. »Das beweist nur wieder, dass Ihr aufgrund Eurer Sanftheit dieses Amtes unwürdig seid! Unwürdig!« Ihr blutbesudeltes Schwert blitzte auf im diffusen Zwielicht des Schattenreichs.

»Haltet ein, Ker!«, rief Thanatos. »Der Kampf ist vorbei!«

»Innehalten?«, fragte Ker. »Stirb auf deinen Knien, Sterbliche!« Ker erhob ihr Schwert, um Lysandra einen Stoß ins Herz zu geben, doch da diese rechtzeitig zur Seite sprang, streifte sie nur ihren Arm. Die Wunde brannte fürchterlich.

»Verabschiede dich von deinem jämmerlichen Leben, Sterbliche!« Ker lachte triumphierend.

Trotz der Schmerzen riss Lysandra in ihrer Verzweiflung blitzschnell ihr Schwert herum und trennte mit einem Hieb, in den sie all ihre verbliebene Kraft legte, Kers Kopf vom Rumpf. Sie verdrehte die Augen. Ein Ausdruck des Unglaubens lag in ihrem Blick. Blut spritzte wie eine Fontäne aus dem Hals hervor, als der Kopf zur Seite flog und mit einem dumpfen Laut auf der Wiese aufschlug. Sofort wollten sich die Toten darauf stürzen, doch Thanatos hielt sie zurück.

»Ker ist nicht tot«, sagte Thanatos, »denn als Verkörperung des gewaltsamen Todes kann sie nicht sterben. Die Verbannung ist ihr jedoch sicher. Äußere dich dazu, Aello.« Sein strenger Blick fiel auf die Harpyien, die zusammenzuckten.

»Wir haben nur auf ihre Befehle hin gehandelt«, sagte Aello in unterwürfiger Pose mit gesenktem Kopf. Auch ihre Schwester, die sich soeben von dem Treffer erholte, hatte eine demütige Haltung eingenommen.

»Schon gut, doch hättet ihr es mir sagen sollen«, sagte Thanatos.

»Sie hat uns erpresst.«

»So ein Dreck. Ihr besudelt mein frisch angepflanztes Schlafmohnfeld mit eurem Blut!«, erklang eine Stimme hinter Lysandra, die sich ähnlich anhörte wie die des Todesgottes.

Lysandra wandte sich um und sah Thanatos doppelt. »Morpheus?«, fragte sie.

Der links Stehende nickte. »Setzt Ker den Kopf doch wieder auf!«, sagte Morpheus.

Lysandra sah ihn verwundert an. »Geht das denn?«

»Natürlich. Aello, wärst du bitte so freundlich.«

Die Harpyie sah mit Widerwillen auf den abgetrennten, blutbesudelten Kopf. »Dafür bekomme ich eine Lohnerhöhung.« Sie stürzte sich auf Kers Haupt und erhob sich, es in ihren Klauen haltend, in die Lüfte.

»Pass doch auf. Du kratzt ihr noch die Augen aus«, sagte Thanatos.

Morpheus nickte. »Ja, das gibt eine Sauerei auf meiner Aussaat. Stellt Euch vor, es kleben Augäpfel an meinen frisch gekeimten Pflanzen.« Er erschauerte sichtlich.

Lysandra hatte den Eindruck, dass er seine Tante nicht allzu sehr schätzte.

Aello setzte den Kopf mit der abgetrennten Seite auf den Halsstumpf, mit dem er augenblicklich zusammenwuchs. Ker erhob sich, doch Lysandra sah anstatt ihres Gesichts den Haarschopf auf der Vorderseite.

»Irgendwie siehst du heute seltsam aus, Tante Ker«, sagte Morpheus. »Das muss an den Pilzen liegen.

Außerdem solltest du dich mal wieder rasieren.«

»Pilze?« Panik klang in Kers Stimme mit. »Wo sind Pilze? In meinem Haar? Tu sie raus!« Ker griff sich ins Haar und schnupperte. »Was ist das für ein Zeug?«

»Kentaurenkot. Den schmeiß ich auf meine Felder, denn das ist der besten Dünger weit und breit«, sagte Morpheus.

Ker kreischte. »Iiiihh! Und ich habe das jetzt im Haar! Außerdem hat mir diese Mistkrähe den Kopf falsch herum aufgesetzt. Dafür werde ich ihr jede Feder einzeln ausrupfen.«

»Aua«, sagte Aello.

»Es gibt kein Problem, das man nicht durch Gewalt lösen kann. Halte durch, Tante Ker«, sagte Morpheus. »Ich köpfe dich einfach noch mal, dann kann dein Kopf wieder richtig herum anwachsen.«

Ker kreischte panikerfüllt. »Haltet mir diesen Wahnsinnigen vom Leib!« Sie trat einige Schritte von ihm weg, nahm ihren Kopf in beide Hände und drehte ihn ruckartig um einhundertachtzig Grad. Ein hässliches Knirschen und Knacken erklang, doch schließlich saß ihr Kopf wieder richtig herum. Lediglich ihr Hals sah etwas verdreht aus.

»Olivenöl ist gut gegen Falten am Hals«, sagte Aello.

Ker sah sie mordlüstern an. »Spar dir deine Kommentare, wenn du nicht auf dem Grill landen willst!«

»Meinte ja nur.«

Sie vernahmen ein Bellen und Hecheln. Ker wurde noch blasser, sofern das überhaupt möglich war.

»Ich konnte ihn nicht aufhalten«, rief die dritte der Harpyien, die zerrupft aussah. An ihrem Gefieder klebte … Hundesabber. Lysandra hatte sich schon gefragt, wo die Harpyie abgeblieben war.

»Kelaino, was ist geschehen?«, fragte Thanatos.

Der Molossos, ein mastiffähnlicher Geisterhund, preschte auf Ker zu ... und rieb seinen Unterleib in eindeutiger Pose an ihrem Bein. Lysandra erkannte Überraschung in Thanatos' Blick.

Ker, die vergeblich versuchte, sich dem Hund zu entziehen, kreischte auf. »Nehmt ihn weg! Nehmt ihn weg!« Sie schwang ihr Schwert, doch dem Hund konnte sie damit nichts anhaben, da er ohnehin bereits tot war.

Der Hund war fertig, Kers Gewand besudelt und sie blasser als die umstehenden Toten. Der Geisterhund ließ sich zu ihren Füßen auf den platt gedrückten Asphodeln nieder.

»Ich wusste gar nicht, dass man das als Toter auch noch kann. Aber irgendwie ist es beruhigend«, sagte Aiolos.

Ker sah ihn mordlüstern an. »Du wirst gleich selbst herausfinden können, ob du als Toter noch dazu in der Lage sein wirst.« Sie schwang ihr blutbesudeltes Schwert.

Thanatos trat vor. »Hier wird niemand umgebracht, außer von mir. Kann mir jetzt jemand erklären, was hier vor sich geht?!«

»Ja, das kann ich«, sagte Sirona, die blutgetränkt in Aiolos' Armen lag.

»Was bist du denn?«, fragte Thanatos.

»Celtillos' Schwester.«

»Du siehst aus wie ein ausgehungertes Eichhörnchen, das man vom höchsten Berg von Hellas geworfen und anschließend mit einem Dutzend Pferdewagen überfahren hat.«

»Danke für das Kompliment, aber auf meinem Fell ist nur Harpyienblut.« Sirona deutete mit der Nasenspitze auf Ker. »Dieses Weib dort wollte sich meinen

Bruder mit einem Liebeszauber gefügig machen. Sie sandte eine Dienerin aus, zu diesem Zweck eine Strähne seines Haares zu stehlen. Ich erwischte sie dabei und nötigte sie, stattdessen das Haar eines blonden Molossos' zu ihrer Herrin zu bringen.«

Ker schrie auf. Ihr Gesicht war wutverzerrt. »Das erklärt alles! Wenn man nicht alles selbst macht! Wenn diese Versagerin nicht bereits tot wäre, würde ich sie jetzt umbringen – langsam und qualvoll!«

Thanatos hob eine Augenbraue. »Der Hund ist also durch deinen eigenen fehlgeleiteten Liebeszauber an dich gebunden. Interessant, dass dies sogar noch nach seinem Tode anhält.«

»Das war ein Spezial-Zauber«, sagte Ker, die sich verzweifelt die Haare raufte.

»Warum wolltest du Celtillos, den Boier, an dich binden?«, fragte Thanatos.

»Weil du ein Versager bist«, sagte Ker hasserfüllt.

»Cel ist ein Nekromant«, sagte die Nymphe mit dem geheimen Namen, »der erste von dieser Stärke seit über zehntausend Jahren. Er trägt die Magie des Schattenreichs in sich. Ich vermutete es, doch wollte ich mir erst selbst Gewissheit darüber verschaffen, bevor ich es dir sagen würde, Thanatos. Sie ist deine Schwester, ich jedoch nur deine Geliebte. Ich wollte keine Zwietracht oder Misstrauen zwischen euch säen.«

Thanatos sah die Nymphe voller Hingabe und Liebe an. »Davon kann keine Rede sein, denn sie hat gegen mich intrigiert. Eines sei dir gewiss, Despoina: Du kommst für mich an erster Stelle. Soweit solltest du mir vertrauen. Du hättest keine Zwietracht gesät, doch ich wäre dieser Sache nachgegangen.«

»Despoina? Ich dachte, ihr Name sei geheim?«, fragte Aiolos.

»Das ist er auch«, sagte Thanatos. »Despoina ist nur ein Beiname. Ihr wahrer Name ist so geheim, dass sie ihn selbst nicht weiß.«

»Ich bin also ein Nekromant. Daher kann ich die Toten sehen und hören«, sagte Cel.

»Du kannst sie auch befehligen«, sagte Despoina. »Ker wollte sich deine Macht zunutze machen, denn zusammen mit ihrer, so hoffte sie, wäre sie mächtiger als Thanatos und würde sein Amt als oberster Totengott annehmen können. Sie ist zwar auch eine Totengöttin, doch keineswegs so bekannt wie er.«

»Ich wollte nur das haben, was mir von Rechts wegen zusteht!«, sagte Ker. »Ich bin der gewaltsame Tod, der einzig wahre Tod. Thanatos ist zu sanft. Er ist nachsichtig wie eine alte Vettel!«

»Kein Grund, mich zu beleidigen, Schwester. Du verwechselst Gerechtigkeit mit Sanftmut. Dein Hass und deine Machtgier machen dich blind.« Thanatos deutete auf die Toten. »Ihr Schatten, bringt sie zu Hades. Er wird entscheiden, was mit ihr geschehen soll.«

Die Toten umzingelten Ker. Obwohl sie kreischte und sich wehrte, hatte sie keine Möglichkeit gegen die Übermacht, die sie zum Haus des Hades zerrte. Der Geisterhund trottete ihr hinterher. Gelegentlich leckte er ihr übers Bein oder das Gesicht, je nachdem, was er gerade erwischte, woraufhin Ker erschauerte.

»Kommt mit mir zu Hades, dem Herrn dieser Welt«, sagte Thanatos.

Morpheus, Despoina auf Areion, Cel, Lysandra und Aiolos mit Sirona auf den Armen folgten ihm. Lysandra verspürte Beklemmung angesichts der bevorstehenden Konfrontation mit dem Herrn des Schattenreichs. Konnte er noch beängstigender sein als sein Gefolgsmann Thanatos, der leibhaftige Tod?

Hades

Das Haus des Hades war schwarz und so groß, dass selbst der Greif es würde betreten können. Die bronzene Pforte wurde bewacht von dreizehn Schakalen. Im Vorgarten wuchsen Myrte, Schlafmohn, Lilien und Reseda von unwirklicher, beängstigender Schönheit, die Lysandra nur stumm bestaunen konnte. Thanatos führte sie ins Gebäude, durch dunkle, nach Weihrauch duftende Gänge zu einem Raum, wo Hades sie in scharlachrotem Gewand auf seinem Knochenthron sitzend erwartete. Ker wurde von zwei Toten hineingebracht. Der Platz zu Hades' Linken war leer, was Lysandra verwunderte. Persephone musste doch auch schon hier sein, denn es war Herbst.

Hades sah in der Tat unheilvoll aus, fand Lysandra. Sein Haar war ebenso schwarz wie das des Thanatos, nur im Gegensatz zu seinem lockig und es reichte ihm bis zu den Schultern. Zudem trug er einen kurz gestutzten Bart.

Aus stechenden dunklen Augen sah er die Ankömmlinge an.

»Seid gegrüßt, ehrenwerter Hades. Dies sind die Eindringlinge.«

»Ich grüße Euch, Thanatos.« Hades rümpfte die Nase. »Was stinkt da so? Könnte Kentaurenkot sein, wenn ich mich nicht irre.« Seine Stimme hallte von den dunklen, mit Silberadern durchzogenen Steinwänden wider.

»Morpheus hält das für einen guten Dünger«, sagte Ker.

Hades taxierte sie, furchte die Stirn und schüttelte schließlich den Kopf. »Aber doch nicht fürs Haar, Ker.«

»Dafür kann ich nichts. Mir ist versehentlich mein Kopf auf sein frisch gedüngtes Schlafmohnfeld gefallen.«

»Wenns sonst nichts ist. Berichtet, Thanatos. Was hat Ker mit diesen Leuten zu schaffen?«

»Sie wollte den Keltoi, da er ein überaus mächtiger Nekromant ist.«

Hades hob die Brauen. »Wie interessant.« Er wandte sich an Cel. »Ihr gedenkt doch nicht etwa, Eure Macht zu missbrauchen?«

»Natürlich nicht. Bis vor Kurzem wusste ich noch nicht mal davon.«

»Thanatos, habt Ihr irgendwas dazu zu sagen?«

»Ich bin dafür, sie ziehen zu lassen. Der Keltoi hat im Zweikampf gegen mich doppelt so lange durchgehalten wie jeder andere zuvor.«

»Wirklich erstaunlich. Warum sind sie hier?«, fragte Hades.

»Cel und seine Schwester«, Thanatos deutete auf die Katze, »wurden von Ker mit einem Zauber belegt.«

»Das blutbesudelte Eichhörnchen ist seine Schwester?«, fragte Hades.

»Ich bin eine Katze!«

Thanatos räusperte sich. »Ker gedachte, sie sich damit gefügig zu machen.«

»Um dich zu stürzen?«, fragte Hades.

Thanatos nickte.

»Das ist nicht gut«, sagte Hades. »Ker wird zur Strafe

tausend Jahre lang in den Tartaros verbannt.«

Ker erbleichte. »Das könnt Ihr mir nicht antun!«

»Doch, das kann ich. Die Menschen lasst ziehen. Doch eines merkt Euch, Keltoi: Ihr könnt Eure Macht verwenden, um Euch und jene, die Ihr liebt, zu schützen. Solltet Ihr sie jedoch missbrauchen, so ist Euch der frühe Tod gewiss. Wir beobachten Euch. Morpheus bringt Euch hinaus.«

Morpheus wandte sich an Hades. »Erlaubt mir, Herr, Euch daran zu erinnern, dass sie wegen des Zaubers hier sind. Würdet Ihr bitte so großmütig sein und diesen von ihnen nehmen?«

»Ach, den hätte ich beinahe vergessen. Setzt die Katze auf den Boden.«

Aiolos ließ Sirona vorsichtig hinab. Hades hob beide Hände, schloss die Augen, murmelte etwas Unverständliches und plötzlich fielen winzige Sternschnuppen, scheinbar aus dem Nichts entstanden, von der Decke, deren Höhe nicht auszumachen war. Die Sternschnuppen lösten sich auf zu einem Funkenregen, der sowohl Cel als auch Sirona erfasste. Ein Licht umspielte sie. Cel verwandelte sich zurück in seine menschliche Gestalt, doch der Greif blieb diesmal sichtbar als eine durchscheinende Gestalt, welche den Mann durchdrang. Über Sirona erschien eine menschliche Form, die immer dichter wurde, während Greif und Katze immer weiter verblassten und schließlich verschwanden.

Sirona stand jetzt in ihrer menschlichen Gestalt vor ihnen, nur bedeckt von polangem silberblondem Haar. Ein Ausdruck des Unglaubens lag in ihrem Blick, während sie ihr Gesicht und dann ihren Leib befühlte.

Aiolos kam zu ihr, um sie in seinen Umhang zu hüllen. Sie dankte ihm mit einer Stimme, die entfernt an die der Katze erinnerte. Cels Schwester war eine wahre

Schönheit.

»Als sie verwandelt wurde, war sie fast noch ein Kind gewesen«, sagte Cel, der Sirona ungläubig anstarrte. »Das war vor etwa einem Jahr, doch etwa fünf ist sie seitdem gealtert. Es war höchste Zeit ...«

Lysandra schluckte, denn sie wurde sich gewahr, was es bedeutet hätte, wäre Sirona nicht zurückverwandelt worden.

»Folgt mir! Ich bringe Euch zurück«, sagte Morpheus.

»Das ging aber alles schnell«, sagte Lysandra.

»Hades ist ein Mann der raschen Entschlüsse«, sagte Morpheus.

Despoina und Areion verabschiedeten sich und verschwanden in den Weiten des Schattenreichs. Die beiden Toten schickte Hades zurück zu den Asphodelischen Feldern. Thanatos nahm Ker mit sich, um sie zum Tartaros zu bringen. Lysandra, Cel, Aiolos und Sirona folgten Morpheus, der sie zu seiner Höhle geleitete.

»Was sollen wir in deiner Heimstätte?«, fragte Lysandra.

»Dort befindet sich eines der mächtigsten Tore des Schattenreichs, das nur Thanatos und ich öffnen können. Es kann Euch überall hinbringen, wo Ihr wollt.«

Er führte sie durch die Gänge der Tropfsteinhöhle. Sie überquerten einen unterirdischen Fluss. Auch hier hingen helle Stalaktiten von der orange schimmernden Decke. Einige reichten bis in den Fluss hinein, andere vereinten sich mit ihren Gegenstücken zu Säulen. Stalagmiten ragten aus dem grünlich schimmernden Wasser, in dem von der Decke herabgefallene und teilweise zerbrochene Stalaktiten lagen. Es war gespenstisch und faszinierend zugleich.

»Ist dies der Lethe?«, fragte Lysandra.

Morpheus nickte.

Es erschien ihr unglaublich, dass der Fluss bereits unweit seiner Quelle so viel Wasser trug, doch offenbar war in der Totenwelt einiges anders.

Sie kamen in eine Höhle, deren Wände und Decke von Metall- und Edelsteinadern durchzogen waren. Eine größere Fläche davon sah aus wie ein schwarzer Spiegel.

Morpheus blieb davor stehen. »Wer möchte zuerst hindurchgehen? Lasst den Frauen den Vortritt. Ihr müsst Euch nur den Ort vorstellen, zu dem Ihr hinwollt und schon bald könnt Ihr dort sein. Und wundert Euch nicht über den Frühling, denn im Schattenreich vergeht die Zeit anders.«

»Sirona? Wohin möchtest du?«, fragte Cel.

»Ich möchte zurück nach Belerion. Du auch, Cel?« Sie sah ihn hoffnungsvoll an.

Der Boier nickte. »Es ist ein wunderschönes Land. Ich kann mir sehr gut vorstellen, dort zu leben.«

Lysandra wurde das Herz schwer. Nun war der Augenblick des Abschieds gekommen. Sie musste zurück nach Delphoí. Kein Weg führte daran vorbei.

»Ich will auch in Belerion leben«, sagte Aiolos, der verstohlen einen Seitenblick zu Sirona warf, die daraufhin errötete.

»Und Ihr?«, fragte Morpheus Lysandra.

»Delphoí.«

Morpheus vollführte eine Handbewegung oberhalb der schwarzen Spiegelfläche. Er wirkte höchst konzentriert.

Zwei Bilder erschienen: Belerion und Delphoí, getrennt durch eine vertikale, silberne Linie.

»Danke, Morpheus, ich danke Euch für alles! Warum

öffnet sich das Tor in Hellas, wenn ich bis nach Belerion reisen musste, um in die Unterwelt zu gelangen?«, fragte Lysandra.

Morpheus sah sie an. »Dieses Tor können, wie ich bereits sagte, nur Thanatos und ich öffnen. Die spezielle Verbindung zu diesem Ort hat zuvor nicht existiert. Ich habe sie für Euch erschaffen. Sie wird verschwinden, sobald Ihr hindurchgeschritten seid, während das Tor in Belerion immer existiert. Als Mensch könnt Ihr aufgrund Eurer besonderen Gabe einige der bestehenden Tore öffnen, doch nicht alle, und auch kein neues erschaffen, denn dies ist den Göttern vorbehalten.«

Sirona ging zu Lysandra, küsste sie auf die Wange und bedankte sich bei ihr. »Ich hoffe, du wirst trotz allem ein gutes Leben haben in Delphoí«, sagte sie und schien es – ihrem herzlichen Blick nach zu urteilen – auch so zu meinen. Sirona sah Cel so ähnlich, dass es Lysandra schmerzte, sie anzusehen. Die Boierin lächelte sie ein letztes Mal an und schritt anschließend gemeinsam mit Aiolos durch das Tor. Lysandra sah die beiden auf der anderen Seite auf einer Wiese mit Apfelbäumen. Aiolos konnte seinen Blick kaum von der Boierin abwenden. Schließlich reichte er ihr seine Hand, die Sirona ergriff.

»Lysandra«, sagte Cel. Sie wandte sich zu ihm um. »Ich danke dir dafür, dass du uns geholfen hast, und hoffe, wir werden uns eines Tages wiedersehen.«

Das hoffte Lysandra auch, obgleich sie wusste, wie trügerisch dieser Gedanke war. Für sie gab es nur eine Zukunft und zwar die in Delphoí. Nie wieder würde sie eine Frau sein und niemals aufhören, ihn zu lieben, egal, wo sie sich und er sich befanden. Sie blinzelte die Tränen weg, die in ihre Augen traten. Ein stechender

Schmerz durchdrang ihr Herz.

Cel zog sie in seine Arme und küsste sie. Es war ein kurzer Kuss, der allzu sehr nach Abschied schmeckte. Dann ließ er sie los. »Falls du dich anders entscheiden solltest ...«

»Ich wünschte, es wäre anders, doch es liegt nicht an mir. Ich bin nicht frei in meiner Entscheidung. Willst du nicht mitkommen nach Delphoí?«

»Um dort als verhasster Fremder zu leben? Ich glaube nicht, dass das eine gute Idee wäre.«

Er hatte recht. Es gab keine gemeinsame Zukunft für sie. Lysandra konnte von ihm nicht erwarten, Sirona allein zu lassen, um auf dem Parnassós oder in Delphoí zu leben für die wenigen Momente, in denen sie sich von den Pflichten ihrer Familie gegenüber wegstehlen würde können. Dass es keine gemeinsame Zukunft für sie beide gab, lag wohl daran, dass sie selbst keine Zukunft hatte. Zumindest keine erstrebenswerte, doch sie würde ohne zu klagen ihre Pflicht tun. Später irgendwann wäre sie frei ... Bis dahin hätte Cel eine andere Frau oder lebte an einem Ort, von dem sie nicht wusste.

»Lebe wohl, Cel. Ich werde dich niemals vergessen.«
Ein letztes Mal sah sie ihn an und glaubte in seinem Blick den Schmerz zu erkennen, der auch in den Tiefen ihres Herzens brannte. Schnell wandte sie sich ab, um zurückzukehren nach Delphoí. Den Abschied zu verlängern würde es nur noch qualvoller für sie machen.

Die Rückkehr

Lysandra durchschritt schweren Herzens das Portal, einen Weg ohne Wiederkehr. Der heiße Wind von Hellas trocknete ihre Tränen. Sie sah Morpheus' Portal wie schwarzen Rauch hinter sich entschwinden. Keine Blumen, Hecken und Apfelbäume, kein Heidekraut wie in Belerion gab es hier, nur karge Flechten und vereinzelt Bäume.

Lysandra lief vom Fuße des Berges hinab zur Stadt, die ihr vertraut und fremd zugleich erschien. Wie lange war sie fort gewesen? Sie lief durch die staubigen Straßen, wo der Wind den Sand hochhob und umherwirbelte. Die Feuerschalen waren längst erloschen. Alte Frauen saßen in verblichenen Gewändern vor den Häusern. Sie starrten Lysandra an, als sähen sie einen Geist.

»Ist das nicht Lysandros, Nereas verlorener Sohn?«, fragte eine von ihnen ihre zahnlose Begleiterin.

Ein junger Mann trat aus dem Haus und kam zu ihnen. »Das kann nur ein Betrüger sein, denn sein Bruder sagt, er sei tot.«

»Vielleicht ist er es wirklich. Womöglich ist er geflohen. Das sähe ihm ähnlich.«

Nichts hatte sich verändert. Alles hatte sich verändert. Lysandra war nicht mehr die Gleiche wie vor einem Jahr. Sie hatte die Liebe und das Leben kennengelernt, was sich nun als folgenschwerer Fehler erwies, denn nun kannte sie auch den Verlust und den Schmerz, den dies mit sich brachte. Besser wäre es gewesen, niemals davon gekostet zu haben, als sich für den Rest des Lebens danach zu verzehren.

Lysandra erreichte das Haus ihrer Ziehmutter, doch fand sie es leer vor. Ein alter Mann, der sie offenbar nicht erkannte, fragte sie, wen sie suche. Auf ihre Frage nach Nerea antwortete er ihr, dass diese und ihre Tochter Hermióne nun woanders wohnen würden, nachdem Nereas Söhne in die Ferne gezogen waren und Hermióne geheiratet hatte.

Ihre so viele Jahre jüngere Schwester hatte geheiratet? Mit einem Mal fühlte sich Lysandra sehr alt – und unsäglich einsam.

Ob sich auch Damasos bereits auf dem Rückweg befand? Vor Anbruch des Herbstes war nicht mit seiner Ankunft zu rechnen. Doch warum wusste der junge Mann von ihm? Hatte Damasos Nerea eine Nachricht zukommen lassen?

Lysandra ließ sich den Weg zu Hermiónes Haus beschreiben. Der Gedanke, dass ihre jüngere Ziehschwester nun verheiratet war, erschien ihr immer noch befremdlich. Sie kannte sie nur als kleines Mädchen. Da Hermióne im Gegensatz zu ihr in den Frauengemächern aufgewachsen war, hatte sie sie nur zwei Mal gesehen vor vielen Jahren. Es schickte sich einfach nicht, dass ein weibliches Wesen von einem Mann oder Jungen erblickt wurde, selbst wenn dieser ihr eigener Bruder war.

Während sie an die Tür des Hauses klopfte, hoffte sie, dass man sie zu ihrer Ziehmutter vorlassen würde. Ein Diener erschien und fragte nach ihrem Begehr. Nachdem sie ihren Namen genannt hatte, führte er sie hinein. Vom zentral gehaltenen Hof zweigten in alle Richtungen Räume ab. Die gepflasterten Wände waren weiß getüncht und der Boden mit einem Mosaik aus kleinen Kieseln versehen. Die winzigen, sehr hoch angesetzten Fenster waren nicht mit Säcken verhangen, doch ein blickdichter Vorhang trennte den angrenzenden Raum ab.

Wie erwartet erschien zuerst Hermiónes Mann. Er hatte kurz geschnittenes, krauses Haar, ein schmales Gesicht und war schätzungsweise etwa Mitte dreißig.

»Mein Name ist Apollonios. Ihr behauptet also, mein Schwager zu sein.« Prüfend glitten seine Augen über sie. Inständig hoffte sie, dass er nicht erkannte, wie es wirklich um sie stand.

»Behaupten? Ich bin Euer Schwager – vorausgesetzt natürlich, Ihr seid überhaupt wirklich mit meiner Schwester Hermióne verheiratet.«

»Ihr seht ihr nicht ähnlich.«

»Das mag daran liegen, dass sie meine Ziehschwester ist und ich ihr Vetter. Doch das müsstet Ihr wissen.«

»Er ist es«, erklang eine weibliche Stimme hinter dem Vorhang. Nerea blickte hervor.

»Ich sagte dir doch, du sollst dahinter bleiben«, sagte Apollonios.

»Es gab Gerüchte, dass du tot seist!«, sagte ihre Ziehmutter, die sie lauernd ansah.

Lysandra zwang sich zu einem Lächeln. »Das dachte ich zuerst auch, aber offenbar irrte ich mich. Wer sagt, dass ich tot sei?«

»Damasos. Ein Phönizier gab mir Nachricht von ihm. Er hat deine Witwe äh Frau geheiratet. Immerhin bist du fast zwei Jahre nicht mehr bei ihr gewesen. So kannst du es ihm nicht vorhalten. Er ist jetzt mit ihr in Alis Ubbo.«

Lysandra war vollkommen schockiert. Zwei Jahre! Die Zeit im Totenreich verging anders als in der Welt der Menschen. Sie waren also viel länger dort gewesen, als sie gedacht hatten. Das mit Arishat machte ihr natürlich nichts aus. Sie war froh, dass diese Angelegenheit für sie erledigt war.

»Du meinst Arishat?«

Nerea nickte.

»Die kann er haben.«

Sowohl Nerea als auch Apollonios erbleichten und starrten sie schockiert an.

»Bei Zeus!«, rief Nerea. »Ich wusste, dass die Ursache eurer Eheschließung äußerst prekär war, doch dies hätte ich nicht von dir erwartet. Ich bin zutiefst entsetzt! War denn meine ganze Erziehung an dir vergeudet? Es stimmt also doch, dass du ein gewissenloser Verführer bist.«

Lysandra hätte am liebsten losgelacht angesichts der Absurdität der Situation. »Wer sagt das?«

»Dein Bruder.«

»Dann lügt er. Dieses Weib hat mich in die Ehe gelockt.«

»Das behaupten alle gewissenlosen Verführer.«

»Du weißt genau, dass dies alles nicht wahr ist und ich gar kein Verführer sein kann.« Lebte Nerea in einer Scheinwelt?

»Ich weiß nur, dass Damasos sich um die Frau gekümmert hat, nachdem du sie kurz nach der Hochzeit verlassen hast, um zur See zu fahren. Hinfort mit dir! Du bist eine Schande für unsere Familie. Du bist nicht mehr mein Sohn! Hier geht es mir gut. Ich brauche dich nicht! Ich wünschte, du wärst tot!«

Daher wehte also der Wind ... Offenbar behandelte Apollonios Nerea gut, sodass sie Lysandra nicht mehr brauchte und sie loswerden wollte, bevor jemand hinter ihre Verkleidung kam.

Dennoch schmerzte es Lysandra anfangs, doch sie überwand es. Um Damasos' und ihrem eigenen Ruf nicht zu schaden, verstieß Nerea sie. Diesmal kamen Lysandra Nereas Ablehnung und das falsche Spiel gelegen.

Lysandra deutete eine Verbeugung an. »Herzlichen Dank! Lebt wohl, Ziehmutter! Und Ihr, Apollonios, verehrter Schwager, ich wäre Euch sehr verbunden, wenn Ihr meiner Schwester die allerherzlichsten Grüße von mir ausrichten würdet. Überreicht ihr das von mir. Vielleicht komme ich eines Tages wieder.« Lysandra gab ihm eine schöne Muschel, die sie am Strand von Belerion gefunden hatte. Belerion, das ersehnte Land, das von der Höhle des Morpheus aus nur einen Schritt weit entfernt war, doch jetzt in so weiter Ferne lag. Bis sie dort sein würde, waren all die Blumen verblüht und Cel erinnerte sich womöglich nicht mehr an sie. Sofern er und seine Schwester bis dahin nicht längst weitergezogen waren. Belerion war groß und er hatte Nomadenblut in seinen Adern.

Apollonios nahm die Muschel dankend entgegen.

Nerea wurde bleich. »Du kannst doch nicht einfach so gehen!«

»Ich kann, Nerea, und ich werde. Ihr selbst habt mich entlassen und somit von meinem Eid entbunden.«

»Der Eid ...«

»Den habe ich erfüllt. Es war nur die Rede davon, dass ich zurückkehre und nicht, dass ich für immer bei dir bleibe.«

Nerea kreischte auf. »Sag mir, wohin du gehst!«

Lysandra verstand nicht, warum sie das überhaupt fragte. Sie wollte sie doch loshaben. Oder verspürte sie gar Reue?

»In mein Leben, in meine Zukunft, in der ich sein kann, was ich bin.« Lysandra verließ das Haus, bevor Nerea weitere Einwände äußern konnte.

Ihr erster Gedanke galt Celtillos. Sie wollte zu ihm zurück. Dazu musste sie ein Schiff finden, das sie nach Belerion bringen würde, doch sie hatte nur noch wenig Geld. Würde es genügen? Notfalls würde sie rudern oder Arbeiten auf dem Schiff übernehmen. So leicht war sie nicht unterzukriegen. Mehr als ein halbes Jahr, vielleicht sogar neun Monate, je nachdem, ob der Wind günstig war, würde die Reise dauern – eine lange Zeit, in der sie Cel nicht sehen würde.

Gedachte er ihrer oder würde er sie vergessen, in den Monaten, die kommen sollten? Wäre er bis dahin gar an eine andere Frau gebunden, bevor sie in Belerion eintreffen würde?

Falls sie überhaupt bis dorthin gelangte, denn viele Schiffe sanken zuvor oder wurden von Seeräubern überfallen, die die Mannschaft und sämtliche Reisende entweder töteten oder in die Sklaverei verkauften. Diesmal würde sie nicht den Schutz des Greifen haben. Doch sie musste es wagen.

Lysandra blickte hoch zum zweigipfligen Parnassós, wo alles seinen Anfang genommen hatte. Ein letztes Mal wollte sie ihn erklimmen, bevor sie zum Hafen laufen würde. Der Aufstieg erschien ihr gar nicht so langwierig. Der Berg war unverändert, als hätte hier die Zeit stillgestanden. Bald erreichte sie die Corycische Grotte und betrat sie. Einsam und verlassen wirkte sie ohne Cel und Sirona, von denen hier keine Spur mehr zu sehen war.

Lysandra folgte all den Pfaden, die sie zwei Jahre zuvor gegangen war. Jetzt hielt sie endlich ihre Freiheit in

Händen, doch Cel war ihr fern. Nur ihre Hoffnung besaß sie noch.

Plötzlich vernahm sie Schritte. Unweit der Stelle, wo sie den Greifen zum ersten Mal erblickt hatte, sah sie einen Mann gehen, dessen Gestalt sich dunkel vom Sonnenlicht abhob.

Es konnte nicht sein! Lysandra stürzte auf ihn zu. Cel fing sie mit seinen Armen auf und zog sie an seine harte Brust. Sie weinte und lachte zugleich und presste sich noch dichter an ihn, auf dass sie ihn nie wieder verlieren möge.

Cel streichelte ihr Haar und ihren Rücken und flüsterte dabei ihren Namen in den Wind.

Durch den Schleier ihrer Tränen blickte sie zu ihm auf. »Du bist gekommen!«

»Hast du daran gezweifelt?«

»Ich hätte es niemals für möglich gehalten. Du wolltest Delphoí doch niemals wieder betreten.«

»Soweit ich sehe, ist dies nicht Delphoí, sondern der Parnassós.«

»Es soll mir gleichgültig sein, Hauptsache, du bist bei mir.« Lysandra presste ihren Mund auf den seinen und schob ihre Zunge zwischen seine Lippen. Sie musste ihn schmecken und spüren. Mit bebenden Händen öffnete sie die Fibel auf seiner Schulter und streifte ihm das Gewand ab.

Cel unterbrach den Kuss. »Ich habe dich so vermisst.«

»Und ich dich.«

Er seufzte. »Ich wünschte, du könntest mit mir zusammen Delphoí verlassen.«

»Ich werde dir folgen, wohin auch immer du gehst. Sogar bis ins Totenreich.«

Überrascht sah er sie an. »Das würdest du tun? Aber

was ist mit deinem Eid?«

»Nerea hat mich von allem entbunden, indem sie mich fortschickte.«

»Sie hat dich fortgeschickt? Darf ich die Einzelheiten erfahren?«

Lysandra nickte. »Damasos hat Nerea eine Nachricht geschickt, dass er geheiratet hat.«

»Geheiratet?«

Lysandra nickte. »Er hat Arishat geheiratet. Alle, auch Nerea, haben mich für tot gehalten. Da ich Arishat angeblich nur benutzt habe und Damasos als Bigamist dastehen würde, käme ich lebend zurück, hat Nerea mich fortgeschickt. Zumindest denke ich, dass dies ihr Grund dafür war. Vermutlich befürchtet sie auch, dass ihr eigenes schmutziges Geheimnis herauskommen könnte. Und das völlig unnötig, da sie jetzt gut versorgt ist, ohne mich noch zu brauchen.«

»Lysandros ist tot. Hoch lebe Lysandra.« Cel öffnete die Fibel, die ihr Gewand an der Schulter zusammenhielt. Es glitt zu Boden.

Er ließ seinen hitzigen Blick über ihre nackte Gestalt gleiten. »Davon habe ich bereits geträumt, als ich dich das erste Mal gesehen habe: Dich hier zu lieben.«

Lysandra lachte. »Gewiss hat diesen verbotenen Traum dir eine Nymphe namens Phantasia geschickt.«

»Mit Sicherheit.« Er geleitete sie zu jener Stelle, wo sie sich das erste Mal gesehen hatten. Cel legte sich nieder auf dem Boden zwischen den Flechten. Eine Eidechse rannte davon.

Er streckte die Arme nach Lysandra aus. »Komme zu mir und bezähme den Drachen, doch ich warne dich, denn es ist möglich, dass er speit.«

»Diesen Drachen hier meinst du?« Lysandra berührte seinen erigierten Penis, der daraufhin zuckte.

Anstatt einer Antwort stieß er einen kehligen Laut aus und zog sie auf sich.

»Er möchte in die Corycische Grotte, in diese da.« Er streichelte zuerst die Innenseiten ihrer Oberschenkel und dann ihren Eingang, was ihr ein Stöhnen entlockte. Lysandra schob ihre Hüfte nach hinten und nahm seinen Penis in die Hand. Sie sog an ihm und leckte über seine Länge.

»So werde ich nicht lange durchhalten«, sagte Cel.

Lysandra brachte sich lachend in Positur. Langsam senkte sie sich auf ihn hinab. Als sie ihn vollständig in sich aufgenommen hatte, ritt sie ihn. Cel bäumte sich unter ihr auf und kam ihren Bewegungen entgegen. Er streichelte ihren Bauch und ihre Brüste mit sanften, kreisenden Bewegungen. Lysandra genoss es, ihm wieder so nahe zu sein, jetzt, nachdem sie ihn verloren geglaubt hatte.

Ihre Erregung steigerte sich mit jeder Bewegung ihrer Hüfte. Cel streichelte mittlerweile ihren Eingang an jener Stelle, wo sie am empfindsamsten war. Bald wand sie sich auf ihm mit vor Lust bebendem Leib. Stöhnend warf sie den Kopf in den Nacken. Kurz darauf erreichte auch Cel seinen Höhepunkt. Er nahm Lysandra in seine Arme und verteilte Küsse auf ihrer Stirn, ihren Wangen und dem Mund. Schwer atmend lagen sie beieinander und hielten sich umfangen.

»Ich liebe dich«, sagte Cel, »und ich möchte nie wieder ohne dich sein. In Morpheus' Höhle, kurz, nachdem du gegangen warst, ist mir dies bewusster geworden als je zuvor. Unentschlossen stand ich eine Weile in der Dunkelheit. Ich dachte, dich für immer verloren zu haben, da bat ich Morpheus, das Portal nach Delphoí erneut zu öffnen. Ich musste dich noch einmal sehen, selbst wenn es bedeuten würde, diese schreckliche Stadt zu durchwandern, bis ich dich gefunden habe. Insgeheim barg ich in mir die Hoffnung, Nerea würde ein Einsehen haben und dich aus dieser Farce entlassen, zu der dich dein Pflichtgefühl getrieben hat.«

»Das hat sie getan, doch offenbar anders, als du dir das vorgestellt haben magst.«

Cel hob die Achseln. »Ihre Motivation ist mir gleichgültig. Entscheidend ist allein das Resultat. Zumindest hat Morpheus mir ein paar Edelsteine mitgegeben, mit denen ich meine Rückfahrt nach Belerion mehr als bezahlen könnte, solltest du mich ablehnen.«

»Du willst also nicht in Delphoí bleiben?«

Cel schüttelte den Kopf. »Von wollen kann keine Rede sein. Ich will nicht hier sein, aber auch nicht auf dich verzichten. Wenn du darauf bestehst, bleibe ich dennoch hier.«

»Nein, lass uns zurückkehren nach Belerion, denn hier möchte auch ich nicht mehr bleiben. Außerdem ist meine Heimat dort, wo du bist, denn ich liebe dich.«

Ein Lächeln ließ sein Gesicht erstrahlen. »Auch ich liebe dich, Lysandra. Schon seit geraumer Zeit.«

Erneut küssten sie sich ausgiebig. Dann erhoben sie sich, um sich anzukleiden.

Seite an Seite gingen sie zum Hafen, um sich ein Schiff zu suchen, das nach Belerion fahren würde. Daher hatte Morpheus ihm also so viele Edelsteine mitgegeben, dass er die Überfahrt mehr als doppelt würde bezahlen können …

Sieben Tage später standen sie an Bord des phönizischen Schiffes des Namens 'Išt, das gen Belerion unterwegs war. Seite an Seite blickten sie hinaus aufs Meer, den Fahrtwind im Haar und Liebe im Herzen. Nichts konnte sie mehr trennen, vielleicht nicht einmal der Tod.

Printed in Germany
by Amazon Distribution
GmbH, Leipzig